EL ENIGMA DE DARWIN

M.A. ROTHMAN

TRADUCIDO POR
MERCÈ DIAGO ESTEVA

PRIMORDIAL PRESS

Título original: *Darwin's Cipher*

Copyright © 2019 Michael A. Rothman

Traducción de Mercè Diago Esteva

Diseño de cubierta de M.S. Corley

Tapa blanda ISBN-13: 978-1-960244-24-6
Tapa dura ISBN-13: 978-1-960244-25-3

NOTA DEL AUTOR CON RESPECTO AL COVID-19

Cuando escribí esta novela, en 2018, la mayoría de las personas consideraban que la idea de que un virus enemigo se propagara por todo el mundo y diezmara la población era propia de la ciencia ficción.

Tras dedicar toda mi carrera a la ciencia, era muy consciente de la posibilidad de que tal cosa ocurriera. No cabe duda de que en el pasado había sucedido. Me atrevería a decir que incluso la comunidad científica en general se había vuelto un tanto autocomplaciente. Al fin y al cabo, « sabíamos» que la pesadilla de la peste negra, que acabó con casi la mitad de la población europea en el siglo XIV, no podía repetirse.

¿Por qué no podía repetirse? Pues porque, lisa y llanamente, aquella epidemia fue consecuencia de una infección bacteriana que ahora se trata con antibióticos de lo más común.

Por supuesto, esa no ha sido la única epidemia de la historia. En 1918 se extendió la gripe española, que se estima que mató a entre diecisiete y cincuenta millones de personas. Ningún antibiótico nos habría salvado de ella. Aquella gripe tenía dos características terribles: se propagaba con mucha facilidad y presentaba un elevado índice de mortalidad. Curiosamente, la gripe que mató a tantísimas personas la causó el virus H1N1, el mismo tipo que provocó la epidemia de la gripe aviar de 2009. Sin embargo, esa gripe resultó tener un índice de mortalidad muy bajo, inferior incluso al de la gripe común. Muchos mandamases de los sistemas de salud consideraban sumamente improbable que se repitiera una pandemia como la de la gripe de 1918.

Y entonces apareció el covid-19.

El mundo no tardó en percatarse de lo distinta que era esa pandemia. Se propagaba con gran facilidad. Al principio, las tasas de mortalidad parecían extraordinariamente elevadas. El mundo quedó confinado.

Si estás leyendo estas líneas, apuesto a que el confinamiento te afectó y no sabes cuánto lo lamento.

Cuando publiqué la traducción de este libro por primera vez en 2020, estábamos en plena pandemia y el panorama no era nada halagüeño. Incluso así, intenté ofrecer al lector cierta esperanza con un par de comentarios:

1. En la actualidad conocemos mucho mejor ese virus que hace unos meses. Y creo que sabemos qué hay que hacer para controlar su propagación, y cómo seguir mejorando las tasas de supervivencia.
2. Desde 1918 hemos realizado grandes avances en biología y hemos logrado que ciertas investigaciones genéticas proporcionen infinidad de beneficios a la humanidad. Los ensayos preliminares con vacunas ya han empezado y estoy firmemente convencido de que falta muy poco para encontrar una vacuna que pueda administrarse de manera generalizada. Pronto veremos un retorno a la «normalidad».

Esta novela aborda el tema del cáncer y la búsqueda de una cura, pero en cierto modo también trata de lo que podría ocurrir en caso de declararse una pandemia mundial. Aunque la historia es ficticia, la ciencia es real, y espero que en, cuanto acabemos con el covid-19, se produzca una inversión global en ciencia que, en la medida de lo posible, convierta las pandemias de este tipo en un asunto del pasado.

Afortunadamente, la situación parece haberse normalizado y muchos de nosotros respiramos aliviados. He dejado esta nota a propósito para que recordáramos cómo fue el momento álgido de la pandemia. Tal vez las generaciones futuras que no tengan recuerdos de la misma verán la incerteza reflejada en esa nota.

Mike Rothman
9 de agosto de 2023

CENTROS PARA EL CONTROL Y LA PREVENCIÓN DE
ENFERMEDADES
CDC 24/7: Salvar vidas y proteger a la población
Previsión de nuevos casos de cáncer y muertes en 2030
Informe #A15928
HALLAZGOS CONFIDENCIALES
NO PUBLICAR

Entre 2018 y 2030, se estima que el número de casos de cáncer en Estados Unidos aumente en un 24% en los hombres, con más de un millón de casos al año, y en un 21% en las mujeres, con más de 900 000 casos al año.

Los tipos de cáncer que más aumentarán serán:

- Melanoma (sobre todo en hombres y mujeres blancos).
- Cáncer de próstata, riñón, hígado y vejiga en hombres.
- Cáncer de pulmón, mama, uterino y de tiroides en mujeres.

A pesar de la reducción de la tasa de cánceres relacionados con el tabaco, como el cáncer de pulmón, hemos visto un aumento constante en otros tipos de cáncer debido al envejecimiento de la población, al problema creciente de la obesidad y a otros factores que aún están por determinar.

Se considera que aproximadamente dos tercios de los adultos y un tercio de los niños padecen sobrepeso u obesidad. Estos problemas relacionados con el peso aumentan el riesgo de sufrir cáncer de mama, colorrectal, esofágico, uterino, de páncreas y de riñón. Se estima que las tasas de estos cánceres relacionados con el peso (con la excepción del cáncer de mama y el colorrectal) aumentarán entre el 30 y el 40% antes de 2030.

Se prevé que los nuevos casos de cáncer de hígado se incrementen en más del 50% como consecuencia del aumento de las infecciones de hepatitis. Se considera que los cánceres orales en hombres blancos aumentarán en un 30% debido a una mayor incidencia de las infecciones por el virus del papiloma humano (VPH).

Otros posibles factores del aumento de los índices de cáncer incluyen datos demográficos cambiantes y otras consideraciones medioambientales.

RECOMENDACIÓN

No es descabellado afirmar que nos encontramos a las puertas de una epidemia de cáncer en nuestra nación. Es imprescindible financiar investigaciones centradas en el tratamiento y la prevención; de lo contrario, el coste de los cuidados médicos para los pacientes de cáncer puede llegar a sobrepasar la suma de todo el resto de los gastos médicos.

Paula E. Gruyerre, doctora en Medicina
Directora del CDC
Departamento de Salud y Servicios Humanos de EE.UU.

ÍNDICE

CAPÍTULO UNO

Jon LaForce bajó como pudo por el empinado sendero que conducía a Tikaboo Valley y dio un sorbo al tinto barato que había comprado en una gasolinera cercana. Casi de inmediato notó un calor que le subía por el cuello y le sonrojaba las mejillas.

Acababan de despedirlo por segunda vez en un mes.

No sabía a ciencia cierta cómo había acabado en medio de ninguna parte en el sureste de Nevada. De niño, sus amigos hablaban de ir allí a espiar el aterrizaje y despegue de los aviones militares. Hablaban en susurros de experimentos secretos, nubes misteriosas en el cielo y, por supuesto, ovnis. Al fin y al cabo, se suponía que allí era donde retenían a los alienígenas. El Área 51.

Jon no se creía nada de todo aquello y dudaba de que alguno de sus amigos hubiera tenido el valor de entrar a hurtadillas en esos terrenos, incluso de que hubieran llegado hasta allí. Cuando miró a su alrededor, tuvo que reconocer que no se habían perdido gran cosa. Kilómetros y más kilómetros cuadrados de desierto en el que solo crecían arbustos de artemisa.

Tras dar otro sorbo al vino, Jon notó el mareo del alcohol al bajar por la ladera. De repente, algo sobresalió por entre la densidad de los arbustos al pie de la colina. Jon sacó la Glock de la funda y se puso en posición de tirador. Por aquella zona merodeaban los linces rojos.

Pero no era más que un perro vagabundo. Pelaje marrón oscuro, cola larga, orejas caídas, quizá fuera un labrador color chocolate.

Jon enfundó la pistola y silbó.

—Eh, chico, ¿qué haces ahí?

El perro meneó la cola con energía y se le acercó.

Le puso el tapón a la botella de vino y tendió la mano al perro para que se la olisqueara. Mientras el animal la olfateaba y le recorría las perneras del pantalón con el hocico, Jon se fijó en que tenía una herida ensangrentada en la pata delantera derecha.

—¿Te han dado un mordisco, amigo?

El perro gimió y volvió la mirada hacia los arbustos.

Jon le rascó la cabeza.

—Tienes el pelaje bonito y brillante y se te ve bien alimentado. —Negó con la cabeza y le dio una palmada al perro en el lomo—. ¿Qué estás haciendo aquí? Deben de estar buscándote. Tal vez debería llevarte a una perrera a ver si encuentran a tu amo. Lo que está claro es que yo no puedo hacerme cargo de ti. Últimamente no puedo ni conmigo.

A unos cuarenta metros se oyó un crujido entre los arbustos. El perro gimió, dio unos pasos ladera arriba y se giró hacia Jon como diciendo: «¿Vienes?».

Jon volvió a desenfundar la Glock y avanzó hacia el sonido.

El labrador se colocó rápidamente delante de él y emitió un gruñido sordo.

—Chitón... —Jon rodeó al perro.

El perro gimió y tiró con fuerza de la pernera de sus vaqueros para intentar arrastrarlo ladera arriba, lejos del sonido.

—¿Qué coño haces, chucho? —Jon se zafó del perro y le dio una patada, que el animal esquivó fácilmente.

El perro se apartó gimoteando, soltó un único ladrido y corrió ladera arriba.

Al pie de la ladera, dos animales oscuros aparecieron por entre los arbustos. Dos perros más, ambos casi idénticos al labrador color chocolate.

Pero con un comportamiento muy distinto.

Aquellos perros ni meneaban la cola ni les colgaba la lengua. Mirando a Jon con aspecto amenazador, agacharon la cabeza y se le acercaron sigilosamente.

Jon apuntó con la pistola y gritó con tono amistoso:

—¡Eh, chicos! ¿Habéis perdido a un amigo?

En cuanto apuntó a los animales con la Glock, se separaron y uno fue hacia la izquierda y otro a la derecha.

Jon, con el corazón acelerado, apuntó al perro de la derecha. El animal corrió a protegerse detrás de una roca.

Fue como si supiera que la pistola era peligrosa.

Al oír las pezuñas del otro perro arañando la gravilla, Jon giró en redondo y disparó un tiro de advertencia.

El animal siguió avanzando, pero con un zigzagueo, lo cual hizo que resultara difícil apuntarle.

Jon notó un escalofrío en la columna.

Aunque el brazo con el que sujetaba la pistola le temblaba, Jon se centró en el perro que se le acercaba. Durante una fracción de segundo le vino a la mente su época como artillero en Afganistán. Por aquel entonces, había disparado a enemigos que apenas veía. Ahora, por primera vez en su vida, estaba a tiro de piedra de su objetivo cuando apretó el gatillo.

El animal daba un salto cuando la bala le entró por el hombro. Se desplomó con un quejido.

Casi al mismo tiempo, Jon notó más de cincuenta kilos de perro contra la espalda. El segundo animal lo derribó y le clavó los dientes como tornillos en la muñeca de la mano que sujetaba la pistola.

Jon forcejeó con el animal, que rugía. Se disponía a gritar, pero la voz se le ahogó en la garganta. El perro al que había disparado le sujetaba el cuello con fuerza. Volvió a caer al suelo, la tráquea cerrada bajo la fuerza demoledora de la mandíbula del animal. Se le nubló la vista y le faltaba el aire.

Aterrado y con el corazón desbocado, rezó: «Dios mío, podía haber hecho tanto...».

Perdió el mundo de vista.

Desde lo alto de una ladera rocosa, Hans Reinhardt inhaló el humo punzante de la artemisa quemada. Media docena de hombres con ropa de combate daban rienda suelta a sus lanzallamas y, a lo largo y ancho del paisaje incendiado, las piedras se agrietaban bajo el calor infernal.

La operación se había desarrollado bien... hasta entonces. Ahora todo se había ido al garete. Un desastre absoluto. A pesar de las declaraciones de sus jefes en el Servicio de Inteligencia Federal Alemán, por no hablar de los encargados estadounidenses en Langley, Hans se dio cuenta de que había llegado el momento de reiniciar. Necesitaba trasladar la operación a una ubicación más remota. A un lugar con menos probabilidad de... «incidentes».

El comandante de la base, un coronel de las Fuerzas Aéreas, se le acercó y se colocó junto a él.

—Se llamaba Jonathan LaForce, artillero de los marines. Salió de Afganistán hace diez años, licenciado con honores.

—¿Qué coño estaba haciendo aquí? Pensaba que esta base era segura.

El comandante de la base se movió nervioso.

—La base sí que es segura. Sin embargo, hemos infravalorado las medidas de contención de la perrera. He revisado la grabación de seguridad yo mismo, parece ser que uno de los experimentos consistía en averiguar cómo abrir el pestillo del compartimento. En cuanto uno escapó, los demás consiguieron imitarle. Y antes de que alguien pudiera impedírselo, los animales excavaron un agujero bajo la verja perimetral.

Hans dio una patada a una piedra de la escarpadura y rechinó los dientes en señal de frustración.

—Lo último que necesitamos es un marine muerto. ¿Hasta qué punto va a causarnos problemas?

La incomodidad del coronel iba en aumento.

—La buena noticia es que era uno de esos tíos desafectos. No tenía familia y parece que tampoco trabajaba. Un vagabundo a quien probablemente nadie busque, por lo menos durante un tiempo. Nos encargaremos de sus restos.

—¿Y los sujetos de los experimentos? ¿Los han localizado y retirado de la circulación?

—Hemos localizado a cinco de los animales gracias a las señales que emiten sus chips. Los capturamos y nos deshicimos de ellos. —El coronel exhaló un fuerte suspiro—. Por desgracia, aún no hemos localizado al sexto. He lanzado los drones. Están programados para procesar cuadrículas sobre el terreno en busca de la señal del animal. Lo encontraremos.

Hans se preguntó para sus adentros cómo era posible que tamaño incompetente hubiera llegado a comandante de la base de una ubicación que se suponía era de alta seguridad.

—No tenemos tiempo para búsquedas prolongadas, coronel. No podemos permitir que uno de los sujetos del experimento entre en contacto con la población civil.

—Localizaremos al perro...

—¡No es un puto perro, imbécil! —espetó Hans—. Es una raza de pesadilla con suficiente fuerza e inteligencia como para escapar de tu perrera «segura» y cargarse a un exmarine armado que se cruzó en su camino.

El coronel entrecerró los ojos y apretó la mandíbula.

—Escúchame —continuó Hans—. Tanto tú como yo nos jugamos el pescuezo si algo de esto sale a la luz. No podemos arriesgarnos a que se sepa nada. Y, seamos sinceros, tu gobierno ya ha demostrado su incapacidad para evitar los Wikileaks.

—Señor Reinhardt —dijo el coronel—, créame, sé exactamente lo que está en juego. No hace falta que me lo recuerde. Es una operación clandestina y así seguirá. Voy a supervisar la limpieza personalmente. —El coronel señaló hacia la ladera cercana—. Hemos encontrado sangre que consideramos que pertenece al animal desaparecido. Está herido, lo cual limitará su capacidad para eludirnos. Entre los operarios que van a pie y los drones en el aire, lo encontraremos.

Hans le lanzó una mirada furibunda.

—Más te vale.

Frank O'Reilly vertió gravilla en el agujero para el poste de la reja que acababa de excavar. Miró por encima del hombro a Johnny, uno de los últimos jornaleros que había contratado para el rancho.

—Asegúrate de echar al menos diez centímetros de piedras en el agujero y apisónalo bien, así —indicó, apisonando las piedras con un recio poste de madera—. Los postes de la reja necesitan una base sólida. El ganado se restriega contra cualquier cosa, así que estos postes tienen que quedar fuertes, ¿queda claro?

—Sí, señor O'Reilly. Y los postes tienen que estar a dos metros y medio para que las planchas de cinco metros cubran dos aberturas, ¿verdad?

—Eso es. Asegúrate de que los postes estén a escuadra respecto al suelo y espácialos de manera uniforme.

Frank tendió a Johnny la barrena con una sonrisa. El jornalero acababa de cumplir los dieciocho y Frank no pudo evitar recordar cuando su Kathy tenía esa edad. Johnny poseía el mismo entusiasmo y energía que la hija pequeña de Frank cuando acabó los estudios de secundaria y se marchó a conocer mundo.

Le dio a Johnny una palmada en el hombro.

—¿Entendido?

—Sí, señor, pero, si no le importa la pregunta: ¿por qué de repente necesita trabajadores? ¿Piensa jubilarse?

Frank se echó a reír y negó con la cabeza.

—Johnny, tengo cincuenta y tres años pero me queda mucha vida por delante. Venga, a trabajar, y más te vale que tengas en cuenta lo que te he dicho sobre la calidad de tu trabajo. Voy a supervisar todo lo que hagas, así que no te saltes ningún paso, ¿queda claro?

—Sí, señor. No se preocupe por eso. —Johnny levantó la barrena y se dirigió al siguiente punto marcado.

Cuando Frank se volvió, estuvo a punto de tropezar con un perro que estaba sentado sobre sus patas traseras justo detrás de él.

—Maldita sea, ¿de dónde narices has salido?

El labrador color chocolate permaneció allí sentado con la lengua fuera. Un animal hermoso. Pelaje brillante, cuerpo bien musculado y sin duda bien alimentado. No era un perro vagabundo.

Frank estiró la mano.

—¿Eres manso?

El perro se incorporó y se puso a mover la cola con frenesí. Olisqueó la mano de Frank, luego bajó el hocico y le olisqueó la bota antes de continuar por los vaqueros. Por último, volvió a sentarse, se lamió los belfos y gimió. Lo observaba con unos ojos castaños brillantes, le miró los pantalones y luego otra vez a la cara. Volvió a gemir.

Frank inclinó la cabeza, pues no acababa de entender qué le quería decir el perro. Entonces cayó en la cuenta y se echó a reír.

—¡Ah! Ya sé por qué te intereso tanto. —Se sacó un trozo de cecina casera del bolsillo y lo lanzó con suavidad al perro.

El perro lo pilló al vuelo y lo masticó con satisfacción.

—Bueno, más vale que me marche, perrito. Me caerá una buena bronca si no llego a casa a tiempo para la cena.

Frank recorrió el kilómetro escaso que lo separaba de la modesta casa blanca estilo rancho que había construido hacía casi treinta años. Mientras caminaba, oía las pisadas del animal detrás de él. «¿Quién me mandaría dar de comer a un perro desconocido?». Hizo caso omiso del animal a propósito y subió las escaleras del porche delantero.

Olía a buey asado.

Megan salió al porche.

—Oh, qué bien que hayas vuelto. La cena está casi lista. Ve a lavarte.

Él le dio un pico en los labios.

—Huele bien.

Ella miró más allá de él con cara de desconcierto.

—¿Has hecho un amigo?

El labrador se sentó al pie de las escaleras del porche con expresión esperanzada.

Frank negó con la cabeza.

—He cometido el error de darle un poco de cecina.

Megan se recogió detrás de las orejas el pelo caoba que le llegaba a la altura de los hombros, se arrodilló y dio una palmada en el entarimado del porche.

—Ven aquí, chico, ¿te ha gustado la cecina?

El perro subió las escaleras de un salto, se tumbó delante de ella, panza arriba, y siguió meneando la cola a uno y otro lado sobre el entarimado.

Megan sonrió frotándole el vientre al animal.

—¡Qué buen chico eres! —Levantó la vista hacia Frank con la sonrisa tímida que él tan bien conocía—. ¿Crees que tiene dueño?

—Ni idea. Apareció de repente. Está claro que lo han cuidado, pero no lleva collar ni nada. —Vaciló—. Pensé que después de que muriera Daisy, juraste...

—¡Oh, pobrecillo! —exclamó Megan—. Estaba examinando la pata delantera derecha del perro—. Parece que se ha enzarzado en una pelea o algo así.

El perro gimoteó mientras ella le inspeccionaba la herida.

—Seguro que no será nada —afirmó Frank.

—No. —Megan se levantó y se limpió las manos en el delantal—. Vamos a llevarlo al veterinario para que lo vea.

Frank se planteó cuánto le intentaría sacar el veterinario.

—Ni siquiera es nuestro perro.

Megan se volvió y le dedicó aquella mirada que indicaba que estaba decidido.

—Pues entonces podemos hacer que el veterinario compruebe si lleva un chip de esos que les ponen hoy en día a los perros.

Megan medía metro y medio y tenía la complexión de un hada, pero cuando se empecinaba en algo, era inamovible. Si Frank había aprendido algo en treinta años de matrimonio era precisamente eso.

Levantó las manos en señal de derrota.

—¿Qué hay de la cena?

—La cena puede esperar. —Megan entró en la casa e indicó al perro que la siguiera, lo cual hizo—. Creo que todavía tenemos los cuencos de Daisy. Voy a ver si este muchachito tiene sed mientras tú llamas al veterinario para decirle que vamos para allá.

Las puertas de la sala de consulta se abrieron para dejar paso a una auxiliar de veterinaria que llevaba una larga cola de caballo y una bata azul.

—¿O'Reilly? —llamó.

Frank hizo una señal con la mano.

—Aquí.

La auxiliar desvió la mirada hacia el labrador color chocolate echado entre los pies de Frank y de Megan.

—¿Cómo te llamas, guapo?

—No tiene...

—Jasper —anunció Megan, como si siempre se hubiera llamado así.

Frank gruñó para sus adentros. Deseó que no se encaprichara con el animal, porque era de alguien. Ningún perro vagabundo tenía tan buen aspecto.

—Bueno, vamos a pesar a Jasper y a ver cómo está.

Jasper se irguió en cuanto Megan se levantó y trotó tras ella obedientemente hasta la sala de reconocimiento. Frank los siguió negando con la cabeza.

La auxiliar de veterinaria, que llevaba el nombre de «Sherri» estarcido en la bata, se paró ante una gran báscula metálica.

—A ver si conseguimos hacer subir a Jasper aquí.

Antes de que Megan tuviera ocasión de empujar al perro en la dirección adecuada, Jasper se acercó y subió a la báscula.

—Oh, buen chico —alabó Sherri—. Uau, 57 kilos. Quién lo habría dicho. —Anotó el peso en una hoja de papel y la deslizó en el historial de Jasper.

—¿Tienes uno de esos escáneres de chip? —preguntó Frank, haciendo caso omiso de la mirada severa de Megan—. Jasper ha aparecido hoy en nuestra finca y no lleva collar ni placa. No sabemos de nadie a quien se le haya perdido un labrador en nuestra zona. Pero queríamos hacer las cosas bien y saber si lleva chip o no.

—Oh, claro, enseguida vuelvo. —Sherri desapareció por otra

puerta mientras Megan acariciaba la cabeza de Jasper con devoción. Sherri regresó al cabo de un momento con lo que parecía una vara gruesa con un pequeño bucle en el extremo.

Megan tomó a Frank de la mano mientras la auxiliar se acercaba a Jasper.

Sherri pasó la vara por encima del lomo de Jasper.

—Um. La mayoría de los veterinarios insertan el chip entre los hombros del animal, y aquí no veo nada.

Megan apretó la mano de Frank con más fuerza.

—Asegurémonos de que no lo tenga en otro sitio. —Sherri movió la vara lentamente por encima de los cuartos traseros del animal y luego volvió hacia delante. Al acercarse a la pata delantera derecha, el perro gimió.

—No pasa nada, Jasper —loe tranquilizó Megan—. No va a hacerte daño.

La auxiliar se detuvo en la herida encostrada.

—Pobrecillo, tienes una pupa. El doctor Dew te la curará. —Acabó de pasar la vara por el cuerpo de Jasper y negó con la cabeza —. No encuentro ningún chip.

Frank notó la sonrisa de Megan sin siquiera mirarla. Suspiró resignado ante la constatación de que acababan de adoptar a un perro.

—Bueno —dijo él—. En ese caso, además de mirarle la herida, que le haga un chequeo completo.

—De acuerdo. El doctor Dew atenderá a Jasper enseguida. Y como parece que está forzando la pata delantera derecha, quizá haya que hacerle una radiografía y sedarlo para tratar la herida. Subirá a cuatrocientos dólares por lo menos. —Enarcó una ceja en actitud interrogativa.

—Lo que haga falta —se apresuró a decir Megan—. Pagaremos lo que cueste.

Frank dio un beso a Megan en la cabeza. Con la señora O'Reilly era imposible discutir de ciertos temas.

Frank se pasó casi una hora en la sala de espera mientras Megan no paraba de moverse. Y cuando por fin apareció el veterinario, sin Jasper, Megan tomó a Frank del brazo y se lo sujetó con fuerza.

El veterinario era un hombre enorme con cuerpo de culturista, si bien tenía una voz suave, casi afeminada. Dedicó una amplia sonrisa a Frank y a Megan.

—A Jasper se le pasará el efecto de la anestesia en unos veinte minutos, y todo irá bien. Parece que se enzarzó en una pelea y la herida se le infectó. Por suerte, en la radiografía no aparece ninguna rotura. Sin embargo, menos mal que la hicimos porque, de lo contrario, no habría visto esto.

Se sacó una bolsa de plástico transparente de la bata y se la tendió a Frank. Contenía un alambre metálico de unos diez centímetros de largo.

El doctor Dew estiró el brazo y marcó los diez centímetros a partir de la muñeca.

—El alambre se alojó entre la piel y el músculo justo por encima de la herida. No tengo ni idea de cómo ha llegado hasta allí, pero lo he extraído sin problemas.

—Entonces... ¿está bien? —preguntó Megan.

Otra amplia sonrisa.

—Jasper aún está un poco atontado, pero se pondrá bien. Lleva unos cuantos puntos. Tendrá que tomar antibióticos dos veces al día y también os voy a dar una pomada que habrá que aplicarle a diario en la herida.

Se oyeron unos ladridos desde la parte de atrás y las puertas de la sala de reconocimiento se abrieron de repente. Jasper entró dando saltos en la sala de espera, con cierta torpeza porque llevaba una pata vendada como si fuera una momia. Fue directo hacia Megan y se puso a dar vueltas a su alrededor con alegría, como si hubiera creído que no iba a volver a verla.

Sherri apareció enseguida tras él.

—Lo siento, doctor Dew, pero Jasper se despertó antes de tiempo y empezó a golpear la puerta con la pata con desesperación. No quería que se le abrieran los puntos. Parece que tenía muchas ganas de ver a su mami.

Megan le rascó la cabeza a Jasper. Quedaba claro que habían conectado bien.

—Bueno, más vale que este muchachote no se ponga a derribar puertas —dijo el doctor Dew entre risas—. No me cabe la menor duda de que es el labrador sano más enorme que he visto, con diferencia. Es curioso, porque no aparenta pesar más de treinta y cinco kilos, lo cual es bastante para un labrador, pero este perro tiene una musculatura increíblemente compacta. A juzgar por la dentadura, todavía es joven. Incluso quizá crezca más.

Frank gimió.

—Me cansa tan solo pensar lo que va a costar alimentarlo.

Jasper se apartó de ellos, cogió una manta para perro que estaba bajo una de las sillas de la sala de estar, la acercó y la colocó en el regazo de Frank.

Megan sonrió.

—Oh, te ha oído decir que estabas cansado y te ha traído una manta.

El doctor Dew le dio una palmada a Jasper en la cabeza.

—Perro listo.

Jasper se sentó un poco más erguido y dijo «guau» para mostrar su acuerdo.

Frank no lograba desprenderse de la sensación de que aquel animal tenía algo raro. Pero cuando observó a Megan haciéndole carantoñas a Jasper, se dio cuenta de que lo que él pudiera pensar importaba muy poco.

CAPÍTULO DOS

—Juan, no puedo permitir que mi hermano me pague las facturas. Voy a buscarme un trabajo a tiempo parcial para ayudar y para que así no tengas que matarte a trabajar.

Con el móvil pegado a la oreja, Juan Gutiérrez respiró hondo y rezó en silencio para armarse de paciencia. Miguel acababa de empezar el primer curso en el Georgia Tech y... ¿ahora se planteaba ponerse a trabajar? Juan recorrió el laboratorio de investigación con la mirada. No es que tuviera un sueldazo, pero, aunque a duras penas, ganaba lo suficiente para pagarle la universidad a Juan.

—Miguel, ya te he dicho que yo me hago cargo. Quiero que te centres en tus estudios, eso es todo. Además, el seguro de vida de mamá te cubre los gastos.

—¿Estás seguro?

—Claro que estoy seguro —mintió Juan.

Lo cierto era que el dinero del seguro se había agotado hacía años. Pero, si Miguel se enteraba, probablemente dejaría los estudios para siempre. Juan odiaba mentir a su hermano pequeño, pero si era necesario para que siguiera centrado en la universidad...

—De todos modos —dijo Miguel—, puedo tener un trabajo de media jornada. No hay para tanto.

Juan respiró hondo y habló con toda la calma del mundo.

—Créeme, Miguel. Ya estarás lo bastante liado sin tener que preocuparte de coger el autobús para ir a un trabajo sin futuro. Y sabes tan bien como yo que el mayor deseo de mamá era que acabaras los estudios. Deja que yo pague cada mes y tú preocúpate de sacar buenas notas. Ayudarás más conservando la beca.

Miguel había conseguido una beca académica parcial —supeditada a obtener buenas calificaciones— sin la cual Juan no sabía si podría costearle los estudios en el Georgia Tech.

Miguel suspiró.

—Bueno, vale. Lo haré lo mejor que pueda. Y gracias.

—Eh, Miguel, ¿te apetece ir a jugar al baloncesto? —dijo una voz de fondo.

—Juan, hablamos más tarde. Te quiero, hermano.

—Yo también.

En cuanto Juan colgó, el lector de credenciales de la entrada del laboratorio emitió un pitido y un guarda de seguridad de pelo entrecano entró y escudriñó la sala. Entrecerró los ojos al posar la vista sobre Juan.

—¿Qué estás haciendo aquí?

El tono suspicaz del hombre enervó a Juan. Era como si aquel poli de pacotilla esperara verlo vaciando cubos de basura en lugar de realizando tareas de laboratorio.

—¿Perdona? —espetó Juan con indignación—. Resulta que trabajo aquí.

El guarda de seguridad frunció el ceño.

—Señor, ¿dónde está su credencial de trabajador?

Juan rotó en el asiento, desprendió la credencial de la bata de laboratorio que había colgado en el respaldo de la silla y se la tendió al hombre sin mediar palabra.

El guardia asintió.

—Gracias, señor. Estoy haciendo las rondas. —Se volvió y salió del laboratorio.

Juan frunció el ceño. Sabía que el guarda estaba haciendo su trabajo, pero no pudo evitar preguntarse si habría sido igual de brusco de no haber tenido él la piel oscura.

Hacía tiempo que Juan había comprendido lo afortunado que era. No solo había conseguido huir de los pisos de protección oficial del este de Los Ángeles —toda una hazaña—, sino que había acabado la carrera de Medicina y ahora se dedicaba a la investigación sobre el cáncer en una de las mayores empresas farmacéuticas del mundo.

Miró la foto de su madre que tenía en la mesa de trabajo. Se había quedado embarazada de él siendo muy joven y, por tanto, nunca había tenido la oportunidad de ampliar sus horizontes profesionales. Pero se había dedicado a ser la mejor madre que Juan podría haber esperado. Y había sido ella quien le había inculcado la idea de que la educación era la única forma de salir de la miseria.

Juan notó una leve molestia que le ascendía por el cuello y que presagiaba el comienzo de un dolor de cabeza.

Había tenido una vida dura, que se había complicado aún más con la muerte de su padre. Juan tenía trece años y su madre estaba embarazada de Miguel cuando un día el padre cayó fulminado en el suelo de la sala de estar. Todos pensaban que tenía una gripe que costaba de curar.

Murió con solo treinta y un años.

Juan todavía recordaba el olor a gases de escape procedente del denso tráfico mientras mamá seguía a la ambulancia. Con una mano sujetaba el volante y con la otra le daba palmadas para tranquilizarlo, diciéndole:

—Hijo mío, todo irá bien.

Nada fue bien.

Papá nunca recuperó la conciencia.

A última hora de una tarde de domingo de hacía más de dieciocho años, Juan oyó por primera vez la palabra «cáncer».

Juan notó el temblor en la voz de su madre mientras repetía en susurros una oración a un Dios que no sabía con certeza si existía.

Después, Juan empezó a dar problemas en la escuela, discutiendo con los profesores, enzarzándose en peleas. Descargaba su rabia e impotencia con todos los que lo rodeaban. Estaba enfadado con su padre por no haber ido antes al médico.

Era un adolescente que había perdido a uno de sus progenitores. Estaba… rabioso.

De no haber sido por la mano firme de la madre, su vida habría tomado otros derroteros, nada recomendables. Estuvo a punto. Pero ella se mantuvo implacable y lo salvó de las bandas y de los peligros de la calle.

Ella lo había salvado, y ahora también los había dejado.

Sintiendo un vacío inmenso en el fondo de su ser, Juan cerró los ojos mientras un recuerdo doloroso afloraba a la superficie.

«—Ay, ay, hijo mío… cómo me duele… —Mamá gemía, en español, consumida por el dolor.

Con la vista nublada por las lágrimas, Juan cuidaba de ella. Sabía que le quedaba muy poco tiempo. A pesar del fuerte olor a alcanfor que despedía el nebulizador, respiraba con dificultad y de forma tensa. Se había negado a recibir cuidados paliativos en el hospital y había preferido quedarse en casa hasta el final.

Con una inhalación súbita, mamá hizo una mueca y apretó la mano de Juan. Él sujetó la de ella entre sus manos.

Y entonces ella perdió fuerza. La mueca desapareció y cerró los ojos.

Una lágrima le surcó la mejilla.

—Lo siento, hijo mío… Ya no me quedan fuerzas para luchar…».

Juan susurró con voz queda las últimas palabras de su madre: «Ya no me quedan fuerzas para luchar». Habían pasado ocho años, pero aún lo perseguían.

El cáncer había acabado con la vida de su padre y de su madre. y esas muertes habían forjado al hombre en que se había convertido. La muerte de su padre había dado a Juan un impulso irrefrenable, y su madre le había imbuido el deseo de evitar que otras personas sufrieran la misma terrible enfermedad que ella.

Su máxima motivación era encontrar una cura para el cáncer.

Juan dirigió la vista hacia el reloj y gimió. Le había prometido a Lisa que llegaría a casa hacía horas. Echó una mirada a la mesa de trabajo del laboratorio, llena de notas y hojas impresas, a otros terminales de ordenador, y negó con la cabeza antes de anunciar a nadie en concreto:

—Bueno, por hoy ya vale.

Pero antes de apagar el portátil oyó el sonido que anunciaba la llegada de un correo electrónico del departamento de recursos humanos de AgriMed.

A todos los empleados de América del Norte:

Como muchos de vosotros sabéis, la industria farmacéutica está en proceso de recesión. Hemos capeado situaciones similares en el pasado aumentando la inversión en investigación y desarrollo para emerger con más fuerza cuando mejorase la economía.

Por desgracia, nuestras previsiones muestran que la crisis económica se extiende por Europa y Asia. Así pues, hemos decidido analizar con más detenimiento nuestras inversiones y, en algunos casos, ello comportará cierta reducción de la plantilla.

Todos los empleados mantendrán una reunión individual con sus superiores inmediatos para comprobar si están afectados.

A lo largo de la semana que viene se publicarán más detalles sobre las indemnizaciones en caso de despido.

Juan leyó el correo por segunda vez, lanzó una mirada al montón de notas y resultados parciales que tenía desperdigados por la mesa de trabajo y soltó un quejido.

Se fijó en que no especificaba cuánta gente se vería «afectada». Confiaba en que no le tocara, pues se suponía que la investigación sobre el cáncer era una prioridad de AgriMed, pero no pudo evitar que se le encogiera el corazón.

Porque, si pensaban recortar inversiones en la investigación sobre el cáncer, quizá él estuviera en la lista. Lo cierto era que aún no había realizado ningún descubrimiento, mientras que otros habían diseñado nuevos protocolos, habían publicado artículos en revistas especializadas de prestigio o incluso ya estaban dirigiendo ensayos clínicos de envergadura.

—Estoy jodido.

—¡Ni se te ocurra llamarme para intentar reconciliarte conmigo! ¡Estoy hasta las narices de tus rollos, *Juan*!

Lisa hacía hincapié en su nombre cada vez que se enfadaba, y esa noche estaba especialmente beligerante. No era la primera vez que había perdido la noción del tiempo en el laboratorio y había llegado a casa horas después de lo prometido. Y en esta ocasión incluso tenía una buena excusa, había recibido el mensaje del departamento de recursos humanos y luego se había puesto a organizar todo el papeleo.

Pero ella no estaba para cuentos. Le había preparado una cena sorpresa para celebrar su aniversario de seis meses.

«¿Quién demonios celebra aniversarios a los seis meses?».

Ahora estaba metiendo ropa a brazadas en su maleta de imitación Louis Vuitton. Juan no logró evitar fijarse en el trasero de Lisa mientras intentaba cerrar la maleta a fuerza de presionarla. Llevaba unas mallas negras de yoga y un top rosa fosforito sin mangas que dejaba al descubierto su vientre tonificado.

Exhaló un suspiro. Mientras la libido le decía lo divertido que era salir con una joven de diecinueve años, más de diez años menor que él, el cerebro le respondía diciendo que quizá fuera positivo que lo dejara. Necesitaba estar con alguien más maduro.

Ella lanzó una mirada a la mesa llena de comida y dijo de malas maneras:

—Espero que se te atragante.

Se volvió resoplando y lanzó la llave del apartamento a los pies de Juan antes de salir hecha una furia dando un portazo. El rastro de su perfume y la cena fría quedaron como únicos indicios de su presencia allí.

Juan negó con la cabeza.

—Un día de estos tengo que replantearme mis prioridades.

Frank sonrió mientras observaba a Megan llenando un seno del fregadero de la cocina con agua templada. Desde la llegada del perro a sus vidas, algo había cambiado en su esposa. Silbaba una melodía cualquiera y se afanaba con una determinación que le había faltado desde... desde que Kathy, su hija única, se había marchado de casa.

El perro se sentó a sus pies, observándola con atención mientras echaba un puñado de sal en la palangana y le explicaba:

—Jasper, el doctor Dew ha dicho que tenemos que mantener los puntos limpios, así que no te muevas, ¿de acuerdo?

El perro soltó un ladrido para mostrar su acuerdo.

Megan colocó con cuidado la palangana en el suelo y se sentó con las piernas cruzadas al lado del perro. Mojó un trapo en el agua salada.

—Venga, dame la patita.

Jasper levantó la pata delantera derecha y Megan la sujetó con una mano con suavidad para darle toquecitos en la zona rasurada donde el veterinario le había cosido la herida. Cuando quedó contenta con la limpieza, soltó la pata de Jasper, pero el perro continuó sosteniéndola, como si supiera que todavía no había terminado.

Frank dejó el periódico a un lado y observó a su mujer aplicar con cuidado la pomada antibiótica en la herida.

Al acabar, se inclinó y dio un beso al perro encima del hocico.

—Buen chico, Jasper. Ahora no te lamas lo que te he puesto. Deja que haga efecto.

El perro se miró la herida y soltó un ladrido afirmativo.

Megan acarició a Jasper en un lado del cuello y se levantó.

—Cuando haya recogido esto, te pondré *Clifford*, ¿vale?

El perro meneó la cola, fue a paso tranquilo hasta el salón y se tumbó de cara al televisor como si esperara que Megan cumpliera con su promesa.

Frank sacudió la cabeza.

—Megan, ¿no se te ha ocurrido pensar que es raro que le hables al perro como si fuera un niño y que el bicho este parezca entender todo lo que se le dice?

Megan se encogió de hombros mientras se lavaba las manos.

—Es buen chico y, además, listo.

«Demasiado listo», pensó Frank. Por lo menos el animal se portaba bien. Cuando Frank se volvió a acomodar en la butaca reclinable, hundió el rostro en el periódico y gruñó para sus adentros:

—Ojalá Kathy hubiera hecho tanto caso como el dichoso perro.

CAPÍTULO TRES

Dos semanas después de recibir el correo electrónico de Recursos Humanos, Juan se encontraba en el despacho de su jefe, preparado para lo peor.

El jefe, un ejecutivo de cuarenta y pocos años con un diploma de Harvard colgado en la pared, fue pasando las páginas de su vida laboral de.

—Juan, como ya sabes, estamos en un momento de recesión económica y a la empresa no le queda más remedio que apretarse el cinturón. Tenemos que hacer muchos recortes, va a ser la mayor ronda de despidos de todos los tiempos. Es duro para todos. —Hizo una pausa—. Bueno, supongo que mejor que vaya al grano.

A Juan no le gustaba cómo sonaba todo aquello. ¿Estaba despedido? A lo largo de los años había tenido ocasión de oír de forma fortuita insidiosas críticas de sus compañeros debido a su enfoque poco ortodoxo de la investigación. Pero él estaba convencido de ir por el buen camino. Algunos de sus trabajos empezaban a dar frutos. Ojalá le dieran más tiempo...

Inclinado hacia delante en su asiento, Juan contuvo la respiración mientras el hombre fruncía el ceño y se ajustaba las gafas de montura metálica en lo alto del puente de la nariz.

—Tu investigación se ha considerado lo bastante importante como para que no se vea afectada por esta ronda de despidos.

Juan se recostó en el asiento embargado por una inmensa sensación de alivio.

—Gracias.

—Bueno, te he dicho que te quitaría la tirita de un tirón y te diría las cosas claras: ten en cuenta que, si hay otra ronda, y que quede claro que no está prevista, pero por si acaso te lo digo, todo puede cambiar. Sigue haciendo un buen trabajo y todo irá bien. Asegúrate de entregar el informe de actualización a tiempo el viernes. Tengo que agrupar los resultados mensuales y enviarlos a la central.

—Descuide. —Juan volvió al trabajo más que feliz, y agradecido de que se le permitiera continuarlo.

Eran casi las siete de la tarde y, como de costumbre, Juan seguía en el despacho. La máquina de secuenciación del ADN acababa de escupir el informe sobre la última muestra de tejido y él examinaba las columnas de datos. El objetivo era extraer un significado de las posibles diferencias entre las últimas muestras, rastrear el patrón de cambios y atribuir las mutaciones a genes concretos. A veces era un trabajo soporífero, pero Juan se quedaba absorto en él.

Un sonido metálico le llamó la atención. El pomo giró y la puerta del despacho se abrió lentamente. Steve Chalmers asomó la cabeza y su expresión de sorpresa quedó enseguida substituida por una amplia sonrisa.

—¿Estás haciendo algo divertido? —preguntó.

Juan se separó de la pantalla del ordenador y se restregó los ojos con el pulpejo de las palmas.

—No especialmente. De hecho, he vuelto a la secuenciación de Sanger automatizada porque estos datos no cuadran.

Steve se le acercó y se dejó caer en el sillón tapizado de beige situado al otro lado de la abarrotada mesa de Juan. Tenía cuarenta años cumplidos, aunque al pasarse la mano por el cabello rubio no lo pareciera. Steve dirigía a un buen número de investigadores, pero siempre mostraba una actitud desenfadada.

A veces hacía que Juan se planteara si él mismo era demasiado quisquilloso. Tal vez necesitara un hobby. O una nueva novia. De más edad. Quizá.

—A los de oncología no os entiendo —reconoció Steve—. Todo esto del cáncer parece tan... mórbido. —Se echó a reír y señaló a Juan con el dedo índice—. Tengo una vacante en mi equipo, si es que estás pensando en un cambio de ritmo. Además, la FDA es un peñazo con respecto a los ensayos clínicos para tratamientos contra el cáncer. Entre el Gobierno que nos complica la vida con los reglamentos, el poco personal que tiene interés en la investigación oncológica y lo que cuesta comercializar los tratamientos, es una especie de milagro que las empresas farmacéuticas se dediquen a esto.

Juan se encogió de hombros y se recostó en el asiento.

—Dudo que alguien se meta en oncología si no es por vocación. Para mí es algo personal.

Steve le dedicó un asentimiento cómplice.

—Lo siento. Recuerdo que me contaste que...

—No lo sientas. —Juan hizo un movimiento con la mano desdeñando la disculpa—. Además, nunca apareces a no ser que algo te ronde por la cabeza. ¿Qué pasa?

Steve sonrió.

—¿Has cenado ya? Felicia ha hecho su tristemente famoso estofado y no puedes dejarme sufrirlo en solitario.

Juan abrió un cajón del escritorio y sacó la bolsa con el almuerzo que no se había acordado de tomar antes.

—Lo siento, si no me como esto, olerá peor que los calcetines con los que voy al gimnasio. Además, tengo una cita con una muestra de cuarenta mil años que me está llamando para contármelo todo sobre su genoma.

Steve se levantó del asiento haciendo palanca y dio un golpecito con los nudillos en el escritorio de Juan.

—¿Estás seguro? ¿Y si le digo a Felicia que llame a una amiga? Seguro que será más joven que ese espécimen tuyo y, con un poco de suerte, un poco más animada.

Juan se rio, pero negó con la cabeza.

—Otra vez será. Saluda a Felicia de mi parte.

—De acuerdo, amigo. Cuídate.

Juan apenas oyó la puerta al cerrarse tras Steve. Ya estaba de nuevo absorto en los últimos datos secuenciados.

Faltaba poco para el amanecer cuando Nate Carrington llegó a la mitad de su carrera matutina de ocho kilómetros. Como cada mañana, se desvió del camino para dirigirse hacia el pequeño y discreto cementerio. El sendero bien mantenido quedaba iluminado por el destello menguante de las farolas de la calle cercana. El rocío resplandecía en las briznas de hierba cuando se dirigía en línea recta hacia la lápida que había visitado miles de veces.

Nate respiró el aroma de la hierba recién cortada mientras una ligera brisa enfriaba el sudor de su frente. Se arrodilló ante una lápida modesta y recitó las palabras que su esposa le había repetido casi cada mañana al despertarse el uno junto al otro: «No me beses. Tengo aliento matutino».

Nate pasó los dedos con suavidad por la lápida cubierta de rocío y resiguió amorosamente el nombre de su esposa: Madison Carrington. Habían transcurrido casi veinte años desde su muerte y no pasaba un día sin que pensara en ella.

En cuclillas junto a su tumba, Nate cerró los ojos y se sintió retroceder treinta años en el tiempo. Le parecía que había sido ayer cuando conoció a la tímida joven rubia de sonrisa radiante. Él tenía solo dieciocho años y ni siquiera pensaba en amor ni en medias naranjas, pero en cuanto le puso los ojos encima supo que era ella su elegida.

Se casaron al cabo de seis meses.

Y aunque se pasó los diez años siguientes yendo y viniendo de lugares perdidos de la mano de Dios en calidad de médico de las Fuerzas Especiales del Ejército, cada vez que regresaba a casa, ahí estaba Madison para recibirle con su hermosa sonrisa.

Incluso cuando volvió a toda prisa a casa desde Afganistán con un permiso especial tras recibir la noticia de que se le había diagnosticado un cáncer en fase terminal, ella lo recibió con la misma sonrisa. Igual de hermosa, a pesar del dolor.

Era la persona más fuerte que había conocido. El cáncer la corroía por dentro, pero ella rechazó la medicación que le daría paz. Que aliviaría su dolor. «No sería yo con esas medicinas —explicó—. Y quiero estar contigo hasta el final».

Exhaló su último suspiro en casa, entre sus brazos.

Nate se inclinó hacia delante, besó su nombre en la piedra y susurró:

—Añoro tu aliento matutino.

Con sus veinte años de carrera en el FBI a la espalda, Nate se había convertido en un experto del análisis forense. Era capaz de tomar todo tipo de pruebas dispares en la escena de un crimen y combinarlas para entender lo ocurrido. De hecho, en las últimas dos décadas, Nate prácticamente había reinventado algunas de las técnicas que se emplean en el análisis de escenas del crimen; a diferencia de muchos de sus colegas, prefería hacer su propio trabajo de campo. Hacía seis meses lo habían destinado a la academia que el FBI tenía en Quantico, Virginia.

No estaba convencido de que ser profesor de ciencia forense fuera lo más adecuado para él, pero recordaba bien lo que el director de la academia del FBI le había dicho el día que se presentó para ejercer de profesor.

«Con tus logros, has dejado el listón muy alto para los analistas forenses del FBI. Nos encantaría tener a doscientos como tú, pero dado que solo hay uno, necesitamos que trabajes con los demás agentes y les enseñes a hacer lo que tú haces».

Aún no había amanecido cuando Nate entró en el ala de seguridad considerada «Instalación de Información Clasificada». El aspecto que presentaba no reflejaba lo rimbombante de su nombre.

Mobiliario de metal barato estilo almacén, paredes de bloques pintados de blanco, moqueta marrón de estilo doméstico. Nate todavía detectaba el olor acre a tabaco de hacía décadas que impregnaba todos los poros del viejo edificio. Los ordenadores, no obstante, eran de alta gama.

Nate se sentó frente al monitor etiquetado como «Unión Mundial de Sistemas de Comunicaciones de Inteligencia», o lo que los miembros de la comunidad de inteligencia denominaban «Jay-Wicks», la red por la que se transmitía contenido de alto secreto de forma segura. Al lado de la etiqueta había una pegatina de un pájaro azul con un dedo emplumado delante del pico, para indicar que se guardara silencio.

Nate se conectó al sistema seguro, accedió a su bandeja de entrada y abrió el mensaje que lo aguardaba.

PARA: Nathaniel Carrington, Agente especial - FBI
ASUNTO: Análisis forense de incidente militar

Existen motivos razonables para considerar que se han producido intentos de encubrimiento relacionados con ciertas actividades en el aeropuerto de Homey, una base militar situada ceca del lago Groom, en Nevada.

Los datos recopilados vía satélite que se adjuntan confirman que hace ocho días se produjo un incendio forestal que afectó a sesenta hectáreas de terreno dentro de los límites del aeropuerto de Homey. El personal de seguridad destinado in situ no ha registrado el incidente en ningún informe.

Además, se encontraron los restos cubiertos de hollín de un cabo de los marines a más de 160 km de allí, a las afueras de Las Vegas. Sin embargo, ayer un civil encontró el vehículo abandonado del cabo justo en el exterior del perímetro delimitado de la base militar.

Le ha sido asignada la investigación de este incidente. Preséntese en la sede central para recibir más instrucciones al respecto.
Miriam W. Walker, directora adjunta
División de Tecnología Operativa
Oficina Federal de Investigación (FBI)

Impaciente, tamborileó con los dedos el escritorio de metal y se quedó mirando el monitor para releer el mensaje.

Soltó un gruñido dirigido a nadie en concreto.

—¿Qué demonios tiene que ver un marine muerto con un incendio en una base de las Fuerzas Aéreas?

Clicó en las imágenes vía satélite adjuntas, . Había una serie de vistas aéreas que detallaban el paisaje de Nevada, antes y después del incendio. Pero incluso con el zoom al máximo no tenían suficiente resolución como para ver nada que valiera la pena.

Consultó la hora en el reloj de pared justo cuando pasaba a marcar las siete de la mañana. Suspiró.

«Supongo que más vale que vaya al Edificio Hoover a ver lo que no me han contado».

Nate llegó al despacho del forense de Clark County un poco antes de la ocho de la mañana. Una mujer de pelo oscuro que lo miró con expresión sombría atendía en la recepción.

—¿En qué puedo ayudarle?

Nate mostró sus credenciales.

—Soy el agente especial Carrington del FBI. He llamado hace un rato. Tengo que hablar con el médico forense sobre uno de los casos que ha pasado por su oficina recientemente.

—Oh, sí, señor. El señor Crawford aún no está en su despacho, ha pillado un atasco de tráfico, pero me ha llamado para decirme que usted vendría. —Abrió un cajón del escritorio y extrajo un bloc de notas lleno de pósits escritos a mano. Dio un toquecito a uno de ellos—. Ha dicho que debería hablar con el doctor Kim, el forense jefe. Él se encargó del difunto que le interesa.

Cogió el teléfono y marcó una extensión.

—Doctor Kim... sí, soy Mónica, de recepción. El FBI está aquí y quieren hablar con usted.

Al cabo de unos instantes acompañaba a Nate por los pasillos silenciosos. Un caballero bajito y maduro de origen asiático apareció en la puerta de un despacho cuando se acercaban. La recepcionista presentó a Nat al doctor Kim antes de regresar a la recepción.

Nate estrechó la mano del médico forense.

—Soy el agente especial Carrington, del FBI.

El doctor Kim, que apenas medía metro y medio y aparentaba unos sesenta años, entró tranquilamente en su despacho e hizo un gesto a Nate para que lo siguiera.

—Tome asiento, por favor.

El forense se acomodó tras el escritorio, que estaba lleno de papeles.

Nate se sentó en la silla que le ofreció.

—Doctor Kim, estoy aquí porque formo parte de una investigación activa. Tengo que hacer el seguimiento de alguien que ha pasado por esta oficina hace poco más de una semana. Espero que me ayude a responder algunas preguntas.

El forense mantuvo una expresión neutra mientras contestaba.

—Bueno, si no está ya en el informe, dudo que puede resultar de ayuda. Al fin y al cabo, agente Carrington, procesamos miles de casos a través de la oficina forense. Haré lo que pueda. ¿Cuál es el nombre del difunto?

—Jonathan LaForce. Lo único que recibí fue un resumen del informe sobre el incidente del Departamento de Policía de Las Vegas. Estaba quemado y tenía varias lesiones en el cuello.

—¡Ah, sí! Recuerdo el caso. Yo practiqué la autopsia. Permítame que recupere mi informe. —Empezó a teclear en el ordenador—. ¿Qué necesita saber?

—Me gustaría disponer de una copia completa de los resultados. Cuando llamé antes, me dio la impresión de que no me resultaría fácil obtener esa copia.

—¿LaForce, dice? —El forense tecleó el nombre frunciendo el ceño—. ¿L-a-f-o-r-c-e?

Nate sacó el bloc de notas para verificar lo que había apuntado.

—Sí, eso es. ¿Hay algún problema?

—Un momento. —El forense cogió una de las carpetas del escritorio, la abrió y empezó a teclear. Al cabo de un momento negó con la cabeza—. Su informe no aparece en la base de datos. —Tecleó algo más y se encogió de hombros—. Tal vez sea un problema del ordenador. Pero recuerdo bien el caso, no es habitual que recibamos un cadáver parcialmente seco, atacado por lo que parecía una especie de perro y cubierto de hollín de pies a cabeza. —Se tocó el mentón—. Odio dar detalles concretos sin mis notas, pero recuerdo lo básico. La causa de muerte fue una laceración de la arteria carótida. El hombre presentaba marcas de mordedura en la muñeca. Parecían de lobo, pero no hay lobos en esta zona, por lo que supuse que serían de un perro grande con una fuerza extraordinaria en la mandíbula. Los pulmones estaban perfectamente limpios, ni hollín, ni inhalación de humo. El análisis toxicológico... lo siento, no me acuerdo. Aquí vemos muchos casos y a veces los confundo. No querría dar información incorrecta.

Nate anotó todo aquello.

—Gracias por su ayuda. De todos modos, necesitaré una copia del informe completo, cualquier otra nota o registros de transcripción de la autopsia y todas y cada una de las fotos. Dado que el ordenador está dando problemas, ¿puedo hacer una fotocopia?

El doctor Kim negó con la cabeza.

—Los archivos de los casos de la semana pasada ya se han llevado a digitalizar. Normalmente no hay necesidad de conservarlos. Es la primera vez que tengo problemas para encontrar algo en el sistema, probablemente se deba a un error administrativo. Si me deja una tarjeta, le enviaré el informe oficial en cuanto se solucione el asunto.

Nate se puso en pie y le tendió la tarjeta al forense.

—Gracias otra vez, doctor. Llámeme en cuanto encuentre el informe, por favor. Ya dispondré que alguien de la oficina local del FBI lo pase a recoger.

—Descuide. —El forense observó la tarjeta y frunció el ceño—: ¿Hay algún motivo por el que un agente del FBI de Washington quiera ver el resultado de la autopsia de ese hombre en concreto?

Nate le dedicó una sonrisa impenetrable.

—Me temo que no puedo decir nada al respecto. Ah, una cosa

más: ¿tengo alguna posibilidad de conseguir una muestra del hollín del cadáver?

El doctor Kim se encogió de hombros.

—Ya la tengo, pero supongo que no pasa nada por tomar otra, dado que ahora no puedo mostrarle los resultados. El cadáver debería estar todavía en el depósito.

—Gracias. Agradezco su ayuda.

El terreno que Nate recorrió en coche era agreste y, al margen de unas cuantas torres de radar en lo alto de las colinas rocosas, la base no estaba señalizada. Todavía no había visto indicios de vida y los numerosos carteles en los que decía «No pasar» y «Drones prohibidos en esta zona» dejaban claro que las Fuerzas Aéreas lo preferían así.

Se detuvo ante un cartel enorme que advertía que estaba en un recinto de las Fuerzas Aéreas de Estados Unidos y que era ilegal entrar en la zona sin el permiso del comandante de la base. Antes siquiera de poder aparcar, una nube de polvo bajó a toda prisa por la carretera en dirección a él. Dos todoterrenos sin matrícula se detuvieron ante su coche derrapando y dos hombres con uniforme de camuflaje se apearon de un salto.

Uno de ellos apuntó al coche de Nat con un rifle de asalto y gritó:

—¡Apaga el motor!

Nate apagó el motor y bajó la ventanilla.

El otro soldado se le acercó por el lado del conductor. Nate se fijó en que la ropa que llevaba no era militar. Lucía una placa en el hombro que ponía «Servicios Federales SRU». Esos hombres estaban subcontratados por el Ejército.

Nate mostró sus credenciales del FBI y el soldado las examinó antes de levantar la vista hacia él con los ojos entrecerrados.

—Señor, ¿es usted consciente de que ser del FBI no nos autoriza a permitirle entrar en esta instalación?

Nate se irguió un poco más en el asiento.

—El coronel Armington sabe que vengo.

El contratista apretó un botón del transceptor que llevaba sujeto al hombro.

—Tengo a un agente del FBI en el perímetro. Un tal Nathaniel Carrington, dice que... —El hombre se calló y Nate oyó el crujido de una voz por el auricular—. Sí, señor.

Hizo una seña al otro contratista, que bajó el arma de inmediato y regresó a su vehículo.

El hombre se volvió hacia Nate, y adoptó una actitud de cortesía profesional al devolverle la identificación.

—Siento haberle hecho esperar, señor. Tenga la amabilidad de seguirnos. Le llevaremos ante el oficial de servicio y él le guiará desde allí.

Mientras caminaba acompañado de un comandante de las Fuerzas Armadas, Nate inspeccionaba las colinas quemadas.

—Agente Carrington, le pido disculpas por el recibimiento que supongo le ha dispensado la pareja de matones. Espero que comprenda que hay un montón de locos rondando por aquí, buscando todo tipo de cosas raras.

—Alienígenas, ¿no? —Nate sonrió, a sabiendas de la fama que aquella instalación tenía entre los amantes de las teorías conspiratorias.

—Eso y todo tipo de cosas ridículas. Si supieran la verdad, este lugar les interesaría mucho menos. Pero cuanto más insistimos en que aquí no pasa nada extraño, menos nos creen. Así pues, nos esforzamos al máximo para mantenerlos a raya.

Nate se arrodilló en el extremo del campo incendiado, arrancó un haz de hierba quemada y la olió. Olía a chamusquina, pero despedía un tenue olor a algo artificial.

—¿Qué provocó el incendio? —preguntó.

—A decir verdad, yo no estaba aquí cuando se produjo. —El comandante cambió el peso de una pierna a la otra—. Acabo de regresar del Colegio del Estado Mayor de las Fuerzas Aéreas. Pero los contratistas dicen que fue un rayo. La hierba seca prendió y desde allí se propagó.

Nate sacó una bolsita de plástico de su kit de pruebas y recogió un poco de tierra, junto con una muestra de vegetación quemada.

—Ya veo que se limitó a su perímetro, pero, de todos modos, parece que fue un incendio considerable. ¿Por qué no se hizo constar en el informe de incidencias?

El comandante suspiró.

—Debería haberse incluido. Los contratistas la han cagado, y tenga por seguro que hablaré de este tema con el coronel. —Frunció el ceño—. ¿Por eso lo han enviado aquí? ¿Por la falta de un informe de incidencia?

Nate observó al militar pero no intuyó astucia alguna. De todos modos, a diferencia de los detectives irreales que salen en la tele y que siempre notan si alguien miente o no, Nate no se jactaba de ser un detector de mentiras humano. Era un hombre de hechos, no de corazonadas o intuiciones. Los hechos eran más fiables.

—De hecho, me han enviado a investigar unos cuantos incidentes en la zona. Supongo que me han pedido que los investigue todos por comodidad. —Nate señaló unos edificios de hormigón situados en el centro de la zona incendiada. Se alzaban cual islas ribeteadas de hollín en un mar de negro moteado—. ¿Qué es eso?

El militar siguió la mirada de Nate.

—Ah, eran puntos de observación en la época en que esta zona servía como campo de pruebas de bombardeos. Creo que no se usan desde la década de 1960, así que no se han deteriorado mucho. De hecho, probablemente estén en buen estado. Las construyeron para mantener a la gente a salvo de una bomba que se desviara, así que un poco de fuego no puede haberles causado daños significativos.

Nate se colgó la bolsa de pruebas al hombro y caminó como pudo por el campo incendiado en dirección a los edificios. El militar, tras vacilar unos instantes, lo siguió. Nate recorrió con la mirada el edificio rectangular de una sola planta y estimó que medía unos quince metros por seis. Sus botas de montaña crujieron al pisar los restos quemados.

Se arrodilló junto al edificio y notó un olor que lo transportó a sus días en Faluya. Arañó el suelo con las manos y se olió los dedos. Reconoció ese hedor: un acelerante.

«Ha sido un incendio provocado».

Pero, ¿por qué?

Mientras introducía tierra en las bolsas, se fijó en algo metálico. Sacó las pinzas del kit y lo recogió. Era un objeto de metal recubierto de cristal del doble del tamaño de un grano de arroz. Tenía incrustado un poco de pelo de animal, quemado y apelmazado.

—¿Ha encontrado algo interesante? —preguntó el militar.

Nate dejó los objetos en otra bolsa y negó con la cabeza.

—Estoy recogiendo muestras de distintas ubicaciones. ¿Podemos entrar?

El militar asintió.

—No veo por qué no.

El interior del edificio constaba de un único pasillo central flanqueado a ambos lados de salas diminutas, casi como celdas de prisión. Había marcas de quemaduras en las paredes, pero no los escombros propios de un incendio. Lo habían barrido.

—¿Ha venido alguien aquí desde el incendio?

El militar negó con la cabeza.

—No lo sé a ciencia cierta. Como le he dicho, acabo de volver. Pero no se me ocurre por qué alguien se habría molestado en venir. Este edificio lleva años en desuso. Aquí ni siquiera había muebles.

Nate se arrodilló en la entrada de una de las salas. En el umbral, justo al lado del marco, había un poco de ceniza y polvo sin barrer. Recorrió el lateral del marco con los dedos y notó una textura rugosa allí donde habría estado el gozne de la puerta.

Nate miró al militar, que estaba junto a la entrada del edificio.

—¿Aquí había puertas?

El militar frunció el ceño al entrar en el edificio y escudriñar la celda más cercana.

—Seguro que sí. Lo cierto es que he estado destinado en otro sitio los últimos tres trimestres del año y no he mirado aquí dentro desde hace dos, pero sí, por aquel entonces estas salas tenían puertas. —Se encogió de hombros—. Puedo mirar a ver si ocurrió algo que les hiciera quitarlas. ¿Es importante?

Nate hizo caso omiso de la pregunta. Mientras volvía a pasar los dedos por el marco de la puerta, algo que había tomado por una marca de quemadura cayó al suelo. Cogió las pinzas y recogió los restos resecos de... ¿pelo quemado? Los introdujo en otra bolsa de pruebas.

Continuó inspeccionando las distintas salas. En algunas encontró más restos de pelo. La mayoría eran de un marrón oscuro, siempre cortos, y solo los encontraba en los marcos de las puertas. Era como si animales salvajes se hubieran restregado contra ellos.

El médico forense había dicho que el marine muerto presentaba una mordedura de animal salvaje. ¿Habría alguna relación?

Nate se volvió hacia el comandante, que lo observaba todo con curiosidad a pesar de contenerse a la hora de hacer preguntas.

—¿Puedo hablar con alguno de los contratistas que estaban aquí durante el incendio?

El militar hizo un gesto de incomodidad.

—Me temo que no. Cuando me enteré de que usted venía y por qué, fui a hablar yo mismo con ellos. Parece ser que poco después del incendio, antes de mi llegada, el servicio de contratación sustituyó a todos los empleados. No me explicaron el motivo.

Nate observó al hombre con expresión de no dar crédito a sus oídos. Ahí pasaba algo y, por la cara del comandante, él también había llegado a la misma conclusión. O ya lo sabía. ¿Acaso todo aquello era una operación clandestina de la que nadie debía saber? ¿Acaso el marine lo había descubierto por casualidad y había visto demasiado?

Nate tenía la sensación de que apenas había empezado a rascar en la superficie de la muerte del marine. Ahí se cocía algo y era mucho más trascendente de lo que le había parecido en un principio.

CAPÍTULO CUATRO

La frustración de Juan iba en aumento mientras Steve avanzaba con el coche centímetro a centímetro bajo el chaparrón. Faltaba muy poco para llegar al aeropuerto, pero llevaban casi una hora en un atasco.

Steve tamborileó en el volante con impaciencia contemplando el tráfico que tenía por delante.

—La verdad es que no creo que hubieran podido elegir un momento peor para hacerte ir al aeropuerto.

Juan consultó su reloj.

—Siento que hayamos tardado tanto. Debería haber llamado a un taxi.

—No te preocupes. Por lo menos esta vez tendré una buena excusa para llegar tarde a cenar. Además, para eso están los amigos, ¿no? —Steve rio entre dientes—. Es que no entiendo por qué de repente te convocan a la central. Una reunión cara a cara con Winslow significa que, o bien has hecho algo muy malo, en cuyo caso probablemente no querré saber nada más de ti, o te van a ascender y tendremos que celebrarlo como en los viejos tiempos.

Juan soltó un bufido.

—No te precipites pensando en fiestas. Creo que es más probable que me den una patada en el culo.

Steve negó con la cabeza.

—No, Winslow no habría hecho que te reservaran un vuelo solo para despedirte. Eso podrían hacerlo por teléfono. Sin embargo, he oído decir que hay más despidos a la vista. Son rumores, claro está, así que hay que tomárselos con reservas. Aunque cancelaron la vacante que había en mi equipo, o sea que sé que están racaneando.

Juan no dijo nada. A pesar de los comentarios de su amigo, no conseguía ahuyentar la preocupación de pensar que estaba a punto de perder el empleo.

Steve se detuvo ante la zona de facturación de American Airlines.

—Bueno, lo hemos conseguido.

—Gracias, Steve. Y no te preocupes, si consigo un ascenso, intentaré que no se me suba a la cabeza. —Juan alargó el brazo hacia el asiento trasero y cogió la bolsa de viaje—. Resérvame la habitación de invitados. A lo mejor necesito un sito donde caerme muerto si me despiden y no puedo pagarme el alquiler.

Steve se echó a reír.

—Tío, sobre todo actitud positiva, y que no te vean nervioso.

El doctor Harry Winslow, de sesenta y pico años, era el director de investigación de AgriMed Global. Como máximo responsable del departamento de I & D de la empresa, tenía a casi quinientas personas a su cargo de forma directa o indirecta repartidas por los cinco continentes. Juan lo había visto apenas una o dos veces desde que el director le diera la bienvenida a la empresa en su primer día de trabajo, hacía tres años.

Winslow dedicó una sonrisa a Juan y señaló un par de sillas marrones de respaldo recto situadas frente a su escritorio.

—Toma asiento, Juan. Ponte cómodo.

Hablaba con tono amistoso, pero Juan no pudo evitar fijarse en que los ojos pardos del director lo miraban con expresión astuta y en que tenía los músculos de la mandíbula ligeramente hinchados, como si estuviera apretando los dientes.

Tampoco presentaba el mismo aspecto que el investigador en genética con bata de laboratorio que Juan había conocido el primer día. Se había convertido en un ejecutivo corporativo, con su traje de raya diplomática y sin ni una de sus canas fuera de sitio.

Juan apenas había pegado ojo, preocupado como estaba por las incertezas de su investigación y los rumores de más despidos en la empresa. A lo largo de los años, había compartido sus avances con su supervisor, pero no tenía ni idea de si algo de eso le había llegado a Winslow.

Juan se sentó, respiró hondo y le devolvió la sonrisa al director.

—Gracias, señor. Me alegra tener la oportunidad de hablar con usted. He realizado unos avances en mi investigación que creo pueden ser de su interés.

Winslow se inclinó hacia delante, acodado en la mesa, y tamborileando con los dedos.

—Juan, poco después de aprobar tu contratación te acompañé en el viaje a esa excavación en Siberia. La del mamut conservado. ¿Te acuerdas?

Sorprendido ante la inesperada pregunta, Juan contestó con un parpadeo:

—Sí, por supuesto.

—También acababas de escribir un artículo. ¿Me recuerdas el título?

—Creo que era algo así como «La selección natural como guía para la evolución dirigida». Era un estudio sobre los principios darwinianos para hacer avanzar la investigación más allá del siglo XXI.

Recordaba el viaje, y también el artículo. Lo que Juan no alcanzaba a comprender era por qué Winslow sacaba ese tema ahora. ¿Acaso no era más que paja antes de echarlo a la calle?

Winslow ensombreció el semblante.

—Tú no lo sabes, pero albergaba muchas esperanzas sobre la dirección de tu tesis. De hecho, he seguido tu trabajo durante bastante tiempo. Por eso he autorizado tu investigación personalmente a lo largo de los años.

Juan intuyó que aparecería un «pero» y se angustió aún más. Había dedicado tres años de su vida a buscar algo que nadie pensaba que encontraría. Había viajado por el mundo recogiendo muestras de ADN de especies extintas para profundizar en su investigación. Y sabía que estaba a las puertas de algo grande. No obstante, todo podía desmoronarse en ese mismo instante. Todos esos miles de horas pasados perfeccionando su algoritmo de mutación...

—Juan, los dos sabemos que era una posibilidad remota. Has dedicado más de tres años de trabajo a ello y ha sido un esfuerzo encomiable. Agradezco tu dedicación. Pero tres años y no tienes nada que presentar...

—¡No! Tengo resultados. —Juan se levantó de la silla de un salto, con el corazón a punto de salírsele del pecho. Si iban a despedirle, que no fuera porque Winslow no entendía el significado de lo que había descubierto.

Bajo la atenta mirada de Winslow, Juan sacó un archivador de anillas de la bolsa, lo colocó sobre el escritorio y fue pasando páginas de su investigación. Cuando encontró los gráficos de secuenciación del ADN, giró el archivador para enseñárselos al director.

—¡He encontrado un patrón! Y no es una coincidencia. He confirmado que no es una anomalía estadística.

Winslow miró a Juan y frunció el ceño. Solo dirigió la vista al archivador y se lo acercó al cabo de unos segundos de silencio incómodo.

—¿Un patrón, dices?

Juan notaba un cosquilleo nervioso por todo el cuerpo. Se concentró en la respiración. Tenía que defender sus hallazgos. Ahora o nunca.

—Señor, como ya sabe, llevo años secuenciando y analizando el ADN de especies extintas. Estos gráficos muestran los resultados de mi análisis comparativos entre las muestras de ADN intacto que extraje de distintos especímenes extintos. Los ordenadores y yo tardamos dos años en analizar los datos de secuenciación y me he pasado los últimos seis meses...

—¿De cuántos datos estamos hablando? —Winslow levantó la mirada mientras Juan pasaba a otro gráfico.

—Bueno, por ejemplo, el mamut lanudo. —Juan pasó una página y señaló una gráfica con el dedo—: Su genoma diploide contiene aproximadamente nueve mil cuatrocientos millones de pares de bases, lo cual es casi el cincuenta por ciento más de material genético que el de los humanos, que el ordenador ha codificado con el equivalente a unos 2,3 gigabytes de datos. Realicé un análisis comparativo, normalizando la fuente con las mismas inmediaciones generales en Siberia, y empleando varias muestras de distintos momentos cronológicos junto con su historia evolutiva. Mi muestra más antigua tiene casi cien mil años y también tengo muestras de hace setenta y cinco mil años, cuarenta mil años y catorce mil años. Mapeé esos cambios con respecto a las condiciones ambientales locales de donde se encontraron las muestras.

Juan respiró hondo.

—No capté el significado de los cambios hasta que vi la evolución genética en todo el grupo. Procesé todos los datos con el ordenador, para lo cual necesité varios meses dado su volumen, pero al final apareció un patrón. Y lo que he descubierto es... que las mutaciones no son aleatorias.

De repente dio la impresión de que hacía más calor en la sala. El aroma a limón del abrillantador para madera que emanaba del escritorio de Winslow dejó a Juan medio mareado. A pesar de la ligera brisa fresca procedente de uno de los conductos de aire acondicionado del techo, se secó una gota de sudor de la frente antes de continuar.

—Deduje un algoritmo para reproducir los patrones de mutación y lo apliqué a otras especies que aún no había acabado de secuenciar. Encontré el mismo patrón de cambios cuando por fin empecé a decodificar las muestras de ADN del león de una cueva, y luego del uro euroasiático. En cuanto realicé unos pocos ajustes para la duración estimada de cada una de las generaciones de las especies, conseguí una correspondencia casi exacta entre lo que estaba decodificando y lo que mi algoritmo predictivo de mutación decía que debería encontrar. Con lo que tengo ahora soy capaz de predecir con un margen de error del 0,001% los patrones evolutivos a lo largo de miles de generaciones.

Winslow se recostó en el asiento y tamborileó en el escritorio con los dedos de la mano derecha.

—No lo entiendo. O sea que secuenciaste algunos ADN y de forma retroactiva predijiste patrones evolutivos que ya podemos medir de todos modos. ¿Qué importancia tiene? ¿Adónde vas con esto? Y, en concreto: ¿cómo puede AgriMed utilizar esto para continuar investigando sobre medicamentos? ¿Cómo se rentabiliza? Apoyé esta investigación con la esperanza de que encontraras una raíz genética para el cáncer. O, mejor dicho, una raíz genética para luchar contra el cáncer.

Juan notó cómo un cosquilleo le ascendía por la columna mientras asentía entusiasmado.

—¡Sí, exacto! Es lo que he conseguido. Por eso empecé con el mamut. Como probablemente sabe, los elefantes modernos son muy resistentes a los tumores. Tienen muchas copias extra de TP53, un gen conocido por ser supresor de tumores. Y quise ver cómo evolucionaba. Entonces me topé con el patrón que le he mencionado y de repente caí en la cuenta de que, si era capaz, como era de esperar, de seguir el patrón de todos esos animales extintos distintos y estudiar cómo evolucionaron diferentes partes de su código genético, ¿no podría entonces, usando el mismo algoritmo, simular cómo evolucionarán nuestros genes en el futuro?

Imagínelo. ¿Cómo será nuestra genética dentro de mil generaciones? ¿Diez mil generaciones? ¿Qué podremos descubrir? Hemos mapeado nuestros genes, pero apenas hemos arañado la superficie de lo que supone comprenderlos. Vamos dando palos de ciego, esperando que la modificaciones genéticas con las que experimentamos resulten útiles. Pero con este algoritmo predictivo podemos modelar en cuestión de meses lo que la naturaleza tardaría decenas o cientos de miles de años en hacer.

Juan se inclinó hacia delante y buscó la página que resumía su simulación más reciente.

—En esta simulación he aplicado mi algoritmo al genoma de la rata de laboratorio más común. He simulado la evolución del ADN de la rata a lo largo de las siguientes doscientas mil generaciones. Eso son entre cuatro y cinco mil años de evolución futura.

Winslow examinó el documento más de cerca y fue siguiendo la información en la página con el dedo. ¿Había un atisbo de interés? Juan aguardaba incómodo, pasando el peso de un pie a otro.

De repente, Winslow levantó la vista.

—Si lo he entendido bien, crees que, pasados unos cuantos miles de años de evolución, la rata común empezará a mostrar múltiples copias del gen TP53 supresor de tumores.

Juan asintió.

—Eso es lo que muestran las simulaciones. Es mucho más complejo que eso, pues el genoma entero presenta todo tipo de cambios que hay que estudiar, pero me resultó fácil detectar esa anomalía, dado que era algo que los ordenadores ya señalaban. Y si puedo continuar con mi trabajo y ver qué ha provocado ese cambio o, aún mejor, verlo en un espécimen vivo...

El doctor Winslow se recostó en el asiento, asintiendo pensativo.

—Sugieres que si alcanzamos a comprender el mecanismo que desencadena el proceso... tal vez podamos aplicar el mismo truco a nuestro propio genoma.

—Tal vez sí, o tal vez no —reconoció Juan—. Pero no lo sabremos si no continúo mi investigación. Lo ideal sería pasar a realizar unas pruebas de laboratorio. Necesito testar algunas de esas secuencias para entender cómo funcionan.

El director rio por lo bajo.

—Bueno, esto... esto cambia las cosas, Juan. Me gusta el rumbo que has tomado. Nos organizaremos para que puedas hacer esas pruebas. Asegúrate de documentar en el servidor todo lo que has hecho, sobre todo ese algoritmo que has comentado, y hablaré con los otros supervisores de investigación para ver si puedes disponer de más ayuda.

Juan tuvo la sensación de que le quitaban una losa de encima.

—Señor, me pondré a ello de inmediato. Presentaré mis planes a la Junta de Revisión de Conformidad Ética...

Winslow levantó una mano y sonrió de forma afectuosa.

—No hace falta que lo presentes a la Junta. Envíame el plan

directamente. Lo revisaré y haré que tengas los mínimos obstáculos. Me da buena espina, Juan. Muy buena espina.

Se levantó, se acercó a la puerta y la abrió, antes de añadir en voz baja:

—Pero Juan, por ahora mantén todo esto en secreto. No compartas los detalles de ninguna parte de tu trabajo con nadie. Tienes una gran oportunidad de progresar en AgriMed. Más que eso, una oportunidad de lograr algo grande en nuestro campo. No podemos permitir que se filtre nada de esto antes de que estemos preparados, ¿entendido?

—Entendido, señor.

Salieron del despacho y Winslow se dirigió a su ayudante/secretaria.

—Sheila, ¿puedes llamar a Jenkins, Ratheblume y Marty Cohen y decirles que vengan? Necesito reunirme con ellos lo antes posible. —Volviéndose hacia Juan, Winslow le estrechó la mano y le preguntó—: ¿Tienes concertado el traslado al aeropuerto y esas cosas?

—Sí, señor. Está todo arreglado. Con respecto a la genética...

—Nada, nada. —Winslow hizo callar a Juan y negó con la cabeza—. Vamos a dejar de hablar de eso por ahora. Pásame los detalles de los que hemos hablado, sobre todo del algoritmo y de cualquier otra nota de investigación relacionada con lo que has averiguado, y yo me encargaré del resto. Mañana tendrás noticias mías.

Winslow se volvió para entrar de nuevo en su despacho y cerró la puerta tras darle una palmada a Juan en el hombro.

Juan se quedó mirando la puerta cerrada y deseó en silencio poder ser una mosca en la pared cuando el director se reuniera con sus jefes de investigación avanzada.

«Oye, Nate, soy John Hendrickson, del laboratorio de pruebas. Acabo de terminar de procesar las bolsas de pruebas que trajiste de Nevada. Creo que deberías venir para aquí. Hay cosas que..., en fin, no tienen mucho sentido.»

Nate se presionó el teléfono contra la oreja.

—No he traído el coche y son diez minutos a pie desde mi despacho hasta el laboratorio. No es que sea perezoso, pero... ¿no puedes decirme lo que has descubierto?

—Hazme caso, ven para acá. Esto se ha vuelto muy raro y necesito que alguien más verifique lo que carajo estoy viendo.

Era una petición extraña. Pero Nate había trabajado con Hendrickson con anterioridad y era un tipo juicioso y un buen analista de laboratorio. Consultó la hora en el reloj de pared; se acercaba el final de la jornada.

—Son las cinco menos cinco. Tengo que acabar unas cosas y luego iré para allá. ¿Seguirás ahí a las cinco y media?

—Sí, seguro. De todos modos, tengo otras pruebas que procesar.

—Vale, nos vemos dentro de un rato.

Nate colgó y se recostó en el asiento. No podía dejar de preguntarse qué habría descubierto el técnico de laboratorio que resultara tan extraño.

Cuando Nate empezó a trabajar para el FBI como miembro de la Unidad del Equipo de Respuesta ante Evidencias, el laboratorio forense de la institución, de renombre internacional, le resultaba intimidatorio. Era un campus gigantesco de 46 000 metros cuadrados dedicado exclusivamente a procesar todo tipo de cosas, desde huellas hasta materiales peligrosos. Lo hacían todo.

Ahora las puertas dobles se abrieron con una ráfaga de aire y Hendrickson, un técnico de pelo verde enfundado en una bata de laboratorio desgastada, lo saludó con una mueca.

—Toma, ponte esto. —Le lanzó una bata a Nate—. Ya sabes cómo va.

Nate cruzó las puertas exteriores y entró en un compartimento estanco. Mientras se ponía la bata y se colocaba unos escarpines de tela protectores encima de los zapatos, notó y oyó el zumbido del aire al quedar el laboratorio sellado respecto al exterior. El aire del laboratorio estaba muy filtrado y el objetivo del compartimento estanco era evitar tanto el escape de materiales peligrosos del laboratorio como toda contaminación de origen externo.

Nate se enfundó unos guantes de látex y miró detenidamente al técnico de treinta años.

—¿Pelo verde? ¿En serio?

Hendrickson se sonrojó.

—Me lo teñí para una fiesta de San Patricio y esta mierda no se me va.

Nate rio por lo bajo.

—Pues... te queda... te queda fatal.

Hendrickson frunció el ceño.

—Hombre, gracias. Vamos. Voy a contarte lo más sencillo camino del laboratorio de ADN.

Los dos hombres cruzaron una sala llena de mesas de laboratorio repleta de equipos de análisis de última generación.

—Básicamente, todas las muestras quemadas tenían un acelerante. Pero estoy seguro de que ya te diste cuenta de eso.

Nate asintió.

—Olí algo. ¿Has averiguado qué se usó?

—Pues sí. Básicamente una mezcla de gasolina, benceno y poliestireno.

—Mierda. ¡Eso es napalm! —exclamó Nate.

—Napalm B, para ser exactos. Y el frotis que tomaste del cadáver tenía las mismas trazas que las muestras. El hombre estaba en ese lugar cuando lo incendiaron, no cabe la menor duda.

—No obstante, no estaba quemado —musitó Nate—. ¿Qué me dices del pequeño objeto metálico revestido de cristal? ¿Has averiguado qué era?

—Sí, era un chip, del tipo que ponen a las mascotas para identificarlas. Con la particularidad de que tenía un transmisor activo. Y parecía haber llevado una antena de cable, pero se había roto. Con la antena, sería lo bastante potente como para poder ser rastreado desde una distancia considerable.

Se acercaron a una puerta marcada como «Laboratorio de ADN».

Hendrickson deslizó su tarjeta de identificación por el lector correspondiente y la puerta se abrió.

—Entonces ¿es el tipo de dispositivo que se usaría para una mascota? ¿Por si se pierde? —preguntó Nate.

—Ni por asomo. Lo que se usa para las mascotas no transmite nada más allá de unos centímetros de distancia. Solo he visto una vez algo semejante. Lo usaban para rastrear a los prisioneros que liberaban de Guantánamo.

—¿Quiénes? ¿La CIA?

El técnico encendió las luces del pequeño laboratorio y blandió el dedo.

—Que la CIA rastreaba a los prisioneros de Guantánamo lo sé a ciencia cierta. No sería descabellado pensar que lo que encontraste fuera de allí, pero todavía no he verificado quién es el fabricante. Con un poco de tiempo lo averiguaré.

—De acuerdo —dijo—. Hablemos de las muestras de pelo. —Hendrickson fue hacia la derecha y tecleó algo en el terminal de ordenador más cercano—. Ven aquí y mira esto.

Hendrickson había accedido a un informe de análisis de ADN. La conclusión era clara: NO IDENTIFICADO.

—O sea que no hay coincidencias —supuso Nate—. No es inusual en un incendio.

El técnico frunció el ceño.

—Nate, no soy imbécil. Algunas de las muestras que recogiste no estaban quemadas, como la muestra de referencia que estamos viendo. Los ordenadores no encuentran ninguna coincidencia.

Nate no entendía.

—¿Qué significa eso?

Sin mediar palabra, Hendrickson abrió un cajón con una llave y extrajo una bolsa de pruebas que contenía un portaobjetos. Lo colocó bajo las pinzas de un microscopio de gran aumento y accionó un interruptor. Se encendió un monitor que reveló dos muestras de pelo.

—Parecen iguales, ¿verdad?

A Nate le parecían iguales, pero eso no significaba nada.

—Supongo que sí. Entiendo que una es de un mechón que recogí y la otra...

—La otra es de un perro. Un labrador, para ser exactos. Tu muestra parecía pelo canino, así que la comparé con un puñado de muestras hasta que encontré una coincidencia visual.

Nate observó las imágenes con detenimiento.

—O sea que alguien implantó un dispositivo de rastreo en un perro. No entiendo qué interés tiene. Parece un callejón sin salida. Un localizador de mascotas. Por muy de alta tecnología que sea.

—Lo interesante no es que yo emparejara tu muestra con la de un labrador, lo interesante es que el ordenador no lo hiciera. Era lo propio si el ADN fuera el mismo. Pero no lo es. Consulté los registros de ADN de un labrador de raza estándar. Obviamente, aunque el ADN no sería exacto a menos que fueran gemelos, la secuencia del ADN de los miembros de la misma especie presentan más de un 99,9%de coincidencia. Pero, cuando comparé el ADN del labrador con tu muestra, obtuve una similitud del 97,8%. Es una diferencia enorme. En comparación, los humanos y los chimpancés presentan una similitud del 96%.

Nate abrió unos ojos como platos.

—Entonces, ¿la muestra pertenece a un labrador o no?

El técnico se volvió hacia él con expresión preocupante.

—Sinceramente, no sé qué es. El pelo es de labrador o, si me apuras, de algo muy, muy parecido a un labrador. Pero el ADN es radicalmente distinto. Tuve que consultarlo, pero la diferencia entre el ADN mitocondrial de los perros y el de los lobos es de solo un 0,2% . Y estamos hablando de diez veces más. ¿Cómo es posible que un animal claramente parecido a un perro posea un ADN tan distinto al de un perro?

Nate frunció el ceño.

—O sea que tenemos un dispositivo de seguimiento de alta tecnología. A alguien que utiliza napalm para destruir pruebas. Y un perro que no es un perro.

—No es que no sea un perro, Nate. Se trata de un animal que no concuerda con nada de nuestras bases de datos. ¿Qué coño encontraste ahí?

Nate notó un escalofrío en la espalda.

—No lo sé.

CAPÍTULO CINCO

Tres años después

Kathy O'Reilly se lamió el salitre del Pacífico de los labios. Mientras se inclinaba hacia delante en la silla giratoria alta clavada en cubierta, el velero de quince metros de eslora se mecía con suavidad en las cálidas aguas.

Lanzó una mirada a Brad, absorto en un mapa.

—¿Crees que podemos aventajar a la tormenta? —Preguntó mirando hacia una hilera de nubes que presagiaban tormenta en el horizonte.

Brad negó con la cabeza.

—Yo no me arriesgaría. Pero hay una pequeña isla no muy lejos de aquí que tiene una laguna costera en la que podremos refugiarnos hasta que pase.

Como si quisiera darle la razón, el viento sopló con más fuerza y zarandeó el barco.

Kathy dio un toquecito a la pantalla táctil de la consola de navegación y gritó:

—¿Cuáles son las coordenadas? Pondré el piloto automático.

—La laguna está en el lado oeste de la isla. Vamos para allá. Pon 11 grados, 25 minutos y 19,2 segundos sur, y 151 grados, 49 minutos y 22,7 segundos oeste.

Kathy introdujo las coordenadas y pulsó «marcha» en el sistema de navegación del barco. El velero viró ligeramente hacia la izquierda.

La mujer hizo una mueca mirando a Brad.

—Vamos a navegar —dijo él—. No hay de qué preocuparse. Llevo navegando desde niño —declaró.

Ella blandió un dedo hacia él con actitud bromista.

—Si nos quedamos aislados en una isla perdida de la mano de Dios por culpa de tu brillante idea, lo pagarás caro, que lo sepas.

Los ojos azules de Brad destellaron al reflejar el brillo del sol que lucía sobre sus cabezas y se echó a reír. Tenía casi cuarenta años, pero su sonrisa juvenil y espíritu aventurero hacían que los quince años que los separaban resultaran irrelevantes.

Él dirigió la mirada hacia ella y le acarició el cabello rojizo.

—Creo recordar que hablamos de estos planes y que a ti también te pareció buena idea. Además —se descolgó un teléfono vía satélite de la cintura—, por lo menos tenemos esto, así que, si surgen problemas, siempre podemos llamar a la caballería marítima.

—Bueno, esperemos no tener que recurrir a ella.

Un relámpago rasgó el espacio entre dos nubes y al cabo de unos segundos se oyó un largo trueno. Kathy se estremeció al mirar la pantalla del piloto automático y levantar luego la vista hacia los nubarrones que acechaban.

Durante unos instantes, Kathy deseó estar en su casa. Era hija de un ranchero de Nevada y nunca había tenido intención de volver, pero, mientras notaba una sensación cada vez más fatídica a su alrededor, pensó brevemente en la familiaridad del hogar.

—Kathy —le gritó Brad por encima del viento y el retumbo del trueno—. Bajemos al camarote. —Bajó de un salto bajo la cubierta y le hizo una señal para que lo siguiera—. Tardaremos un par de horas en llegar allí y, aunque deberíamos adelantar a la tormenta, ahí en cubierta el viento será difícil de soportar.

Kathy bajó de la silla del capitán, se internó en el camarote y dio a Brad un beso rápido en la mejilla.

—Nada de naufragios, ¿entendido, míster?

—Ah, no sé. Un naufragio me permitiría tenerte para mí solo.

Brad le pellizcó el trasero y ella gritó fingiendo ofenderse al tiempo que se dirigía a la proa.

Él cogió un cojín de un armario y se lo lanzó.

—¿Por qué no descansas un rato? Yo me quedaré vigilando.

—Buena idea.

Cuando Brad se acomodó ante los controles de la cabina de navegación, Kathy se subió a la cama en forma de V situada en la parte delantera del velero y arrebujó el cojín bajo su cabeza. Brad era capitán de un grupo de pesca profesional y ella confiaba plenamente en su capacidad para llevarlos a buen puerto. Así pues, se recostó y disfrutó del cabeceo del barco. Cuando empezaron a cerrársele los ojos, no se resistió. De repente, la despertó un grito de Brad desde arriba.

—Cariño, ¿puedes subir?

Kathy se quitó las telarañas mentales mientras subía a cubierta con paso torpe mirando en derredor. El sonido de las olas rompiendo en una costa le llamó la atención. Como el sol estaba bajo en el horizonte, Kate entrecerró los ojos para darse cuenta de que habían llegado a la isla, aunque todavía no habían entrado en la laguna.

Brad se estaba quitando la camisa y las zapatillas de cubierta. Se descolgó el teléfono vía satélite de la cintura y se lo tendió.

—Aguántalo.

Ella lo cogió.

—¿Qué estás haciendo?

—Una hilera de coral bloquea la entrada a la laguna. Es como si alguien hubiera dragado un sendero, pero luego lo hubiera cerrado con una puerta. Supongo que este sitio es de alguien. Pero teniendo en cuenta que nos persigue una tormenta... mejor pedir perdón que permiso. —Sonrió y señaló con el mentón la silla del capitán—. He plegado las velas, así que usa el motor propulsor para introducir el barco en la laguna en cuanto abra la puerta.

Kathy asintió y Brad le lanzó un beso antes de tirarse al agua sin apenas salpicar.

Se colgó el teléfono de la cintura y cogió unos prismáticos. Veía claramente la puerta que bloqueaba la entrada de la laguna; medía unos diez metros de ancho y tenía un cartel que decía: «Propiedad privada. No pasar».

Brad nadó hasta la puerta y, como un mono, ascendió por la verja hasta el mecanismo de cierre. Pareció tener dificultades, tiraba con ambas manos de la barra metálica que evitaba que la verja se abriera.

De repente, la barra metálica salió disparada hacia arriba y Brad cayó al agua.

Kathy se puso en pie de un salto y gritó:

—¡Brad!

Al cabo de unos segundos apareció en la superficie, levantó el pulgar para indicar que todo iba bien y le hizo un gesto para que se acercara. Antes de que tuviera tiempo de poner el motor en marcha, él se sumergió y la verja empezó a abrirse de mala gana.

Recostada en la silla giratoria del capitán, Kathy puso en marcha el motor fueraborda y empujó lentamente el acelerador hacia delante. El velero avanzó justo cuando empezaban a caer cortinas de lluvia.

Bajo la luz matutina, Kathy contempló una extensión de quince metros de agua hasta los restos maltrechos de la verja, que ahora a duras penas colgaba del poste metálico.

La noche anterior había sido la más terrorífica de su vida. El viento había aullado mientras el tifón desencadenaba toda su furia. Su embarcación no era ni mucho menos pequeña, pero incluso con la protección de la laguna se mecía como un barco de juguete. Y cuando por fin había amanecido, el cielo estaba despejado, pero se habían topado con otro problema. La verja destrozada les impedía el paso. Para colmo de males, se había convertido en una red a la que habían ido a parar todo tipo de algas, madera de deriva y vegetación.

Ahora Brad estaba cortando la vegetación a golpes de un hacha de supervivencia, pero no parecía avanzar mucho.

Kathy gritó por encima del sonido de los hachazos.

—¿Quieres que te ayude?

Él dirigió la vista hacia ella y negó con la cabeza.

Kathy notó un sofoco en el cuello y en las mejillas al darse cuenta de que estaba utilizando la única herramienta de la que disponían.

«¿En qué estoy pensando? Los únicos objetos cortantes que tenemos son los cuchillos de carne.»

Se sentía impotente al ver a Brad peleándose con aquel embrollo. Al cabo de diez minutos, él bramó de frustración, saltó al agua y nadó de vuelta al barco.

En unos segundos, Kathy ayudó a Brad a subir a la embarcación.

Con un último impulso, Brad trepó por el travesaño y se dejó caer en cubierta.

—Lo siento, cariño. Hay demasiada mierda enmarañada ahí. Y creo que el peso ha hundido parte de la verja en el cieno. Me parece que no seré capaz de moverlo sin otras herramientas. Ya sé que no querías que acabáramos así, pero creo que debemos pedir ayuda.

Hizo una mueca al levantarse y Kathy se fijó en que tenía el tobillo derecho amoratado y un poco hinchado.

—¿Qué te pasa en el tobillo?

—No es más que un esguince —dijo Brad restándole importancia mientras cogía el teléfono vía satélite.

—Ya sé que es propiedad privada, pero era el único lugar que encontramos donde refugiarnos del tifón. ¿No pueden ayudarnos a despejar el camino para poder navegar? Es lo único que pido. No necesitamos que nos aerotransporten ni nada parecido. Nuestro barco está bien.

Brad se separó el teléfono de la oreja y miró a Kathy como diciendo que la conversación no transcurría como era de esperar. La primera llamada, a las autoridades marítimas locales, había ido bien, pero luego lo habían pasado a la empresa o lo que sea propietaria de la isla y ahí es donde la conversación había empeorado.

—No, no vamos a llevarnos nada de su dichosa isla. Lo único que queremos es marcharnos lo más lejos posible de aquí. —Brad se pasó la mano por el pelo en un gesto que exudaba frustración—. ¿Treinta y seis horas? ¿No puede ser antes? —Exhaló un suspiro—. Bueno, vale. No, esperaremos en el barco.

Brad se quedó mirando el teléfono, negó con la cabeza y se lo ciñó a la cintura.

—O sea —dijo Kathy—. Un día y medio aquí colgados.

—Sí. Es evidente que alguna empresa tiene arrendada esta isla para mucho tiempo. Se han puesto muy bordes con lo de la «invasión de una propiedad privada» cuando les he dado la ubicación, pero parece ser que nos sacarán de aquí. Aunque me han dejado claro que nos cobrarán por el servicio.

—¿Y te extraña?

—No, supongo que no. —Brad adoptó una expresión pícara y señaló la isla con el pulgar—. ¿Sabes qué? Aunque estén cabreados por la «invasión»...

Kathy sonrió.

—No deberíamos.

—¿Por qué no? Cuando nos acercábamos vi unos cangrejos gigantes en la playa y ese bosque es de palmeras cocoteras. ¿Qué te parece un festín de cangrejo? Y podemos perforar unos cocos y bebernos el agua de coco.

No era mala idea: el cangrejo recién hecho era infinitamente mejor que cualquiera de los cosas que llevaban en la cocina.

Kathy lo abrazó.

—A ver si hablamos claro. ¿Te crees que un banquete con cangrejo hará que una chica como yo olvide que nos has dejado colgados en una isla desierta?

Él sonrió.

—Bueno...

—Oh, muérdete la lengua. —Kathy le dio una palmada en el pecho con actitud juguetona—. Cogeré un puchero y una pastilla de fuego para hervir el cangrejo. Tú tráete el hacha para los cocos.

Tumbada en la playa, Kathy se apoyó en los codos e inhaló el aroma del océano. Brad, a su lado, se afanaba para encender una hoguera, pero, por el momento, solo había conseguido envolverse en una gran nube de humo blanco.

Kathy estaba a punto de hacer una broma cuando, de repente, los lengüetazos naranjas de las llamas brotaron de la pila de troncos. Brad se retiró del fuego creciente con expresión satisfecha. Cuando vio que la llamarada aumentaba, se puso en pie de un salto e hizo una mueca.

—Brad, ¿seguro que estás bien? Tienes el tobillo muy hinchado.

—Estoy bien. Ponte cómoda y relájate. En cuanto hierva el agua, tendremos el cangrejo hecho.

Mientras Brad ponía el agua a hervir, Kathy recorrió la playa con la mirada. Estaba salpicada de carteles de «No pasar», escritos en varios idiomas, pero le inquietaba más el revoltijo de ramas rotas, algas y otros restos que cubrían la orilla. Aunque Brad había intentado disimular, cojeaba y ahora tenía el tobillo peor.

El extremo occidental lleno de peñascos de la isla resultaba impracticable debido a la profusión de restos de la tormenta que inundaba la playa. A Kathy le preocupaba el estado del tobillo de Brad cuando tocara regresar a la embarcación.

Suspiró al ver que Brad echaba un puñado de especias en el agua hirviendo y se dio cuenta de que nunca reconocería que sentía dolor.

Mientras Kathy inspiraba el aroma de los aderezos que emanaban del agua humeante, algo del entorno la dejó descolocada. El océano estaba en calma, y la brisa casi había desaparecido, sin embargo, había algo... raro.

Los sonidos.

Cayó en la cuenta de que no había oído el grito de una gaviota ni de cualquier otra ave desde que llegaran a la isla. Ni uno solo.

Quedaron envueltos en un manto de silencio cuando ella se levantó y se quedó observando el palmeral cercano.

—Cariño, ¿dónde crees que están los pájaros?

—¿Los pájaros? No sé. En Dutch Harbor las gaviotas tienden a marcharse de la ciudad antes de las borrascas. Supongo que las gaviota de aquí hacen lo mismo. —Sacó unas pinzas metálicas de la mochila y las hizo repiquetear en su dirección—. En quince minutos, comemos.

Kathy escudriñó los árboles sin quitarse a los pájaros de la cabeza. Y entonces lo vio: un ave con plumas multicolores que los observaba encaramada a un cocotero cercano. Le pareció extraño no haberla visto antes, pues su plumaje colorido destacaba entre el verde y marrón de los árboles.

—Oye, mira, Brad. Parece que no todas las aves se han ido.

—Oh, uau. Qué bonita. ¿Qué debe de ser?

Protegiéndose los ojos del sol con una mano, Brad se acercó a la palmera. De repente, el pájaro bajó de la rama y se abalanzó sobre él. Brad se agachó y el ave se alzó rápidamente del brazo de él y regresó a las copas.

—¡Joder!

Kathy corrió dando saltos de puntillas y gritó:

—¡Apártate del árbol! Probablemente esté defendiendo un nido.

Brad se llevó la mano al brazo y la camisa blanca quedó manchada de sangre.

—¡El bicho ese me ha dado un bocado!

Kathy sacó el botiquín de la mochila de Brad.

—Mejor que no se te infecte.

Brad negó con la cabeza.

—Te juro que el bicho ese me iba directo a la cara. Si no hubiera tenido el brazo levantado...

Kathy abrió una toallita empapada en alcohol y sonrió.

—Ven aquí, grandullón. Te lo voy a desinfectar.

Limpió la sangre y vio que le había arrancado del antebrazo un trozo de carne del diámetro de un bolígrafo.

—Maldita sea, pues sí que te ha dado un buen mordisco. Menos mal que no te ha pillado el ojo.

Brad hizo una mueca en dirección al cocotero.

—Nunca había visto un ave que se abalanzara así...

Separó bruscamente el brazo de Kathy y lo agitó con fuerza sobre la cabeza de ella. Kathy profirió un grito ahogado mientras el brazo de él le pasaba justo al lado de la oreja derecha. Kathy se tambaleó y estuvo a punto de perder el equilibrio.

—¡Te pillé! —exclamó él.

Aturdida, Kathy siguió la mirada de Brad. Detrás de ella, en el suelo, yacía el cuerpo maltrecho del ave de plumas multicolores.

—Esta cosa estaba como loca —explicó Brad—. Era como un dardo que se te dirigía directo a la cara.

Desde las palmeras se oyeron una serie de píos desafinados. Kathy se preguntó si serían los polluelos llamando a su madre y se le partió el corazón.

Pero, entonces, al menos una docena de aves multicolores aparecieron por entre las hojas de las palmeras.

—Brad —dijo, embargada por un escalofrío gélido—, marchémonos de aquí. Hay más aves de esas.

Al unísono, como si hubieran recibido una orden silenciosa, todos los pájaros se abalanzaron desde los árboles directamente sobre ellos.

Con el pulso acelerado, Kathy observó la escena como si se produjera a cámara lenta. Brad parpadeaba mientras varias aves de plumas coloridas rebotaban en él.

Brad cogió la mochila y arremetió contra ellas, zarandeándola ante sus atacantes, por lo que el contenido de la bolsa salió disparado por todas partes.

—¡Dejadnos en paz!

Consiguió noquear a dos. Tenía manchas de sangre por toda la camisa.

Sin pensar en la hoguera ni en el resto de sus pertenencias, Kathy gritó:

—¡Brad, olvídalo! ¡Larguémonos de aquí!

Brad asintió.

—¡Voy detrás de ti!

Kathy recorrió la playa a toda prisa sin apenas controlar el pánico que iba en aumento cuando algo la golpeó en la espalda. Siguió con la vista fija en el terreno irregular, corriendo a la máxima velocidad. No aminoró la marcha cuando otra cosa volvió a golpearle la espalda y notó una quemazón. Supuso que un ave le había pegado un mordisco.

Detrás de ella, Brad gritaba de dolor. Kathy se volvió y el mundo pareció quedarse inmóvil cuando vio a Brad intentando levantarse. Tenía la cara surcada de sangre. Había tanta sangre en la camisa que apenas quedaban zonas blancas. Y por primera vez vio miedo en el rostro de él.

—¡Maldita sea, Kathy, no te preocupes por mí! ¡Corre!

Levantó la vista y vio los pájaros sobrevolándola para otro ataque. Y, de repente, se quedó paralizada. Sus piernas se negaban a moverse.

Brad corrió hacia ella, la tomó del brazo y la arrastró hacia la línea de la arboleda.

—Corre por el bosque. Probablemente haya menos cosas en que tropezar y no podrán atacarnos con tanta facilidad.

Kathy notó la subida de adrenalina y corrió a refugiarse en el palmeral. Mientras serpenteaba por la vegetación densa, notó varias veces más el picotazo de un ave atacante. Respiraba con dificultad y ya no veía a Brad, aunque lo oía atravesando la maleza a su derecha.

—Brad. ¿Estás bien?

No recibió respuesta.

Lo único que podía esperar era estar yendo en la dirección correcta para llegar al barco. Las docenas de picotazos ardientes que notaba por todo el cuerpo eran un testimonio punzante de que aquella lucha era a vida o muerte. Y ella iba perdiendo.

Y, entonces, un rayo de esperanza: atisbó el fin del palmeral más adelante.

Mientras corría a la desesperada hacia la laguna imaginando que llegaba a la seguridad del camarote del velero, dejó atrás los árboles... y se paró en seco.

Se encontraba en un claro ante un edificio de hormigón y, al lado, a no más de quince metros, había un aviario alto, lleno de aves de plumas multicolores. Deberían haber estado encerradas, pero un cocotero había caído encima de la malla de acero del cercado y había abierto un boquete.

Con el corazón palpitándole en los oídos, Kathy corrió hacia la puerta del edificio. En ese mismo instante, una bandada gigantesca de aves salió del cercado y voló en dirección a ella.

«Por favor, que no esté cerrado».

Tiró de la puerta metálica... y se abrió. Entró a trompicones, cerró la puerta de una patada y se desplomó en el suelo, respirando con dificultad.

Se puso a cuatro patas y, temblorosa, vio caer gotas de sangre en el suelo de cemento. No tenía ni idea de cuántas heridas le habían hecho los pájaros, pero eran muchas. Tenía los brazos llenos de un rojo viscoso, como si se hubiera bañado en su propia sangre.

Algo le vibró en la cintura. El teléfono vía satélite. Estaba sonando.

Se lo arrancó del cinturón.

—¡Brad, gracias a Dios! ¿Has llegado al barco?

—Señorita, ahora vamos a enviar a un equipo de salvamento...

—¡Joder, manden un helicóptero! ¡Pagaremos lo que haga falta! ¡Nos está atacando una bandada de pájaros locos y necesitamos ayuda médica! —Kathy se tragó el nudo que tenía en la garganta y empezó a sollozar—. Mi novio se dirige hacia nuestra embarcación y está herido. Yo estoy en un edificio. Estoy llena de sangre y vete a saber qué...

—Señora, cálmese. ¿Ha dicho que están en una isla y...?

—¡Sí! ¡Envíen ayuda de una puñetera vez! ¡Es una emergencia!

—Señora...

La voz pareció apagarse y Kathy sintió que le fallaban las fuerzas.

«¿Tanta sangre he perdido?».

Se tumbó boca arriba. La sala empezó a darle vueltas. El sol que se filtraba por las ventanas intactas del extraño edificio fue apagándose mientras oscurecía a su alrededor.

La despertó el retumbo de una explosión lejana.

Kathy se incorporó y sacudió la cabeza.

Otra explosión, que hizo retumbar el suelo. Y esta sonaba... más cercana.

Ignoró el dolor que sentía y se puso de pie tambaleándose.

Cuando había entrado en el lugar, estaba tan presa del pánico que ni siquiera se fijó en lo que la rodeaba. Miró en derredor. Quedaba claro que el sitio era una especie de laboratorio. Había hileras de incubadoras en las mesas. En algunas había montones de huevos blancos del tamaño de una uva, en otras, polluelos ciegos y sin plumas. Se acercó, se quedó mirando los polluelos recién nacidos ciegos y se fijó en cómo asomaban unas plumas nuevas rojas.

«¡Joder! ¿Alguien está criando a esos bichos?».

Se alarmó al pensar en Brad. Confiaba en que hubiera llegado sano y salvo al barco. Estaba mareada y estuvo a punto de desplomarse encima de una de las mesas del laboratorio.

En la mesa había una pila de libretas con un logo estampado: «AgriMed». El ordenador de al lado de la incubadora tenía un lápiz USB insertado en una de las ranuras con una pegatina en la que podía leerse «AgriMed Confidencial».

Lo cogió sin pensárselo dos veces.

Otra explosión hizo temblar el edificio y Kathy corrió a la ventana.

El corazón le dio un vuelco al ver a seis hombres emerger por entre los árboles, todos armados, todos vestidos con ropa de camuflaje. Uno de ellos apuntó al aviario con un rifle voluminoso y disparó una llamarada naranja.

Otro soldado corrió al edificio e irrumpió en la sala.

—Señorita, estoy aquí para sacarla de la isla.

Kathy se acercó a él con paso tambaleante y con el cuerpo ardiendo de dolor. El soldado la tomó del brazo y la ayudó a salir por la puerta.

Notó el calor de las llamas de inmediato. Los soldados no solo estaban quemando el aviario, sino también buena parte del bosque circundante. El calor resultaba casi insoportable mientras Kathy intentaba seguir el paso de los soldados que la alejaban del edificio. La nube de humo de los árboles en llamas le produjo escozor en los ojos y las lágrimas le cegaban la vista.

Kathy se paró un momento para limpiarse el hollín de los ojos y profirió un grito ahogado cuando un soldado se la cargó al hombro y continuó adelante, seguido por los demás. Kathy oyó un silbido y notó el calor de un lanzallamas al incinerar algo que tenían por delante. Apenas podía respirar por culpa del humo.

Y entonces la colocaron en la plataforma de un helicóptero cuyas hélices ya habían empezado a rotar.

Kathy tosió. El pecho le dolía debido a la inhalación de humo. Presa del pánico, se agarró al brazo del soldado que la había cargado.

—¡Brad sigue allí fuera! ¡No pueden dejarlo atrás! —El motor del helicóptero rugió aún más fuerte.

El soldado tenía el rostro lleno de hollín y parecía estar tallado en piedra. Frunció el ceño y negó con la cabeza.

—No hay hombre en isla —dijo con un fuerte acento alemán.

Otro hombre le colocó una máscara de oxígeno encima de la boca y la nariz.

—Respira.

Kathy inhaló y perdió el mundo de vista.

CAPÍTULO SEIS

Kathy estaba sentada en el borde de una cama de hospital en una habitación espartana hecha con bloques de hormigón. Tenía un baño adjunto, pero no había ventanas, ninguna vista del mundo exterior. No tenía ni idea de dónde estaba.

El helicóptero había aterrizado en plena noche en una isla tropical sin apenas signos de civilización. Dos hombres con batas de laboratorio se habían hecho cargo de ella y le habían tratado las heridas en silencio. Habían tardado bastante, pues tenía docenas de picotazos, cada uno de los cuales necesitaba limpiarse y coserse, pero mientras lo hacían se habían negado a responder a sus preguntas. Por lo menos le habían permitido darse una ducha caliente antes de que la dejaran ahí, completamente sola en una zona del edificio que parecía un barracón.

Sabía que debía intentar descansar, pero no podía. No podía siquiera cerrar los ojos sin ver el rostro ensangrentado de Brad. Y no conseguía quitarse de la cabeza la posibilidad —probabilidad— de que estuviera muerto.

La falta de emoción que sentía al respecto no era propia de ella. En circunstancias normales, se habría vuelto loca, hubiera gritado, se habría enfurecido. Pero se sentía emocionalmente exhausta. No le quedaba casi nada en el interior.

Se sentía entumecida.

«¿Entonces esto es una conmoción? ¿Tengo algún tipo de estrés postraumático?».

Kathy respiró hondo mientras miraba a su alrededor. La sala despedía el mismo olor antiséptico que un hospital, pero no recordaba haber visto a otros pacientes cuando la habían trasladado en silla de ruedas de una sala a otra.

Todo el cuerpo le palpitaba de dolor. Se subió la manga de la camisa blanca limpia que le habían dado. Se escudriñó el brazo derecho, se fijó en todos los moratones y empezó a contar.

—Diez picotazos, todos con dos puntos.

Se levantó, embargada por el dolor, y se dirigió al cuarto de baño. Se estremeció al verse en el espejo.

Apenas se reconocía.

Tenía buena parte del lado izquierdo de la cara ocupado por un cardenal. Lo tenía tan hinchado que le costaba abrir el ojo. Se palpó el rostro con los dedos y la sorprendió ver que no notaba dolor. Tal vez los médicos le habían dormido esa zona. Sin embargo, en el resto del cuerpo sentía más dolor del que creía posible. No le habían dormido las heridas, que le escocían. Y, a pesar de la temperatura más bien fresca del aire acondicionado de la sala, notaba un calor incómodo en todo el cuerpo.

«Debo de tener fiebre».

Llamaron a la puerta de su habitación. Salió del baño y la abrió.

Un hombre musculoso vestido con ropa de trabajo negra aguardaba en el exterior. Con un acento muy marcado, le dijo:

—Ven conmigo. El director ha llegado y quiere verte.

«¿Director?».

Asintió.

—Sí, vale.

«A lo mejor puede decirme algo acerca de Brad».

El alemán condujo a Kathy a una sala de reuniones bien acondicionada. En un rincón había una mujer de mirada fría y un hombre mayor estaba sentado a una mesa grande. A diferencia de todos los demás, vestía impecable con traje y corbata. No tenía ni un solo mechón del pelo entrecano fuera de sitio. Y, cuando habló, quedó claro que era americano.

—Señorita O'Reilly. Tome asiento, por favor. Me alegro mucho de que se sienta mejor después... de este desafortunado incidente. —Sonrió e hizo una pausa—. Pero supongo que es consciente de que a lo largo del puerto había carteles que advertían a la gente que no se debía pasar.

Hablaba con voz cálida, pero Kathy notó rigidez en su semblante, como si estuviera muy molesto por algo. Tal vez por haber tenido que desplazarse a aquel lugar remoto, o quizá estuviera enfadado con ella. Lo más probable es que fueran ambas cosas.

Se sentó, con unas ganas locas de largarse. Se notaba enfebrecida.

—Sé que no teníamos que haber estado allí —reconoció—. Tal como explicó Brad... —Se calló a media frase, de nuevo le había venido a la mente su rostro ensangrentado—. ¿Lo han encontrado? ¿A mi novio? Ambos nos dirigíamos al velero cuando nos tuvimos que separar...

El hombre lanzó una mirada a la mujer imperturbable, que no apartó la vista de Kathy ni por un momento.

—Estoy seguro de que su novio está bien —respondió él con tranquilidad, y dio un toquecito a un documento que tenía en la mesa, delante de él—. Mis hombres informan de que el velero zarpó del puerto casi inmediatamente después de que despejaran la vía.

Kathy se sintió esperanzada. Pero, cuando abría la boca para hacer una pregunta, el hombre prosiguió:

—Pero no tengo ni idea de adónde se dirigía el barco.

Kate tuvo la impresión de que el mundo se detenía y una sensación de terror frío la atenazó por dentro.

Brad nunca se habría marchado sin ella, o sin hacerle saber adónde iba. Se habría asegurado de que estaba bien, no le cabía la menor duda de ello.

Aquel hombre mentía.

Lo cual probablemente significara... que Brad estaba muerto.

Y nadie estaba al corriente de su propio paradero.

Un escalofrío le recorrió la columna. Estaba a merced de aquella gente.

Cuando dirigió la vista hacia uno de los rincones de la sala, Kathy recordó la presencia de la mujer de mirada fría. Había estado observando todos y cada uno de los movimientos de Kathy. Por algún motivo, la ponía más nerviosa que cualquier otra persona de las que había visto.

El hombre deslizó una pila de papeles hacia ella.

—Señorita O'Reilly, ha penetrado en nuestra propiedad, pero la empresa ha decidido pasarlo por alto y no la denunciará. De hecho, lamentamos profundamente la experiencia por la que ha pasado, y nos gustaría compensarla con generosidad. Lo único que le pedimos es que firme este contrato de confidencialidad.

Kathy leyó la primera página por encima.

La voz del hombre adoptó un tono cálido, casi paternal.

—Es un acuerdo bastante normal. Usted acepta guardar silencio acerca de lo que ha visto y nosotros le damos 200 000 dólares. Con respecto a los detalles del acuerdo...

El hombre siguió hablando, pero Kathy no lo escuchaba. Nunca había soñado que alguien le ofrecería tanto dinero a cambio de «nada», y mucho menos por guardar silencio acerca de algo.

Por supuesto, reconocía lo que era: un soborno. Pero también era consciente de que no tenía elección.

Se estremeció al pensar lo que podrían hacerle si se negaba.

Sin esperar siquiera a que el hombre dejara de hablar, cogió un bolígrafo y firmó los documentos.

«La empresa» le pagó un vuelo de vuelta a Alaska. Pero en cuanto llegó allí no supo qué hacer. Había estado trabajando en Cape Cheerful, en Dutch Harbor, pero ahora aquel lugar le traía demasiados recuerdos, pues allí era donde había conocido a Brad.

Necesitaba saber qué había sido de él.

Él no había vuelto a casa y el atracadero donde solía amarrar el velero estaba vacío. Se puso en contacto con sus amigos y compañeros de tripulación, para ver si habían tenido noticias de él. Nada.

Estaba convencida de que le había sucedido algo terrible. Informó a la policía de su desaparición. Le dijeron que investigarían, pero ella no se sentía muy optimista. Una desaparición en el mar no era de su competencia, y mucho menos se incluía en su jurisdicción.

Al cabo de una semana, la angustia la devoraba. Toda Alaska le recordaba a Brad. Brad y la dichosa isla.

Necesitaba un cambio.

Frank se levantó de la butaca reclinable para responder a la llamada a la puerta. La abrió y se encontró con la persona que menos esperaba.

Su hija, Kathy.

Hacía dos meses que no tenían noticias de ella, e incluso entonces había sido una conversación de cinco minutos con Megan, para anunciarle que se había liado con el capitán de un pesquero en Alaska. Su niñita no aparecía por casa desde... hacía más de tres años.

Y ahí estaba ahora, con aspecto devastado. Tenía los brazos y la mejilla izquierda llenos de moratones y le vio puntos en el cuello, por encima de la camisa. Tenía el rostro surcado de lágrimas.

Se había escapado de casa la última vez que él se había enfrentado a un novio que la había abofeteado. En ese momento, Frank quería a su niñita en casa sana y salva.

—¿Papá? ¿Puedo recuperar mi habitación?

Él la abrazó con fuerza.

—Cariño, por supuesto que puedes quedarte aquí. Cuando quieras y el tiempo que quieras. —La besó en la cabeza—. Tu madre ha salido a pasear a Jasper. Volverá enseguida.

—¿Jasper? —preguntó Kathy con voz amortiguada, presionando la cabeza contra el pecho de su padre.

—Habría jurado que te hablé de él. Tenemos un perro nuevo.

Kathy se separó, secándose las lágrimas de la cara.

—¿En serio? Después de la muerte de Daisy, pensé que mamá nunca más querría un cachorro.

Él esbozó una sonrisa forzada.

—Supongo que Jasper nos eligió a nosotros, y no al revés. Te gustará. Es listo a más no poder y no se queja tanto como una jovencita que conozco. —Guiñó el ojo—. Venga, entra.

—Voy a buscar mis cosas.

—No. —Frank hizo entrar a su hija y le señaló el sofá—. Siéntate y relájate. Yo me encargaré de todo.

Kathy yacía en su cama con las persianas bajadas. Llevaba una semana en casa y los fantasmas de lo sucedido en aquella isla seguían acechándola. La imagen del rostro ensangrentado de Brad era una presencia casi constante.

Ella también seguía teniendo miedo. La angustia la corroía por dentro y se sentía enfebrecida y exhausta.

La puerta de su dormitorio se abrió y Jasper asomó su hocico marrón.

Kathy se dio la vuelta y se tapó con el edredón.

Oyó los pasos amortiguados, pero ignoró al perro que se le acercaba.

No le gustaba la idea de que hubiera otro animal en la casa. Daisy había sido su mascota de pequeña y su muerte la había destrozado. Daisy no tenía sustituto. Aquel perro le parecía un intruso.

Jasper subió a la cama de un salto, se tumbó a su lado y apoyó la cabeza en la almohada.

Ella se volvió para mirarlo. Sentía su aliento canino delante de la cara. Daisy solía hacer exactamente lo mismo.

Jasper le lamió el rostro.

Kathy se echó a reír sin poder evitarlo.

—No eres precisamente tímido, ¿eh?

Jasper la miró con sus tiernos ojos castaños y soltó un suave ladrido.

Frank se recostó en el sofá y apoyó la cabeza en la de Megan.

—Queda claro que Jasper se ha encariñado con Kathy, ¿verdad?

Hacía una hora que el perro había desaparecido en el cuarto de Kathy. Desde entonces, había oído unos cuantos ladridos amistosos y las risas inconfundibles de su hijita.

—Es curioso ver cómo Jasper intuye cuando alguien está decaído y lo saca de su abatimiento —dijo Megan. Volvió la cara para mirar a Frank a los ojos—. ¿Has conseguido que te hable de esos moratones?

Frank notó que se sulfuraba.

—No suelta prenda. Me imagino que su novio le hizo algo que no quiero ni imaginar. Nuestra hija es asustadiza y los dos sabemos que yo a veces soy impulsivo. Lo último que quiero es que se largue cuando más nos necesita.

Megan exhaló un suspiro, lo rodeó con un brazo y lo sujetó fuerte.

—Espero que esté bien. Pasa muchas horas durmiendo.

—Necesita tiempo para poner sus cosas en orden. Para saber por dónde tirar.

Frank notó una punzada de dolor en el codo izquierdo. Hizo una mueca y cambió de postura.

Megan levantó la vista hacia él.

—Todavía te duele el brazo. ¿Por qué no has ido todavía al médico?

Frank negó con la cabeza.

—Está bien. Ya te lo dije. La semana pasada hice un gesto raro al descargar una de las balas de paja. Evitaré hacer esfuerzos durante unos días.

Kathy se sentó a la mesa a la hora de cenar y recorrió la superficie lisa con la mano. Su padre había hecho esa mesa cuando ella tenía nueve años. Recordó haber ayudado a poner el colorante y luego observar cómo la cubría con incontables capas de poliuretano. A día de hoy, seguía como nueva.

El aroma del rosbif de su madre emanaba desde la cocina. Kathy sabía que sería delicioso, pero tenía el estómago revuelto. Estaba mareada desde lo de la isla. Mareada y exhausta.

Kathy oyó a su madre trajinar por la cocina preparando la cena y la embargó un sentimiento de culpa.

Lo cierto era que no había hecho más que dar vueltas por la casa desde hacía semanas. Debía de ser una depresión. Una depresión causada por la culpa, la muerte de Brad, su supervivencia, el dinero manchado de sangre que tenía en la cuenta bancaria.

Papá entró en el comedor y le dedicó una sonrisa radiante.

—¿Cómo está mi hijita?

—Estoy bien, papá —mintió—. ¿Qué tal van los nuevos pastos?

Frank colocó una gran mano cálida sobre el hombro de su hija y la besó en la coronilla.

—Oh, da la impresión de que al ganado le gusta. ¿Quieres venir conmigo un día?

A Kathy se le formó un nudo de tristeza en la garganta al pensar en volver a ayudar en el rancho. Papá había crecido criando ganado y montando a caballo, y era capaz de arreglar cualquier cosa que se estropeara. Llevaba la vida de ranchero en las venas. Pero a Kathy la aterraba la idea de quedarse en el rancho.

Negó con la cabeza.

—No, gracias, papá.

Su padre asintió y le dedicó una sonrisa tranquilizadora, lo cual hizo que se sintiera aún peor.

Jasper entró sigilosamente en el comedor, apoyó la cabeza en el regazo de Kathy y exhaló un fuerte suspiro. Ella le rascó la cabeza. En cierto modo, el perro siempre parecía saber cuándo estaba a punto de venirse abajo, y su presencia reconfortante la ayudaba a controlarse.

Mamá apareció con una bandeja de rosbif y patatas nuevas. La dejó sobre la mesa y luego miró a Kathy y preguntó:

—Cariño, ¿qué tal estás de la barriga? Puedo preparar una ensalada si crees que todavía no te conviene la comida fuerte.

—Una ensalada me irá muy bien. —Kathy se retiró de la mesa—. Ya voy a hacérmela...

—No se mueva usted, jovencita. —Mamá la miró con el ceño fruncido—. Relájate. Vuelvo enseguida.

Papá siguió a mamá con la mirada mientras iba derecha a la cocina. En cuanto desapareció, miró fijamente a Kathy y le preguntó:

—¿Seguro que estás bien, Kathy? Estaba pensando que si hay algo... algo con lo que el médico de Ash Springs te pueda ayudar... tu madre y yo podemos llevarte a una buena clínica de Las Vegas. Aunque sea solo para hablar.

Kathy sonrió a su padre. Era lo más cerca que había estado de sugerirle que quizá tenía algún problema mental.

—Me pondré bien, papá. No te preocupes.

Mamá regresó con un gran cuenco de madera lleno de ensalada variada.

—¿Va bien la vinagreta de frambuesa? No tenía ingredientes para otro tipo de aliño.

—Cariño, suena delicioso —comentó papá con consideración.

Kathy sonrió hacia su madre, que mezclaba la ensalada.

—Mi preferida. —Acarició a Jasper en la cabeza e intentó centrarse en el aquí y el ahora.

Mientras mamá removía las frambuesas para el aliño, su padre cortaba el rosbif y servía las rosadas y jugosas lonchas en los platos. Kathy observó a sus padres. Encajaban a la perfección. Novios desde el instituto que nunca se habían dicho una palabra fuera de tono el uno al otro. Por lo menos, que Kathy supiera.

Mamá y papá era los padres ideales y, para la mayoría de la gente, eso resultaría reconfortante. No obstante, para Kathy era motivo de angustia. No alcanzaba a imaginar cómo podría ser tan feliz o sentirse tan realizada como ellos.

Mamá tomó el plato de Kathy y preguntó:

—Cariño, vas a tomarte un buen plato de ensalada, ¿verdad?

Kathy asintió y mamá le sirvió una buena ración y se sentó delante de ella.

Su padre carraspeó como siempre hacía antes de bendecir la mesa. Todos se persignaron e inclinaron la cabeza.

—Bendícenos, oh, Señor...

A Kathy se le fue la cabeza hacia pensamientos más turbios. Su sentimiento de culpa le resultaba abrumador.

No merecía ninguna bendición.

El aparcamiento situado delante de Saint Mary's estaba prácticamente vacío cuando Kathy ocupó una plaza. Hacía cinco años que no pisaba una iglesia, desde el funeral de su tío. Sufrió un accidente de coche cuando Kathy estaba en Alaska en un bolo como cantante. Murió en el hospital durante su viaje en avión de regreso a casa.

Cuando salía del coche, oyó una voz cálida que exclamaba:

—Alma bendita, ¿eres la pequeña Kathy O'Reilly?

Un hombre alto de pelo entrecano se le acercó desde la escalera de la puerta de la iglesia ataviado con la clásica sotana negra y el alzacuello blanco característico de la Iglesia católica.

—Sí, padre Carson, soy yo.

El padre Carson rondaba los setenta años, pero no daba muestras de pérdida de energía. Avanzó hacia ella con paso ligero y los brazos extendidos, y le rodeó el rostro con sus cálidas manos.

—Mi niña, te veo demacrada. Tu madre me ha contado algo de lo que te ha pasado, la desaparición de tu chico y eso. Siento mucho que estés pasando por esa angustia.

Algo de la sinceridad que destilaba su voz derritió la gelidez que Kathy albergaba en su interior.

Como si un proyector de cine fuera dando saltos al azar en una película, las imágenes de los últimos meses le pasaron como destellos por la mente.

El rostro ensangrentado de Brad. Cuando ella se había refugiado en el laboratorio. Los hombres que la rescataron de la isla. Kathy observando la casa vacía de Brad, preguntándose si estaba muerto.

Ni durante el ataque en la isla o la subsiguiente huida del peligro, ni durante los tres meses que llevaba oculta del mundo... había sentido realmente nada de todo eso.

Hasta ahora.

Lágrimas descontroladas le rodaban por las mejillas. El entumecimiento se reventó como una presa y dio lugar a un cóctel explosivo de emociones: alivio, culpabilidad, terror, tristeza.

Se rodeó a sí misma con los brazos por temor a que se le abrieran las costuras.

El padre Carson le secó las lágrimas.

—Hija mía, ¿puedo hacer algo para aliviar tu dolor?

Kathy respiró hondo y asintió. Se persignó e inclinó la cabeza.

—Bendígame, padre, porque he pecado. Mi última confesión fue...

CAPÍTULO SIETE

—¿Una investigación en Kiribati? —preguntó Nate—. Eso sí que es original.

—No es que sea original, es que da asco. —Jeff Binghamton, hombre de pelo cano subdirector del departamento de Investigación Criminal del FBI, deslizó un microcasete por su escritorio—. Es el audio de la demanda inicial. Luego lo escuchas, pero la cuestión es que un idiota corporativo afirma que el Gobierno acosa ilegalmente a su empresa, AgriMed. Es una multinacional dedicada a la investigación genética con sede en Estados Unidos. Algunos de sus activos en ultramar fueron destruidos.

—¿Normalmente no es un asunto que incumbe al país donde se destruyeron los activos? —preguntó Nate.

—Eso digo yo. Pero este tipo afirma que fue el Ejército de Estados Unidos el que provocó la destrucción. Eso es lo que sabemos. Las autoridades marítimas de la República de Kiribati recibieron una petición de rescate de emergencia privado desde una isla remota. La isla está arrendada por AgriMed —al parecer, han invertido millones en la isla, cultivando un cóctel de hierbas medicinales o algo así, por lo que Kiribati contactó con AgriMed directamente. —Jeff tomó la taza de café de su escritorio y dio un sorbo—. Estos son los hechos.

Pero el ejecutivo dice que, cuando respondieron, la isla era un despojo humeante, y que unos soldados armados hasta los dientes estaban embarcando en un barco con distintivos militares de Estados Unidos. Además, dice que una de las personas rescatadas fue depositada en una instalación de AgriMed situada en la isla principal de Kiribati.

—Mierda —dijo Nate—. ¿Teníamos alguna operación en marcha ahí?

Jeff arrugó la nariz y se encogió de hombros.

—Esa es la cuestión. Recibimos esta demanda hace bastante tiempo y yo presenté solicitudes de información a la oficina del Inspector General del Departamento de Defensa. Básicamente me dijeron que no sin decir que no. Ya sabes, del estilo: «No voy a hacer nada que necesites saber».

Jeff se inclinó hacia delante y las ojeras que se le marcaban recordaron a Nate por qué nunca había querido dedicarse a la gestión. Los retorteros políticos con los que tenían que lidiar los gestores del FBI le habrían hecho entrar ganas de repartir hostias, y no precisamente en sentido figurado.

—Así pues, investigué un poco por mi parte con ayuda de un colega que tengo en la oficina del Inspector General. Digamos que había unos cuantos activos militares en la zona en aquel momento. O sea que la queja de AgriMed es cuando menos verosímil.

—Y quieres que averigüe qué pasó en realidad.

—Sí. Te asignaré un equipo, pero quiero que tú lo lideres. —Jeff se inclinó sobre el escritorio y señaló a Nate con el índice—. Y, Nate, ándate con cuidado. No sabemos que mierda vas a encontrar ahí. No me fío de esa gente de AgriMed. Me dan mala espina.

Nate cogió la cinta de casete del escritorio.

—Me pongo a ello.

La brisa le daba en la cara a Nate, que arrugó la nariz bajo la mascarilla. La isla olía a restos carbonizados, gasolina y peces muertos. Daba la impresión de que los militares —o quienquiera que hubiera hecho aquello— habían sido generosos con el cóctel, o lo que fuera, que habían empleado para dejar el lugar reducido a cenizas. Entre el desastre carbonizado que otrora fuera un palmeral, el único indicio de civilización era una pequeña estructura de hormigón.

Sus seis agentes ponían cara de asco.

—¿Qué coño es esto? —exclamó Eric Meadows, el agente más joven del equipo—. Este sitio huele como una refinería de gas.

—No es gas —corrigió Mike Anderson, que había sido soldado de infantería de los marines—. Nunca se me olvidará este olor. El gas, el detergente y la muerte. No me hace falta que los del laboratorio forense me digan que han arrasado este sitio con napalm.

Negando con la cabeza, Nate recordó el olor de sus días en las Fuerzas Especiales. Echó una mirada a las olas de la playa rocosa y se fijó en las zonas de espuma sucia.

—Razón de más para acabar con esto lo antes posible —gritó Nate de cara a su equipo para hacerse oír por encima de los graznidos de las gaviotas—. No tengo ninguna intención de volver a esta covacha, así que recoged el máximo de pruebas posible. Anderson, Sánchez y Smith, id a inspeccionar el flanco este de la isla. Johnson, Liu y Meadows, encargaos del oeste. Yo iré por el centro y nos reuniremos en el extremo norte. Llevad todos las radios encendidas. ¿Queda claro?

Los agentes asintieron y Nate empezó a recorrer fatigosamente el terreno postapocalíptico haciendo crujir bajo sus botas los restos del follaje carbonizado. De vez en cuando, algo le llamaba la atención y extraía una bolsa de pruebas, la etiquetaba e introducía en ella el resto de un árbol, un coco o un cangrejo muerto.

Camino de la estructura del centro de la isla, se topó con una palmera grande caída pero no quemada del todo. Había reventado, probablemente por la savia hirviente, pero quedaban varios trozos casi intactos y, cuando dio un puntapié al tronco, no se partió.

Cogió una barra de hierro de la mochila, la colocó a modo de palanca bajo el tronco y gruñó del esfuerzo al levantarlo. Debajo apareció vegetación aplastada, pero sin quemar. Mientras añadía nuevos elementos a su creciente colección de muestras, percibió un color brillante en el interior del tronco. Sacó las pinzas, rebuscó y extrajo una suave pluma roja. Era la primera señal de vida que aparecía en la isla, aparte de las gaviotas y cangrejos muertos de la playa. Guardó la pluma en una bolsita y siguió adelante.

Frunció el ceño al acercarse.

Aunque el resto de la isla estaba cubierto de escombros cenicientos, la zona situada delante del edificio inservible aparecía despejada. Qué extraño. ¿Acaso era ahí donde la empresa cultivaba su medicina? ¿Era ese el motivo por el que habían retirado todos los escombros?

Se hizo el firme propósito de recoger el máximo de muestras, al tiempo que se preguntaba para qué tipo de plantas podía valer la pena invertir varios millones de dólares. Entonces llegó al edificio.

Era una construcción de hormigón sencilla, cuadrada y de una sola planta. Estaba prácticamente intacta, si bien las ventanas estaban reventadas y la puerta metálica colgaba de un solo gozne.

Entró. La concentración de vapores del acelerante resultaba asfixiante.

«Realmente, tenían ganas de acabar con lo que aquí hubiera».

El suelo estaba cubierto de ceniza, pero, a pesar del supuesto calor de las llamas, el incendio no lo había destruido todo. En el suelo había una serie de bultos ennegrecidos. Nate se acercó a uno de ellos y, con un pequeño pico de metal, pinchó los restos con cuidado.

Lo sorprendió notar que eran relativamente sólidos.

Raspó parte de la superficie quemada y aparecieron los restos medio combados y fundidos de la placa base de un ordenador. La mayoría de los chips que en circunstancias normales habrían estado soldados a la placa debían de haberse caído y quemado.

Al lado del ordenador destruido había un objeto metálico quemado y deforme que Nate identificó como un microscopio.

A lo largo de las paredes del pequeño edificio, Nate vio bultos similares emparejados. Ordenador inservible al lado de microscopio inservible.

Nate agarró de un tirón la radio que llevaba a la cintura.

—Chicos, ¿habéis encontrado algo?

—Aquí Anderson. Hasta el momento nada aparte de cangrejos muertos, cacas de gaviota y un montón de gaviotas muertas. Yo diría que comieron de esa mierda empapada en gasolina.

—Aquí Liu. Lo mismo en el lado oeste. He recogido un par de estas pobres gaviotas, por si acaso. Este lugar es un desastre ecológico.

—De acuerdo, chicos. Cambio de planes. Reuníos conmigo en el edificio del centro de la isla. He encontrado restos de ordenadores. Probablemente no sirvan para nada, pero nunca se sabe, quiero embolsarlos para los tíos del laboratorio de Quantico. Necesitaré ayuda para catalogar todo esto y sacarlo de aquí.

—Recibido. El equipo del este llegará en veinte minutos.

—Lo mismo para el del oeste.

Nate volvió a colgarse la radio en el cinturón y salió del edificio para evitar el olor. Rascó el suelo con la punta de la bota mientras, a toda velocidad, su mente empezaba a analizar todos los datos.

«¿Un gran conglomerado farmacéutica cabreado porque alguien le destruye su cosecha para elaborar medicamentos?». Quizá, pero había algo más.

«El ejército destruye este lugar, pero ¿por qué? No hacía falta arrasar de esa forma ninguna cosecha inofensiva. No habrían destruido microscopios y ordenadores a menos que hubiera algo que ocultar».

Alguien mentía, no le cabía duda, pero no sabía si era la gente de AgriMed o facción del Gobierno.

Ya lo averiguaría.

Juan inhaló profundamente. El olor del laboratorio era casi agradable, parecido al del serrín, debido al estricto sistema de filtrado del aire y los protocolos de saneamiento. Eran necesarios en un laboratorio que albergaba cientos de ratas en jaulas descubiertas.

Echó un vistazo a la rata de la jaula 153.

—Hércules, ¿cómo estás?

La rata pardusca no le hizo ni caso y siguió royendo con voracidad una bolita de pienso.

Juan le había puesto Hércules a la rata debido a su extraordinaria envergadura. Poseía casi un treinta por ciento más de masa muscular que una rata normal, tenía el pelo un poco más largo y su metabolismo exigía una mayor ingesta calórica.

Era la primera de las ratas a las que se habían inyectado fragmentos del último genoma generado mediante un algoritmo portador de virus. Los genes modificados, que se habían inyectado durante las etapas iniciales del desarrollo de Hércules, lo habían convertido en un ejemplar diferente. El virus cargado de genes lo había transformado en una encarnación viva del futuro de su especie.

Esa rata era la prueba de que el milagro que Juan había intentado crear era posible.

Juan miró algunas de las otras jaulas, las de las ratas control. Los bultos subcutáneos que presentaban en las ancas indicaban que las células cancerígenas que se les habían inyectado crecían con rapidez.

A Hércules le habían inyectado las mismas células, pero no mostraba indicios de crecimiento anormal.

Sin duda, era un milagro.

Una de las ayudantes de Juan, una técnica de laboratorio de pelo entrecano llamada Carol, estaba trabajando cerca. Juan la llamó al verla levantar con cuidado una de las ratas de una jaula.

—Carol, ¿has terminado el panel metabólico completo de Hércules?

La mujer, de unos cincuenta y pocos años, desvió la mirada de la rata que intentaba escurrírsele de la mano izquierda y se ajustó bien las gafas en el puente de la nariz. Contestó con expresión amarga y con sequedad.

—Pues resulta que tengo doscientos cincuenta especímenes de laboratorio por testar, un becario cuyo único talento parece consistir en tener la mesa lo más desordenada posible, otro becario a quien le dan miedo las ratas, lo cual es alucinante, y un tercero que casi se mea encima cada vez que le digo que hay que hacerles algo a los animales. O sea que tú y yo somos los únicos que trabajamos en serio. —Carol enarcó una ceja—. Y últimamente no has estado mucho por aquí. O sea... que no. Todavía no he podido hacer el panel metabólico de nuestra superrata.

Juan sintió una punzada de culpabilidad.

—Lo siento, Carol. Sé que me he pasado las últimas dos semanas de reunión en reunión. Lo que pasa es que, desde que confirmamos los resultados de Hércules, los de la central se han vuelto locos y debo tenerlos contentos. —Entrelazó los dedos medio en broma para pedir perdón—. ¿Puedes hacer el panel metabólico de Hércules y luego tomar muestras de sangre y de tejido para extraer el ADN? Te prometo que te conseguiré ayuda decente en cuanto pueda. —Con una punzada de culpa, explicó—: Winslow me hace ir a Washington al mediodía para reunirme con él. No sé a ciencia cierta por qué, pero creo que, si recogemos datos suficientes que apoyen nuestra investigación, tenemos posibilidades de conseguir la aprobación de los ensayos clínicos de fase cero.

Carol entrecerró los ojos y acto seguido una sonrisa diluyó su expresión adusta. Volvió a dejar a la rata en la jaula y negó con la cabeza.

—Oh, deja de suplicar. Das vergüenza ajena. —Se frotó las manos con un gel desinfectante antes de mascullar—: Haré el panel y empezaré la extracción, pero no haré el análisis. Mañana es mi cumpleaños y pienso tomarme el día libre.

A Juan le vibró el teléfono móvil para recordarle que debía ir al aeropuerto.

—Muchas gracias, Carol. Volveré hoy a última hora y me encargaré del análisis mientras tú disfrutas de un merecido día libre. Diré que me ayude uno de los becarios.

—Buena suerte con ellos —rezongó Carol como último comentario.

Para cuando regresó al laboratorio, era incluso más tarde de lo previsto. Mike Kim ya estaba trabajando en el análisis. Mike era estudiante de doctorado de Stanford y Juan estaba convencido de que era el que «se meaba encima» cada vez que había que hacer algo con los animales. Era un crack con los ordenadores, pero no con las ratas.

—Doctor Gutiérrez —dijo Mike en cuanto entró en el laboratorio—. Me alegro de que esté aquí. Estoy comparando el perfil de ADN del espécimen 153 con los perfiles estándar de los controles y no sé si lo que veo es correcto.

Juan serpenteó por entre las mesas del laboratorio atestadas de libretas escritas a mano, centrifugadores y mezcladores magnéticos. El sitio olía a alcohol isopropílico y, dado que ya hacía rato que había terminado la jornada laboral, estaba desértico. Cogió un taburete y se sentó al lado de Mike.

—Bueno, ¿qué pasa?

Mike señaló el monitor del ordenador.

—Pues resulta que, cuando pasé el perfil de ADN de Hércules por el software GeneMark, me salió esto.

Juan clavó la vista en la pantalla, que mostraba un mapa complejo del genoma de la rata. Sonrió y entendió enseguida la perplejidad del becario. Para un genoma bien documentado como el de *Rattus norvegicus*, la rata común, la pantalla se habría llenado de recuadros verdes para representar los genes identificados. Sin embargo, la pantalla aparecía llena de grandes zonas rojas: las secuencias genéticas que no coincidían con nada incluido en la base de datos.

—¿Está seguro de que el genoma con el que trabajamos no está corrompido? —preguntó Mark—. He hecho esto en la universidad otras veces y nunca he visto tantos datos sin identificar.

Juan no podía contarle la verdad al muchacho. Ninguno de los becarios sabía que el genoma del espécimen 153 representaba la simulación de cinco mil años de evolución. Pero estaba preparado para volver a mentir, ya lo había hecho otras veces.

—Mike, seguro que estás familiarizado con modelos de Markov ocultos. El software que utilizamos usa tales modelos para identificar la ubicación de los genes dentro del genoma que te proporcioné. No es extraño que se produzcan mutaciones en esas muestras, por motivos que no puedo revelar. E incluso la base de datos genética más extensa marcaría esas mutaciones como inidentificables. El software es tan bueno como la base de datos.

Juan dio un toquecito a uno de los recuadros rojos de la pantalla. La imagen se amplió para mostrar las características de lo que había descubierto el análisis.

—De todos modos, al señalar las secuencias cambiadas, el software ha hecho parte del trabajo. Podemos saber que esta secuencia es funcional, pero sin determinar qué función tiene. Nuestra trabajo consiste en llenar los vacíos, y eso solo podemos hacerlo con la experimentación *in vivo*.

El becario dirigió la mirada hacia la pared del otro extremo, provista de una ventana grande que daba al laboratorio contiguo. El que estaba lleno de jaulas de ratas. Frunció el ceño.

—O sea que sugiere realizar un ensayo de desactivación...

—No. —Juan volvió a dar un toquecito a la pantalla del ordenador, que volvió al mapa con recuadros verdes y rojos—. Para entender lo que hacen estas secuencias funcionales tenemos que modificar nuestros sujetos de prueba. El protocolo es sencillo. Aislarás las secuencias identificadas y las insertarás dentro de las secciones sintetizadas que el programa considera no identificadas. Entonces tomaremos esos constructos y los insertaremos en los huéspedes con un agente viral modificado. Créeme, ya sé que parece mucho trabajo. Llevo años revelando las diferencias insignificantes del genoma. Pero la combinación de una o más de estas secuencias puede darnos la clave para conseguir que la humanidad se vuelva inmune a ciertos tipos de cáncer. Tenemos ante nosotros todas las piezas del rompecabezas. Solo nos falta ver cómo encajan.

Mike abrió unos ojos como platos y tragó saliva.

—O sea que vamos a tener que inyectar los agentes virales modificados en las ratas. —Puso cara de indisposición.

Juan le dio una palmada en el hombro.

—Todo irá bien. —Se desabotonó los puños y se arremangó—. Trabajemos en paralelo. Tú haces la primera secuencia marcada y yo la segunda.

Frank O'Reilly supervisó la salida hacia los pastos de sus doscientas cincuenta cabezas de ganado Angus y comprobó que Buck, su pecoso ayudante, cerrara la puerta tras ellas.

Pero tenía la cabeza en otro sitio. Aquella mañana, Megan y él habían dejado a Kathy en el aeropuerto y aún se sentía como si le hubieran dado un puñetazo en el estómago. Hacía unos días, de repente, al regresar de la iglesia, había dicho que iba a volver a estudiar. Hasta entonces no había sido consciente de lo mucho que le gustaba tenerla en casa. Pero tan solo habían pasado unas horas y ya la echaba muchísimo de menos.

Pero lo entendía. Kathy tenía que volver a encarrilar su vida, y se le ocurrían cosas peores que su hijita podría hacer.

Se notó el cuerpo dolorido al apearse del caballo y lanzar las riendas al mozo del rancho.

Buck agarró las riendas y cabeceó dirigiéndose hacia el ganado.

—Señor O'Reilly, el ganado engordará bastante con estos pastos frescos.

Frank hizo una mueca de dolor al levantar el brazo y señalar hacia las fincas ahora vacías.

—Buck, hay un montón de buen estiércol en la finca número tres. Asegúrate de que los chicos aren bien la tierra y en un par de semanas plantaremos la alfalfa. Mientras tanto, ya casi ha llegado el momento de segar el heno de la número dos.

—Sí, señor. Esta tarde empiezo con el motocultor en la tres.

Frank movió el brazo adelante y atrás para ver si se libraba del dolor. Se dio cuenta de que Buck lo observaba.

—¿Qué?

Buck negó con la cabeza.

—Nada. Estoy pensando en lo que queda por hacer hoy.

—Buck, llevas trabajando conmigo desde los doce años, y a tiempo completo desde que acabaste el instituto. Te conozco mejor que tú y sé que tu cabeza está haciendo horas extras. Huelo el humo que te sale del cerebro. ¿En qué estás pensando?

Arrastrando la punta de la bota por la tierra, Buck adoptó una expresión preocupada.

—Señor, es que... no lo veo bien. Espero que no acabe enfermo por trabajar más de la cuenta.

Frank se mofó.

—Venga ya. Es que tengo muchas cosas en mente. Mi hija se ha marchado esta mañana, ¿sabes? Vuelve a la universidad.

—Bueno, eso está bien, ¿no? Siempre fue una chica lista.

Frank soltó un bufido.

—Mucho mejor que lo que ha estado haciendo. De todos modos, tendrás que perdonarme si me ves un poco distraído. —Dedicó una sonrisa torcida al bienintencionado mozo—. Ya te daré la lata más adelante, cuando tenga cosas menos importantes que hacer.

Buck se echó a reír y tomó las riendas de su caballo y las del de Frank.

—Yo no me preocuparía mucho por Kathy. Está hecha de un material muy duro.

—Igual que su madre —convino Frank—. Ahora márchate y sigue con tu trabajo. Voy a ver a Megan.

Cuando se volvió para encaminarse a la furgoneta, intentó no cojear, aunque notó una fuerte punzada de dolor en las rodillas.

Frank se dejó caer en la butaca reclinable e intentó pensar en qué había cambiado en los dos últimos meses como para que, de repente, le doliera todo el cuerpo. Debería estar trabajando en el exterior, no era más que media tarde. Pero el cuerpo le pedía descanso a gritos.

«No es nada. Te vas a provocar un puto ataque de ansiedad por nada».

Cogió el frasco de aspirinas de la mesita de centro y engulló tres pastillas. Frank hizo una mueca al notar el regusto amargo en la garganta e intentó relajarse.

La puerta del dormitorio se abrió y unas uñas arañaron el suelo de madera. Jasper entró dando saltos en el salón y se paró en seco delante de Frank; lo seguía Megan, que iba más lenta y aún tenía el pelo mojado después de la ducha del mediodía.

Frank frotó la mejilla del perro.

—Oye, chico, ¿estás vigilando a tu mamá?

Jasper contestó con un ladrido.

—¿Qué haces en casa tan temprano? —preguntó Megan.

Frank agitó el frasco de aspirinas antes de responder.

—Es que me duele mucho la cabeza y he pensado que estar un rato a la sombra me iría bien. Además, Buck está haciendo lo que toca.

Megan palpó las mejillas y la frente de Frank.

—No estás caliente. —Cogió su labor y se sentó en el sofá—. Te haré compañía. Estaba pensando que, ahora que Kathy se ha ido al este, necesitará unos cuantos jerséis.

Frank exhaló un suspiro.

—Espero que sea una buena decisión. Parecía un poco asustada.

Megan hizo un sonido desdeñoso con la lengua y empezó a tejer la manga de un jersey rojo.

—No estaba asustada. Creo que está emocionada con todo eso. De todos modos, ya es mayor. Ya sabes que no podemos tenerla con nosotros para siempre.

—Lo sé. La echo de menos.

Megan le dedicó una sonrisa comprensiva.

—Eres más blando que un bizcocho. Y por eso te queremos.

Jasper olisqueó los pantalones de Frank y gimoteó.

—¿Qué pasa, chico?

Jasper colocó las patas en el borde del sillón reclinable sin dejar de olisquear, como si quisiera cazar algo.

—No tengo cecina, tontorrón... ¡Eh!

Jasper había saltado directo al regazo de Frank. Se recolocó para ponerse cómodo y luego le apoyó con suavidad su pesada cabeza en el pecho .

Frank observó al gran animal y negó con la cabeza.

—Vaya, esto es nuevo. ¿Normalmente no te haces un ovillo al lado de tu madre?

—Intenta ayudarte a superar el dolor de cabeza —explicó Megan, como si fuera lo más normal del mundo.

—Bueno, tengo cosas que hacer. Falta poco para la hora de la cena. Debería ir a preparar los filetes.

De repente, Jasper empezó a roncar y Megan sonrió.

—No te preocupes. Ha sobrado estofado. Me levantaré dentro de un rato y prepararé unos bollos para acompañar. Tú relájate.

Frank recostó la cabeza en la butaca, el acarició el cogote a Jasper y cerró los ojos. Tal vez le conviniera hacer una siesta. Se sentía especialmente cansado.

—Estoy francamente sorprendido de que hayas conseguido revisar toda la mierda que te traje —reconoció Nate—. Solo han pasado dos semanas.

Hendrickson se mofó mientras acompañaba a Nate por el edificio.

—¿Qué coño te crees que hago todo el día? ¿Sentarme a mirar lo guapo que soy? Aunque no puedo evitar preguntarme de dónde demonios has sacado todo eso...

—Ya sabes que no te lo puedo decir.

—Lo sé. Y aunque me lo dijeras —Hendrickson se tapó los oídos con los dedos con actitud dramática mientras recorrían el laboratorio casi vacío—, tendría que fingir que no me has dicho nada. Pero la verdad es que me tienes en ascuas.

—Mejor que te armes de paciencia. Ah, por cierto, me entristece un poco ver que ya se te ha ido el verde del pelo.

Hendrickson hizo una mueca y negó con la cabeza.

—Eso fue hace casi tres años, tío. ¿Cuándo se te va a olvidar?

—Nunca. —Nate se dio un toquecito en la sien—. Tengo memoria de elefante.

A Nate le gustaba bromear con Hendrickson. Pero lo que le gustaba aún más era trabajar con él. Era un analista excelente. Riguroso y terco, resuelto a investigar cosas que no parecían encajar.

Hendrickson pasó la credencial para entrar en la sala de acceso especial, reservada para el material confidencial. Entraron y él tomó asiento ante un terminal al tiempo que echaba un vistazo a unas notas manuscritas.

Hendrickson iba diciendo «ejem» mientras abría con llave el cajón de pruebas y empezaba a revisar algunos archivos.

—Y pues —dijo Nate—, ¿qué tienes?

—Bueno —respondió—. El material que tu equipo recogió pertenece a tres categorías: análisis químico, recuperación de datos y análisis de ADN. Empecemos por el análisis químico. Buena parte de lo que trajisteis estaba cubierto de restos de un acelerante. En concreto, un tipo de gasolina gelificada. Las proporciones de los ingredientes constitutivos encajan con lo que solíamos lanzar en Corea.

—Ya —asintió Nate, recordando los hirientes gases de la gasolina y el detergente—. Quien tuvo la brillante idea de decir: «Me encanta el olor a napalm por la mañana» es un capullo integral. Odio ese olor.

—Con respecto a la recuperación de datos —continuó Hendrickson—, no pudimos recuperar nada de las piezas de electrónica que recogió tu equipo. Quienquiera que incendiara el lugar, retiró los discos duros. He podido averiguar la marca de algunos ordenadores, pero eran normales y corrientes.

—O sea, un callejón sin salida.

El analista miró de soslayo a Nate y sonrió.

—Yo no he dicho eso exactamente. —Tecleó en el terminal y apareció una factura—. Recuperé el número de serie de una de las placas base y la rastreé hasta esta venta de doscientas unidades.

Nate examinó el recibo escaneado que aparecía en el monitor. El comprador tenía nombre y dirección alemanes.

—¿Bundesnachrichtendienst? ¿Tenemos algún registro de esa empresa?

Hendrickson adoptó un semblante serio.

—No es una empresa. Bundesnachrichtendienst viene a ser algo así como «Inteligencia Federal». La mayoría de la gente lo llama el BDN. Es el equivalente alemán de la CIA.

—Pero... ¿en serio? —Nate miró de hito en hito a Hendrickson.

—Muy en serio. Oye, yo te doy las noticias. Lo que hagas con ellas es cosa tuya.

—¿Algo más? —preguntó Nate, negando con la cabeza.

—Sí, pero este asunto cada vez se complica más. ¿Te acuerdas de los microscopios destrozados que trajisteis? No eran comunes. Eran microscopios de epifluorescencia, que suelen emplearse en los laboratorios de biociencia. Son carísimos. Y ¿sabes qué?

—Has encontrado un número de serie.

Hendrickson sonrió de oreja a oreja.

—Sí. —Accedió a otro recibo—. Se realizó un envío de diez de esos monstruos a una dirección de aquí, en Virginia. —El analista señaló la dirección y pulsó una combinación de teclas clave hasta que apareció un mapa. Amplió la imagen y se vio una estructura de aspecto siniestro.

Nate sintió un escalofrío al reconocer la imagen de la sede central de la CIA.

—¿En serio? ¿Estás absolutamente seguro?

—Lo único que puedo decirte es lo que ves. Conseguí recuperar tres números de serie distintos de esos microscopios y todos fueron entregados a una empresa fantasma ubicada en el edificio de la sede original. No tengo autorización para consultar los registros de compras. A veces, la comunidad de inteligencia puede ser un poco oscura.

Nate ladeó la cabeza e hizo chasquear el cuello.

—¿Las agencias de inteligencia alemana y estadounidense trabajando juntas? No tengo material suficiente para iniciar un caso, pero quizá sí que baste para que alguien acuda al Tribunal de Vigilancia de Inteligencia Extranjera y consiga una citación.

—Espera, aún no te he contado lo mejor. Hablemos de las pruebas de ADN. —Se volvió hacia el terminal y accedió a las imágenes de varias muestras—. El material estaba muy quemado, de la mayoría no conseguí extraer nada. Y las pocas cosas que pude identificar no es que fueran muy interesantes. Un trozo de caparazón de un cangrejo cocotero. Pollos de playa ordinarios...

—¿Pollos de playa?

Hendrickson soltó un bufido.

—Perdón, gaviotas. De todos modos, todas ellas murieron por envenenamiento con benceno. Tiene sentido, puesto que comieron cosas mezcladas con gasolina.

Nate le indicó que cortara el rollo con un gesto de la mano.

—Ve al grano.

—Vale. Una de las pruebas arrojó unos resultados extraños. El trozo ese de pluma roja que encontraste. A partir de su morfología, conseguí limitarla a unas pocas especies, y cuando realicé el análisis de ADN, ahí es cuando la cosa se torció. No estoy seguro al cien por cien del tipo de ave que es, pero se parece mucho al diamante de Gould: la misma estructura básica de plumaje, color y tamaño. Pero resulta que hay algo muy pero que muy raro en los resultados del ADN. Me recuerda al caso que me trajiste hace tres años. ¿Recuerdas el del pelaje de perro?

Nate lo recordó. Ese caso seguía sin resolver.

—¿Me estás diciendo que no has conseguido que ningún ADN coincida con la pluma?

Hendrickson negó con la cabeza.

—No. Y lo más desconcertante es que el ADN sugiere que esa criatura tiene más de cocodrilo que de animal con alas y plumas. Reconozco que estamos hablando de no más de un seis por ciento de diferencia en la composición genética entre un cocodrilo y un ave común. No son tan distintos. Pero lo que puedo decir es que esa muestra procede de un ser con plumas, aunque, por lo demás, no identificado.

Nate frunció el ceño.

—O sea que insinúas que no es una especie de ave no identificada cualquiera.

—No. —El analista se volvió hacia Nate con expresión seria—. Tiene plumas, pero no es un ave. Nunca he visto nada parecido. No existe ningún ave por ahí que tenga un genoma similar. Lo cual significa... que no creo que sea natural. No existen mutaciones posibles capaces de causar tal deriva genética.

—Entonces... ¿qué insinúas?

—Insinúo que alguien ha estado jugando a ser Dios.

CAPÍTULO OCHO

Juan observaba las expresiones de Winslow mientras el director de la división de I+D hojeaba el grueso informe clínico, que documentaba los avances que había realizado en sus experimentos con ratas.

Hacía calor en la sala y Juan notaba la intensidad del olor terroso de la silla de cuero en la que estaba sentado.

Si todo iba bien, conseguiría el permiso para pasar a ensayos con humanos. El problema era que ya había llegado a esa fase una docena de veces. Cada vez que pensaba que había llegado a ese punto, Winslow le planteaba interrogantes para los que aún no tenía respuesta. El director era muy riguroso con el protocolo con respecto a ensayos con humanos.

Habían sido unos años extenuantes, pero Juan sabía que estaba a punto de descubrir algo grande.

Sin apartar la vista de la documentación, Winslow habló con voz cavernosa.

—O sea que el espécimen 153 sigue mostrando resistencia tumoral, pero su panel metabólico muestra una temperatura basal elevada. ¿Has averiguado la causa?

—Todavía no, señor. Hemos identificado la función de la mayoría de los genes cambiados y por fin estamos en el proceso de hacer un ensayo de desactivación genética. Con un poco de suerte, en los próximos dos meses habremos restringido los cambios en los fragmentos genéticos claves que necesitamos.

Winslow se inclinó hacia delante y miró de hito en hito a Juan mientras tamborileaba en el escritorio.

—¿Y cómo propondrías utilizar ese conocimiento para tratar a un paciente humano?

Juan notó un escalofrío en la columna y se le aceleró el pulso. Era la primera vez que alguien de la cadena de mando le hablaba de un siguiente paso aplicado a un paciente humano.

—Señor, ya hemos usado agentes virales para tratar a los especímenes. Últimamente hemos conseguido inducir esporulación de manera que los virus puedan ser ingeridos: las esporas explotan en el intestino animal y entonces es cuando distribuyen el material genético.

Para sorpresa de Juan, Winslow le dedicó una sonrisa cálida.

—Joven, si todo esto funciona, vas a revolucionar la terapia genética y la oncología.

Juan se sonrojó.

—Sí —continuó Winslow—. Me gusta el camino que está tomando todo esto y, a decir verdad, los resultados que has obtenido son milagrosos. A ti te debe de parecer que hemos sido muy duros contigo. Y supongo que es verdad. Pero con motivo. Sabía que, si se producía el milagro de conseguir algo con esto, tendríamos que convencer a mucha gente de la Administración de Alimentos y Medicamentos y otras agencias gubernamentales antes de poder avanzar.

Señaló a Juan con el dedo.

—Ahora el balón está en tu campo. Acaba el ensayo de desactivación. Y cuando consideres que estás en la fase de haber aislado las actualizaciones genéticas con respecto a sus elementos claves, entonces te ayudaré a llevarlo a la comisión reguladora de ensayos con humanos fase cero.

A Juan se le agolparon las ideas en la cabeza al pensar en lo que tenía que hacer a continuación.

—Gracias, señor. Me esforzaré al máximo.

Winslow rodeó el escritorio y pasó un brazo por los hombros de Juan.

—De eso no me cabe la menor duda.

Una multitud compacta de viajeros pasó corriendo al lado de Juan camino de las puertas correspondientes. En el Reagan International Airport había más actividad de lo normal, pero él no tenía prisa. Su vuelo a Rochester llevaba un retraso de dos horas. Se había acomodado en una cafetería del aeropuerto a tomarse una cerveza con toda la calma del mundo.

De todos modos, no podía evitar sonreír al pensar en que ya le faltaba muy poco. De hecho, estaba a punto de convertir lo que otrora fuera una idea alocada y ambiciosa en algo que podría salvar millones de vidas. Le dio un sorbo a la cerveza y dijo en voz alta:

—Tal vez en un par de meses trate a mi primer paciente humano.

El teléfono de Juan le vibró en el bolsillo y comprobó la pantalla.

—¿Miguel? ¿Qué pasa? —Su hermano pequeño raras veces le llamaba en pleno día.

—¡Juan! ¡No te imaginas la carta que acabo de recibir!

—¡No me vengas con adivinanzas! ¿Qué pasa? —exigió Juan con el cuerpo tenso.

—¡Acabo de recibir una carta de aceptación de la facultad de Medicina!

Juan se liberó de toda tensión y se recostó en la silla de vinilo barata.

Su hermano siguió hablando con voz jubilosa.

—No te imaginas de dónde.

Juan sabía que su hermano había presentado solicitudes a varias universidades.

—No sé. ¿La Universidad de Miami? Tienen una buena...

—¡La facultad de Medicina de Yale! De Yale, tío. Qué pasada. ¡Un pavo del barrio yendo a una universidad de la Ivy League!

—Miguel, ¡qué ilusión! —Juan estaba radiante mientras escuchaba a su hermano leyéndole la carta de aceptación.

Juan sabía que llegaría el momento en que no podría seguir fingiendo que el «seguro» de mamá le pagaba la universidad. Y con respecto a la facultad de Medicina, sobre todo si pertenecía a la Ivy League, no le sobraban cincuenta mil dólares al año para pagarla. Él y su hermano habían tenido esa conversación cuando empezó a enviar solicitudes mientras estudiaba secundaria en el Georgia Tech.

—Ah, y no te preocupes por el dinero. Yo mismo cubriré los gastos. He encontrado un montón de becas que puedo solicitar. Unas son específicas para hispanos, otras, prometedoras. Ojalá fuéramos judíos, habría un cargamento. Y, por supuesto, siempre están los préstamos. No quiero que te preocupes de nada, hermanito.»

Juan asintió con el móvil pegado a la oreja.

—Oye, estoy muy orgulloso de ti. Y seguro que ahora mismo mamá te está sonriendo. Ya me dirás cómo va lo de las becas. Está bien que las solicites pero, de todos modos, haré lo que pueda por ayudarte a...

—No, no hace falta. Estoy convencido de que lo del seguro de mamá era un rollo. No voy a seguir siendo una carga para ti.

A Juan lo embargó un sentimiento de orgullo. Miguel siempre había sido muy listo.

—Voy a poder con esto, tío, confía en mí. No voy a desperdiciar esta oportunidad.

—Lo sé. Te quiero, hermanito. Ya me contarás.

—Yo también te quiero, *bro.*

En cuanto colgó, oyó el anuncio:

—Buenas tardes, anunciamos el preembarque de los pasajeros del vuelo 4359 de American Airlines con destino a Rochester. Ya pueden empezar a embarcar los pasajeros con niños pequeños, y todos aquellos que precisen ayuda especial.

«Por fin».

Juan engulló lo poco que le quedaba de la cerveza ya templada, recogió sus cosas y se encaminó por la terminal hacia la puerta correspondiente. De camino, pasó por un quiosco y decidió comprar una botella de agua para el vuelo. Abrió la nevera vertical que contenía las botellas de plástico, alargó el brazo y vio una cartera de mujer en la estantería. Alguien la habría dejado ahí y luego se le habría olvidado. Miró a su alrededor a ver si la propietaria estaba cerca, pero no vio a nadie.

Animado por las buenas noticias que acababa de recibir sobre su investigación y sobre su hermano, decidió hacer una buena obra y llevarla a objetos perdidos, dondequiera que estuviera. Su vuelo aún estaba en fase de preembarque, de modo que tenía tiempo.

La cartera estaba abierta y el carné de conducir, a la vista. Parecía que la dueña era una hermosa pelirroja de brillantes ojos verdes.

Juan compadeció a la propietaria. Seguro que se pondría histérica cuando se diera cuenta de que había perdido la cartera.

Volvió a mirar en derredor y soltó un grito ahogado al ver a una mujer de cabello llameante caminando con paso decidido por la terminal y mirando a uno y otro lado.

Juan volvió a mirar el carné de conducir, leyó el nombre y gritó:

—¡Eh, Katherine!

La joven se paró y se volvió.

Juan le mostró la cartera con el brazo levantado.

—¡Oh, Dios mío! —Se le acercó corriendo—. Muchas gracias. Qué tonta he sido. Ahora me acuerdo de que iba a comprar un agua, he cambiado de opinión y...

Cogió la cartera, la inspeccionó y entonces levantó la vista hacia él y lo miró a los ojos por primera vez. Los de ella eran del verde más intenso que Juan había visto jamás. Y su belleza era deslumbrante.

De repente, Juan se sintió incómodo.

Ella le tendió un billete de veinte dólares.

—Muchas gracias por tu honradez. Toma esto por...

—No hace falta. —Juan rechazó el dinero—. Me alegro de haberte visto. De lo contrario, habría tenido que ir a objetos perdidos.

—Bueno... no todo el mundo habría sido tan honrado.

Ella sonrió y, por unos instantes, a Juan le pareció que el mundo se detenía.

—Bueno —dijo ella—. Han venido a recogerme. —Juntó las manos en señal de plegaria mientras seguía sujetando la cartera con una de ellas—. Bendito seas. Gracias otra vez. —Se volvió y se marchó corriendo. Atravesó la puerta de seguridad y Juan la perdió de vista.

«Pasajeros del vuelo número 4359 de American Airlines con destino Rochester embarquen por la puerta 3».

Juan dejó la vista perdida allí donde había desaparecido la joven pelirroja, luego se volvió y, de súbito, se sintió perdido. «Contrólate, Juan, no es más que una chica guapa y despistada que perdió la cartera».

Mientras sacaba la tarjeta de embarque del bolsillo de la camisa y se la tendía al personal de la puerta, era incapaz de apartar de su mente el rostro de la pelirroja.

Al cabo de un rato, sentado junto a la ventanilla, cuando el avión iniciaba el despegue, seguía teniendo en mente la cara de la joven. Sacudió la cabeza. ¿Qué demonios le pasaba? Resulta que le costaba acordarse del apellido de sus últimas novias pero, por algún motivo, tuvo la impresión de que nunca olvidaría el nombre de esa desconocida.

—Katherine O'Reilly —musitó—, márchate de mi cabeza.

Kathy se sentó al escritorio y lanzó una mirada hacia el desorden de la cama de su compañera de habitación. Oyó risas de chicas procedentes del pasillo.

Le parecía poco menos que surrealista volver a ser estudiante. Era como retroceder en el tiempo.

Tan solo habían transcurrido tres semanas desde que Kathy le confesara todo lo ocurrido al padre Carson. Tres semanas desde que le asignara un acto de penitencia bastante inusual.

Le había encomendado que regresara a la universidad. Le había dicho que empleara el dinero que era la semilla de su culpa en empezar de nuevo.

Le parecía imposible. Una persona no decide volver a estudiar y acaba en la universidad en tan solo tres semanas. Pero el padre

Carson había obrado un pequeño milagro. Al parecer, uno de sus mejores amigos formaba parte de la junta directiva de Georgetown, una de las universidades católicas más conocidas. Y, de algún modo, antes siquiera de darse cuenta de lo insólito de la situación, la aceptaron y se matriculó. Y aunque era siete años mayor que el resto de los estudiantes de primer curso en Darnall Hall, todos la habían recibido con los brazos abiertos.

Se concentró en la pila de libros que tenía encima de la mesa y cogió el que tenía la cubierta púrpura con la palabra *Genética* en el lomo. No empezaría la asignatura hasta el siguiente semestre, pero era un tema con el que quería familiarizarse... por motivos personales.

Extrajo las copias impresas que había introducido en el libro y las observó por enésima vez.

Aparte de las cicatrices rosadas que tenía por todo el cuerpo, esos datos —las doscientas páginas al completo— eran la única prueba fehaciente de que lo que le había sucedido en esa isla era real.

Las copias procedían del lápiz USB del que se que había apoderado en aquel extraño laboratorio. Lo había impreso todo a la menor oportunidad y había repasado una y mil veces todas y cada una de las páginas. Por desgracia, no entendía gran cosa. Además, tampoco ayudaba que la mitad estuvieran en alemán.

Lo único que era capaz de discernir era que los científicos de esa isla estaban llevando a cabo algún tipo de investigación genética. Y que era secreta. Eso quedaba claro por el hecho de que cada página llevaba impreso en diagonal el texto *COSMIC TOP SECRET #53823* en grandes letras rojas sombreadas a rayas. Las páginas escritas en inglés también estaban marcadas de forma siniestra con leyendas como *TOP Secret//SI—G DRWN//TK*. Según lo que encontró por Internet, esas marcas pertenecían a la OTAN o al Gobierno de los Estados Unidos y eran confidenciales.

Lo cual significaba que probablemente no estuviera autorizada a ver aquello. Aunque no lo hubiera robado.

Miró de nuevo la primera página.

· · ·

Archivo de Darwin #390AE202D80E

Resumen: Empleando el algoritmo Darwin V3.4, hemos descubierto que los más de 15 000 resultados genéticos de Erythrura gouldiae *(diamante de Gould) produjeron especímenes con una resistencia al fibrosarcoma superior a la normal. La morfología se ha mantenido dentro de la normalidad para la especie, pero se han observado cambios en el comportamiento de la bandada. De acuerdo con el protocolo, los ordenadores están procesando el algoritmo para la siguiente fase mientras se realizan análisis adicionales en la población actual.*

Jefe del equipo:
Doctor Deidrick Müller
Consultores:
Hans Reinhardt, Bundesnachrichtendienst
Ian Wexler, DARPA - BTO

—¡Kathy!

La compañera de habitación de Kathy, una rubia enérgica llamada Jennifer, irrumpió en la habitación de la residencia, rebuscó en uno de los cajones de la cómoda y sacó un bañador.

—Una cuantas nos vamos a la piscina. ¿Te vienes?

Kathy negó con la cabeza.

—Ahora mismo no puedo, Jen. Tal vez más tarde.

—¿Seguro? Si necesitas un bañador, te puedo dejar uno.

Kathy se imaginó en público en bañador, con todas las cicatrices que aún tenía por todo el cuerpo a la vista.

—Muchas gracias, pero es que estoy un poco nerviosa por algunas clases y de verdad que quiero volver a coger el hábito de estudiar. Hace tiempo que lo he perdido.

Jennifer dedicó a Kathy una mueca dramática mientras se quitaba la ropa para enfundarse el bañador.

—A lo mejor cuando vuelva podemos ayudarnos a estudiar entre nosotras, ¿no?

—Me encantaría.

Jennifer se envolvió en un grueso albornoz blanco y se encaminó a la puerta:

—Bueno, diviértete. ¡Yo seguro que sí!

La estridente voz del profesor Wilkinson reverberó por todo el auditorio.

—Es todo por hoy. Ya tenéis los deberes. Os recuerdo que en el laboratorio de esta semana, en el contexto de nuestro capítulo sobre glicólisis y el ciclo de Krebs, realizaréis experimentos que demuestran la fosforilación a nivel de substrato. Como siempre, espero que reviséis el material antes para empezar enseguida sin interrupciones.

Tras unos meses en aquella clase, Kathy sabía que, cuando el profesor Wilkinson decía «espero», dejaba claro que se trataba de un requisito imprescindible. Todo el mundo decía que era uno de los profes más duros de la facultad y que su asignatura era la principal en la criba de los alumnos de primero.

Cuando solo quedaban un par de minutos de clase y algunos alumnos del auditorio ya empezaban a recoger sus pertenencias, el profesor alzó la voz, en esta ocasión incluso micrófono en mano para hacerse oír mejor.

—Ah, una cosa más: para quienes os planteéis seguir con Genética el próximo semestre, esta tarde tenemos a un eminente invitado en el centro de convenciones de la Universidad que nos dará una charla sobre los avances en la investigación genética actual y sobre las medicinas del futuro. La charla empieza a las seis, pero mejor que lleguéis con tiempo.

A Kathy le picó la curiosidad, se guardó el portátil en la mochila y lanzó una mirada al reloj de pared.

Tenía una cita para una visita de seguimiento con la enfermera en la clínica del campus a las cinco. Pero, si la atendían a la hora acordada, tendría tiempo de llegar a la charla.

Kathy tuvo la impresión de cargar con veinticinco kilos a la espalda mientras seguía a la enfermera entrecana hacia la parte trasera de la clínica. La fatiga mortecina que sentía no mejoraba. Al comienzo, pensó que se trataba de una depresión, pero no tenía la sensación de estar de bajón, por lo menos ya no. De hecho, no recordaba un momento en que se hubiera sentido más optimista acerca del futuro; la universidad había sido un acierto. No, había algo más. Se sentía... agotada. Agotada físicamente todo el día.

La enfermera se detuvo ante una báscula.

—Vamos con el examen rutinario. Súbete a la báscula.

Kathy frunció el ceño al ver cómo subían los dígitos. Pesaba cinco kilos más de lo que era habitual.

—Bien —dijo la enfermera—. Con tu metro sesenta estás dentro del rango saludable. Eso está bien.

La voz de matrona de la enfermera hizo que Kathy se sintiera un poco menos cohibida, sobre todo teniendo en cuenta que no había hecho nada de ejercicio desde el incidente de la isla y que ya sabía que había engordado un par de kilos. Lo cierto es que en esos momentos no quería oír hablar de hacer ejercicio ni de adelgazar.

Kathy esperó pacientemente sentada mientras la enfermera le tomaba la presión arterial y le medía el nivel de oxígeno en sangre, le examinaba la garganta y comprobaba sus reflejos.

La enfermera le pasó una varita de aspecto anticuado por la frente y leyó la temperatura en voz alta.

—37,6 grados. Bueno, tienes febrícula. ¿Normalmente te notas caliente?

Kathy se encogió de hombros.

—La verdad es que no. Y no me siento enferma, solo cansada.

Cuando la enfermera se hubo marchado, Kathy se quedó sola unos minutos esperando al médico. Se dedicó a leer los pósteres sobre métodos anticonceptivos y enfermedades venéreas. La sorprendió encontrarlos en una institución de influencia católica. Por supuesto que había oído hablar de la cultura del sexo ocasional en las universidades, relaciones sin ningún tipo de compromiso, pero por algún motivo pensó que en Georgetown sería distinto. Personalmente, la idea la repugnaba. Solo se había acostado con un hombre, y estaba muerto.

Dieron un toque a la puerta de la sala de reconocimiento y apareció un médico extraordinariamente alto. Era la persona más alta que había visto en su vida. Tuvo que agachar la cabeza para pasar por el marco de la puerta. Y cuando estrechó la mano de Kathy, no pudo evitar fijarse en que su mano era el doble de la de ella. Era un gigante.

—Katherine O'Reilly, es un placer conocerte. Soy el doctor Al-Siddiqui. —Acercó una silla, se sentó frente a Kathy y abrió su historial—. Dice aquí que sufres de fatiga.

—Sí. No es que me falte fuerza, es que me siento... bueno, es como si caminara dentro del agua. Todo me cuesta más esfuerzo de lo normal. Es difícil de explicar.

El médico garabateó algo en el historial y levantó la vista hacia Kathy con expresión comprensiva.

—Por lo que parece, la exploración es normal. Tienes la temperatura un poco alta, pero hace calor y quizá hayas pillado un resfriado o algo. Nada preocupante. —Pasó una de las páginas del historial—. Los análisis de sangre también han salido casi todos bien, aunque parece que tienes deficiencia de vitamina B12 y una leve anemia. Eso podría explicar la fatiga que notas. Antes de marcharte te daré una inyección de B12, pero me gusta tratar la anemia con cambios en la alimentación. ¿Por casualidad eres vegetariana?

—No, yo soy muy de bistec con patatas, aunque últimamente he estado tratando de escoger más bien pollo y pescado.

—Permíteme que te sugiera que añadas algo de carne roja, al menos una o dos veces por semana. Las verduras de hoja verde, como las espinacas o la col kale, también tienen mucho hierro. Y si tienes más hierro en el organismo, la sangre transportará mejor el oxígeno, lo cual te proporcionará la vitalidad que te falta. ¿Cómo lo ves?

Kathy sonrió.

—Mi padre es ganadero, así que comer ternera no me supone ningún problema. —Lo cierto era que, si su padre se enteraba de que el médico le había recomendado que comiera más carne, probablemente le enviaría media vaca fileteada ese mismo día.

—Excelente, entonces eso es lo que haremos. —El médico se puso en pie y pareció un rascacielos humano—. Vuelve dentro de un mes y te haremos un análisis de sangre para ver cómo va la anemia.

Cuando Kathy se puso en pie, el médico le dijo:

—¿Alguna pregunta más?

—No, señor.

—Bueno, pues entonces cuídate. Si por algún motivo notas que la fatiga empeora, no dudes en volver y veremos qué más podemos hacer.

El doctor se marchó y la enfermera canosa tendió a Kathy una piruleta amarilla.

—Me he dado cuenta de que ayudan a soportar las penas: enseguida vuelvo, pero me temo que tendré que ponerte una inyección.

Kathy sonrió, desenvolvió la piruleta de limón y esperó la inyección.

Nate tendió a su supervisor el informe de evidencias.

—Todo resulta muy sospechoso, Jeff. El lugar estaba empapado de acelerante y quedó reducido a cenizas. Fuera lo que fuera lo que hacían allí, querían ocultarlo. Y sé lo que AgriMed *dijo* que estaban haciendo: cultivando unas plantas tropicales medicinales. Pero los chicos del laboratorio consiguieron obtener unos números de serie de lo que encontraron y...

Jeff se había puesto a hojear el informe.

—Joder, ¿la inteligencia alemana? ¿La CIA? —Leyó en voz alta la parte relevante—: «Seis de los ordenadores recuperados procedían de una remesa de veinticinco estaciones de trabajo Dell Precision pedidas por el BND. Se confirmó que la dirección de entrega coincide con una de las oficinas alemanas del Servicio Federal de Inteligencia».

Levantó la vista hacia Nate.

—¿En qué estás pensando?

Nate frunció el ceño y se recostó en el asiento con tal fuerza que lo inclinó.

—Pienso que no hay absolutamente ningún motivo para que una pandilla de agricultores disponga de los equipos y la tecnología que había en ese sitio. No encontramos ninguna evidencia de sistemas de irrigación electrónicos ni nada controlado por ordenador. No tiene sentido. Aquí pasa algo y no me trago el cuento del demandante acerca de unos cultivos inocentes. ¿Y quemarlo todo? Todo esto me huele muy mal.

Binghamton asintió y tamborileó en el escritorio con el extremo de un lápiz.

—Yo tampoco lo entiendo. Y la conexión con la CIA resulta inquietante. ¿Estamos seguros? Porque, si lo estamos, todo esto adopta una nueva dimensión.

Nate alargó el brazo y pasó las hojas del informe. Señaló una.

—Las facturas están aquí. Los artículos se entregaron en la dirección de la sede de la CIA.

Binghamton hizo una mueca.

—Estoy harto de que esta gente nos meta estos goles. A lo mejor pasa algo con los alemanes y la agencia... pero, ¿qué pinta la empresa farmacéutica? No veo la conexión. ¡Mierda! No tengo ni idea de si es una operación autorizada. Quizá sea clandestina y no teníamos que haberla descubierto, o quizá se trate de alguna actividad corrupta con protagonistas poco recomendables. —Sacudió la cabeza antes de señalar a Nate con el dedo—. Voy a hacer lo siguiente: iniciaré los trámites administrativos para conseguir una orden judicial amparada por la ley de vigilancia de la inteligencia extranjera. Quiero saber lo que la comunidad de inteligencia sabe de esos tipos y esa isla. Con respecto a la CIA, realizaré una consulta formal interdepartamental para ver adónde lleva.

—Señor —intervino Nate— si aprueba los gastos de viaje, me

gustaría investigar la historia de AgriMed sobre la mujer que rescataron de la isla. E intentar ver qué sabe ella.

—¿Tienes idea de su paradero? —preguntó Binghamton.

—Aún no, pero tengo un nombre del informe inicial proporcionado por el demandante. Suena americano. Pensaba buscar en la base de datos de pasaportes e inmigración y, si encuentro algo, seguir buscando en los registros bancarios para restringir la zona de búsqueda. Suponiendo que el nombre sea real y que pasara por uno de los pasos fronterizos o puertos de entrada, creo que tengo muchas posibilidades de localizarla.

—De acuerdo. Adelante. Todo esto huele mal. Localízala y tráela para que la interroguemos. Yo seguiré las otras pistas y nos encontraremos a medio camino. Mantenme informado de tus hallazgos.

Nate guardó silencio unos instantes.

—Señor... ¿y si se trata de una operación que se supone que no deberíamos conocer?

—Todos estamos en el mismo barco, Nate.

—¿Con los alemanes?

Binghamton hizo una mueca.

—Cielos, eso espero. Pero... supongo que no sería mala idea que te acompañara otro agente. Para cubriros las espaldas mutuamente.

CAPÍTULO NUEVE

Kathy entró en la sala de conferencias diez minutos después de la hora prevista de inicio de la charla, justo cuando el hombre subía al estrado. Tomó asiento cuando él empezaba a hablar; su voz profunda sonó por los altavoces del auditorio.

—Dado que estáis aquí, supongo que a muchos de vosotros os interesa el campo de la genética o tenéis curiosidad sobre el tema. Como investigador genético y médico, sé que los medios os harán creer que los organismos genéticamente modificados y quienes trabajamos en esas investigaciones somos algo así como engendros del demonio.

—¡Nos estáis provocando cánceres, cabrones! —gritó alguien desde el fondo de la sala.

Un grupo de estudiantes se pusieron de pie detrás de los asientos, armados con pancartas antitransgénicos.

—Digamos no a los transgénicos —empezaron a canturrear. La multitud empezó a armar revuelo para mostrar su desacuerdo.

Kathy siempre había admirado a los activistas políticos pero, en este caso, solo esperaba que se callaran. Tenía ganas de escuchar al ponente.

Las fuerzas de seguridad del campus intervinieron enseguida.

Echaron a la fuerza a los manifestantes y cerraron la puerta tras ellos, aunque no pudieron evitar un último grito de: «¡No sois más que unos cerdos monopolistas que nos robáis a todos!»

Cuando por fin se cerraron las puertas y el sonido de las protestas se apagó, el público murmuró contrariado y centró la atención de nuevo en la conferencia.

El ponente sacudió la cabeza y suspiró por el micrófono.

—Como he dicho, algunas de las cosas que hacemos en la investigación genética se malinterpretan. Algunos, como nuestros amigos del fondo de la sala, afirman que el trabajo que realizo provoca cánceres. Por desgracia, están convencidos de ello. Pero me gustaría pedir un favor a todos los presentes: no os dejéis engañar por la retórica populista. No os toméis lo que los demás os dicen como la única verdad. Incluso lo que yo os diga, deberíais cuestionároslo. Antes de formaros una opinión, investigad al respecto.

Aquel hombre le resultaba extrañamente familiar a Kathy. Era joven, de unos treinta y pocos años, de aspecto hispano. Y tenía una expresión triste que, en cierto modo, la hizo compadecerse de él.

—Dicho esto, dado que ha salido el tema, voy a hablaros del cáncer. Francamente, no deja de ser gracioso. La cuestión es que soy oncólogo, es decir, especialista en cáncer, y el objetivo de mi investigación siempre ha sido tratar el cáncer en humanos. Con respecto a la acusación de ser monopolista, reconozco que AgriMed, la empresa para la que trabajo, es una gran corporación. No voy a negarlo. Pero difícilmente se nos puede considerar un monopolio. Además, la acusación me resulta irónica. Google controla casi el noventa por ciento de todas las búsquedas de Internet y Android es el sistema operativo de casi el noventa por ciento de los teléfonos inteligentes, sin embargo, no veo a nadie protestar contra ellos por tener un producto popular que la gente quiere usar.

La sala se estaba caldeando. El aire acondicionado no bastaba para la cantidad de gente reunida en allí. y Kathy se recogió el cabello y lo remetió bajo la gorra de béisbol para que no le diera calor en el cuello.

—Por último, permitidme que disipe la idea de la amenaza de los transgénicos. Quienes nos dedicamos a la investigación no inventamos nada que perjudique a la gente a propósito. Normalmente investigamos un problema que afecta a la gente e intentamos encontrar la mejor solución.

—Por ejemplo, en la actualidad se está llevando a cabo una investigación que intenta solucionar el déficit de vitamina A, que es una epidemia en ciertas partes del mundo. En 2015 se estimó que 190 millones de niños y 19 millones de mujeres embarazadas de 122 países padecían déficit de vitamina A. Muchos de vosotros quizá no seáis conscientes de que la carencia de esa vitamina es grave y provoca entre uno y dos millones de muertes al año, así como 500 000 casos de ceguera irreversible anuales. El problema se da en mayor medida en las regiones del mundo que siguen una dieta basada en el arroz, porque el arroz no tiene vitamina A. Pero los investigadores clínicos han descubierto que, extrayendo el gen de la fitoeno sintasa del maíz y combinándolo con otro gen, pueden producir un nuevo tipo de arroz que se ha dado en llamar «arroz dorado». Apenas 140 gramos de arroz dorado proporcionan la dosis diaria necesaria de vitamina A. A los manifestantes les asusta la idea de que la ciencia afecte a los alimentos, pero os aseguro que a los millones de personas que padecen déficit de vitamina A no les asusta.

El hombre recorrió la sala con la mirada.

—Pero los transgénicos no son más que un tipo de investigación genética. Algunos de los avances más emocionantes de este campo están relacionados con la terapia genética. Planteaos lo siguiente: ¿qué pasaría si pudierais tratar a un paciente con fibrosis quística simplemente sustituyendo el gen defectuoso que causa el problema, y así le alargarais la vida? ¿O si os dijera que dieciséis pacientes de enfermedad coronaria, varios de los cuales se encontraban al borde de la muerte, recibieron terapia genética dirigida a su corazón y ello favoreció un crecimiento de sus vasos sanguíneos que mejoró o alivió por completo el dolor que sufrían? No es ciencia ficción, está pasando.

Estamos a las puertas de un mundo nuevo, y todo ello gracias a la investigación médica.

Bueno, ahora voy a centrarme en la charla que había preparado, porque me gustaría compartir con vosotros qué supone ser investigador.

Mientras el ponente hablaba, Kathy dio en fijarse en el hombre sentado detrás de él. Y sintió un escalofrío a pesar del calor de la sala.

Todo lo que el orador fue diciendo a continuación le pasó desapercibido desde que clavó la vista en la última persona del mundo a la que habría esperado volver a ver: el hombre que le había hecho firmar un montón de documentos de confidencialidad y había comprado su silencio.

Se inclinó hacia un lado.

—¿Quién es el tío ese que está sentado a la derecha del atril? —le preguntó en un susurro a una chica picada de marcas de acné que tenía al lado.

—¿Te refieres al hombre mayor que lleva un traje de mil dólares? Es el doctor Harry Winslow. Creo que ha dicho que es el jefe de investigación de una gran farmacéutica. Es quien ha presentado al ponente.

Kathy miró con expresión furibunda al investigador jefe mientras este centraba la atención en el ponente.

A Kathy la molestaba que ese hombre pareciera tan digno, tan respetable. Sin embargo, ella era la única asistente que sabía que encubría algún tipo de chanchullo subtropical. Un chanchullo que había causado la muerte de su novio.

Cuando la charla acabó y todo el mundo se dirigía a la salida, Kathy se abrió camino entre la multitud y gritó hacia el otro lado:

—¡Doctor Winslow!

Él miró en su dirección y sus ojos se encontraron durante un instante. Ella vio que la reconocía. Pero él se dio la vuelta dispuesto a marcharse.

Kathy empujó con más fuerza contra el flujo humano, ignorando los gruñidos de fastidio de los demás estudiantes.

—¡Doctor Winslow!

La multitud seguía empujando y ella acabó apartada a un lado. Tropezó con la pata de una silla y se dio de bruces en el suelo.

Un brazo le rodeó la cintura.

—Vaya. Cuidado. ¿Te encuentras bien?

Kathy miró en la dirección por la que Winslow había desaparecido y se le hizo un nudo en la garganta. La ira se transformó en amarga frustración mientras luchaba para mantener la calma.

—¿Te encuentras bien? —repitió el hombre—. ¿Te has dado un golpe en la cabeza?

Kathy se volvió y se dio cuenta de que el hombre que la había socorrido era el ponente hispano. Se le veía preocupado al escudriñarla con sus cálidos ojos pardos, como si quisiera saber si había sufrido algún daño.

—Es... estoy bien. —Kathy respiró hondo para tranquilizarse—. Ha sido un tropiezo.

—¿Querías preguntarle algo al doctor Winslow? Ha tenido que marcharse corriendo para coger un avión, pero probablemente yo pueda responderte. —Se quedó callado unos instantes... y entonces una sonrisa asomó a su rostro—. Eres Katherine O'Reilly.

Kathy se estrujó el cerebro intentando averiguar de qué la conocía y por qué a ella le resultaba familiar.

Él soltó una risita y le tendió la mano.

—Soy el tipo que encontró tu cartera en el aeropuerto hace unos meses. Juan Gutiérrez.

—¡Oh, Dios mío! —Kathy meneó la cabeza—. ¡Menuda casualidad!

—¡Y que lo jures! Bueno, entonces dime, ¿tienes alguna pregunta que yo pueda responderte?

Kathy notó que el calor le subía por el cuello y le encendía las mejillas. Ni siquiera sabía lo que le habría dicho a Winslow de haberlo alcanzado. Pero no era una pregunta que ese hombre pudiera responder.

—Supongo que la pregunta se me ha ido de la cabeza cuando me he caído.

—Oh. —Juan adoptó una expresión... decepcionada. Vaciló antes de carraspear—. Bueno, mi vuelo no sale hasta mañana y estoy muerto de hambre. ¿Conoces... ejem... conoces algún sitio donde se coma bien por aquí cerca?

—Sí, claro. Mi compañera de habitación me habló entusiasmada del Mai Kai. Es un nuevo restaurante asiático de cocina de fusión que se supone que está muy bien. Aunque yo no puedo decir nada al respecto porque no lo he probado.

A Juan se le iluminó el semblante.

—¿Y por qué no me acompañas? Tal vez durante la cena te acuerdes de lo que querías preguntarle a Winslow.

Kathy parpadeó rápidamente. «¿Acaba de invitarme a cenar?». Lo último que quería en esos momentos era una cita.

—Pues...

Juan le dedicó una sonrisa tranquilizadora.

—No te preocupes, no es nada raro. Es que no me gusta comer solo. Es un palo. Además, la cena correrá a cargo de la empresa.

Kathy había trabajado en bares unos años, por lo que tenía experiencia con los tíos babosos. Ese hombre no parecía serlo. Parecía... sincero. Y sabía perfectamente lo duro que era estar sola en un lugar desconocido.

—Tengo que avisar a mi compañera de habitación de que voy a salir, pero vale. ¿Cuándo quieres que vayamos?

Él sonrió.

—¿Qué te parece ahora mismo?

Juan dio un sorbo al té helado y observó el curioso entorno del restaurante. Era de estilo polinesio, decorado con hojas de palmera y estatuas de *tikis*. Había un actuación en directo de bailarines de *hula* y espadas de fuego, y las camareras vestían al estilo isleño. De no saber dónde estaban, habría pensado que se encontraba en Hawái.

Desde la mesa que ocupaban no veían el escenario demasiado bien, pero a Juan no le importaba. Prefería tener una excusa para seguir mirando a la despampanante alumna.

—Y bien —dijo—. Tienes veinticinco años, has sido cantante y ahora estás en primer curso de la universidad. Debe de haber una buena historia detrás de eso. ¿Cómo acabaste en Georgetown?

Sin apartar la vista de la bebida, Kathy iba dándole vueltas al refresco con la pajita y se encogió de hombros.

—A decir verdad, nunca pensé en ir a la universidad. Me refiero a que era buena estudiante, pero lo único que tenía en mente durante el último año de instituto era marcharme de casa.

Juan pensó enseguida en posibles causas.

—Perdona, no pretendía...

—Oh, no, nada de eso —se apresuró a decir Kathy, levantando la vista de la bebida—. No me malinterpretes, mis padres son fantásticos y los quiero más que a nada en el mundo. Pero viven en un pequeño rancho de Nevada y lo odio. Sabía que, si no hacía algo, nunca saldría de ahí. Quería ver mundo y pensé que tenía buena voz para cantar en bares y locales, así que me marché.

—¿Y qué te hizo cambiar ese sueño por la universidad?

Kathy inclinó la cabeza.

Aunque la iluminación del gran restaurante era tenue, Juan quedó embelesado por la intensidad de los ojos verdes de Kathy.

—Te estás burlando de mí. Nadie en su sano juicio pensaría que cantar en un bar es el sueño de alguien.

—Ni mucho menos... —Juan se quedó callado reflexionando sobre lo que acababa de decir—. Perdona, supongo que ha sonado sarcástico, pero no era mi intención. Poder viajar y hacer lo que te gusta parece fantástico.

Kathy disimuló una mueca.

—¿Te crees que servir mesas y cantar en bares es fantástico? Venga ya, no soy tan ingenua. Tú eres médico en una gran empresa farmacéutica.

Juan sonrió.

—Supongo que así es como me ven los demás, pero, por dentro, sigo siendo el niño nacido en los barrios bajos del este de Los Ángeles. Tenía muchas más posibilidades de acabar traficando con drogas o trabajando en un cuchitril que de ser médico. Es una suerte haber tenido una madre muy tenaz que me instó a superarme.

En ese momento pasó un camarero provisto de un cuenco enorme lleno de cubitos de hielo y fruta adornado con bengalas. Y de repente aparecieron varios camareros polinesios con el pecho descubierto y empezaron a cantarle el *Cumpleaños feliz* a una señora mayor sentada a la mesa que tenían al lado.

Kathy sonrió al ver la reacción de sorpresa de la señora. Era la primera vez que Juan la veía sonreír; se le iluminó todo el rostro. Era extraordinariamente hermosa, y de repente se sintió muy incómodo.

«No le tires los trastos a esta chica. No está bien. Además, no tienes ninguna posibilidad».

Mientras los hombres cantaban, Juan se fijó en que Kathy tenía un par de cicatrices rosadas circulares que le asomaban por el cuello de la camisa. Tenía otra en el dorso de la mano izquierda y una más en la cara interna de la muñeca derecha.

Recordó su época de estudiante y las clases de inmunología. Por algún motivo, las cicatrices le recordaban a lo que había leído acerca de las vacunas de la viruela. Le recordaron a las cicatrices redondas y a menudo rosadas que, en otro tiempo, indicaban la vacunación reciente contra la viruela.

Pero la viruela se había erradicado a finales de la década de los setenta.

Y cuando se disponía a preguntarle por las cicatrices, un camarero les trajo la comida.

El camarero colocó un plato muy vistoso delante de Kathy.

—Para la señora, el buey wagyu estilo teriyaki con champiñones asados, espárragos, piña a la brasa y confit de ajo, todo ello espolvoreado con semillas de sésamo.

Acto seguido, le tocó el turno a Juan, a quien le sirvió un plato humeante.

—Para el caballero, el entrecot Delmonico estilo cowboy de medio kilo, marinado y ahumado al carbón de roble, hecho al punto y servido con wasabi de rábano picante y puré de patatas.

A Juan se le hizo la boca agua al percibir el suculento aroma que despedía su plato.

Cuando el camarero se marchó, Juan le dedicó una sonrisa a Kathy.

—No te lo tomes a mal, pero me alegra ver que no eres vegana.

Kathy soltó un bufido al pinchar con el tenedor un dado de carne de su plato.

—Ni mucho menos. Creo que mi padre me habría desheredado.

Además, tengo un poco de anemia, así que me han recetado comer algo de carne roja.

Juan cortó un trozo de entrecot y se maravilló ante el bocado rosado y jugoso que tenía en la punta del tenedor.

—Bueno, como médico que soy, apoyo totalmente el tratamiento elegido para la anemia. Creo que tienes un futuro prometedor en Medicina.

Por primera vez desde que se habían conocido, Kathy le regaló una sonrisa.

Juan se recostó en el asiento, se dio una palmada en el vientre, plano, y gimió.

—Creo que nunca había comido tanto.

Kathy dio el último sorbo al refresco.

—Mi compañera de habitación dice que este sitio tiene un sendero con vistas al Potomac. Se supone que por la noche lo iluminan con antorchas y que es como estar en Hawái. ¿Te apetece caminar un poco para bajar la comida?

Juan intentó disimular la emoción que sentía.

—Por supuesto. —Había imaginado que su tiempo con Kathy tocaba a su fin y habría buscado cualquier excusa para prolongar la velada.

Kathy se encaminó al exterior.

Juan se asombró al ver con qué habilidad habían transformado aquel lugar junto al río en algo que parecía un paraíso tropical. El sonido de las cigarras y los pájaros los rodeó mientras caminaban por senderos flanqueados de palmeras e iluminados con alguna que otra antorcha. Buscó los altavoces que emitían los sonidos, pero estaban muy bien disimulados.

—Este lugar es increíble —reconoció.

Kathy respiró hondo y asintió. Durante unos segundos, a Juan le pareció intuir una expresión de dolor en su rostro.

—Bueno... —dijo ella—. A lo mejor podrías contarme más sobre lo que estás investigando ahora.

—Me encantaría. De verdad, lo cierto es que estoy emocionado. —Juan señaló hacia un rincón bien iluminado en el que había un tronco que hacía las veces de banco—. Sentémonos allí a disfrutar de la brisa.

Kathy se sentó en medio del tronco de quince centímetros de ancho y, mientras Juan se acomodaba, se movió para situarse de cara a él.

Juan contempló la belleza de la joven y volvió a ponerse nervioso.

—Antes de empezar —advirtió—, tengo que pedirte que no le cuentes nada de esto a nadie. Aún no hemos anunciado los detalles de parte de mi trabajo y...

—No te preocupes —dijo ella—. Soy buena guardando secretos.

Juan asintió.

—Pues todo empezó cuando intenté explicar cómo en los elefantes actuales aparecen múltiples copias de cierto gen...

Para sorpresa de Juan, Kathy parecía genuinamente fascinada por las explicaciones acerca de su investigación. Incluso le formuló preguntas muy pertinentes.

—Entonces —preguntó Kathy—, el patrón que encontraste, ¿se reproducía en otros animales?

—Sí. Lo cierto es que me sorprendió. Tuve que afinar mucho porque algunos de mis datos procedían de muestras de ADN con partes dañadas, pero, al final, fue como si hubiera encontrado la solución a un rompecabezas. El mismo patrón básico apareció en distintas especies.

Kathy vaciló antes de preguntar:

—¿Crees en Dios?

Juan abrió unos ojos como platos e intentó asimilar la inesperada pregunta. Guardó silencio mientras se planteaba la respuesta.

—Sí. De hecho, me crie como católico, aunque mentiría si te

dijera que he ido a misa últimamente. No desde la muerte de mi madre.

—¿Has pensado alguna vez que quizá has encontrado un patrón que Dios colocó en todos los animales? ¿De qué otra manera puede explicarse su universalidad?

—¡Anda! —exclamó Juan, que no esperaba que la conversación fuera por esos derroteros—. No suelo permitirme asignar motivaciones a las cosas o escarbar en temas que no puedo demostrar. Y Dios es una de esas cosas inescrutables. No digo que no puedas tener razón, pero... bueno, hay cosas en las que podemos creer y otras que podemos estudiar.

Kathy asintió.

—Tengo otra pregunta. ¿Qué me dices de las influencias medioambientales? ¿Cómo pueden determinarse siglos de evolución cuando la evolución suele estar marcada por factores externos? ¿No fue eso lo que observó Darwin?

—Es una gran pregunta. Supongo que me lo planteo del siguiente modo: todas nuestras vidas, ya sean la de la humanidad o la del resto del reino animal, están conectadas por la genética. Dicho esto, parece razonable que la forma inherente que tiene el ADN de evolucionar pueda tomar ciertas vías. Por ejemplo, mi algoritmo no sabría si una vía se convierte en un callejón sin salida debido a circunstancias medio ambientales. Piensa en los dinosaurios. Si tuviera muestras de ADN, seguro que podría intentar predecir cómo serían hoy en día, pero mi algoritmo no sabría nada de asteroides, o épocas glaciales o cualquier otra catástrofe global. Así pues, el algoritmo traza una vía evolutiva en un vacío, por así decirlo. Y, en ese sentido, es una vía más pura que la que vemos en el mundo real.

—La verdad es que veo el patrón como un código. Un rompecabezas evolutivo en el que alguien tenía que fijarse. Me atrevería a decir que quizá eso es lo que he hecho.

—¿El código de Darwin? —apuntó Kathy, sonriente.

—Sí, supongo que sí. —Juan le devolvió la sonrisa.

Se hizo el silencio entre ellos y Kathy se levantó.

—Bueno, se está haciendo tarde y tengo que irme a la cama. —

Entornó los ojos—. Cometí el error de matricularme a una asignatura que es a las ocho de la mañana.

Juan soltó un risita.

—Creo que todos los alumnos cometen ese error una vez en su época de estudiantes. ¡Pero solo una! Vamos, te llevaré a casa en el coche.

Mientras Kathy caminaba desde el coche de Juan hasta su residencia, se obligó a no volver la vista atrás. Era la primera vez que salía con alguien desde Brad y no podía evitar sentirse culpable. Cada vez que notaba que lo pasaba bien con Juan, Brad se le aparecía en la mente, y se sentía embargada por la culpa.

Quizá fuera demasiado pronto.

Aun así... Juan era tan agradable. Era mayor que ella, sí, pero no demasiado. Más joven que Brad. Y no le hablaba como si fuera mayor o como un profesor a una alumna. Le hablaba al mismo nivel. No eran más que dos personas que charlaban.

Y... notaba su interés. No le había hecho ninguna insinuación, pero ella lo intuía.

Al pasar bajo una de las farolas de la entrada a la residencia, le dio un vistazo a la tarjeta que le había dado. Tenía el número de su móvil personal en el dorso. No se lo habría apuntado si no hubiera querido que la llamara.

Por descontado que no lo haría, claro. Ya llevaba suficiente carga emocional en esos momentos. Además, él vivía en otro estado.

Se guardó la tarjeta en el bolso con cuidado y, de pronto, dos personas irrumpieron de entre las sombras, ya cerca de la entrada de la residencia. Kathy apenas pudo contener un grito de sorpresa.

—¿Katherine O'Reilly?

Kathy se quedó petrificada, con los ojos como platos cuando un hombre blandió una placa delante de sus narices. Él y su acompañante iban trajeados, lo cual desentonaba en un campus universitario.

—Disculpe, ¿es usted Katherine O'Reilly? —repitió.

Kathy asintió, aunque se preparó por si tenía que echar a correr hacia la entrada de la residencia.

—Señora, soy el agente especial Carrington del FBI. —El hombre hizo una seña hacia la derecha—. Ella es la agente especial Ragheb. Creo que hace unos cuatro meses estuvo implicada en un incidente acerca del que nos gustaría hacerle unas preguntas.

CAPÍTULO DIEZ

Nate entró en el despacho de Jeff, pero el supervisor estaba al teléfono. Moviendo los labios, Jeff le indicó que esperara un momento, y le hizo un gesto para que se sentara.

Al acomodarse en el sillón de cuero, a la espera de que Jeff acabara, repasó la estancia con la mirada. Le llamó la atención un póster de la antigua división de Jeff del Ejército de Estados Unidos. Llevaba estampado en letras rojas el lema: «Haz lo que debe hacerse».

Nate sabía que Jeff había pasado veinte años en el equivalente militar del departamento de investigación criminal. Como él también había estado casi una década en el ejército, comprendía el orgullo que Jeff sentía por sus hermanos de armas. Probablemente fuera uno de los motivos por los que se llevaban tan bien. Sentían respeto y comprensión mutuas. Raíces similares.

Jeff terminó de hablar y colgó.

—Gracias por venir, Nate. Tengo ciertas malas noticias que compartir contigo y he pensado que sería mejor hacerlo cara a cara.

—No me gusta cómo suena esto.

—No me extraña. Empezaré por mi intento de vigilar a los servicios de inteligencia alemanes. En resumen, el Tribunal de Vigilancia de la Inteligencia Extranjera, la FISA, me ha denegado el permiso.

—¿Cómo? Pensé que el tribunal de la FISA aprobaba automáticamente este tipo de cosas.

Jeff se encogió de hombros.

—Parece claro que la petición de un director adjunto del Departamento de Investigaciones Criminales no siempre tiene la influencia que podrías suponer entre los jueces de la FISA. Solicitar vigilancia a un gobierno extranjero puede resultar complicado. Tienen inmunidad y algunos tipos de inteligencia juegan al gato y al ratón. Nos declaramos cortesía profesional y prometemos no espiarnos entre nosotros, aunque lo hacemos de todos modos. Y esta vez nos lo han impedido. También he recurrido a mis contactos en la CIA, oficiales y oficiosos. Incluso fui por la puerta grande. Nada. Si lo que ocurrió en esa isla es una operación de la CIA, nadie dice nada. Lo siento, Nate. —El hombre de sesenta y pocos años apuntó con el índice en dirección a Nate e inquirió—: ¿Qué me dices por tu parte? ¿Has localizado a la testigo de la isla?

Nate tragó saliva para ocultar su decepción ante la falta de colaboración tanto del tribunal de la FISA como de la CIA. Le vino a la mente la estudiante pelirroja a la que había interrogado hacía solo tres días.

—Sí, la encontré y no recibirás ningún informe de gastos porque resulta que está aquí. Katherine O'Reilly está matriculada en la Universidad de Georgetown, y resultó especialmente útil.

—¿Ah sí? ¿Hasta qué punto?

—Bueno, digamos que la pobre chica y su novio estaban claramente en el lugar equivocado, en el momento equivocado. Imagínate participando en «La isla de los famosos» y que te quedas tirado en medio del océano Pacífico, pero en vez de cocoteros y un paraíso te encuentras con pájaros asesinos que van a por ti desde todas partes, y todos quieren morderte el culo. Es un milagro que lograra salir de la isla con vida.

Jeff frunció el ceño.

—¿Y la crees?

—Al cien por cien. Me enseñó algunas cicatrices. —Nate sacudió la cabeza al recordar el momento en que Kate se había subido las mangas del suéter. Tenía los pálidos brazos llenos de cicatrices rosadas y rugosas del tamaño de una moneda—. No es que la pasara por el polígrafo pero, Jeff, hace casi dos décadas que me dedico a esto y te digo que me lo contó todo con pleno convencimiento. Apostaría lo que fuera a que fue sincera.

—No dudo de ti, solo pregunto. ¿Dices que también había un novio? Ayudaría si tuviéramos una declaración que corroborara sus palabras.

Nate negó con la cabeza.

—Oficialmente, Brad Harper está desaparecido en acción. Se ignora su paradero desde el incidente, hace cuatro meses. Supuestamente perdido en el mar. Pero la señorita O'Reilly fue muy vehemente con respecto a la empresa esa, AgriMed. Está firmemente convencida de que lo dejaron morir en algún lugar de esa isla y luego encubrieron su muerte.

—¿Y entonces por qué no acudió a la policía?

—Porque un ejecutivo de AgriMed apareció allí y le hizo firmar un contrato de confidencialidad. A cambio de su silencio, le pagaron una cantidad de seis cifras.

Jeff se puso en pie y empezó a ir de un lado a otro.

—Ahora sí que sabemos que tienen algo que ocultar. ¿Te dijo cómo se llamaba el ejecutivo?

—Sí, es el doctor Harry Winslow. Lo he buscado, es una especie de vicepresidente y director de investigación en AgriMed.

—¿Vicepresidente? —Jeff frunció el ceño—. Parece extraño que una multinacional mande a un directivo a un lugar perdido para comprar el silencio de una chica que vio sus trapos sucios.

—«Supuestos» trapos sucios —puntualizó Nate—. Recuerda, AgriMed afirma que el ejército ya había incendiado la isla cuando ellos llegaron. Y solo sabemos de esto por ellos. —Nate tamborileó en la mesa mientras las ideas se agolpaban en su mente—. Dudo que nos hubieran llamado de haber estado haciendo algo turbio allí.

—Vete a saber... Ojalá tuviéramos más información sobre lo que se cocía en esa isla.

Con una sonrisa, Nate se sacó una hoja de papel de la americana y la dejó encima de la mesa. Era un resumen de todos los documentos que la mujer le había proporcionado.

—¿Acaso te refieres a un puñado de documentos confidenciales que la señorita O'Reilly se llevó subrepticiamente de la dichosa isla, que incluyen nombres, descripciones y todo tipo de detalles, para cuya comprensión necesitaré a unos cuantos expertos en el tema?

—¡No me jodas! —Jeff le arrebató la hoja y la miró—. ¿Cómo coño consiguió...? Da igual. ¿DARPA? ¿Nuestra Agencia de Proyectos de Investigación Avanzados de Defensa?

—Sí. —Eso también le había llamado la atención a Nate. Si esa agencia estaba implicada, la situación era aún más extraña—. Estaba representada por un tal doctor Ian Wexler. Es director de programas de la Oficina de Tecnología Biológica de la DARPA. También es médico y trabajó en la CIA haciendo Dios sabe qué.

Jeff bajó por la página con el dedo.

—¿Y éste quién es? ¿El doctor Reinhardt del... Bundesnachrichtendienst?

—Me alucina que hayas sido capaz de pronunciar esa palabra de un tirón. Hans Reinhardt podría estar relacionado con la inteligencia alemana, pero aún no estoy seguro de ello. Tardaremos un tiempo en saberlo a ciencia cierta, en parte porque mucha de la información está en alemán y porque hay mucha jerga técnica. Pero están empleando una especie de algoritmo evolutivo y aplicándolo en experimentos con animales. En concreto, estuvieron manipulando pinzones. —Nate sonrió—. Jeff, esto es un cuchillo ensangrentado como la copa de un pino.

Jeff no le devolvió la sonrisa a Nate. De hecho, ensombreció el semblante.

—Nate, este asunto es muy grave. Voy a ir a las altas esferas con eso. Se acabó lo de andarse con tiento. Esta gente tiene, cuando menos, a un desaparecido por el que rendir cuentas y un montón de mierda que explicar. Además, nuestro Ejército parece tener alguna implicación, tal vez la CIA, la inteligencia alemana... no tiene sentido.

Ansioso por saber qué hacer a continuación, Nate asintió hacia la hoja de papel que Binghamton tenía en la mano.

—¿Quieres que haga traducir el documento y que los tipos del laboratorio lo examinen? —sugirió—. Tiene marcas de confidencialidad por todas partes.

—Archiva una copia de esto en Evidencias y haz otra para mí. —Jeff dejó la hoja de nuevo encima de la mesa y señaló algunas de las marcas de confidencialidad. Esta marca, «COSMIC», es una clasificación de alto secreto de la OTAN. Las marcas de «SI-G DRWN»... pues tendremos que buscarlas. No tengo ni idea de qué compartimento es ese «DRWN» ni quién lo controla. Contactaré con nuestros oficiales de acceso especial a ver qué descubro.

—Sí, señor.

Nate estuvo a punto de formular otra pregunta, pero Jeff levantó la mano y dejó la mirada perdida en la distancia.

—Nate, necesito que recabes información sobre ese tal Winslow. Pregúntale por eso...

—Pero Jeff, ¿eso no es incumplir el acuerdo...?

—No te he dicho que le leas esta mierda, limítate a lo que la chica te contó. Seguro que te explicó lo que había en este documento antes de entregártelo, ¿no? —Jeff asintió exagerando el gesto.

Nate sonrió.

—De hecho, así fue.

—Bien. Y Nate... —Jeff se inclinó hacia delante—. Ándate con cuidado, ¿entendido?

—Sí, señor.

Juan arrugó la nariz al contemplar la pizza del día anterior que tenía junto al ordenador. Hacía semanas que no había ido al supermercado y no tenía otra comida en casa. Dejándose de manías, la cogió y le dio un mordisco.

Volvió a centrar la atención en la pantalla del ordenador y mejoró varios ajustes de lo que había bautizado como «algoritmo de Darwin». Él y sus colaboradores habían trabajado duro desactivando los genes que no habían contribuido a producir los fantásticos resultados de Hércules. Era un trabajo tedioso, y el ensayo de desactivación había avanzado más lento de lo que le habría gustado, pero no podía permitirse el lujo de cometer errores si quería intentar conseguir la aprobación para realizar ensayos en humanos.

De todos modos, tenía la sensación de estar dedicándose a un juego inútil. Cuando eliminaba uno de los genes afectados, de repente, un cuarto de los especímenes de la siguiente generación de animales moría debido a una malformación congénita en los ventrículos. Luego suprimía un bloque de veinte genes afectados y no pasaba absolutamente nada. No se sabe hasta que se prueba.

Todos los resultados se introducían en el algoritmo, que no paraba de cambiar. Al fin y al cabo, el objetivo era restringir las decenas de miles de genes cambiados al mínimo necesario para crear el «ratón del futuro», el que no presentaría ningún inconveniente y sí todas las ventajas. Una vez conseguido, estarían listos para solicitar la realización de ensayos en humanos.

Juan exhaló un suspiro, pulsó el botón «compilar» y se recostó en el asiento. El programa tardaría horas en procesar los millones de líneas de código genético antes de escupir la actualización de resultados. Hasta entonces, Juan no podría comparar los resultados con los cambios esperados en el genoma.

Las palabras «Calculando el código de Darwin» aparecieron en pantalla.

Juan sonrió. Siempre que veía ese nombre, se acordaba de Kathy. Al final, se alegraba de no haber tenido agallas suficientes para pedirle el teléfono porque, de lo contrario, ya la habría llamado cien veces. Su rostro le perseguía desde que la viera por primera vez en el aeropuerto.

Y no era solo su belleza. Le atraían su inteligencia, su sonrisa, su sensatez y su carácter independiente.

Sí, desde luego que era mejor no tener su número.

El móvil le vibró en el bolsillo. Lo sacó y miró la pantalla.

Harry Winslow.

Juan estaba convencido de que el director nunca le había llamado directamente. Y menos a su número privado.

—¿Juan? Soy Harry Winslow. ¿Te pillo en mal momento?

—Doctor Winslow. No, para nada. Estoy en casa tranquilamente. Me alegro de que...

—¿Estás solo?

Juan recorrió de manera instintiva con la mirada el apartamento vacío y asintió.

—Pues... sí.

—Acabo de salir de una reunión con dos agentes del FBI.

Juan abrió ligeramente la boca ante la sorpresa.

—¿El FBI?

—Escúchame y responde solo sí o no. ¿Sabes a qué me refiero si digo «el algoritmo de Darwin»?

—Sí. —Juan se quedó mirando el ordenador, que estaba procesando los últimos cambios.

—Bien. Escúchame. Ya sé que suena raro, y ya te lo explicaré, pero solo en persona. Voy a enviarte el jet de la empresa a Rochester. De un momento a otro se presentará en tu casa un chófer con una placa de identificación de AgriMed. Recoge todo lo que tengas en casa relacionado con tu trabajo y tráelo a Washington DC. El chófer te ayudará a cargarlo.

Con el corazón acelerado, Juan lanzó una mirada a las impresiones viejas y nuevas que tenía desperdigadas por todo el apartamento. Y se le agolparon un millón de preguntas en la mente.

—Doctor Winslow, ¿de qué va todo esto? ¿Nos hemos metido en un lío?

En la línea se hizo el silencio y a Juan le entró el pánico.

—¿Doctor Winslow?

—No, Juan, nadie se ha metido en ningún lío. Ya te contaré más en persona. Acuérdate de no dejar nada en casa relacionado con el trabajo, ¿entendido?

—Entendido.

—Respira hondo, no pasa nada. Ahora ve a recoger tus cosas. Hasta dentro de un rato.

Juan se quedó contemplando el móvil. ¿Por qué demonios el FBI había ido a ver a Winslow? ¿Y por qué tenía que coger sus cosas con tanto apremio? ¿Y tomar un jet privado, con un chófer?

Aquello no le gustaba nada. Nada de nada.

Se le ocurrió que quizá le estaban tendiendo una emboscada. Pero ¿por qué? A Juan se le aceleró la respiración y un escalofrío le recorrió la columna.

Se guardó el móvil en el bolsillo, corrió a la mesita de noche y cogió la única arma que tenía: una navaja plegable de diez centímetros. Se la introdujo rápidamente en el bolsillo delantero de los pantalones.

Llamaron a la puerta y una voz áspera anunció:

—Doctor Gutiérrez, me envían para llevarle al aeropuerto.

CAPÍTULO ONCE

La brisa fría que soplaba del norte transportaba el aroma del heno recién cortado mientras Frank O'Reilly observaba al ganado en el campo y asentía satisfecho.

—Parece que les gusta la alfalfa y están ganando peso.

Buck asintió.

—Sí, señor. El verano que viene conseguiremos un buen precio por ellos.

Jasper ladró. El perro iba arriba y abajo sin apartar la mirada del rebaño.

—Así me gusta, chico —dijo Frank—, de ahí salen esos trozos de cecina que tanto te gustan. —Se volvió hacia Buck—. ¿Qué tal va el rebaño de cría? ¿Han funcionado las inseminaciones?

El mozo de rancho pelirrojo lanzó un escupitajo lleno de tabaco marrón a una piedra cercana.

—Les hemos hecho el test de preñez a todas las cabezas y casi todas las vacas están preñadas; lo mismo con las novillas. ¿Quiere que sacrifiquemos a las que no han preñado?

—No, haremos tres intentos y, si no se preñan, entonces sí, las separaremos. —Frank entrecerró los ojos para alcanzar a ver el final de los pastos, donde las vacas se habían agolpado contra el cercado

—. Buck, tú tienes mejor vista que yo. Mira hacia allí. ¿Uno de los postes está inclinado? Las vacas se han estado restregando contra él. —Señaló y volvió a notar el dolor en el hombro.

Buck colocó la mano en forma de visera para protegerse del sol.

—Sí, ya lo veo. Está prácticamente caído.

Frank cogió la radio que llevaba colgada del cinturón y pulsó el botón de llamada.

—Chicos, id enseguida a la finca número cuatro. Tenemos un cercado que hay que arreglar.

—Sí, señor O'Reilly. Hank, Johnny y yo acabamos de soltar uno de los rebaños en la número dos. Llegaremos en diez minutos.

Frank deseó poder hacerse cargo del asunto él mismo, incluso volver a subirse a un caballo. Las rodillas le dolían más que nunca. Volvió a mirar hacia el final de los pastos y gimió.

—Maldita sea, hay vacas saliendo por una brecha del cercado.

Sin vacilaciones, Jasper ladró como si respondiera al comentario de Frank y echó a correr hacia el cercado roto.

—Mierda, señor O'Reilly, ese perro se va a llevar una coz en la cabeza si no va con cuidado. —Buck cogió las riendas del caballo, lo montó y cabalgó en dirección al perro.

Frank apretó los dientes al ver ladrar a Jasper como un poseso, yendo de un lado a otro como loco entre y alrededor de animales de gran envergadura.

En su mayor parte, las vacas se mantenían alejadas del maniaco ladrador. Nunca había adiestrado al animal para hacer de perro pastor, pero debía de actuar por instinto porque enseguida se puso a perseguir a las vacas descarriadas para que volvieran a entrar en el cercado. Buck se apostó allí para asegurarse de que no se escaparan más antes de que llegaran los chicos que para la reparación.

Frank avistó a lo lejos la columna de polvo que levantaron los otros mozos al acercarse al lugar. Al cabo de quince minutos, los chicos habían remendado el cercado y empezado a traspasar el ganado a otra finca.

Frank no pudo evitar reír al ver a Jasper corriendo a toda prisa con la lengua fuera y con lo que parecía una gran sonrisa en su rostro peludo.

—Jasper, ¿sabes que estás como una cabra?

Tras haber visto la pasión del animal durante los últimos meses, a Frank no le cupo la menor duda de que el perro había observado el tiempo suficiente a los mozos del rancho cuando pastoreaban el rebaño como para proponerse ser uno de ellos.

Lanzó un trozo de cecina en dirección a Jasper, que lo cazó al aire y lo engulló en cuestión de segundos. Inmediatamente se arrepintió del lanzamiento. Una punzada de dolor intenso le bajó desde el hombro hasta el codo y casi le hizo doblegarse.

—Frank, ¿qué ocurre?

Se volvió y vio a Megan corriendo hacia él con una cesta de pícnic.

—Nada, cariño, estoy bien.

—No te lo crees ni tú. No estás bien. —Dejó la cesta en el suelo y corrió hacia Frank mientras Jasper gimoteaba a sus pies—. ¿Lo ves? Hasta Jasper sabe que sientes dolor. —Le puso las manos en la cara y lo obligó a mirarla—. Cielo, tienes que dejar de ser tan tozudo y aprender a reconocer que no te encuentras bien. Cuéntame. Sé que tienes dolores.

Frank notó un nudo en la garganta.

—Mujer, pues claro que tengo dolores. Lo cierto es que me duele todo. Las rodillas, los codos, los hombros, las caderas... todo. Se llama hacerse viejo. Caminaré un poco para que se me pase y así me sentiré mejor.

Ella frunció el ceño.

—No eres viejo. Lo que pasa es que eres más terco que una mula. —Le hizo bajar a su altura y le dio un beso bien fuerte en los labios —. Eso es, voy a llevarte al médico, aunque tenga que atarte como a un pavo de Acción de Gracias.

Frank dedicó a la que era su esposa desde hacía treinta años una sonrisa incómoda.

—Sí, señora.

Frank estaba sentado en la sala de espera del médico al lado de Megan, que le sujetaba la mano con convicción. Él sabía que estaba nerviosa, pero se resignaba a lo que el Señor tuviera destinado para él.

Habían pasado dos semanas desde que le había dejado arrastrarlo por primera vez a la consulta del médico local en Ash Springs, y lo cierto es que se encontraba peor. En esa primera visita, lo toquetearon, lo palparon, le extrajeron sangre, le pidieron una muestra de orina y le hicieron radiografías de pies a cabeza. En la segunda visita, al cabo de unos días, le hicieron incluso una biopsia del hombro y de la rodilla.

Y aquello no había hecho más que empeorar las cosas. Si antes le dolían las articulaciones, ahora sentía una agonía casi constante. Se había pasado buena parte del tiempo confinado en su butaca reclinable, confiando en que Buck se hiciera cargo de todo.

Lanzó una mirada a su esposa.

—Megan, ya sabes que no confío en estos médicos de pueblo. Tendrías que haberme dejado ir a la clínica de veteranos. Me habrían remendado bien.

—Ni por casualidad —masculló Megan—. Esos tipos no te habrían dado visita hasta dentro de tres semanas por lo menos.

—Podría haber esperado...

—No —lo contradijo Megan—. No voy a permitir que esperes cuando sé que estás sufriendo.

Frank se inclinó hacia el único amor que había tenido, la besó en la coronilla y susurró:

—Por eso no quería decírtelo. —También era el motivo por el que no se lo había contado todo. Como que estaba perdiendo la circulación en los dedos y que se los notaba entumecidos por el frío incluso estando dentro de casa.

Una enfermera asomó la cabeza por la puerta.

—¿Señor y señora O'Reilly? El médico les atenderá ahora.

Frank hizo una mueca al levantarse de la silla como pudo, haciendo caso omiso de la mano que Megan le tendía. Ella frunció el ceño, pero él no iba a permitirle que lo tratara como a un lisiado.

El doctor Montgomery era un hombre mayor vestido con una

bata blanca de uno de cuyos bolsillos le colgaba un estetoscopio. Les estrechó la mano a ambos cuando entraron en la consulta y luego sacó su silla de detrás del escritorio y la colocó junto a la de los visitantes. Tenía el semblante serio y Frank se preparó para lo peor.

El médico tomó una carpeta gruesa de la mesa y se la colocó en la falda.

Frank notó cómo Megan le agarraba el brazo cuando preguntó:

—Doctor Montgomery, ¿cómo han salido los resultados? ¿Qué le pasa a Frank?

El doctor Montgomery apretó los labios de manera que formaron una línea fina y se dirigió a Frank.

—Señor O'Reilly —dijo—, ¿recuerda lo que hablamos acerca de las radiografías en su última visita?

—Por supuesto. Dijo que aparecía algo anormal en algunos huesos. Por eso pidió que me hicieran las biopsias.

—Eso es. En las radiografías apareció lo que se denomina un triángulo de Codman. Había una inflamación bajo el periostio, una membrana que rodea los huesos. Y recordará que...

—Venga ya, doctor, suéltelo ya. ¿Es cáncer? —espetó Frank. No necesitaba la versión larga, solo el veredicto.

El médico asintió.

—Me temo que sí.

Megan le clavó los dedos a Frank en el brazo.

—Oh, Frank...

Pero Frank sintió una extraña sensación de paz.

—Entonces, ¿cuánto me queda?

—¡Alto! —El doctor Montgomery levantó una mano—. No nos precipitemos. El hecho de haber detectado una malignidad en dos de las biopsias no significa nada todavía. —El hombre habló con tono apaciguador. Lanzó una mirada a Megan y luego se centró en Frank —. Estoy seguro de que esto no es lo que esperaba escuchar, pero solo tenemos un diagnóstico parcial y, a fin de comprender plenamente lo que tenemos delante, tenemos que hacer unas cuantas tomografías por emisión de positrones, TEP para abreviar. Aquí no disponemos del equipamiento necesario, pero he pedido visita en el centro de oncología del Summerlin Hospital para que lo atiendan en cuanto pueda ir. El especialista de oncología se llama Charles Liu. Es el mejor en su especialidad. Cuidará muy bien de usted. Dígame cuándo puede ir...

—¿Dónde está ese centro de oncología? —preguntó Megan.

—Está en Las Vegas, a una hora y media en coche de aquí.

—Podemos ir ahora mismo —afirmó Megan.

Frank hizo ademán de poner objeciones, pero su esposa le dedicó una mirada asesina que lo dejó paralizado.

—Fantástico —celebró el doctor Montgomery—. Pero, antes de que emprendan un viaje de hora y media, voy a llamar para asegurarme de que lo pueden visitar hoy. ¿Tienen alguna pregunta antes de que llame a la consulta del doctor Liu?

Frank y Megan negaron con la cabeza.

El médico le dio una palmadita suave a Frank en el hombro antes de salir de la consulta.

Megan empezó a decirle con voz apaciguadora que todo iba a salir bien y que le curarían el cáncer, fuera como fuera.

Frank permaneció sentado en silencio, intentando asimilar la noticia de que tenía cáncer. Sobre todo, lo preocupaban Kathy y Megan. Tenía mucho que hacer para asegurarse de que quedaran cubiertas cuando él faltara.

Se volvió hacia su mujer.

—Megan, solo voy a pedirte un favor sobre este tema y no te va a gustar. Me pase lo que me pase, no le digas nada a Kathy. Ya tiene bastante carga en la universidad, ¿entendido?

A Megan le temblaba la barbilla y los ojos le brillaban ante la inminencia de las lágrimas. Sin embargo, asintió.

Frank se recostó en la incómoda silla y le dio una palmada en el muslo.

—Te quiero.

—Yo también te quiero.

Dave Butler yacía en una cama de hospital y una de las enfermeras de la clínica para veteranos comprobaba sus constantes vitales. A pesar de la elevada dosis de analgésicos que le habían administrado, el dolor provocado por el cáncer era más fuerte que el efecto de la medicación. Tras casi sesenta años en la Tierra, lo último que deseaba era marcharse de ella medio narcotizado, pero el dolor le había resultado insoportable. Había creído que podría lidiar con él.

Pero no.

Allá por el 68, la bala de un francotirador le había alcanzado en una pierna y, desde entonces, había considerado que aquello era el peor dolor imaginable. Osteosarcoma metastático, lo llamaban. Cáncer de huesos. Nunca había pensado que los huesos pudieran doler. Ahora sabía lo equivocado que estaba.

Le habían dado apenas unas semanas de vida cuando aceptó participar en un nuevo ensayo clínico en la clínica para veteranos. Presentaba riesgos, por supuesto, pero a él le daba igual. Total, no tenía nada que perder.

El médico le había dicho que se trataba de un trasplante de médula alogénico y que daría un empujón a su sistema inmune, para poder así atacar mejor las células desconocidas.

Dave no acababa de entender todos los detalles. Solo sabía que el ensayo iba a utilizar las defensas de su propio cuerpo para combatir el cáncer.

Una enfermera asomó la cabeza y lo vio temblando.

—¿Quiere unas mantas para abrigarse, señor Butler?

—Si no es mucho pedir...

—Para nada. —La enfermera desapareció y regresó al cabo de un momento con una manta gruesa con la que le cubrió las piernas y el pecho—. Acaba de salir del calentador. Queremos que se sienta cómodo durante la intervención. Además, le mejorará la circulación.

Dave suspiró con satisfacción al notar la calidez que le proporcionaba la manta.

Debió de quedarse dormido porque, de repente, se encontró en el quirófano, conectado a una vía y rodeado de personal sanitario que preparaba la intervención.

Una de las personas se fijó en que había abierto los ojos y se le acercó.

—Ah, señor Butler —dijo. Hablaba con un fuerte acento alemán—. Parece que se ha despertado justo a tiempo para sedarle. —Sonrió.

—Pensaba que no tenían que dormirme —dijo Dave.

—No se preocupe, se quedará adormecido. Estará consciente durante la intervención y lo mantendré al corriente de lo que vaya pasando.

—Doctor Müller —dijo una voz detrás de Dave—. Estamos preparados para la infusión.

El médico asintió y Dave observó cómo un par de manos inyectaban una sustancia blanca y lechosa en la vía. A medida que la medicación se desplazaba por el tubo y hacia su vena, notó que el brazo se le calentaba.

—Como he dicho, se quedará adormecido —explicó el doctor Müller—. Tal como hemos hablado antes, la infusión tendrá un efecto bastante agresivo en las células cancerígenas de su organismo, y queremos minimizar su malestar. Podrá seguir despierto, pero es un proceso que dura cuatro horas, por lo que, si quiere echar una cabezadita... pues... no se lo impediremos. —Guiñó el ojo.

Dave parpadeó intentando centrar la mirada en el médico. La calidez del brazo se le había propagado por el pecho y el cuello.

Incapaz de mantener los ojos abiertos, Dave se sentía como si flotara en el espacio mientras de vez en cuando oía alguna voz que penetraba esa nebulosa.

—Asegúrate de controlar el monitor de la cámara termográfica. Tenemos que hacer el seguimiento de cualquier pico de temperatura localizado. Aunque lo cierto es que no espero que veamos ningún cambio de temperatura sistémica inmediato.

Por entre la niebla mental, Dave sentía como si le clavaran unas agujas que le provocaban un dolor intenso. Oía voces aleatorias y le costaba más seguir lo que decían a medida que iba pasando el tiempo.

—¿Te has fijado que en las primeras dos horas no ha pasado nada y que luego de repente vemos que los puntos cancerígenos brillan por efecto del calor?

—El virus está funcionando. El sistema inmune está reaccionando al protocolo de Darwin. Se está reprogramando. Si te paras a pensarlo, es fantástico. Si esto funciona, este hombre tendrá el sistema inmune que todos habremos desarrollado tras decenas de miles de años de evolución. Mira el monitor, los tumores se ven de color amarillo brillante bajo el ataque del sistema inmune. Y a medida que más linfocitos T reconocen al enemigo, deberíamos ver cómo aumentan esos efectos.

Dave no podía mover ni un músculo; el dolor que sentía era inimaginable. Tenía la sensación de que le estaban clavando agujas ardientes en cada centímetro del cuerpo. Si hubiera podido hablar, habría pedido más sedante.

«Dejadme ko», pensó.

—Señor Butler, llevamos ya tres horas de intervención y está yendo fantástica. Veo en la cámara térmica que ahora incluso han quedado afectados sus nódulos linfáticos.

Esas palabras no tenían ningún sentido para Dave. Se estaba librando una batalla en su interior y lo único que quería era encontrar la manera de rendirse.

—Doctor, la temperatura basal ha subido a 38,4.

—Su cuerpo está reaccionando al ataque sistémico. Añadamos más solución salina a la vía. Así se le normalizará la...

—La frecuencia cardiaca está aumentando rápidamente. ¡Ha entrado en taquicardia ventricular!

El monitor cardiaco, que había emitido el pitido normal durante la intervención, de repente emitió un único tono constante.

—¡El paciente se nos va!

Dave suspiró aliviado cuando el dolor y todo el caos que lo rodeaba se apagaron a su alrededor.

El auditorio estaba lleno de alumnos haciendo los exámenes trimestrales. Kathy estaba bastante contenta con la prueba hasta el momento y solo le quedaba la última pregunta por desarrollar.

«¿Qué diferencia hay entre un autótrofo y un heterótrofo? Cita un ejemplo de ambos».

Kathy respondió: Un autótrofo es un organismo capaz de crear su propio alimento a partir de sustancias inorgánicas como la luz o la energía química. Algunos ejemplos de autótrofos son las algas (a través de la fotosíntesis) y ciertas bacterias (a través de la quimiosíntesis). Por el contrario, los heterótrofos no pueden crear sus propios alimentos y, por tanto, dependen de otros organismos para su sustento. Los humanos somos un ejemplo de ellos. Consumimos otro material, vegetal y animal. Otro ejemplo es el muérdago, que es un parásito que vive en una planta huésped.

Kathy se recostó en el asiento y comprobó la hora en el reloj de pared del auditorio. Dedicó los últimos diez minutos a repasar las respuestas y a asegurarse de que todo era legible.

Cuando sonó el timbre del atril del profesor, dejó el examen en la parte delantera de la mesa, satisfecha con sus respuestas.

Al salir del auditorio en fila con los demás alumnos, encendió el móvil. Durante el examen había recibido un mensaje de su madre. «Llama a casa».

Kathy buscó un lugar tranquilo en el exterior y marcó el número de su casa.

—Hola, mamá. ¿Querías hablar conmigo?

—Cielo, es que no sé cuándo acabas los exámenes trimestrales.

A Kathy se le aceleró el corazón al notar la tensión en la voz de su madre.

—Acabo de terminar el último. ¿Qué ocurre?

La línea se quedó en silencio durante unos instantes y, por primera vez que Kathy recordara, a su madre se le quebró la voz.

—Oh, cielo, es tu padre. Está muy enfermo y se niega a recibir tratamiento. Confiaba en que pudieras venir a casa y hacerle entrar en razón.

Las lágrimas asomaron a los ojos de Kathy. ¿Papá? ¿Muy enfermo?

—Por supuesto, mamá. Voy a llamar a la compañía aérea ahora mismo a ver si puedo cambiar el vuelo. Mamá... —Kathy tragó saliva, intentando deshacer el nudo que de repente se le había formado en la garganta—. ¿Qué tiene?

Mamá se sorbió la nariz y carraspeó. Durante unos segundos se hizo el silencio en la línea.

—Tiene cáncer —espetó—. Oh, Kathy, me temo que es muy grave.

Kathy corrió hacia la residencia.

—Llegaré esta noche.

CAPÍTULO DOCE

Era sábado por la noche y Juan estaba sentado en el despacho del director. Ni siquiera había tenido la oportunidad de registrarse en un hotel; en cuanto bajó del avión tenía a otro chófer esperándole que lo trasladó directamente allí.

Y entonces Winslow le contó algo que todavía no alcanzaba a asimilar.

—¿Que alguien está usando mi algoritmo para crear nuevas especies de animales?

Winslow asintió, con una expresión de amargura grabada en su rostro arrugado.

—Eso me temo. —Vestía unos pantalones caquis y un polo negro que le otorgaban un aspecto un poco menos formal que cuando iba con el típico traje. Se inclinó hacia él y bajó la voz—: Juan, ¿quién más sabe los detalles de lo que estás haciendo? En concreto, algo sobre el algoritmo de evolución genética.

Juan reflexionó sobre la pregunta unos instantes.

—Bueno, supongo que, a grandes rasgos, mucha gente del trabajo sabe lo que hago, pero solo hay dos personas que tengan acceso al algoritmo: Carol, mi ayudante de laboratorio, y Mike Kim, el becario de Stanford. ¿Cree que uno de ellos...?

—No lo sé. —Winslow tenía una expresión dolida—. El FBI no ha querido soltar prenda acerca de lo que saben. Pero mencionaron el «algoritmo de Darwin, versión 3.4». ¿Te suena?

Juan abrió unos ojos como platos.

—Dios mío. Así llamo al código que implementa mi algoritmo. Salvo que 3.4 es de hace unos seis meses. —Se sintió profundamente traicionado y lo embargó una sensación de ira. ¿Cómo se atrevían a robarle el algoritmo? ¿Era posible que lo hubieran hecho Carol o Mike?

Winslow negó con la cabeza y su voz adoptó un tono de lamento.

—Me temo que tendré que ordenar que hagan el test del polígrafo a todos los de tu centro, incluyéndote a ti. Tenemos que llegar al fondo de la cuestión.

—Haré lo que haga falta. Yo soy quien más interés tiene en llegar al fondo de la cuestión.

—Bien. —Winslow se inclinó hacia delante y cogió del escritorio lo que parecía un dispositivo USB de un dedo de largo. Lo sostuvo en alto y dijo:

—El FBI está convencido de que alguien de AgriMed nos roba la investigación y la vende a otros. Es cierto que el FBI es parco en detalles, pero sí que me han proporcionado algunas herramientas para evitar que esto se repita. Tendrás que utilizar nuestro sistema de seguridad de TIC, pero, a partir de ahora, para acceder a tus archivos habrá un proceso de autenticación multifactorial.

Juan observaba al director con perplejidad.

—No entiendo.

Winslow blandió el lápiz USB.

—Según lo que me han explicado, por este extremo es un puerto USB normal que no tienes más que insertar en tu ordenador. Por el otro lado, el que parece un surco aplanado, es un lector de huellas dactilares. Los agentes del FBI nos han dejado una caja entera con instrucciones. Haré que los de TIC programen este en concreto con tu huella dactilar y descargaremos todos tus archivos, incluyendo los que tenías en casa, encriptados para que solo puedan ser descifrados por alguien que disponga de una mochila de desencriptación.

—Eso está muy bien para los archivos electrónicos —dijo Juan

—, pero tengo un montón de cosas impresas que no están en el ordenador.

—Pues no deberías —interrumpió Winslow—. Si crees que es confidencial, tendrás que pasarlo al ordenador y destruir las copias en papel. Ya sé que es un incordio, pero no podemos correr riesgos. Y eso me lleva a una cuestión importante...

Winslow había cambiado ligeramente el tono de voz y Juan dejó de lado por un momento la ira que sentía ante la traición de no sabía quién.

—He hablado con la junta directiva sobre el rumbo que está tomando tu investigación. No tenía pensado sacar esto a colación hasta conseguir la aprobación para los ensayos en humanos, pero... quiero traer tu proyecto a la central. Aquí las instalaciones son mejores; en la zona de Washington DC hay un mejor acceso a los recursos de tu investigación. Así que la pregunta es si estás dispuesto a vivir en la capital.

Juan se planteó lo que todo aquello supondría para su trabajo.

—Yo no tengo ningún problema en trasladarme, pero los animales de laboratorio y todo lo demás...

—No te preocupes por el laboratorio, nos encargaremos de ello. —Winslow hizo un gesto con la mano restándole importancia—. Créeme, voy a hacer que esto te resulte lo más fácil posible. Y también quiero que sea lo antes posible. Me pondré en contacto con Recursos Humanos para decirles que he aprobado un paquete de traslado completo para ti. Tú diles cuándo y dónde, y te harán la mudanza de todo lo que tengas en casa.

—Es que tengo un contrato de arrendamiento...

—No encargaremos de eso. Confía en mí, en la empresa trasladamos a empleados continuamente. Con el paquete de traslado corporativo, tu única preocupación será dar a la empresa de mudanzas la dirección de entrega. Te lo pondrán todo en cajas, lo trasladarán y te lo ordenarán.

—¿Y qué pasa con Carol, mi ayudante?

—Ofreceré lo mismo a los miembros de tu equipo. Eso, siempre y cuando pasen la prueba del polígrafo.

Todo estaba sucediendo muy rápido y Juan no sabía muy bien

cómo sentirse. Emocionado... y también preocupado. Viendo el comportamiento y la expresión facial de Winslow, tenía la sensación de que el hombre lo trataba de manera distinta. Por primera vez en su carrera, no lo trataban como a un subalterno sino como a alguien importante. Era algo positivo. De todos modos, Juan no acababa de fiarse del todo.

—De acuerdo —convino—. Adelante. ¿Cuál es el siguiente paso?

Winslow desplegó una amplia sonrisa. Tocó un botón del teléfono del escritorio. Se oyó el ring por el altavoz del aparato, seguido inmediatamente de una voz masculina.

—¿Sí, señor?

Juan reconoció la voz: era la del chófer que lo había recogido en su apartamento. Era una voz profunda que denotaba la enormidad de su dueño. El hombre medía por lo menos dos metros y pesaba más de cien kilos, puro músculo.

—Carl, ¿has dejado las cosas del doctor Gutiérrez en un lugar seguro?

—Por supuesto. Está todo en la oficina de seguridad.

—Perfecto. Juan y yo casi hemos acabado. Ve preparando el coche. Se alojará en el Ritz de la calle 22. ¿Sabes dónde es?

Juan abrió unos ojos como platos al oír el nombre del hotel, de cinco estrellas.

—Sí, señor. Lo conozco. Estaré con el coche en la puerta dentro de cinco minutos. ¿Algo más, doctor Winslow?

—Juan también necesita que lo recojan mañana a las nueve, eso es todo, Carl. Gracias de nuevo por tu comprensión y por hacer esto. —Winslow colgó y se volvió hacia Juan—. Carl no es chófer. Es uno de los guardas de seguridad nacionales de AgriMed.

—Eso lo explica todo —reconoció Juan—. Si es el mismo tipo que me trajo aquí a Washington, no se parece en nada a los seguratas de pacotilla que tenemos en Rochester.

Winslow se echó a reír y meneó la cabeza.

—Desde luego que no. Carl es ex militar. De hecho, fue comandante de los SEAL de la Armada de Estados Unidos.

Juan se sonrojó al palpar la navaja que llevaba en el bolsillo de los pantalones.

—Oh.

Winslow se puso en pie y con un gesto de la mano le indicó a Juan que lo siguiera .

—Bueno, vamos a instalarte aquí. Ya sé que es muy precipitado. También para mí. Cuando el FBI se presentó en mi casa con las placas y las pistolas, a punto estuve de cagarme en los pantalones. Tengo muchas explicaciones que darle a mi mujer cuando vuelva a casa.

Juan observó a Winslow mientras recorrían el edificio y, por primera vez, se fijó en la expresión preocupada del hombre cuando revivía la visita del FBI.

Winslow tomó la delantera y abrió la puerta principal del edificio. Lanzó una mirada al exterior y asintió al ver a Carl, de pie, preparado al lado de una limusina. El director se volvió hacia Juan y se estrecharon la mano.

—Mañana voy a estar de viaje, así que no nos veremos, pero gracias otra vez por cooperar conmigo en esta situación. No me cabe la menor duda de que controlaremos esto. —Le dio a Juan una palmada en el hombro antes de decir—: Ahora, descansa.

A Juan le costaba creer que se estaba relajando en el mullido asiento de una limusina en dirección al Ritz Carlton. Si su madre levantara la cabeza...

—Entonces, Carl —dijo—, el doctor Winslow me ha contado que fuiste de los SEAL de la Armada. Gracias por tu servicio —añadió de forma sincera.

—No hace falta darme las gracias —respondió el hombre con frialdad—. Servir a mi país es un privilegio.

—De todos modos, creo que la gente no lo agradece lo suficiente. —Juan se cruzó de piernas y observó la nuca del hombre corpulento—. ¿Y cómo acabaste en AgriMed?

—Después de veinte años de servicio, necesitaba un cambio de ritmo. —Carl hizo una pausa durante la que pareció sopesar sus palabras—. Y el dinero, señor. Sin duda el dinero fue un factor decisivo.

—No te lo tomes a mal, pero habría imaginado que alguien con tu capacidad estaría dedicado a vigilar algo más peligroso que el tráfico rodado de Washington DC. Ya sabes, algo más emocionante.

La limusina se paró en el semáforo y Carl se volvió para dedicarle a Juan una sonrisa de oreja a oreja.

—El tráfico es la última de mis preocupaciones. Solo me llaman cuando hay alguna vida en peligro. Con eso me basta hoy en día para mantenerme alerta.

—¿Cuando una vida corre peligro...? —A Juan se le aceleró el pulso—. Un momento. ¿Alguien me ha amenazado?

El semáforo se puso verde. Carl sacudió ligeramente la cabeza y la limusina volvió a deslizarse por entre el tráfico.

Juan tardó tres días en hacer limpieza general en el laboratorio de Rochester. Odiaba quitarle tiempo a su investigación, pero Winslow estaba en lo cierto: en la capital había recursos mejores y eso compensaría el incordio.

Además, estaba de buen humor porque tanto Carol como Mike habían pasado la prueba del polígrafo. Le había dolido pensar que alguno de ellos podía haberle traicionado.

Sin embargo, había tenido que despedirse de Mike, el becario de Stanford. Le habían ofrecido el paquete de traslado, pero lo había rechazado y había presentado la renuncia por correo electrónico con dos semanas de antelación. Aquello era un contratiempo, pues el chico era bueno, pero Juan no estaba en exceso preocupado. Perder a Carol habría resultado mucho más preocupante.

—Gracias otra vez por venirte conmigo —le dijo mientras cerraban unas cajas con cinta de embalar—. Espero que te vaya bien la mudanza.

Carol se ajustó bien las gafas en el puente de la nariz y carraspeó.

—Siempre supe que aceptar trabajar contigo sería un problema. Pero no sabía hasta qué punto.

Juan la miró e hizo una mueca.

—Lo siento, ya sé que debe de ser duro...

Ella barrió sus palabras con un gesto.

—Estoy de broma. La empresa me compra el cuchitril que tengo por casa por mucho más de lo que yo habría conseguido, me pagan todos los gastos de la mudanza e incluso me mandan de viaje en avión para que me busque una casa. O sea que, ¿qué demonios? ¿Por qué no?

—Bueno, me alegro mucho de que vengas. Sin ti estaría perdido.

—Oh, venga, cállate. —Carol lo miró con expresión amarga y se centró de nuevo en precintar una caja—. Vas a hacer que me sonroje.

Juan se rio y se sintió mejor acerca de todo lo que implicaba el traslado a Washington DC. Estaban ellos dos solos en el laboratorio —Mike estaba enfermo— y, aunque aquello no era inusual, parecía extrañamente vacío. Juan había trabajado allí los últimos cuatro años y ahora no era más que una sala llena de cajas.

Aunque en el laboratorio no había nadie más que Juan y Carol, tenía la sensación de que alguien los escuchaba a hurtadillas.

—Carol —Juan se inclinó y le habló con voz queda—, los servicios de seguridad corporativa darán mañana la orden de realizar la prueba del polígrafo al resto del personal del centro Quiero que todas nuestras cosas estén organizadas y listas al final de la jornada de hoy.

—De acuerdo. —Carol exhaló un suspiro—. ¿Cuándo lo trasladarán todo?

—En cuanto les diga que estamos preparados, los tipos de seguridad lo sacarán todo por la noche.

Carol miró por encima de su hombro derecho, hacia la sala repleta de jaulas.

—¿Incluidos todos los especímenes?

—Todo. Según me han dicho, en cuanto les de vía libre, vendrán, recogerán todo lo que no está clavado en el suelo y lo llevarán al laboratorio de Washington DC mañana por la mañana.

—Ostras... no se andan con chiquitas, ¿eh?

Carol no sabía hasta qué punto era cierto. Hasta el viaje en limusina, a Juan nunca se le había pasado por la cabeza que la empresa necesitara a gente como Carl. Pero, evidentemente, no era tan extraño que los ejecutivos recibieran amenazas de muerte de locos del medioambiente y otros fanáticos varios.

Juan se bajó del taburete, estiró las piernas y sacudió la cabeza.

—No, desde luego que no. Creo que están muy interesados en mejorar nuestra seguridad. El nuevo laboratorio no solo tiene dos niveles de seguridad física —mostró una de las mochilas de seguridad— y estas cosas modernas, he oído rumores de que en el campus hay una unidad de biocontención de nivel cuatro. No tengo ganas de plantearme por qué necesitan tal cosa, pero no creo que tengamos problemas para conseguir equipamiento después del traslado.

—Bueno, supongo que más vale que dejemos este sitio preparado. —Carol resopló y volvió a dedicarse a la pila de archivos que estaba clasificando.

El lector de credenciales soltó un pitido y Steve Chalmers entró en el laboratorio.

—Oye, Juan, ¿te vienes a comer?

Juan consultó su reloj, contempló lo que quedaba por recoger en el laboratorio y vaciló.

—Vaya, chicos, menuda limpieza habéis hecho aquí.

Carol miró a Juan y asintió.

—Yo me he traído un bocadillo. Comeré mientras voy haciendo. Ve tú.

Juan se sintió un tanto culpable al desviar la mirada hacia Steve. De acuerdo con las instrucciones que había recibido del personal de seguridad, no le había dicho a nadie lo del traslado ni, sobre todo, el motivo por el que se trasladaba.

—¿Adónde quieres ir?

Steve se pasó la mano por el pelo rubio y cortado al rape antes de proponer:

—¿Qué te parece el Toscano's?

Juan gimió.

—Es un poco caro para comer. Yo pensaba más bien en los *food trucks* que hay calle abajo.

Steve le dedicó una mirada de horror fingido.

—A ver qué te parece lo siguiente: como no me apetece sufrir una intoxicación alimentaria, hoy invito yo.

Juan se echó a reír.

—¡Entonces que sea el Toscano's!

Con el estómago lleno, Juan se recostó en el asiento y se dio una palmada en el vientre.

—Maldito seas, Steve, voy a engordar tres quilos con esta comida.

Steve se echó a reír.

—¡Qué va!, son carbohidratos. Aún eres lo bastante joven como para quemarlos. Por lo que a mí respecta... necesito la capa extra de grasa para no pasar frío aquí fuera.

Juan había pedido que se sentaran en el patio del restaurante, a pesar de las objeciones de Steve. Era un día templado para diciembre.

—Eres un blandengue —dijo—. Hay casi quince grados. Además, solo tienes... ¿cuántos? ¿Cuarenta y cinco? Solo son diez años más que yo.

—Cuarenta y cinco son casi cincuenta. Noto el peso de la edad.

¿Era eso lo que lo preocupaba? Aunque aparentemente estaba contento, Juan no pudo evitar fijarse en que Steve parecía... tenso.

—Oye —dijo Juan—, no te he visto mucho por el campus. ¿Qué tal va la investigación sobre neurología? Hace unos años me hablaste de grandes avances en la esclerosis múltiple. ¿Algún detalle jugoso?

Steve vaciló.

—Ah, va muy bien. Por increíble que parezca, he contratado a un puñado de tipos de oncología para seguir avanzando.

—¿Oncología? ¿Para la investigación sobre la esclerosis?

—Sí, no es tan descabellado como parece. Ya sabes que en la esclerosis múltiple el sistema inmune del paciente se tuerce. El sistema inmune se confunde acerca de quién es el enemigo y empieza a atacar a las vainas de mielina del cerebro. —Se dio un toquecito en la sien y continuó—: El proceso que concebí implica administrar al paciente una tanda corta de quimioterapia para estimular la producción de células madre. Filtramos su sangre, recogemos las células madre y luego damos al paciente una dosis elevada de quimio para acabar con el sistema inmune fallido. Acto seguido, le reintroducimos las células madre y reconstruimos un nuevo sistema inmune que no presente las mismas disfunciones y deje intacta la mielina que rodea las neuronas.

Juan asintió para demostrar que lo entendía.

—O sea que es como reiniciar el sistema inmune.

—¡Exacto! —A Steve le brillaban los ojos azules de la emoción—. Ha funcionado muy bien para detener el progreso de la esclerosis múltiple en la mayoría de los casos.

—Qué bien.

Se hizo un silencio extraño entre ambos. Juan vaciló al intentar cambiar de tema. No estaba seguro de poder mentirle a su amigo sobre su trabajo y, en realidad, se sentía fatal por no decirle que se trasladaba.

Le sonó el teléfono y miró la pantalla. No conocía el número.

—Probablemente sea una de esas encuestas de opinión —dijo.

—Sí, a mí me llaman continuamente. Estoy harto.

Pero cuando, al cabo de un instante, oyó la notificación de un mensaje de voz, frunció el ceño.

—Las encuestas de opinión no suelen dejar mensajes. ¿Te importa si...?

Steve dio un sorbo al café.

—Adelante, ve a escuchar el mensaje. Yo me quedaré aquí sentado haciendo la digestión.

—Gracias. —Pulsó el botón para recuperar el mensaje e inmediatamente oyó una voz femenina.

—¿Juan... eh, doctor Gutiérrez? Ya sé que parece una excusa barata que le llame por esto, así que lo siento. Pero es que no sé a quién más llamar. Soy Kathy O'Reilly, cenamos juntos en el Mai Kai.

A Juan le dio un vuelco el corazón y desactivó el altavoz del móvil antes de presionárselo contra la oreja.

—Sé que eres oncólogo y... bueno, a mi padre le han diagnosticado cáncer en fase avanzada. Los médicos que lo llevan solo hablan de cuidados paliativos, pero yo confío en que pueda hacerse algo más. Ya sé que probablemente esté siendo un incordio, pero es que es mi padre y mi pregunta es si podrías recomendarme una segunda opinión... o incluso hacer alguna sugerencia. Si me lo dices, te lo agradecería. Estoy en casa para las vacaciones de invierno y te llamo desde el teléfono de casa de mis padres. La cobertura de móvil es malísima, así que si puedes llamar al fijo de mis padres y preguntar por mí... de verdad que te lo agradecería. Bueno... gracias.

Juan bajó el teléfono. Se sintió como si le acabaran de dar un puñetazo en el vientre. Pobre chica.

Steve lo miró con cara de preocupación.

—¿Todo bien, Juan? ¿Ha muerto alguien?

—No, pero parece inminente. Era una estudiante a la que conocí en Georgetown, parece que su padre tiene un cáncer en fase terminal. Los médicos ya le sugieren cuidados paliativos y quiere una segunda opinión.

Steve frunció el ceño y removió con la cuchara los restos derretidos del helado de pistacho.

—¿Dónde vive su padre?

—Me dijo que tenía un rancho en Nevada. ¿Por qué?

—¡Perfecto! Resulta que conozco un ensayo clínico en fase dos que se administra a través del departamento de veteranos. Están tratando ciertos tipos de cáncer metastáticos. ¿Y sabes quién es el supervisor del ensayo? —Steve se señaló a sí mismo con los pulgares. —Joder, Steve, eso sería fantástico. ¿Esto es en lo que estás trabajando?

Steve hizo ademán de contestar, pero entonces negó con la cabeza.

—Digamos que no lo puedo decir. Pero parece prometedor.

De hecho, Juan se sintió mejor por el hecho de que Steve no pudiera contárselo. Si ambos guardaban secretos, entonces estaban empatados.

Steve sacó un bolígrafo y un trozo de papel. Garabateó algo en el él y se lo tendió.

Juan miró el papel, sonrió, cogió el teléfono y marcó el número de la llamada de Kathy.

Ella respondió al primer ring.

—¿Diga?

—Kathy, soy Juan Gutiérrez.

—Oh, ¡gracias a Dios que me devuelves la llamada! —Sonaba como si estuviera a punto de llorar—. Perdona que no te haya dicho nada antes, es que...

—No pasa nada. Siento mucho lo de tu padre y lo que estáis pasando en la familia. Sé lo duro que puede llegar a ser.

—Gracias. Y perdona que me atreva a insistir, pero, ¿has sabido de alguien a quien puedas recomendarme para una segunda opinión? Mi padre está muy harto de los médicos que lo están tratando y, por la cuenta que me trae, no quiero dejar piedra sin mover. ¿Me entiendes?

—Sí. Kathy, ¿qué tipo de cáncer tiene tu padre?

—Osteosarcoma.

Juan dijo la palabra «osteosarcoma» a Steve moviendo los labios. Steve sonrió y asintió.

—Y, Kathy, supongo que, si los médicos que lo tratan hablan de cuidados paliativos, el cáncer es metastático, ¿no? Es decir, se ha extendido...

—Sí, osteosarcoma metastático. Fase cuatro, por si ayuda.

Juan levantó cuatro dedos en dirección a Steve.

—Vaya. Bueno, supongo que la buena noticia, por decirlo de alguna manera, es que tengo algo más que un nombre para ti. Sé que se está realizando un ensayo clínico en la clínica de veteranos de Las Vegas. Pero no hace falta que tu padre sea veterano para que pueda participar. ¿Crees que podría interesarle probar?

—¿En serio? —A Kathy le temblaba la voz—. ¡Sí! Sí, estará muy interesado. ¿Crees que lo admitirían? Sí que es veterano. El único motivo por el que no fueron a la clínica del departamento de veteranos fue porque la lista de espera era muy larga.

—Espera un momento. —Juan cubrió el móvil con la mano y le susurró a Steve—. Le interesa. ¿Qué probabilidades tiene de entrar en el ensayo?

—Si tiene osteosarcoma en fase cuatro, cumple los requisitos. Y yo le haré entrar. —Steve levantó el pulgar—. Moveré todos los hilos que haga falta. Después de lo que has hecho por mí, es lo mínimo. —Steve empezó a anotar ciertas informaciones en un trozo de papel.

—Gracias, tío. Te lo agradezco. —Juan separó la mano del micrófono del móvil—. Creo que tu padre podrá entrar en el ensayo, pero no quiero que te hagas más ilusiones de la cuenta. No conozco todos los detalles del ensayo clínico, dado que no he sabido de su existencia hasta hace muy poco. —Juan dedicó un guiño a Steve—. Seré sincero contigo, Kathy: los ensayos clínicos pueden ser una bendición o prácticamente inútiles.

—Ya, soy consciente de ello.

—Solo quería asegurarme de que lo entiendes. Además, Kathy, si fuera mi padre, haría todo lo posible, incluyendo hacerle participar en un ensayo, si existiera. ¿Tienes a mano papel y boli?

Kathy contuvo un sollozo y se aclaró la garganta antes de decir:

—Un momento.

Juan oyó roce de papeles al fondo antes de que Kathy hablara.

—Dime.

Juan tomó la nota de Steve.

—Vale, apunta. El administrador del ensayo clínico se llama Deidrick Müller. Tu padre tendrá que ir por la mañana. Probablemente le harán leer y firmar un montón de documentos de consentimiento informado. Así funcionan estos ensayos. ¿Necesitas la dirección de la clínica?

—No, mis padres ya han estado allí. —Kathy se echó a llorar—. Juan, muchísimas gracias. Ya sé que no hay muchas posibilidades, pero para que ellos... para que yo tenga algo de esperanza. No sabes cuánto te lo agradezco.

A Juan se le formó un nudo en el estómago, embargado por la emoción de Kathy.

—Escúchame, Kathy. Sigues teniendo mi tarjeta, ¿verdad?

—Sí —repuso Kathy con un sollozo.

—No dudes en llamarme cuando lo necesites. Si tienes dudas médicas o si necesitas un hombro en el que llorar, ¿entendido?

—Espero que lo digas en serio, porque, si no, a lo mejor te arre-
pientes... —Se rio y volvió a sollozar.

Juan se dio cuenta de que, sonriendo de oreja a oreja, Steve y
formaba un corazón uniendo los dedos sobre el pecho.

Notando que se sonrojaba, Juan habló.

—Lo digo en serio. Ahora ve a decírselo a tus padres.

—Mamá, espera un momento, tengo algo que decirte. Mi madre
acaba de aparecer. Gracias, Juan. Muchas gracias. Prometo que te
llamaré, para lo que sea.

—Eso espero.

En cuanto Juan colgó, Steve intervino.

—¿Cuándo voy a conocer a esa joven que te tiene tan
embelesado?

Al parecer, a Juan se le notaba en la cara. Le lanzó la servilleta de
tela a Steve.

—Cállate —gruñó.

CAPÍTULO TRECE

Kathy bajó de un salto del asiento del conductor de la furgoneta, corrió al lado del pasajero y le tendió la mano a su padre. Solo había estado fuera tres meses, pero tenía la impresión de que su padre había envejecido diez años. Nunca se quejaba, aunque sabía que sufría un dolor atroz; hacía una mueca cada vez que se movía.

—Vamos, papá, solo estamos tú y yo. Déjame ayudarte.

A regañadientes, la tomó de la mano para mantener el equilibrio al bajar de la furgoneta.

—Siento que tengas que verme así, cariño. Es que…

—Papá, por favor, deja de torturarte. Este gente te ayudará. He hablado con el médico que lleva el programa. Dicen que están teniendo mucha suerte con casos como el tuyo. —Kathy cerró de un golpe la puerta del vehículo y no soltó a su padre mientras se encaminaban a la entrada de la clínica para veteranos.

—Te agradezco de veras los hilos que has movido para meterme en esto, pero ya he oído lo que han dicho los otros médicos. Cielo, no quiero que tú y tu madre pongáis demasiadas esperanzas en esto.

—Papá, tienes que ser optimista —dijo Kathy un poco demasiado fuerte antes de respirar hondo—. Está comprobado que los pacientes tienden a obtener mejores resultados si son optimistas acerca del tratamiento. Así que, por favor, por mí, intenta no ser tan...

—¿Tan idiota? —Le apretó la mano.

Kathy sonrió apoyándole la cabeza en el hombro.

—Iba a decir «intenta no ser tan O'Reilly».

Papá soltó una risita.

—Lo mismo digo.

Las puertas correderas de cristal se abrieron cuando se acercaron al edificio y una enfermera se les acercó con paso decidido con una silla de ruedas.

—Señor O'Reilly, llega justo a tiempo.

Papá miró horrorizado la silla de ruedas.

—No se lo tome a mal, pero no pienso sentarme en ese engendro. No soy un lisiado.

—Pero señor...

—Por favor —instó Kathy, lo más educadamente posible—. ¿Puede hacerle caso a mi padre? No le gustan esas cosas.

La enfermera se quedó callada, un tanto confusa. Pero luego sonrió y asintió.

—Como guste, señor O'Reilly. —Dejó la silla de ruedas a un lado y le hizo un gesto para que la siguiera—. Lo llevaré a la sala de espera que reservamos a los pacientes del ensayo.

Kathy caminó despacio junto a su padre, haciendo una mueca cada vez que él hacía una. Rezó para que ese lugar pudiera ofrecerle el milagro que necesitaba.

Tardaron cinco lentos minutos en llegar a paso de tortuga a la solitaria sala de espera, que parecía aislada de la zona central del edificio.

Tomaron asiento y una mujer rubia de unos cuarenta años apareció con una carpeta de papel manila llena de documentación.

—Hola, soy Pamela Ravitz, la enfermera del doctor Müller. —Se volvió hacia papá y preguntó—: ¿Es usted Franklin Christopher O'Reilly?

—Sí, que yo sepa —dijo guasón.

La enfermera se dirigió a Kathy.

—Supongo que eres su hija.

—Sí, soy Kathy O'Reilly.

—Fantástico. Tengo aquí unos documentos que tenéis que repasar. —La enfermera abrió la carpeta que llevaba y le tendió a cada uno un folleto relativamente grueso—. Es la descripción del ensayo clínico. Expone las expectativas del paciente y un resumen del ensayo en sí, así como los cuidados continuos que serán necesarios. Es un ensayo clínico en fase dos y actualmente tenemos a ciento cuarenta pacientes en tratamiento para distintos tipos de cáncer metastático, incluyendo el osteosarcoma que le han diagnosticado. Cuatro están en este centro; los demás, repartidos por Estados Unidos y América del Sur, y en Londres.

—¿Qué tal está funcionando el tratamiento? —preguntó Kathy levantando la vista del folleto.

—No puedo decir nada mientras no se hayan analizado los datos. Solo he visto a unos cuantos pacientes, y la reacción de una persona al tratamiento puede ser distinta a la de otra. Por eso se llevan a cabo estos ensayos. A mayor número de pacientes, mejor se comprende la eficacia general y se pueden estudiar mejor las distintas reacciones.

—Pamela, ¿puedo ir al baño? —preguntó papá.

—Por supuesto. —Pam señaló—. Al final del pasillo, después de la primera habitación, a la derecha.

Mientras papá se alejaba arrastrando los pies, Kathy se inclinó hacia delante y habló con voz queda.

—¿Qué tipo de resultados han obtenido con los pacientes tratados? Ya sé que son pocos y que no es un resultado oficial, pero... ¿está funcionando?

La enfermera vaciló. Echó un vistazo a la sala de espera vacía y se sentó al lado de Kathy.

—Bueno, que conste que no te he dicho nada, pero es como un milagro. Hace veinte años que soy enfermera y nunca había visto nada parecido.

A Kathy le latía el corazón con fuerza en el pecho, se le humedecieron los ojos y parpadeó para ahuyentar las lágrimas que le nublaban la vista.

—¿Hay un grupo de control? Ya sabe, ¿pacientes que reciben placebo en este ensayo?

Pam asintió.

—Sí, me temo que así debe ser. Y no se me permite saber quién está en cada grupo. Todo esto lo lleva el patrocinador de la compañía. —Señaló el folleto—. Está todo aquí. Tendremos que hacerle un análisis de sangre y un chequeo físico a tu padre antes de empezar.

—Pero ya le han hecho todo tipo de pruebas en el otro hospital. ¿No pueden servir esas?

—Me temo que no. —La enfermera movió la cabeza—. El ensayo exige una serie de pruebas recientes, todas hechas por el personal de aquí. Además, la primera fase del ensayo exige que el paciente sea controlado aquí mismo, así que tendrá que quedarse ingresado unos siete días.

—¿Ingresado? —Kathy se sintió angustiada—. Dudo que el seguro lo cubra. ¿Sabe cuánto cuesta? Yo tengo unos ahorros para la universidad que...

—No cobramos nada. —Pamela sonrió—. Toda persona que participa en este ensayo tiene todos los gastos pagados por el patrocinador, AgriMed. Eso incluye las pruebas, la hospitalización, los fármacos, etc. Incluso os pagaremos ochenta dólares por cada visita obligatoria a la que tengáis que venir.

—¿En serio? —Kathy miró boquiabierta a la mujer y se convirtió en un torrente de lágrimas—. Pero, ¿cómo puede ser?

—El patrocinador financia la investigación del ensayo y cubre todos los gastos —insistió la enfermera con total convencimiento—. Es una práctica estándar en este tipo de procedimientos.

Papá regresó y vio a Kathy hecha un mar de lágrimas.

—Por el amor de Dios, ¿qué ocurre?

—Papá, o participas en esto o te desheredo.

Su padre enarcó una ceja.

—Me parece que la cosa no va así, jovencita.

La enfermera señaló el folleto que el padre de Kathy había dejado en la mesa del centro de la sala de espera.

—Señor O'Reilly, tendrá que leerse eso de cabo a rabo antes de empezar. Necesito su consentimiento informado, y eso significa que tendrá que leerlo todo dos veces. Una vez usted solo y otra conmigo, explicándoselo.

Papá cogió el folleto.

—Malditas mujeres, que siempre me dicen lo que tengo que hacer. Toda la vida igual —se quejó medio en broma.

Era temprano, poco más de las nueve, pero Kathy ya llevaba horas en pie. El olor a rosbif inundaba la casa mientras ella pelaba patatas.

Su madre sacó un cuchillo de trinchar de uno de los cajones de la cocina y destapó el asado que reposaba en la encimera.

—Kathy, cuando acabes de pelar las patatas, esta vez procura cortarlas en dados regulares. ¡Y vigílalas! No quiero que queden trozos crudos o blandos en la ensalada. Es la preferida de tu padre.

Haciendo caso omiso de las exigencias de su madre, Kathy miró hacia Jasper, sentado pacientemente bajo la tabla de cortar de su madre. Empezó a cortar el rosbif en lonchas finas para sándwiches bajo la atenta mirada del animal. De vez en cuando, cuando a mamá no le gustaba cómo le había salido una loncha, la dejaba caer al suelo y el perro la pillaba al vuelo y la engullía.

—Mamá, ya sabes que va a engordar si sigues dándole de comer así.

—Tu padre necesita engordar.

Kathy se echó a reír.

—Me refería a Jasper.

Mamá le echó una mirada al perro grandullón y le lanzó un beso.

—A tu padre le quedan cuatro días más de hospital y ya ha hecho suficientes comentarios sobre lo mala que es la comida. Lo mínimo que puedo hacer es prepararle sándwiches de rosbif y ensalada de patata mientras está ingresado.

Se oyó el crujido de unos neumáticos en la gravilla del exterior y Kathy miró por la ventana. Un taxi subía por el camino de entrada y, en cuanto se detuvo, una de las puertas traseras se abrió. Papá intentó salir del vehículo. Kathy soltó el pelapatatas y se levantó de la silla.

—Oh, no.

Corrió a la puerta y la abrió justo cuando su padre, muy cargado, subía a duras penas las escaleras del porche. Tenía una expresión resuelta en el rostro.

—¡Papá! ¿Qué demonios estás haciendo aquí?

Se acercó y soltó una bolsa llena de ropa en el suelo. Acto seguido, dejó un artilugio grande parecido a una caja en la mesa del comedor.

—No pienso quedarme en ese sitio ni un minuto más —declaró.

Mamá lo miraba boquiabierta secándose las manos en el delantal.

—Franklin Christopher O'Reilly, ¿en qué estás pensando?

Él echó mano de una silla y, sentándose, le resopló:

—Me he pasado tres días allí y lo único que han hecho ha sido tomarme la tensión y la temperatura, auscultarme el corazón y hacerme beber el agua que sale de esa puñetera cosa. —Señaló el artilugio de la mesa. Tenía una boquilla cromada delante y una manguera larga que salía de atrás—. Y si eso es todo lo que piensan hacer —continuó—, pues puedo hacerlo tranquilamente en mi casa, con mi familia.

Le guiñó el ojo a Kathy.

—¿Puedes traerme la llave inglesa? Tengo que conectar esa cosa a la toma de agua.

Kathy se quedó donde estaba, mirando a su padre. Incapaz de articular palabra.

Él pasaba la mirada de su mujer a su hija.

—¿Y bien? ¿Tengo que ir a buscar yo la dichosa herramienta?

—Ya voy, papá —alcanzó a decir Kathy.

Mientras se dirigía al cobertizo, oyó a su madre gritar:

—¡Lo que tienes que hacer es conectarte el cerebro, Franklin O'Reilly!

Frank estaba sentado en la butaca reclinable con la enorme cabeza de Jasper apoyada en las rodillas. Kathy le tendió un gran vaso de agua transparente.

—Es la hora de la medicina, papá.

Hizo una mueca cuando tuvo a Kathy al lado, esperando. A veces juraba ver un remolino de algo en el agua, pero hoy la veía nítida.

—De acuerdo —gruñó—. Hasta el fondo. —Se bebió el agua y le devolvió el vaso.

—Gracias, papá. —Regresó a la cocina, donde había estado ayudando a su madre con la cena.

El agua no le sabía distinto al tragársela, pero, a veces, después de bebérsela tenía la sensación de haberse tragado un penique de cobre. Y luego notaba una quemazón.

Jasper gimió y Frank le rascó la cabeza justo cuando notó la quemazón. Cerró los ojos mientras el dolor mudo de las articulaciones se transformaba en unos globos de dolor atroz. Inhaló y exhaló lentamente, pero incluso eso le costaba debido a la quemazón que le corroía el cuerpo.

Jasper volvió a gemir, como si notara su dolor.

Habían pasado dos semanas desde que saliera del hospital y, si bien no se encontraba mejor, tampoco se encontraba mucho peor. Básicamente, había sustituido un dolor por otro. En lugar de los dolores y los pinchazos que sentía cada vez que caminaba o se movía, ahora notaba un ardor continuo por todo el cuerpo. Iba incrementándose y alcanzaba su apogeo dos horas después de beberse el agua.

—Frank, ¿cómo te encuentras? —preguntó Megan desde la cocina.

—Como si me estuviera muriendo —le respondió a gritos.

—Papá, eres demasiado tozudo para eso —replicó Kathy—. ¿Tienes hambre?

Frank ponderó la pregunta. Tal vez la quemazón que notaba en el estómago se debía en parte al hambre.

—Supongo que podríais convencerme de comer algo.

—En media hora la comida estará en la mesa —anunció Megan.

Algo llamó la atención de Jasper, que se acercó a las mujeres con paso tranquilo.

Frank reclinó el sillón. Lo embargó una fatiga inmensa a través del dolor ardiente.

Para cuando la cena estuvo preparada, Frank O'Reilly roncaba plácidamente.

Dos semanas después de mudarse a Washington DC, Juan por fin había encontrado una rutina. El nuevo laboratorio era enorme, tres veces más grande que el antiguo, y tenía a cuatro becarios nuevos a su disposición, a ninguno de los cuales le asustaba manipular ratas. La perspectiva era buena.

Y esa ni siquiera era la mejor parte.

La mejor parte era Kathy.

Juan estaba en su flamante despacho con ella al teléfono, sonriendo como un quinceañero que habla con la reina del baile de graduación. Ella sonaba mucho más feliz que la última vez que se habían comunicado.

—¡Y papá come con un apetito que no tenía desde hacía años! ¡Es fantástico! Noto que sigue teniendo dolores, pero a veces veo destellos de cómo era antes de la enfermedad. Tal vez sean imaginaciones mías, pero lo que está tomando quizá ayude.

—No sabes lo contento que estoy de oírte decir esto, Kathy. De verdad espero que todo salga bien. Pero... no olvides que sufre una enfermedad grave. ¿Entiendes lo que quiero decir?

—Ah, sí. Me refiero a que intento mantener mis expectativas a raya. —A Juan le pareció que no era del todo cierto—. ¿Y tú, qué tal? Estás en Nueva York, ¿verdad? ¿Preparándote para unas Navidades blancas?

Juan se echó a reír.

—En circunstancias normales te diría que sí. Pero me han trasladado a Washington DC por trabajo y ahora tenemos un tiempo bastante suave.

—¡No me digas! Qué guay. Vamos, espero que el traslado sea bueno para ti. ¿Lo es?

—Pues sí. La verdad es que no he tenido muchas opciones de conocer Washington. No he parado de trabajar. De hecho... —Juan notó un hormigueo en el estómago mientras se armaba de valor para traspasar una línea que no había imaginado que podría cruzar—. A lo mejor, cuando vuelvas, puedes recomendarme otro restaurante que esté bien por aquí. Podríamos... quizá podríamos explorarlo juntos.

Se hizo el silencio en la línea que duró unos segundos. Cuando Kathy habló, lo hizo con voz más suave, casi con timidez.

—Me encantaría.

A Juan empezaban a dolerle las mejillas de tanto sonreír. Consultó la hora en el reloj de pared.

—Bueno, fantástico. Oye, tengo una reunión a la que no puedo faltar, así que voy a colgar, pero Kathy, me alegra mucho saber de los progresos de tu padre. Por favor, mantenme informado de cómo estáis, tú y él. Me ha encantado hablar contigo.

—Juan, gracias de nuevo por todo. De verdad. No llegues tarde a la reunión. Yo vuelvo a la cocina.

Juan se echó a reír.

—Diviértete, Cenicienta.

—Conque Cenicienta, ¿eh?

—Si el zapato te va bien...

Kathy soltó un gemido.

—Oh, cielos. Adiós, príncipe azul.

Cuando colgó, Juan lanzó un puñetazo al aire de júbilo. No recordaba estar tan emocionado ante la perspectiva de tener una cita.

Sonó el teléfono de su escritorio y descolgó el auricular.

—¿Diga?

—Juan. —Era Carol—. Acabo de terminar el panel metabólico del nuevo lote de especímenes. Tienes que verlo.

—Ahora voy camino de una reunión.

—Pues llega tarde.

Juan se echó a reír.

—Vale, ahora voy para allá.

Juan escudriñó a las ratas mientras pasaba por entre las filas de jaulas de cristal. A todos los animales se les habían implantado células cancerígenas y, en el grupo de control, el resultado era el esperado: todas ellas presentaban crecimientos tumorales subcutáneos obvios. Pero al grupo de prueba se le había administrado un cóctel viral que había cambiado su composición genética. Y no presentaban ningún crecimiento tumoral.

El primer espécimen en mostrar inmunidad tumoral había sido Hércules. Además de la supresión del tumor, los cambios en su composición genética le habían hecho crecer mucho más de lo normal. Su metabolismo también había cambiado de forma significativa en comparación con lo habitual para su especie.

Se paró al lado de Carol.

—Y bien, ¿qué muestran las pruebas?

Carol le tendió la copia impresa con los resultados completos de los análisis de sangre y la prueba metabólica.

—Creo que ya casi lo tenemos. Solo hay una prueba que sale un poco desviada.

Juan se saltó los niveles de hierro, la bilirrubina, la proteína y otras sustancias que aparecían dentro de los rangos normales. Fue directo con el dedo a los apartados del informe que Carol había resaltado y lo detuvo en la fila del IBM—. O sea que el índice basal metabólico está ligeramente por encima del nivel de control. ¿Ocurre en todos los casos?

—Todos los índices de consumo de oxígeno son relativamente elevados. De los diez especímenes de prueba, siete presentan un IBM superior al normal.

—¿Los otros tres están a nivel?

Carol asintió.

—Se han quedado por un pelo en el límite superior de lo normal.

Juan frunció el ceño. ¿Cuál podía ser la causa de la anomalía?

Repasó el resto de las filas resaltadas.

—Está claro que algo pasa. Tiroides, glucosa, potasio, albúmina, calcio, todo normal. Nitrógeno ureico en sangre y creatinina normales, o sea que parece que los riñones funcionan bien. Los niveles de electrolitos también normales. Umm.

—¿Se te ocurre alguna idea? —preguntó Carol.

Juan negó con la cabeza mientras se devanaba los sesos por encontrar una razón que explicara la desviación en los resultados metabólicos.

—Supongo que es posible que, mientras el sistema inmune del organismo está destruyendo las células tumorales que inyectamos, los resultados de los análisis se vean alterados, pero no es más que una suposición.

Tamborileando en una de las jaulas transparentes, Carol observó a una de las ratas aparentemente sana. El animal levantó la vista ante la molestia y luego continuó comiendo pienso.

—Si es el caso, puede ser que los resultados cambien si repetimos los análisis dentro de una semana.

Juan bajó del taburete del laboratorio de un salto, entrechocaron los puños y dijo:

—Gran idea. Hagamos eso. Mientras tanto, haz que los becarios preparen a una docena más de especímenes para la inoculación. Quiero comprobarlo todo tres veces y hacer otra tanda de analíticas a intervalos de una semana. Tal vez veamos que el IBM cambia con el tiempo. Voy a investigar más, a ver si se me ocurre algo.

—¿Sabes qué? —dijo Carol—. Creo que estamos a punto de descubrir algo.

Juan sintió un escalofrío de anticipación por todo el cuerpo.

—De verdad espero que así sea.

Eran poco más de las siete de la tarde cuando Juan conducía en dirección sur por la I-395 tras una larga jornada de trabajo. La lluvia se había convertido en aguanieve cuando tomó la salida 7 en dirección a Arlington. Apenas lo separaban unos minutos de su apartamento de dos habitaciones y la comodidad de su cama.

Al entrar en el complejo de apartamentos, se extrañó de que las luces del aparcamiento no se encendieran como de costumbre.

Juan aparcó con cuidado en su plaza, bajó del coche y subió por las escaleras hasta la segunda planta. Empezaba a nevar.

Cuando estaba cerca del apartamento 2B, sacó las llaves y vio su puerta ligeramente entreabierta.

Se le heló la sangre.

Se sacó el móvil del bolsillo y se dispuso a llamar al 911. Empujó la puerta con cuidado.

El caos reinaba en el interior.

Sus libros de medicina estaban desperdigados por el suelo.

El los sofás estaban rajados y destripados. Habían agujereado el pladur.

Con el corazón acelerado, Juan salió al rellano y se apartó de la puerta. Marcó el 911

—911, ¿cuál es su emergencia?

—Me llamo Juan Gutiérrez. Acabo de llegar a mi apartamento y de ver que han entrado y lo han destrozado todo.

—Señor, ¿sabe si los intrusos siguen ahí?

La respiración pesada de Juan soltaba chorros de vapor hacia el frío aire nocturno.

—No tengo ni idea. No he entrado. Estoy en el 2350 de Court South, número 26, apartamento 2B, en Arlington.

—Voy a enviar a unos agentes de policía a su ubicación ahora mismo. Quiero que permanezca al teléfono conmigo hasta que lleguen.

Con el rabillo del ojo, Juan advirtió movimiento abajo, en el aparcamiento. Cuatro hombres se juntaron al pie de las escaleras.

—Ejem..., acaban de llegar cuatro personas con cortavientos del FBI.

—¿Ha dicho del FBI?

—¿Doctor Gutiérrez? —llamó uno de los hombres. Le mostró rápidamente algo que podría haber sido una placa. Llevaba una pistolera de hombro.

Los otros tres hombres entraron en el apartamento.

Juan asintió.

—Soy el doctor Gutiérrez. Estoy al teléfono con el 911.

—Juan, la policía está a dos manzanas.

En las facciones angulosas del hombre se dibujó una mueca al oír la estridencia de una sirena a lo lejos. Pulsó un botón en algo que tenía contra la garganta y susurró unas palabras que Juan no alcanzó a oír.

Desde el apartamento se oyeron cristales al romperse, seguidos de algo que sonó a insultos en alemán. Los tres hombres que habían entrado en el apartamento salieron, y los cuatro corrieron escaleras abajo.

—Juan, ¿qué ocurre?

—No tengo ni idea. Ha venido el FBI, han entrado en mi apartamento y se han largado.

Dos coches de policía blancos y negros entraron a toda velocidad en el aparcamiento con las luces encendidas justo cuando la furgoneta negra blindada se marchaba en dirección contraria.

—Acaban de llegar dos coches de policía.

—Acabo de recibir confirmación de que los agentes Taggart y Wilson del departamento de policía de Arlington están en la escena. A partir de ahora, ellos se hacen cargo.

—De acuerdo, gracias.

Los agentes subieron corriendo por las escaleras. Uno tenía la pistola desenfundada y apuntó al suelo.

Juan retrocedió, nervioso.

—Soy Juan Gutiérrez, he llamado yo.

—Señor Gutiérrez. —El agente al mando se le acercó hasta quedar a unos tres metros de él—. ¿Puede enseñarme un documento de identidad?

Juan le enseñó la credencial con foto de AgriMed que seguía sujeta a su bata de laboratorio.

—Es mi identificación del trabajo. Tengo el carné de conducir en la cartera, pero la llevo en el bolsillo trasero.

El agente se inclinó lo suficiente hacia Juan como para que pudiera leer el nombre de «Taggart» en el uniforme.

Taggart asintió.

—Quédese aquí mientras entramos e inspeccionamos el piso.

A Juan le latía el corazón con fuerza mientras los dos agentes, ambos con las armas desenfundadas, entraban en su apartamento.

—Siento llamarle a estas horas, doctor Winslow. —A Juan le temblaba la voz mientras se colocaba bien el auricular Bluetooth conectado al móvil. Se oyeron unas interferencias mientras varios policías recién llegados tomaban fotos de los destrozos de su apartamento.

—No, has hecho bien. ¿El FBI ha estado ahí?

Juan negó con la cabeza contemplando los muebles rotos, el colchón reventado y los libros con el lomo arrancado.

—Llevaban cortavientos del FBI y me han enseñado una placa, pero no sé... Todo esto es un poco surrealista.

Un agente se le acercó con un portapapeles.

—Señor Gutiérrez, sé que es difícil de decir, pero, ¿echa algo en falta?

Con las manos en los bolsillos, tal como le ordenaron, Juan repasó los objetos obvios que suelen desaparecer en un robo. El televisor de pantalla plana seguía ahí, aunque lo habían tirado al suelo. Pisó cristales rotos al entrar en su dormitorio. La mesita de noche estaba abierta, los cajones vaciados, pero la cadena fina de oro con un medallón en forma de cruz que había heredado de su madre yacía en el suelo. Eso tampoco se lo habían llevado.

Exhaló un suspiro de alivio.

Entonces abrió unos ojos como platos.

—El portátil que tengo en la mesita de noche. No lo veo.

El agente asintió.

—Los portátiles son fáciles de vender. Sin embargo... —Clavó la vista en la cruz de oro—. Es curioso que no se llevaran las joyas. También son fáciles de colocar. —El hombre del departamento de policía de Arlington lo miró antes de preguntar—: ¿Ha hablado con alguien recientemente, o ha visto por aquí a gente que no sea la habitual?

Juan negó con la cabeza. Se notaba la garganta seca y sentía que el frío le iba calando los huesos a pesar de llevar chaqueta.

—No sé qué decir. Hace pocas semanas que vivo aquí, así que todo el mundo me parece nuevo.

Oyó la voz de Winslow por el auricular.

—Juan, ¿tenías algo de lo que haya que preocuparse en ese portátil?

Apartándose del agente, que estaba muy ocupado tomando notas, Juan susurró:

—No, sobre todo tenía juegos y audiolibros. Nada relacionado con el trabajo.

—Escúchame, Juan. Voy a llamar a nuestro personal de seguridad y a arreglar tu situación. No me gusta lo que me estás contando. Espera un momento, que voy a hacer una llamada rápida.

Cuando uno de los agentes le pasó por el lado, Juan preguntó:

—¿Puedo recoger algo de ropa? Está claro que no puedo pasar la noche aquí.

El agente habló hacia la otra zona del apartamento.

—Oye, Ed. ¿Has tomado muestras ya en el dormitorio?

«Ed» iba de paisano con una chaqueta del departamento de policía de Arlington, y había estado intentando revelar huellas dactilares en el lavamanos del baño de invitados.

—Sí, ya hemos procesado la habitación.

El agente se dirigió a Juan.

—Adelante, señor.

Juan estaba cogiendo unas camisas cuando volvió a oír la voz de Winslow por el auricular.

—Juan, Carl está en camino para recogerte. Te llevará al hotel donde te alojaste. Allí tenemos una suite corporativa y es toda tuya hasta que podamos confirmar que lo sucedido no guarda relación con el trabajo.

—¿Cree que podría tenerla?

—No lo sé. Llamaré al FBI mañana por la mañana a ver qué dicen. Cuando llegue Carl, dale las llaves de tu coche y él ya se encargará de que mañana lo tengas preparado en la oficina.

—Doctor Winslow, gracias por todo.

—Y, Juan, no te preocupes. Probablemente no sea nada. Pero por si lo es, este es el motivo por el que la compañía tiene un departamento de seguridad. Cuidamos de los nuestros.

El móvil de Juan emitió un pitido.

—Doctor Winslow, un momento, me está entrando otra llamada. —Pulsó un botón en el auricular y conectó con la segunda llamada.

—Doctor Gutiérrez, soy Carl Weatherby, del departamento de seguridad de AgriMed. Estoy entrando en el complejo de apartamentos. Le espero al pie de las escaleras, cuando esté listo.

—Vaya, ¡qué rápido! Preguntaré a los agentes cuánto tiempo más necesitan. Ya me han tomado declaración.

—Entendido.

Juan pulsó otro botón del auricular y volvió a conectar con la primera llamada.

—Doctor Winslow, Carl está aquí. Creo que está todo controlado, gracias.

—Bien. Mañana por la mañana ven a mi despacho nada más llegar. Hablaremos juntos con el FBI, a ver qué dicen. Buenas noches, Juan.

—Buenas noches.

Juan colgó y recorrió con la mirada lo que quedaba de su apartamento. Habían destrozado incluso su flamante colchón nuevo, que tenía los muelles al aire. Le resultaba imposible pensar que aquello fuera un robo común. ¿Destruir tanto para llevarse tan poco?

«¿Qué diantre estaban buscando?».

CAPÍTULO CATORCE

Nate frunció los labios mientras Juan Gutiérrez hacía una declaración jurada sobre el robo. El hombre estaba claramente alterado por el acontecimiento, pero Nate intentó sacarle hasta el último detalle. Ya había leído el informe policial preliminar y visitado el apartamento. Y estaba de acuerdo con la hipótesis de la víctima acerca del móvil.

Alguien buscaba algo en concreto.

Estaban en una sala de reuniones privada de AgriMed. La mesa de madera de cuatro metros y medio y los mullidos sillones de cuero eran la prueba fehaciente del dinero que manejaba la empresa. Sin embargo, el doctor Gutiérrez no parecía un ejecutivo. Era más bien joven, de unos treinta y tantos, e hispano. Su aspecto desaliñado y el pelo revuelto encajaban con la descripción de alguien que ha tenido que marcharse de casa de forma precipitada.

Lo que más preocupaba a Nate de lo que había leído en el informe policial era el apunte que decía que el testigo declaraba que el FBI había estado en la escena y se había marchado.

—Doctor Gutiérrez —dijo Nate—, ¿los agentes del FBI le dijeron cómo se llamaban?

Juan negó con la cabeza.

—No, uno de ellos me enseñó una placa, pero no tuve tiempo de verla. Era tarde y las luces del aparcamiento no funcionaban.

En el informe, la policía había observado que habían disparado a la luces del aparcamiento con una pistola de aire comprimido. Habían encontrado cristales rotos en la base de los postes.

—¿Observó algo extraño en los tres agentes que entraron en su apartamento? ¿Llevaban guantes? ¿Desenfundaron el arma? ¿Qué actitud mostraron?

—Ninguno de ellos sacó el arma. Por casualidad le vi una pistola al agente que estaba fuera conmigo. La llevaba en la pistolera de hombro. Supongo que los demás también llevaban, pero no las vi. —Gutiérrez hizo una pausa—. No sé a ciencia cierta a qué se refiere con lo de la actitud. El hombre del exterior no paraba de mirarme. Se le veía tenso. Casi inmediatamente, se oyeron las sirenas de la policía y los tres que habían entrado salieron corriendo. Ah, pero antes, oí cristales rotos y lo que me parecieron palabrotas en alemán. —Se rio con nerviosismo—. Ahora lo veo todo borroso. Ya sé que no tiene mucho sentido.

Nate inhaló a fondo, intentando no mostrar ningún tipo de reacción.

—¿Les oyó hablar en alemán?

—Bueno, estudié alemán en el instituto. No puedo decir que lo hable bien, pero ya se sabe que en el instituto uno se asegura de aprender palabrotas. Y eso es lo que me pareció oír.

—¿Qué oyó exactamente?

Gutiérrez frunció el ceño.

—Bueno, como las sirenas sonaban cada vez más cerca, me pareció oír algo así como «Zur Hölle damit», que significa «al diablo con esto». —Juan sacudió la cabeza con pesadumbre—. Creo que es lo que oí, pero no puedo estar seguro. En ese momento estaba muy asustado.

—Es totalmente comprensible, doctor Gutiérrez. —Nate mantuvo la compostura a pesar de las campanas de alarma que sonaban en su cabeza—. ¿Por dónde se fueron los agentes cuando se marcharon?

—Bajaron las escaleras a toda prisa. Sin mediar palabra. Lo cierto es que no me fijé a dónde se dirigían. Estaba más pendiente de la sirena de la policía, y luego de las luces de la patrulla al llegar. Aunque... me fijé en una furgoneta que salía del aparcamiento justo cuando llegó la policía. Podría haber sido de ellos.

—¿Se fijó en la marca de la furgoneta? ¿Modelo, color?

—Era negra, o por lo menos gris oscuro. No puedo decir más. Era un vehículo panelado, sin ventanillas, con excepción de la parte delantera. Pero, aparte de eso... no sé. La tenía demasiado lejos como para apreciar más detalles. Joder, es que ni siquiera vi qué dirección tomó al salir del aparcamiento.

Nate se recostó en el asiento. Aquello no aparecía en la denuncia. ¿Una furgoneta panelada? Si hubieran estado realizando algún tipo de operación táctica multipersonal, habría sido normal elegir ese tipo de vehículo.

—En la denuncia pone que se llevaron su portátil. ¿No ha echado nada más en falta?

—No.

—¿O sea que no ha echado en falta más objetos relacionados con el trabajo?

Gutiérrez negó con la cabeza.

—Ya no guardo en casa cosas del trabajo.

—¿Ah no? Me sorprende. Hoy en día la mayoría de la gente se lleva algo de trabajo a casa.

—Yo también lo hacía. Pero mi proyecto ha quedado «encuartado», lo cual significa que ningún detalle acerca del mismo puede salir del centro. Así que he dejado de trabajar desde casa.

—*Encuartado*. No había oído nunca ese término.

El doctor se encogió de hombros.

—Creo que lo llaman así porque la idea es que te llevan a un cuarto y juras confidencialidad absoluta acerca del proyecto en el que estás trabajando, más allá de las cláusulas estándar. Sin embargo, no es que exista un «cuarto». Lo que pasa es que así es como AgriMed define los proyectos especiales que tienen un acceso especial registrado y unos protocolos de seguridad especiales.

—Ah. Es parecido a lo que nosotros llamamos «confidencialidad compartimentada», en la jerga gubernamental. Interesante. —Nate tamborileó en la mesa con los dedos mientras se devanaba los sesos para enfocar las preguntas de manera que le proporcionaran información útil. —¿Se le ocurre algo más que pasara esa noche que pueda ayudar en la investigación? ¿Algo que no haya tratado ya con la policía?

—No, creo que no. —El doctor Gutiérrez se aclaró la garganta—. ¿Puedo hacerle una pregunta?

—Adelante.

—¿Por qué iba a presentarse el FBI en mi casa? Y... ¿era de veras el FBI?

Nate mantuvo una expresión neutra.

—Me temo que no puedo responder a ninguna de esas preguntas. Digamos que haré un seguimiento de las dos cuestiones.

El doctor parecía preocupado.

—¿Corro peligro? ¿Debería hacer algo especial?

Nate se compadeció del hombre.

—No, creo que no. Pero hablaré con el departamento de policía de Arlington para ver si pueden aumentar la frecuencia de patrullas por su zona.

Le estrechó la mano al doctor y le tendió su tarjeta.

—Si recuerda algo más o tiene alguna necesidad, llámeme.

—Gracias. —Gutiérrez echó una mirada a la tarjeta y se animó un poco—. Si puedo responder a más preguntas, estaré encantado.

—Ahora que lo dice... —Nate sonrió—. ¿Puede indicarme cómo ir al aparcamiento principal? Creo que me he perdido después de la cuarta o quinta vuelta por este edificio.

De regreso en su despacho de Quantico, Nate rebuscó en sus archivos las notas relacionadas con el otro caso de AgriMed, el de la chica rescatada en la isla del Pacífico.

No había motivos para sospechar que ambos incidentes estuvieran relacionados, pero ninguno de los dos le daba buena espina y no podía evitar planteárselo.

Repasó las notas. La chica, Katherine O'Reilly, había firmado un contrato de confidencialidad con AgriMed, pero también se había llevado unos archivos del laboratorio de la isla. Quedaba claro que en ese lugar había secretos valiosos. El tipo de secretos que vale la pena robar.

Y luego estaba la posible implicación de la inteligencia alemana. ¿Acaso era mera coincidencia que el doctor Gutiérrez oyera a aquellos hombres hablando alemán?

Había llegado el momento de examinar de nuevo los archivos robados.

Al cabo de diez minutos, Nate mostraba la credencial en el depósito de evidencias.

—Archivé como prueba unos documentos impresos sobre el caso #541982A y pedí una traducción del alemán. ¿Está hecha?

La mujer de pelo cano tecleó en su terminal.

—¿Caso 541982A, dice? No encuentro nada con ese número de referencia.

—Sí, ese es el número de caso.

La mujer le miró la credencial.

—Voy a probar con su nombre. —Tecleó algo más en el ordenador y se ajustó bien las gafas para mirar la pantalla—. Vale, sí. Veo el registro de algo que presentó para ser analizado en el laboratorio, pero nada de traducciones.

—Un momento. —Frustrado, Nate sacó rápidamente el móvil del bolsillo y fue pasando las fotos. Encontró la que buscaba, la de un justificante de evidencias con un código de barras. Se lo enseñó a la mujer.

—Aquí está el justificante que recibí al archivarlo. Me dijeron que tardarían un par de semanas. Ya han pasado.

La mujer pasó un lector de códigos de barras por la imagen y entonces comprobó los resultados en el ordenador.

—Vaya. Según el ordenador, no hay registro de eso.

Nate soltó un improperio que hizo empalidecer a la mujer.

—Lo siento —se disculpó—. ¿Cómo es posible?

La mujer frunció el ceño.

—La verdad es que no lo sé. Puedo llamar al departamento de informática, por si sirve de algo. Probablemente sepan qué ha pasado.

Nate hizo una mueca.

—¿Cómo se llama usted?

—Janice.

—Janice, ¿cuántos años lleva trabajando en evidencias?

—Unos veinte años.

—Y en esos veinte años, ¿cuántas veces han desaparecido las evidencias?

Janice parecía indignada.

—Eso no pasa.

Nate señaló la imagen del justificante que tenía en el móvil y se aclaró la garganta.

—Pu... pues —tartamudeó Janice—, nunca pasaba antes de informatizarnos.

—¿Insinúa que ahora pasa alguna vez?

—Bueno... no. Bueno, no realmente. No es a menudo. Pero una o dos veces. Un par de registros han desaparecido del sistema incluso teniendo copias impresas de la presentación de la evidencia original.

—¿Y qué hizo?

Janice se encogió de hombros.

—Presentar un informe al departamento de informática. Eso es lo que se supone que tengo que hacer.

Nate respiró hondo e intentó contener su ira.

—Pues entonces hágalo. Encuentre mi evidencia. Volveré.

Sin esperar respuesta, se dio la vuelta y se marchó hecho una furia.

—¿Estás seguro? —preguntó Jeff, apartando la vista del PC para mirar a Nate desde el otro lado del escritorio—. Es una acusación grave.

A Nate aún le hervía la sangre sentado en el despacho de su supervisor.

—Estoy seguro. Tanto el material impreso como los archivos de audio que presenté en evidencias han desaparecido.

—Vale, no voy a negar que suponga un problema, pero, antes de perder los estribos, vamos a darles la oportunidad de encontrarlo. Además, ¿por qué necesitas esa evidencia con tanto apremio?

—¡Cuándo lo necesito no debería importar, Jeff! Debería poder acceder a ella. Archivé esas puñeteras pruebas en el almacén que llamamos «seguro». Había que traducir unos textos del alemán. Y ahora resulta que todo ha desaparecido. Menudo fiasco. Y no creo que sea un accidente. Acabo de hablar con un pobre desgraciado que trabaja en AgriMed, un tal doctor Juan Gutiérrez. Entraron en su apartamento y le destrozaron la casa. Buscaban algo concreto. Y, agárrate, unos «tipos del FBI» aparecieron inmediatamente después. Y uno de ellos hablaba alemán.

—¿Qué? —preguntó Jeff, sorprendido.

—Te estoy diciendo que, de no haber llegado los policías al cabo de unos segundos, el pobre doctor podía haber acabado mal. Algo apesta.

Jeff hizo una mueca.

—No crees que fueran auténticos agentes del FBI.

Nate negó con la cabeza.

—Teniendo en cuenta cómo se comportaron, te apuesto una buena cena a que no. No siguieron ningún protocolo estándar. Y huyeron sin mediar palabra cuando llegó la policía. Supuestamente en una furgoneta negra panelada.

—¿Y tú quiénes crees que eran?

—¿Inteligencia alemana?

Jeff hizo una mueca.

—Me temía que dirías eso. —Guardó silencio unos instantes—. ¿Cómo has dicho que se llama el médico?

—Juan Gutiérrez. ¿Por qué?

Jeff bajó el brazo, abrió un cajón del escritorio y sacó un archivador.

—¿Te acuerdas de que iba a investigar sobre un compartimento llamado DRWN?

Cuando su supervisor abrió la carpeta, Nate vio un documento impreso.

—¡Oh, gracias a Dios! Se me había olvidado totalmente que te había dado una copia de ese informe. —Nate desplegó una amplia sonrisa ante el escritorio de Jeff—. ¿Y qué has descubierto sobre ello?

Jeff fue pasando hojas del grueso informe.

—No le saqué nada al agente de seguridad. Afirmó que tal compartimento no existía; que yo sepa, las marcas no representan nada.

—Lo que está claro es que no son públicas.

—Por supuesto que no. No voy a hacer nada con eso. Pero sí que acabé leyéndolo todo y...

—¿Te lo has leído? La mayor parte está en alemán.

Jeff enarcó una ceja.

—Mis padres eran alemanes. Me crie hablando alemán. —Pasó otra página y posó el dedo en un fragmento—. Ajá, aquí está. Ya sabía yo que ese Gutiérrez me sonaba de algo. —Leyó el informe en voz alta: «Gutiérrez ha presentado la versión 3.4, pero los resultados del algoritmo precisan de más análisis antes de implementarse».

Nate se quedó sorprendido.

—¿Crees que es el mismo Gutiérrez?

Jeff se encogió de hombros.

—Es el único fragmento en el que recuerdo que se lo mencione. Pero si es él, tal como yo lo entiendo, parece que están controlando su actividad, incluso robando lo que el pobre doctor investiga. Lo cual explicaría que le saquearan el apartamento.

—Parece que Gutiérrez está en su lista. —Nate asimiló las novedades—. Y tal vez la joven O'Reilly.

—Quizá podamos aprovecharnos de ello —declaró Jeff—. Si no

somos capaces de averiguar qué está pasando a través de nuestra maquinaria interna, veamos qué sacamos observando a O'Reilly y Gutiérrez.

Nate sonrió.

—¿Autorizas vigilancia ininterrumpida?

—Sí, echemos un par de anzuelos al agua a ver qué pillamos.

CAPÍTULO QUINCE

A Frank O'Reilly le dolía todo el cuerpo al encaminarse a la finca número cinco. No obstante, le iba bien salir y moverse. En cierto sentido, el dolor le resultaba terapéutico.

Jasper correteaba a su lado, saltando entre la hierba alta con la energía de un cachorro crecidito.

—Jasper, ¿tú también te alegras de salir por fin de casa?

El perro ladró afirmativamente y continuó brincando, persiguiendo todo aquello que le llamaba la atención.

Frank estiró la espalda.

—Me he pasado demasiado tiempo en ese dichoso sillón.

A pesar del malestar, los dolores punzantes habían empezado a remitir, así que había resuelto salir de casa. Megan seguía preocupada. No paraba de tocarle la frente y de advertirle que tenía fiebre. Pero él no se sentía enfermo. Bueno, quedaba claro que estaba enfermo, pero no ese tipo de enfermedad.

Megan había conseguido convencerle de ir llamando a los médicos de la clínica de veteranos para mantenerles informados. Al fin y al cabo, estaban haciendo una prueba, ¿no? Lo lógico es que quisieran saber cómo iba. Por la mañana temprano se había pasado diez minutos intentando contactar con ellos. Pero nadie respondía al número directo del administrador del ensayo que le habían proporcionado, por lo que había acabado llamando al número principal de la clínica de veteranos y había dejado un mensaje de voz para el doctor Müller.

En la verja de la finca número cinco, la novilla que Buck había aislado del rebaño hacía una semana acudió a saludar a Frank. A Buck lo preocupaba que hubiera pillado rinotraqueitis bovina infecciosa. En circunstancias normales, Frank habría sacrificado al animal, pero estaba preñada, por lo que la mantenía con vida hasta estar seguros. Pero no podían mezclarla con el resto del rebaño y arriesgarse a un contagio.

Jasper ladró hacia algo que no resultaba visible en el centro de los pastos y corrió a perseguirlo.

Observando una paca de heno, Frank se rascó la sien.

—¿Cómo estás, muchacha? ¿Comes bien? —Al animal se le veían los conductos nasales inflamados. Aquello lo preocupaba.

La novilla le dio un empujoncito con un lado de la cabeza.

Frank sonrió.

—Muchacha, si te recuperas, te volveremos a poner con el resto, pero no antes. Tú sigue comiendo y bebiendo...

La voz de Frank se fue apagando mientras dirigía la vista hacia el termo que llevaba sujeto al cinturón. Sonrió.

«Vale la pena probarlo».

Cogió un cuenco grande de metal de debajo del abrevadero. Solían emplearlo para limpiar el pilón, pero serviría. Lo dejó en el suelo y gimió de dolor al arrodillarse a su lado.

La novilla lo siguió, por curiosidad o porque estaba sola. Frank le apartó la cabeza cuando se inclinó para lamer el cuenco.

Abrió el termo, dio un buen sorbo y vertió el resto en el cuenco. Se lo tendió a la vaca.

El animal empezó a sorber el líquido de inmediato.

—Vaya, chica, sí que tenías sed.

Jasper apareció corriendo por el pasto vacío, ladrando como un loco. Frank miró y se dio cuenta de que una liebre llevaba de cabeza al pobre perro. Se echó a reír cuando la liebre se introdujo ágilmente en un agujero y Jasper tuvo que parar en seco. El labrador color chocolate se irguió sobre las patas traseras y golpeó el terreno con las delanteras unas cuantas veces, probablemente con intención de asustar a la liebre.

Frank sacudió la cabeza. Tenía que reconocer que había empezado a encariñarse con él. No cabía la menor duda de que el perro era más listo que cualquier otro que conociera, además de tener personalidad propia.

Jasper se agachó y ladró hacia donde había desaparecido la liebre, como si esperara su reaparición.

Frank gritó hacia el otro lado de la finca.

—¡Jasper, déjalo ya! Esa liebre debe de estar ya a medio camino de Tombuctú.

El sonido de cascos anunció la llegada de Buck. El mozo del rancho tenía una barba incipiente que otorgaba un aspecto más rudo a su rostro juvenil. Jasper cruzó la finca brincando para saludarle.

Buck desplegó una amplia sonrisa al desmontar.

—Dios mío, qué alegría verle de nuevo en pie, señor O'Reilly.

—Todavía no me han enterrado.

—¿Ha venido a ver cómo está la novilla?

—Sí. He pensado que la dejemos como está una semana más. Si está realmente enferma, ya lo notaremos. Si la vemos bien, la pondremos con el resto. —Miró al animal, que estaba mascando heno—. La veo bastante gorda. ¿Cuándo le toca?

Buck se quitó la gorra de béisbol. El pelo rojizo le brillaba bajo el sol y le hacía parecer en llamas. Se rascó la cabeza y adoptó una expresión pensativa.

—No le falta mucho. Calculo que le toca dentro de tres o cuatro semanas.

Jasper presionó la cabeza contra la cadera derecha de Frank, que le rascó la oreja.

—Bueno, mantengámosla alimentada y feliz. A ver qué pasa.

—Sí, señor. —Buck volvió a encasquetarse la gorra de béisbol antes de preguntar—: ¿Va a volver a hacer las rondas conmigo y los chicos?

Frank estiró los brazos y notó tanto el dolor muscular por la falta de uso como el calor que le subía por las articulaciones. Se encogió de hombros.

—Creo que me lo voy a tomar con filosofía. Todavía no estoy recuperado. De hecho, ahora mismo necesito una siesta.

Buck le dedicó una sonrisa de oreja a oreja.

—Bueno, los chicos y yo estamos ansiosos porque vuelva a salir con nosotros. —Le dio una palmadita a la radio que llevaba a la cintura—. Suéltenos un grito si necesita algo, ¿de acuerdo?

Frank se despidió de Buck y empezó a caminar hacia la casa.

Jasper iba en cabeza. A Frank le ardía el cuerpo por el dolor habitual, que le recordaba que no todo estaba bien.

Alzó la vista al cielo y rezó con voz queda.

—Si tengo que partir, que sea rápido. No dejes que las chicas sufran por mi culpa.

Kathy estaba sentada a la mesa del comedor, bebiendo un vaso de agua y observando a su padre, en cuclillas en el suelo del salón, arreglando la pata suelta de la mesita de centro.

Ahogó una exclamación de sorpresa cuando lo vio levantar la mesita de lado sin hacer una mueca. Desde que estaba en casa, no se había levantado del sillón sin dar muestras de dolor.

Ahora parecía menos sofocado que cuando ella había vuelto a casa. Las clases empezaban la semana siguiente y, aunque su padre se negaba a que se quedara para cuidarlo, Kathy estaba convencida de que no era fruto de su imaginación.

Sin duda daba muestras de mejora.

—¡Katherine O'Reilly! —espetó su madre—. ¿Por qué estás bebiendo del vaso de tu padre?

—¿Qué? —Kathy miró el vaso ya vacío—. ¿Cómo que es el vaso de papá?

Mamá se dirigió a papá.

—Frank, ¿te has bebido el vaso que te serví?

Papá apretó un tornillo de la pata de la mesa.

—¿Qué vaso?

Mamá entornó los ojos y resopló.

—Maldita sea, Frank. Te he servido el agua para que te la bebieras y ahora resulta que Kathy se ha tomado la cosa esa.

Kathy arrugó la nariz.

—Lo siento.

Sin hacer caso a su hija, mamá cogió el vaso y se encaminó a la cocina farfullando algo sobre hombres distraídos.

Papá se puso en pie con apenas una ligera mueca, le dio la vuelta a la mesa de centro y probó a apoyarse en ella.

—Mucho mejor.

Mamá volvió con otro vaso de agua y se lo tendió.

—Bébetelo ahora —ordenó.

Entornando los ojos, él se tragó el vaso y le dio un beso rápido en los labios.

Si pasaba por alto el peso que había perdido su padre, Kathy atisbaba indicios de su estado natural. Le pareció que estaba mejor. Su única preocupación era el efecto placebo. A ella, la cosa esa le sabía a agua normal y corriente. ¿Y si estaba en el grupo de control y sus mejoras no eran más que producto de su mente al creer que se estaba curando?

Jasper pasó junto a papá, lo olisqueó, se acercó a Kathy y posó la cabeza en su regazo.

Ella se la acarició y susurró:

—Espero que esté mejorando realmente.

Juan tomó asiento en una pequeña sala de reuniones privada situada en el mismo pasillo que el despacho de Winslow. Este último y un hombre que Juan identificó como Paul Hutchison, el jefe de seguridad interna de AgriMed, ya estaban en la sala. Paul lucía una calva incipiente a sus sesenta años y había hecho carrera en el Ejército, dedicado a la seguridad de la información.

—Juan —dijo Winslow—, te hemos pedido que asistas a esta reunión porque eres del centro de Rochester. Esperamos que tengas algo que añadir acerca de algunos tipos de los que vamos a hablar. —Se volvió hacia Paul y preguntó—: Paul, ¿cuáles son los resultados de la auditoría?

Paul abrió un archivador, uno de los muchos que tenía apilados delante.

—En el momento de la auditoría de seguridad, el centro de Rochester tenía 433 trabajadores a tiempo completo y 37 temporales. Se pidió a los 470, como condición para seguir trabajando, que se sometieran al polígrafo. Trece decidieron poner punto final a su relación con la empresa. Siete de ellos estaban subcontratados; informamos a la empresa que nos los proporcionó que nunca más pueden presentarse a empleos temporales para AgriMed.

Levantó una pila de seis carpetas.

—Eso nos deja con seis trabajadores a tiempo completo que se marcharon ante la perspectiva de tener que enfrentarse al polígrafo. He sacado su expediente de recursos humanos para que lo repasemos juntos. Todos eran trabajadores de bajo rendimiento, según las valoraciones periódicas. Sin embargo, dos de ellos empezaron dando buenos resultados antes de decaer.

—Empecemos por los más eficientes —instó Winslow.

Paul cogió las dos carpetas de la parte superior de la pila y abrió la primera.

—La primera es una tal Melody Kolifrath, bioquímica que estaba desarrollando un medicamento antiinflamatorio para tratar la enfermedad de Crohn. —El hombre pasó unas cuantas páginas del informe y asintió—: Según la última valoración, cito. «La investigación de Melody lleva dieciocho meses estancada y, a decir verdad, no sé si se lo toma en serio. Parece distraída. Le advertí que, si quiere llegar a la fase de ensayos, necesita mucho más trabajo de laboratorio para justificarlo».

Winslow miró a Juan.

—¿Conoces a la tal Kolifrath?

Juan la recordó. Una mujer de pelo rizado con gafas de pasta.

—No hablaba con ella, pero tenía un despacho no muy lejos del mío. Sé que en un momento dado se quedó embarazada y luego tuve la impresión de que algo pasó con su embarazo. Siempre había sido muy sonriente y de repente recuerdo que ya no estaba embarazada y que era como si estuviera en una nebulosa. —Se encogió de hombros ante los otros dos hombres de la mesa—. Teniendo en cuenta su cambio de talante, supongo que perdió el bebé, pero desconozco los detalles de lo ocurrido. No es el tipo de cosas que preguntas a alguien que apenas conoces.

—Por supuesto que no —convino Winslow. Se volvió hacia Paul —. Un aborto explicaría muchas cosas.

—Estoy de acuerdo. —Paul asintió—. Dejemos a Melody de lado por ahora—. El hombre abrió el siguiente informe y dijo—: Tenemos a un tal Steven Chalmers.

A Juan se le aceleró el pulso. «¿Steve?»

—Neurólogo. Se dedicaba a los tratamientos para la esclerosis múltiple progresiva primaria. Leo directamente del informe—: «Steve se ha ausentado del laboratorio con demasiada frecuencia. Aunque los resultados de los ensayos de fase 1 en humanos tuvieron un éxito considerable, Steve ha incumplido repetidamente los plazos de las aprobaciones necesarias para pasar a la fase 2. Le dije que, en caso de no cambiar de actitud, no me dejaría otra opción que reasignar la titularidad del ensayo».

Juan se quedó boquiabierto.

Winslow frunció el ceño.

—Maldito sea. Contraté a Chalmers personalmente. De verdad que pensé que íbamos a conseguir algo grande con la investigación de la esclerosis múltiple . —Se volvió hacia Juan—. ¿Lo conocías?

Juan notó que dos pares de ojos se clavaban en él.

—Sí, de hecho, conozco a Steve bastante bien. Estaba al corriente de su investigación en ese campo, pero... supongo que no sé cómo interpretar eso. Pensaba que estaba haciendo un ensayo de fase 2 sobre un tratamiento para el cáncer.

—¿A santo de qué ibas a pensar tal cosa? —inquirió Winslow, desconcertado.

Juan rememoró la comida en el Toscano's, cuando su amigo

había derivado al padre de Kathy al ensayo clínico para tratarle el cáncer.

—Supongo que quizá me confundí. Conozco a una persona cuyo padre tiene cáncer de huesos y Steve me habló de un ensayo que se estaba llevando a cabo. Supuse que él estaba detrás de la investigación.

Paul se inclinó hacia delante y apoyó los codos en la mesa.

—¿Por qué ibas a suponer tal cosa? No es especialista en cáncer.

—Pues... —Juan respiró hondo—. Me explicó que el tratamiento para la esclerosis múltiple en el que estaba trabajando incluía quimioterapia, así que supongo que relacioné dos cosas que no correspondían. Y cuando le pregunté si ese ensayo sobre el cáncer formaba parte de su investigación, me contestó que no podía decirlo, lo cual en ese momento me pareció de lo más normal. A mí acababan de decirme que mantuviera la boca cerrada sobre mi trabajo e imaginé que él habría recibido las mismas órdenes.

Winslow entrecerró los ojos y negó con la cabeza.

—No es posible que esté trabajando en un ensayo en fase 2 del que yo no estoy al corriente. Sea como sea, eso tampoco explicaría por qué interrumpió su investigación ni por qué se negó a someterse al polígrafo. —Adoptó una expresión amarga. Se dirigió a Paul—: ¿Tú qué opinas?

El jefe de seguridad frunció el ceño.

—Es extraño. Dejemos a un lado el caso de Chalmers por ahora.

Juan sintió un escalofrío. ¿Qué estaba tramando su amigo?

Una mujer respondió a la llamada de Juan.

—¿Diga?

—¿Kathy? —dijo Juan.

—No, soy su madre. ¿Quién la llama?

—Ah. —Juan soltó una risita nerviosa—. Tienen la misma voz. Soy el doctor... eh, Juan Gutiérrez.

—Un momento. Voy a buscarla.

Aunque las voces se oían amortiguadas, Juan oyó a la madre de Kathy llamándola. Al cabo de un instante, Kathy se puso al teléfono.

—¿Juan? Me alegro mucho de saber de ti. Perdona por no haberte llamado antes, pero estaba preparando las cosas para volver a la universidad.

—Ah, no te preocupes. Solo quería saber cómo está tu padre.

—Qué amable por tu parte. Lo cierto es que está fantástico. —Bajó la voz y susurró—: Al principio me preocupaba que le hubieran dado un placebo y que, ya sabes, que eran imaginaciones mías que estaba mejorando. Pero te juro que en solo un mes ya se le nota que no siente tanto dolor como antes.

—Cuánto me alegro. ¿Qué han dicho los médicos de su progreso? ¿Le han hecho más escáneres para ver cómo reaccionan los tumores?

Kathy resopló.

—Papá es terco como una mula. Dice que ha intentado llamar a los médicos del ensayo y que les dejó un mensaje. No para de decir que, como se encuentra bien y como la clínica de veteranos no lo persigue para hacer el seguimiento, pues que no tiene ganas de volver. Mamá va a encargarse de que vaya a hacerse una visita, pero eso será cuando yo haya vuelto a la universidad.

Juan frunció el ceño mirando al teléfono. Todo paciente de un ensayo debía someterse a un seguimiento minucioso.

—Espero que la cosa siga mejorando, pues.

—Yo también lo espero. La verdad es que estoy en deuda contigo. Espero que dejes que te muestre todo mi agradecimiento de algún modo.

—No hay nada que agradecer. Deseo que tu padre mejore.

—Qué amable eres. ¿Qué tal va el trabajo?

Juan pensó en los destrozos de su apartamento, en el hecho de que AgriMed hubiera creído necesario asignarle personal de seguridad y en la preocupación acerca de que alguien hubiera robado partes de su trabajo.

—En el trabajo todo bien. No doy abasto.

—Ya me imagino. Yo vuelvo a la universidad la semana que viene y va a ser una locura. Voy a hacer dos asignaturas de las difíciles que me van a hacer sudar de lo lindo.

—Bueno, si necesitas ayuda, dímelo.

Kathy se echó a reír.

—Lo que te faltaba. Pero a lo mejor, cuando tengamos tiempo, podemos hacer algo relajante. Como ir al cine o algo así.

A Juan se le paró el corazón. ¿Significaba aquello que le interesaba? Por supuesto, lo más probable era que estuviera agradecida por su ayuda.

—Me encantaría. Di cuándo y me lo monto.

A través de la conexión telefónica, Juan oyó a alguien hablando de fondo.

—Oye, tengo que dejarte. Disfruta de tus padres y quedamos cuando estés en la ciudad.

—Descuida —dijo Kathy—. Te llamaré cuando esté de vuelta en Washington. Hasta pronto.

La línea quedó muda y Juan desvió su atención a los contactos que tenía en el teléfono. A Juan le inquietaba más su siguiente llamada: a Steve Chalmers. Quería darle las gracias por ayudar al padre de Kathy, y también preguntarle por qué se había marchado de AgriMed.

Pero cuando marcó el número de móvil de Steve, oyó el siguiente mensaje: «El número que ha marcado está desconectado o no existe. Si cree que es un error...».

Juan colgó.

«¿Qué pasa contigo, Steve?».

Nate entró en el despacho de su supervisor y tomó asiento justo cuando sonaba el teléfono del escritorio de Jeff. El hombre canoso pulsó el botón del altavoz.

—Binghamton.

—Jeff, soy Paul Hutchison, hace tiempo que no hablamos.

—¡Hombre! ¿inspector Hutchison? ¿Eres tú? ¿Cuánto hace... diez años?

Nate se dio la vuelta para marcharse, pero Jeff le hizo una seña para que se quedara donde estaba.

—Sí, bueno, ya me conoces. No pierdo el tiempo y no me dedico a hacer llamadas porque sí. Pero creo que tengo algo que precisa tu atención.

—Dime, ¿qué ocurre?

—Bueno, me he pasado al sector privado y trabajo como jefe de seguridad para una empresa farmacéutica llamada AgriMed. La cuestión está en que tengo una pista para ti.

—¿Una pista? ¿Para mí? —Jeff abrió rápidamente un cajón del escritorio y cogió un bolígrafo mientras Nate se sacaba un pequeño bloc de notas del bolsillo de la chaqueta y se preparaba para tomar notas—. De acuerdo, inspector, ya tengo con qué escribir.

—Sé que estás al corriente del problema que tuvimos aquí, y también que uno de los tipos que están a tu cargo vino a hablar con uno de nuestros ejecutivos, así que pensé que este asunto te interesa tanto como a mí. Pero necesito un favor.

—Soy todo oídos —dijo Jeff—. Dime qué necesitas.

—Bueno, ya no tengo poder para emitir órdenes de citación, así que necesito que investigues sobre un exempleado nuestro. Te enviaré por correo electrónico los detalles de por qué creo que está metido en algo turbio, y me gustaría que siguieras la pista allá donde lleve. He investigado un poco, pero queda fuera de mis posibilidades en el sector privado. Existe una conexión con la CIA.

—¿Cómo diantre lo sabes? —inquirió Jeff.

Nate se planteó lo mismo.

—No te hagas el tonto, Jeff. Si yo he intuido que hay relación, seguro que tú también. Y si los dos lo sabemos, entonces cualquier persona asociada con ese tipo es sospechosa. Esto huele peor que una letrina mal hecha. He pensado que eras la persona adecuada a quien recurrir. ¿Me equivoco?

Jeff se recostó en el asiento tamborileando en el extremo de los reposabrazos.

—Sí, tienes razón. Estoy en ello, inspector.

—Una advertencia: si descubres que tenemos a miembros corruptos en la comunidad de inteligencia, vete con cuidado con lo que envías a las altas esferas, porque quizá también lo vean.

Todo apuntaba a que aquel hombre compartía las sospechas de Nate acerca de la implicación en ese asunto de ciertas personas dentro de la comunidad de inteligencia. Teniendo eso en cuenta, si alguien subía informes a «las altas esferas» o, en otras palabras, a los servidores de alta seguridad, no estarían seguros. Del mismo modo que los archivos que había enviado a evidencias habían desaparecido.

—Acabo de enviar un paquete encriptado a tu dirección de correo privada. Contiene todo lo que tengo sobre nuestro hombre, incluidas unas pruebas psicológicas de él y de sus supuestos cómplices. —Compartió la contraseña necesaria para abrir el archivo.

Jeff comprobó el móvil.

—Recibido. Me voy a ahorrar la pregunta de cómo sabes mi dirección de correo electrónico privada.

—No es tan difícil. Escúchame, Jeff. Te sugiero encarecidamente que mantengas esta y todas tus comunicaciones relacionadas fuera de las altas esferas o de cualquier otro servicio de correo electrónico gubernamental. Apuesto algo a que alguien de dentro nos la está jugando. Todos los correos sobre este tema deberían estar encriptados, debería haber distintas contraseñas para cada transmisión, y deberíamos utilizar teléfonos codificados al dar la contraseña al receptor. Por lo menos enlentecerá la labor de quien esté espiando.

—De acuerdo, me pongo con eso enseguida. ¿Debería saber algo más?

—No te fíes de nadie. Tú y quienquiera que asignes a esta misión andaos con mucho cuidado, ¿entendido?

—Entendido, inspector.

—Me alegro de oírte. Saluda a Margaret de mi parte.

La línea quedó en silencio y Jeff pulsó con fuerza el botón del altavoz para apagar el zumbido del tono de marcado que emitía.

—Hostia puta —exclamó Nate—. ¿Quién era ese tío?

Jeff dedicó una sonrisa apesadumbrada a Nate.

—Era el ex suboficial mayor Paul Hutchison, un agente legendario del Departamento de Investigaciones Criminales. Me formé con él. Digamos que no hay hombre vivo que sepa más de investigaciones sobre fraudes, crisis y negociaciones con rehenes, y servicios de protección. Ah, y, a pesar de tener sesenta y pico años, es un genio de la informática y la criptografía.

—Y ahora huele a podrido en AgriMed. ¿De verdad crees que está relacionado con mi caso?

—¿Tú lo crees?

Nate asintió.

—Sí, yo también.

Jeff sacó una tableta del cajón del escritorio.

—Es mi tableta de uso personal. Voy a activar un punto de acceso inalámbrico en mi móvil y transferiré los datos.

—¿Al margen de la intranet del Gobierno?

—Desde luego. Digamos que no hay nada que el inspector nos haya contado que no coincida con lo que tú y yo ya sospechábamos, así que voy a hacer esto de tapadillo. —Jeff dejó la tableta en su escritorio y le hizo un gesto a Nate indicándole que se acercara.

Nate llevó la silla con ruedas al otro lado del escritorio de Binghamton. Y, por primera vez en su carrera, vio cómo un director adjunto del FBI incumplía un protocolo de investigación.

Nate silbó con admiración al apearse del coche y contemplar las ocho hectáreas de césped impecable. En el centro de aquel océano de verdor se alzaba una mansión de tres plantas con una columnata en la parte delantera. Le recordó a Monticello, la casa solariega de Thomas Jefferson.

En los confines de la propiedad, otros agentes establecían un perímetro. Caminó con paso decidido por el camino de entrada asfaltado que cruzaba el césped.

Nate lanzó una mirada a la compañera con la que compartía el caso, la agente Alexandra Ragheb, una mujer con la que había trabajado en otras ocasiones.

—No está mal la chabola para un científico investigador, ¿no crees?

La agente, morena y esbelta, hizo una mueca.

—Y que lo digas... Todo esto parece fuera de lugar. —Señaló con la mano a los agentes que estaban a lo lejos—. ¿Por qué tantos? ¿Va a haber problemas?

—Espero que no —la tranquilizó Nate—, pero es mejor estar preparados. —Se recolocó la Glock en la cartuchera del hombro y se alisó las arrugas de la americana del traje.

Cuanto más se acercaban a la casa, más impresionado estaba. Las puertas delanteras medían tres metros de alto y parecían estar talladas en madera de caoba maciza. Nate calculó que pesaban más de doscientos kilos cada una. Cuando pulsó el timbre, en el interior de la casa sonaron unas elegantes campanillas.

—Un momento —indicó una voz femenina desde algún punto de la casa.

Al cabo de unos instantes, las puertas se abrieron y fueron recibidos por una mujer de pelo negro corto que llevaba delantal.

Nate enseñó la placa.

—Señora, soy el agente Carrington —señaló hacia Alex—, y ella es la agente Ragheb. Somos del FBI. ¿El doctor Chalmers está en casa? Tenemos que hablar con él.

La mujer retorcía el delantal entre las manos.

—No, el doctor no está en casa, lo siento. —Tenía un marcado acento español.

—¿Puedo preguntarle su nombre?

—F-Felicia —respondió la mujer, nerviosa—. Soy el ama de llaves del doctor Chalmers. No regresa hasta la noche. Le diré que han venido a verlo.

Nate intentó evitar fruncir el ceño.

—Felicia —dijo Alex con voz agradable y tranquilizadora, algo que se le daba bien—. ¿Podría darnos el número de móvil del doctor Chalmers? Es muy importante que lo localicemos de inmediato.

Felicia se mordió el labio inferior y pareció vacilar unos instantes.

—Seguro que querrá que nos pongamos en contacto con él —añadió Alex, con un tono totalmente alentador.

Felicia asintió brevemente.

—De acuerdo, enseguida vuelvo. —Se internó en la casa dejando la puerta entreabierta.

Nate asomó la cabeza al interior. Uno de los cuadros colgados en el vestíbulo representaba la cara de un hombre estilo viñeta descentrada.

—No puedo decir que comparta los gustos artísticos de este hombre —susurró Nate.

Alex resopló y negó con la cabeza.

—Ya veo que no tienes futuro como crítico de arte. Estoy convencida de que es un Picasso.

Él se encogió de hombros.

—A mí me sigue pareciendo horrible.

Por dentro de la casa se oyó el grito de Felicia.

—¡Ay, Dios mío! —Nate notó olor a quemado.

Al poco, Felicia volvió a salir y tendió a Alex una tarjeta de visita.

—El nuevo teléfono del doctor Chalmers está aquí. ¿Puedo marcharme? —añadió con expresión preocupada—. Casi se me quema la comida y tengo que arreglarlo.

Alex sujetó la tarjeta en alto y le dedicó una sonrisa cálida.

—Gracias, Felicia. Nos pondremos en contacto con el doctor Chalmers. Más vale que vayas a rescatar la comida. Ya volveremos si necesitamos algo más.

Con expresión aliviada, Felicia se volvió y cerró la puerta.

Mientras regresaban hacia el coche, Alex entregó la tarjeta a Nate, que llamó al agente encargado de establecer el perímetro.

—Vigila la casa. Seguiremos la pista que acabamos de recibir. Es posible que vuelva aquí.

—Recibido. Te mantendré informado.

Nate marcó el número de un servicio de atención telefónica especial del FBI puesto en marcha para el caso.

—Agente especial Nathaniel Carrington, necesito un seguimiento de ubicación del siguiente número. —Leyó el número de Chalmers que aparecía en la tarjeta.

Nate oyó cómo tecleaban al otro lado de la línea y una voz femenina que decía:

—Ese número está vinculado a una cuenta de Verizon. Tenemos conectividad con la torre de emisión de la señal. Voy a enviar las coordenadas de GPS calculadas al sistema de rastreo de tu coche.

Nate se volvió hacia Alex.

—Tenemos un rastro activo. Vamos a buscarle.

Frank inspiró el aire fresco y sonrió. Con las dos mujeres en casa, lo habían incordiado cada vez que movía un músculo. Ahora que Kathy se había marchado, él tenía un poco más de margen de maniobra.

Quería a su hija con locura, pero le alegraba que hubiera vuelto a la universidad, que era donde tenía que estar. Además, se había hartado de que ella y Megan anduvieran todo el día a la greña. Ninguna de las dos querría reconocerlo, pero esas dos mujeres eran tal para cual.

Kathy se había marchado hacía una semana y desde entonces él había vuelto a levantarse antes del amanecer, intentando recuperar la fuerza que tenía antes de enfermar. Los dolores intensos que había sentido en las articulaciones habían desaparecido en su mayoría y, aunque no había hablado mucho del tema, había imaginado que para entonces estaría muerto y enterrado. Pero si aún le quedaba algo de vida, iba a vivirla y no malograrla en la cama o sentado en un sillón.

Tampoco pensaba perder el tiempo yendo de médicos. A Megan no le hacía ninguna gracia, pero ella también había intentado contactar con el administrador del ensayo clínico y también había sido en vano. O sea que, por ahora, podía hacer lo que le viniera en gana.

—No pienso desperdiciar esta segunda oportunidad de vivir mi vida esperando la venia de los médicos —anunció Frank a nadie en concreto.

Mientras Frank caminaba los cuatrocientos metros que lo separaban de los pastos más cercanos, Jasper corría en círculos soltando chorros de vapor al amanecer.

—Pareces una máquina de vapor, resollando de esa manera, perro loco.

El labrador marrón oscuro iba dando pequeños ladridos de emoción sin parar de corretear, gastando parte de su energía arrolladora.

Frank coronó la colina que lo separaba de los pastos y se detuvo en seco. Jasper estaba a su lado y profirió un gemido largo y profundo.

Frank miró hacia delante y se le heló la sangre.

Aceleró el paso y Jasper se puso a ladrar como un loco. Saltó delante de Frank y a punto estuvo de hacerle caer.

—¡Pero qué demonios!

Frank esquivó a Jasper y se le cayó el alma a los pies al ver lo que había ocurrido en el interior del cercado.

El día antes había habido más de cien cabezas de ganado sanas en la finca, todas hembras preñadas, cuyo parto estaba previsto para al cabo de menos de un mes.

—No puede ser —gimió Frank recorriendo con la mirada los pastos cubiertos de rocío. Todos los animales yacían de costado, inmóviles—. ¡Virgen santa! —Frank se llevó un susto de muerte cuando le zumbó la radio. Pulsó un botón del transmisor y dijo—: ¿Sí?

—Frank, te dije que me despertaras. Iba a prepararte el desayuno y...

—¡Megan! Las vacas de cría están muertas. ¡Todas! Todo el...

Frank se calló al oír la llamada de un ternero en apuros. No distinguía de dónde procedía el sonido, aparte de que era entre los cadáveres.

—Megan, creo que hay un ternero vivo ahí en medio. —Siguió su camino hacia los pastos. Jasper corría delante de él, gruñendo y enseñando los dientes.

—¡Franklin O'Reilly! —gritó Megan por la radio—. ¡Ni se te ocurra acercarte a ese rebaño! Voy a llamar al veterinario...

—Pero Megan...

—Lo digo en serio. Quizá sea una enfermedad o algo que puedas pillar. —A Megan se le quebró la voz—. Por favor, vuelve a casa.

La angustia de Megan penetró en la nebulosa de Frank fruto del asombro.

—Tienes razón. Ahora vuelvo. Pero llama al doctor Johnson. Tiene que venir aquí enseguida.

CAPÍTULO DIECISÉIS

Mientras esperaba en el coche en el exterior del Eastview Mall, Nate actualizó el monitor de rastreo por enésima vez. La pantalla le mostró entonces la ubicación calculada del móvil del doctor Chalmers.

—¿Cuánto tiempo puede estar comprando este tío? —masculló.

Alex movió su ágil cuerpo en el asiento del pasajero e hizo crujir la espalda.

—Sigo pensando que deberíamos entrar.

—Ya te he dicho que este sitio está a tope de gente a estas horas. Mejor que esperemos que vaya a un lugar menos concurrido para pillarlo.

Alex señaló la pantalla.

—¡El punto se está moviendo!

—Mierda. —Nate colocó el asiento en una posición más erguida y activó el arranque del Chevy Suburban. El motor cobró vida con un rugido.

Mientras serpenteaban lentamente por el aparcamiento, Alex dijo:

—Parece que está en Commons Blvd y... no, espera, se está incorporando a la NY-96 en dirección norte.

Nate pisó el acelerador y maniobró por entre el tráfico.

—Estamos siguiendo a un Mercedes negro, ¿verdad?

—Sí, Mercedes negro. —Alex abrió el bloc de notas y pasó las dos primeras páginas hasta que señaló unos apuntes garabateados a toda prisa—. Justo después de dejar su trabajo anterior, se deshizo de su viejo coche y solicitó una matrícula para un Mercedes nuevo. Busca un vehículo de serie S con matrícula provisional.

Nate escudriñó el denso tráfico del mediodía y negó con la cabeza.

—Aún no veo nada.

Alex pulsó el botón de actualizar. El punto intermitente saltó adelante.

—Acaba de tomar la I-490 en dirección oeste.

—Mierda. —Nate giró el volante bruscamente hacia la derecha con apenas tiempo para entrar en la rampa de la autopista.

Le sonó el móvil y respondió dando un toquecito al icono del teléfono que tenía en el volante.

—Carrington, ¿qué pasa?

—Nate, soy Bill Wallace. —Bill era el agente veterano encargado de vigilar la casa del doctor—. He recibido una llamada del ojo del cielo. Al parecer, poco después de que os marcharais la sirvienta llamó a nuestro sospechoso. Sabe que lo buscan.

—Bueno, Alex y yo lo estamos siguiendo. Parece que se dirige a su casa.

—De acuerdo, nos mantendremos alerta.

Tras casi cuarenta y cinco minutos de avanzar y parar en el tráfico, a Nate se le estaba acabando la paciencia. Observó el monitor y preguntó:

—¿Estás segura de que salió por aquí?

Alex volvió a pulsar el botón de actualizar. Tras unos instantes, el punto intermitente apareció en el mapa.

—Sí —dijo ella—. Parece que ha tomado la salida 10.

Nate viró para salir de la autopista y se centró en los coches cercanos mientras se dirigía hacia la ubicación que aparecía en el mapa.

Al acercarse a la señal, Alex volvió a actualizar la ubicación.

—Creo que se ha parado —comentó en cuanto apareció la ubicación—. La señal no se ha movido ni un ápice.

—No veo un Mercedes por ningún sitio.

—Gira a la derecha en Lyell Avenue.

Nate iba alternando su atención entre la calle y el dispositivo de rastreo a medida que se acercaban a la ubicación del móvil.

Alex señaló hacia una gran zona de aparcamiento.

—La señal procede de ahí.

Nate entró en la zona.

—Sigo sin ver el coche. —Escudriñó la gran extensión de asfalto y se le revolvió el estómago al ver dónde estaban—. ¿Qué coño está haciendo en el centro de procesamiento del servicio de Correos?

Alex negó con la cabeza.

—No tengo ni idea.

Nate aparcó.

—Averigüémoslo.

Entraron en un almacén que claramente era solo para empleados. Nate no pudo evitar pensar que habían cometido algún tipo de error.

Uno de los tráileres estaba descargando enormes cestas de correo para procesar. Se acercó a un hombre que llevaba el uniforme de Correos y le enseñó la placa.

—Soy el agente especial Carrington del FBI. Busco a un hombre que creo que acaba de llegar. Tiene unos cuarenta y cinco años, pelo rubio, metro ochenta y cinco, cien kilos. ¿Ha visto a alguien así por aquí? Se llama Steve Chalmers.

El trabajador, de aspecto rudo, negó con la cabeza.

—No hay nadie que se llame así. Yo lo sabría. Soy el encargado de procesamiento de este turno.

Nate recorrió con la mirada el almacén y las interminables pilas de correo que esperaban su clasificación . Frunció el ceño.

—¿Por casualidad ha visto un Mercedes negro en los últimos diez o quince minutos?

El encargado les dedicó una sonrisa burlona.

—Por aquí no vemos muchos Mercedes. Estoy convencido de que me habría llamado la atención si hubiera estado aquí.

Cada vez más indignado, Nate se planteó si el número que habían rastreado estaba equivocado o si los cálculos que habían seguido no eran correctos.

Alex dio un codazo a Nate.

—¿Por qué no llamamos a Chalmers y vemos si podemos hacerle aparecer? —sugirió.

Nate exhaló un suspiro.

—No es que tengamos mucho que perder en estos momentos. —Sacó el móvil y marcó el número del doctor.

Se acercó el móvil a la oreja y oyó un ring seguido de otro.

—¡Eh, jefe! ¡Aquí hay un paquete que está sonando! —gritó uno de los mozos del almacén.

Nate procesó lentamente las palabras del hombre.

«Oh, no».

Nate colgó y corrió hacia el hombre que acababa de gritar.

—¿Qué paquete?

El mozo de almacén señaló una caja de envío prioritario. Iba dirigida a Tops Pharmacy, en Hamlin, Nueva York.

Temiéndose lo peor, Nate pulsó el botón de rellamada en el móvil.

La caja empezó a vibrar inmediatamente.

—¡Hijo de puta! —Nate cogió la caja de la línea de procesamiento.

—¡No puede abrir eso sin una orden judicial! —gritó el jefe, corriendo hacia ellos.

Alex enseñó al supervisor una fotocopia de la orden judicial mientras Nate abría la caja a toda prisa.

Apretando los dientes, Nate atisbó el interior de la caja y vio un teléfono móvil.

Los había burlado.

El doctor Al-Siddiqui entró en la sala de reconocimiento y dedicó una sonrisa amable a Kathy.

—Buenas tardes, señorita O'Reilly. Espero que haya tenido unas buenas vacaciones de invierno.

Kathy se encogió de hombros.

—Han sido moviditas. —Se había quedado corta.

El médico abrió su historial.

—Vamos a ver, estamos haciendo un seguimiento de la fatiga y la anemia, ¿verdad?

—Sí, pero... —Lo cierto era que Kathy se sentía de maravilla. No estaba nada fatigada. Se había planteado cancelar la visita de seguimiento, pero consideró que era mejor ir para asegurarse—. La verdad es que ya me encuentro bien. Nada fatigada.

—Qué bien, fantástico. —El doctor Al-Siddiqui tomó el otoscopio de la pared—. Vamos a hacer un reconocimiento básico y en marcha.

El médico le examinó los oídos, escuchó su respiración, le apuntó a los ojos con una linterna, le tomó la presión arterial y la temperatura.

—Tiene una temperatura de 37,8 grados —informó—. ¿No nota síntomas de un poco de fiebre?

—¿En serio? No, me siento muy bien. Hace meses que no me sentía tan bien.

—Bueno, no es tanta fiebre como para preocuparse. —Pasó una página del historial—. Parece que la última vez que vino también tenía un poco de fiebre. Quizá es que tiene una temperatura basal elevada. A algunas personas les pasa. —Anotó algo en el historial antes de levantar la vista—. Bueno, todo ha salido bien, así que, si se siente usted fantástica, le recomiendo que siga haciendo lo que haya estado haciendo.

Cuando Kathy dejó la clínica, pensó que el médico estaba en lo cierto: algo debía de estar haciendo bien, porque nunca había sentido una energía tan poderosa en su interior. Se sentía como... una persona nueva.

Sonrió y se preguntó si había traído a la universidad su ropa de deporte.

El jet privado aceleró por la pista de despegue y dejó a Nate bien pegado al asiento. Sujetando con fuerza los reposabrazos revestidos de cuero, notó que las entrañas se le removían mientras el jet se elevaba desde el aeropuerto internacional de Dulles.

El altavoz del techo restalló y la voz del capitán sonó en la cabina prácticamente vacía.

—Agentes especiales Carrington y Ragheb, acabamos de recibir autorización para un cambio en el plan de vuelo. En lugar de aterrizar en el McCarran International de Las Vegas, volaremos hasta el aeropuerto de Homey.

—Allí les recibirá personal del FBI para llevarlos desde las instalaciones del lago Groom directamente a la zona del incidente.

—Eso les ahorrará unos diez minutos de vuelo. El aterrizaje está previsto para aproximadamente las 15.45, dentro de cuatro horas y doce minutos.

—¿Lago Groom? —se sorprendió Alex—. ¿No es allí donde se supone que está el Área 51?

—He estado allí —dijo Nate—. Y no he visto ningún alienígena.

Habían recibido una orden hacía dos horas. Se había detectado un peligro biológico en las proximidades de Ash Springs, Nevada, y los investigadores del FBI locales habían pedido refuerzos para procesar la escena. No podía evitar preguntarse si aquello guardaba relación con su última visita a la zona.

—Bueno, con alienígenas o sin ellos —dijo Alex— ya sabes que, si fuera un vertido químico estándar o algo así, habrían llamado a los de la FEMA[1], no a nosotros. El personal que tenemos sobre el terreno debe de sospechar que ha habido actividad criminal.

Nate se encogió de hombros.

—Confío en que también hayan llamado a la FEMA. Porque yo no me apunté a esto para dedicarme a limpiar.

El altavoz situado encima de sus cabezas volvió a chisporrotear.

—Una cosa más, agentes. Acabamos de recibir una comunicación prioritaria del director adjunto. Tengan en cuenta que ha habido muertes en la escena. Se exigirá nivel de contención cuatro para todas las pruebas recogidas.

—Mierda —masculló Nate—. ¿Dónde demonios nos estamos metiendo?

Cuando Nate y Alex bajaron del avión, en la pista los esperaban una docena de agentes del FBI. Mientras varios de ellos se ponían manos a la obra cargando los pertrechos de Nate y Alex en un SUV, el agente local al mando se presentó como agente Mark Cross.

Cross le estrechó la mano a Nate e hizo un gesto hacia los demás agentes locales.

—Equipo, os presento a Nate Carrington. Él encabezará la investigación de este incidente. —Se giró hacia Alex y dijo—: Lo siento, señora, no me han informado de su llegada, cómo se...

—Es la agente especial Alex Ragheb. —Nate hizo un gesto hacia Alex—. Es experta en armas biológicas y doctora en biología molecular.

El agente local estrechó la mano de Alex.

—Encantado, señora. Sospecho que su formación resultará especialmente útil en este caso.

Alex estrechó la mano al resto del equipo.

—Y bien, ¿con qué nos enfrentamos? —preguntó—. La orden que hemos recibido no abundaba en detalles.

Nate señaló los SUV negros y dijo:

—Hablemos mientras vamos hacia allí.

En cuestión de minutos se dirigían a toda velocidad hacia Ash Springs.

Alex repitió la pregunta.

—Y bien, ¿a qué nos enfrentamos?

Cross meneó la cabeza.

—Todo empezó cuando un ranchero local informó de que todo su ganado había muerto de la noche a la mañana. El *sheriff* del condado...

—Un momento —interrumpió Nate—. ¿Me está diciendo que ahora investigamos muertes de ganado? —planteó—. Probablemente sea obra de algún ranchero de por allí que no quiera competencia.

—Eso también fue lo primero que me vino a la cabeza. Pero tres personas que se acercaron a la escena han acabado en el hospital. La primera fue el veterinario local. El ranchero lo llamó para que fuera a comprobar qué había pasado con el rebaño y, después de acercársele, se puso gravemente enfermo. Llamaron a una ambulancia y el *sheriff* fue notificado. Sé que fue algo más que el típico envenenamiento por agua.

Alex se inclinó hacia delante y preguntó:

—Así pues, ¿qué vio cuando llegó allí?

El agente local adoptó una expresión turbada.

—Cuando llegamos a la escena, la ambulancia se estaba llevando a dos de los hombres del *sheriff*. Parece ser que un ternero sobrevivió a la muerte del resto del rebaño, pero quedó atrapado bajo uno de los ejemplares muertos. Un agente ingenuo entró en la finca para intentar ayudar al animal y, por lo que nos han contado, en cuanto se acercó a él, empezó a gritar algo así como que le quemaban los ojos y le entraron convulsiones. Su compañero corrió hacia él y lo sacó a rastras de los pastos, pero entonces él también empezó a dar muestras de enfermedad.

Nate lanzó una mirada a Alex mientras se mordía el labio inferior con expresión concentrada.

—¿Algo más? —preguntó ella.

—El ternero acabó muerto de todos modos. Se liberó y empezó a tambalearse hacia la policía, por lo que alguien lo abatió con un disparo de rifle. Teniendo en cuenta todo esto, es comprensible que nos llamaran.

Nate frunció el ceño.

—¿Cuál es el estado actual del veterinario y de los dos agentes?

Cross negó con la cabeza.

—El veterinario no ha sobrevivido. Murió en la ambulancia camino del hospital. Uno de los agentes está en coma. No sé a ciencia cierta en qué estado se encuentra el otro.

—Vaya, esto pinta mal —masculló Nate—. Supongo que han acordonado la zona.

—Lo hizo la policía antes de que llegáramos. Establecieron un perímetro de treinta metros alrededor de la finca.

—Bien hecho. —Nate se giró hacia Alex—. ¿Alguna idea?

Alex se encogió de hombros.

—Podría tratarse de un agente químico. Un agente nervioso y altamente volátil como el sarín, el tabún o incluso el somán puede expandirse por una zona y matar a un rebaño. Pero en estos momentos no son más que especulaciones. Tengo que ver los animales antes de pronunciarme.

—¿Cuánto falta para llegar? —preguntó Nate.

—Cinco minutos —respondió uno de los agentes que iba delante.

Nate se recostó en el asiento de cuero y se centró en la misión.

—Alex, tú y yo nos pondremos el equipo y entraremos. Los trajes y las máscaras de aire sirven para treinta minutos de exposición. Aprovechémoslos al máximo. Tomaré muestras del suelo cada seis metros. Y necesitaremos muestras de varios animales. En especial, quiero muestras biológicas del ternero . Dependiendo de lo grande que sea la zona, tendremos que dividirnos. Sigue el protocolo estándar para materiales peligrosos. Sellaremos las muestras recogidas in situ, volveremos a sellarlas en el exterior y luego una tercera vez para evitar complicaciones. Todo ello irá a la zona de contención de nivel 4 de Quantico. ¿Alguna pregunta antes de llegar?

—Solo una —dijo Alex—. Si esto es un tipo de agente nervioso, ¿cómo demonios ha llegado hasta allí?

Nate frunció el ceño.

—No tengo ni idea.

Cuando Juan entró en un bar de mala muerte a las afueras de Arlington, le embargó el fuerte olor a fritura grasienta y a cerveza que le recordaba a sus años de universidad. Un recuerdo agradable de épocas menos turbulentas.

Tomó asiento en la barra y una camarera pechugona de mediana edad le dedicó una sonrisa desdentada.

—¿Qué te sirvo, cielo?

—¿Qué me dices de una Budweiser?

—Ahora mismo.

Juan estiró los brazos hacia el techo y oyó cómo le crujía la espalda mientras iba librándose de la tensión.

No eran más que las cinco de la tarde, por lo que no era de extrañar que el establecimiento estuviera prácticamente vacío, aunque a Juan no le cabía la menor duda de que en pocas horas el bar se llenaría de borrachos, risas estridentes y tal vez alguna pelea a puñetazos, algo habitual en ese tipo de locales.

La puerta se abrió y entraron dos hombres trajeados. Los mismos hombres que lo habían seguido todo el día. O, por lo menos, él así lo creía. Solo se había fijado en ellos en una ocasión, cuando estaba poniendo gasolina. Aquel tipo de pelo rubio platino cortado al uno no pasaba desapercibido.

Juan supuso que era personal de seguridad de AgriMed destinado a vigilarlo. Se planteó saludarlos y decirles que se tomaran algo con él en la barra, pero imaginó que rechazarían la oferta. Probablemente tuvieran que mantener las distancias.

La camarera deslizó la cerveza hacia Juan y preguntó:

—Cielo, ¿quieres que te abra una cuenta? Si no, son cuatro dólares.

Juan dio un sorbo a la cerveza helada y depositó un billete de cinco dólares en la barra.

—Quédate con el cambio.

Ella agarró el dinero rápidamente mientras Juan contemplaba las imágenes sin sonido de una pantalla.

Cuando daba otro sorbo, apareció el anuncio de «Últimas noticias» en el televisor situado por encima de las estanterías de licores, y apareció un reportero de la región apostado junto a la entrada de la oficina forense. Juan leyó el texto subtitulado que iba apareciendo en la base de la pantalla.

«El forense ha determinado que las tres personas halladas muertas el martes en su domicilio de Arlington fallecieron a causa de un envenenamiento. Intentamos obtener más información del departamento de policía de Arlington, pero se niegan a hacer comentarios sobre casos abiertos. Esta situación se produce tras otras dos muertes por presunto envenenamiento registradas en el área metropolitana de Washington DC en las últimas dos semanas. Seguiremos informando a medida que se desvelen más detalles».

Juan apartó la mirada de la pantalla. Ya tenía bastante con lo suyo como para preocuparse de una ola de crímenes local. ¿Por qué habían entrado a robar en su apartamento? ¿Qué podían estar haciendo con su trabajo y por qué necesitaba dos guardaespaldas?

Dio un buen sorbo a la cerveza y miró hacia la mesa a la que se habían acomodado sus observadores.

Uno de ellos parecía centrado en la carta mientras que el otro bajó la vista en cuanto Juan miró en su dirección.

«¿Por qué tengo la sensación de que nadie me cuenta las cosas claras?».

—No tengo ni idea de lo que ha pasado —reconoció Frank con sinceridad.

Dos agentes del FBI estaban sentados a la mesa del comedor con él y Megan. Uno, un hombre llamado Carrington, tenía el semblante serio y mantenía una postura perfecta, lo cual hacía pensar a Frank en un militar.

—Lo único que sé —prosiguió Frank— es que, cuando me dirigí a los pastos a primera hora de la mañana, todas las vacas de cría estaban muertas.

—¿Vacas de cría? —preguntó la agente Ragheb—. ¿Es un tipo de ganado especial?

—No, querida —dijo Megan con una sonrisa—. Lo que quiere decir es que estaban preñadas. Les tocaba parir en febrero.

—Pero había un ternero entre ellas —apuntó Carrington—. ¿Alguna había parido antes?

Frank asintió. Le embargó una sensación de tristeza al recordar la llamada lastimera del ternero esa misma mañana.

—A veces pasa, aunque no tan pronto. El ternero no estaba allí ayer, pero esta mañana le he oído quejarse.

Al agente le sonó el teléfono y se lo sacó del bolsillo.

—Carrington.

Frank se esforzó por escuchar lo que decía la voz en el otro extremo de la línea.

—El equipo de explosivos de Nellis está preparado para volar la zona, por lo que quería asegurarme de que estáis satisfechos con las muestras que tomasteis.

—Sí, tenemos todo lo que necesitamos. Aseguraos de que esos tipos sean conscientes de que la casa del rancho está a un paso.

—Entendido, se lo diré.

Carrington guardó el teléfono.

—Señor y señora O'Reilly, ¿tienen enemigos? ¿Alguien que quisiera perjudicar a su ganado?

Megan soltó un grito ahogado y Frank le dio una palmadita en el muslo.

—Agente Carrington —dijo—, somos rancheros humildes. Tengo una hija en la universidad y me gano la vida como ganadero. Nada más. Si tenemos ganas de armar un escándalo, yo y algunos de los mozos del rancho hacemos explotar unos tocones con un cuarto de cartucho de dinamita y basta.

—¿Y los demás rancheros? —preguntó Ragheb—. ¿Algún problema con ellos?

—¿Se refiere a si también se les han muerto cabezas de ganado? —preguntó Frank.

—No. —La agente negó con la cabeza—. Me refiero a si han

tenido alguna interacción desagradable con alguno de los rancheros de por aquí. ¿Algún conflicto?

Frank negó con la cabeza.

—Señora, los rancheros modestos nos consideramos una comunidad. No podemos permitirnos el lujo de tenernos rencor ni de ser mezquinos entre nosotros. De hecho...

Megan decidió intervenir.

—Déjame explicar. Todas las esposas de aquí nos conocemos. Intercambiamos recetas, nos prestamos azúcar, nos ayudamos. Es la única manera de llegar a fin de mes. Nosotros dejamos gustosos a un toro que haga de semental en la finca de los Hanford, y ellos nos pagan con heno fresco. Jolín, incluso hacemos tratos con carne con los Glenford, que tienen un centro turístico en Coyote Springs, para tener acceso a sus contactos y conseguir maíz barato. Ya ven, todos somos pequeñas empresas y no podemos permitirnos el lujo de discutir como se ve en la tele. Si te peleas y guardas rencor, eso significa que no tienes suficiente trabajo.

Frank le pellizcó el tobillo a Megan.

—Te quiero, cariño.

La agente Ragheb sonrió y apuntó algo en el bloc de notas.

—¿Ha ocurrido algo inusual por aquí recientemente? ¿O han visto a alguien a quien no conozcan bien?

Frank dijo que no al tiempo que Megan decía que sí.

Megan estiró la mano y le frotó a Frank el brazo.

—Lo que pasa es que a mi marido le han diagnosticado un cáncer y está recibiendo tratamiento. Es algo inusual para nosotros.

—Siento mucho que estén pasando por ese trance —dijo el agente Carrington con expresión sombría.

Frank restó importancia a la situación.

—Yo no pienso mucho en ello. —Señaló con el pulgar a Megan y sonrió—. Ella ya se preocupa por los dos. Además, me están tratando en la clínica de veteranos, y lo están haciendo fenomenal.

—¿Es usted un veterano? —preguntó Carrington.

—Sí, señor. Fui un once bravo con el pelotón de infantería número veinticuatro salido de Fort Stewart. —Frank se permitió regresar mentalmente a lo que le parecía otra vida—. Allí en la

Tormenta del Desierto estábamos nosotros y la tercera caballería blindada en el río Éufrates, cortando el paso al ejército de Sadam que había entrado en Kuwait.

—Febrero de 1991 —añadió Carringüen—. Lo recuerdo perfectamente. Estaba en la zona.

—¿Ah sí? —Frank sonrió—. ¿Cuál era su especialidad?

—Dieciocho bravo.

—Oh, cielos. —Frank volvió a estrecharle la mano al agente—. Qué bien hablar con alguien que ha pisado el mismo desierto.

Megan le dio un toquecito a Frank y susurró:

—¿Dieciocho bravo?

—Fuerzas especiales —explicó él.

—Nate. —Ragheb se dirigió a su compañero—. ¿Quieres preguntar algo más al señor y la señora O'Reilly?

—Ahora mismo no. —Carrington consultó la hora—. Bueno, tenemos al equipo de explosivos en el lugar del incidente...

—¿Van a volar toda la finca? —preguntó Frank con nerviosismo.

—No lo sé a ciencia cierta. Si hay algún tipo de veneno, la única forma de deshacernos de él es con una temperatura muy alta. Quizá recurran a una serie de explosiones, fuego o ambos. Pero, hagan lo que hagan, ocurrirá pronto, así que no se asusten si oyen un fuerte estruendo.

—Pobre doctor Johnson —suspiró Megan.

Los dos agentes se levantaron y Frank hizo lo mismo.

—No tengo palabras. No me avergüenza reconocer que estoy cagado. —Miró a Ragheb—. Disculpe, señora, es que me temo que, si no averiguamos qué mató al ganado, podría volver a ocurrir.

El agente Carrington le dio la mano.

—Haremos todo lo posible por asegurarnos de que no vuelva a pasar.

Mientras Frank y Megan acompañaban a los agentes al porche, el suelo tembló y las ventanas tintinaron a consecuencia del bum de una explosión lejana. Un destello de luz procedente de la zona de pastos fue seguido casi de inmediato por otro fuerte bum.

Frank tomó a Megan de la mano y se la apretó suavemente.

—No ha sido tan fuerte...

Otro destello iluminó el horizonte y el sonido de otra explosión, más fuerte, inundó toda la casa e hizo añicos el cristal de una de las ventanas. Jasper, que estaba encerrado en una habitación, aulló y Megan soltó un grito. A Frank no dejaron de pitarle los oídos hasta al cabo de quince segundos por lo menos.

La radio que llevaba a la cintura vibró y oyó la voz de Buck por el altavoz de mano de la unidad.

—Señor O'Reilly, ¿ha oído una explosión superfuerte? El ganado está muy asustado.

En silencio, Frank rezó para que fuera debido a las explosiones.

El agente Carrington miró la ventana rota con expresión avergonzada.

—Lo siento, señor. Haré venir a uno de los agentes locales del FBI. Le pagaremos lo que cueste arreglarla.

CAPÍTULO DIECISIETE

La puerta del despacho de Paul Hutchison se abrió y el director de seguridad de AgriMed, un hombre de calva incipiente, saludó a Juan con expresión adusta.

—Entra. —Hutchison señaló una silla y se sentó detrás del sencillo escritorio con encimera de fórmica.

Al tomar asiento, Juan pensó que era un momento aciago, casi como si estuviera en el colegio y el director le hubiera llamado a su despacho.

—Doctor Gutiérrez, iré al grano. Un director adjunto del FBI se ha puesto en contacto conmigo y me ha abierto ciertas cosas que tiene que saber.

—¿Abierto? —preguntó Juan.

—Disculpe. En el Gobierno, cuando se autoriza el acceso a ciertos programas clasificados, dicen que te «abren» el programa. Por cierto... —Hutchison empujó una pequeña pila de papeles en dirección a Juan—. Esto es un SF86, un formulario estándar que el Gobierno emplea para aprobar el acceso a material clasificado. Tendrá que cumplimentarlo.

El formulario era largo.

—¿Todo eso? —preguntó Juan—. ¿De qué va?

—Sí, todo. Y, hasta que no lo rellene, lo único que puedo decirle es que está relacionado con los problemas que han surgido por culpa de que su algoritmo estuviera donde no debía. Y que va a colaborar con el FBI.

Juan notó que se le encogía el pecho.

—Pero... ¿y mi investigación? Tengo que hablar con el doctor Winslow...

—Ya he hablado con Winslow. Probablemente ya tenga un correo de él sobre este tema en su bandeja de entrada. De todos modos... —El director de seguridad señaló los formularios que Juan tenía en la mano y añadió—: Rellene eso ahora mismo. No es algo que pueda posponerse. Por Dios, para conseguir permisos temporales se suele tardar un mes o más, pero me dio la impresión de que estaban esperando literalmente a que el formulario estuviera rellenado. No me extrañaría que recibiera una respuesta casi de inmediato.

Hutchison se inclinó hacia delante y ofreció un bolígrafo a Juan.

Juan lo cogió. Mientras iba escribiendo sus respuestas, se planteó en qué lío se había metido.

Apenas unas horas después de rellenar la documentación del SF86, Juan recibió una llamada de la Oficina de Gestión de Personal, que tenía un montón de preguntas acerca de sus respuestas. Un poco después de eso, recibió otra llamada: en esa le confirmaban que se le había dado acceso a un programa compartimentado cuyo código ni siquiera recordaba.

Ahora estaba en la academia del FBI, donde le hacían entrega de una flamante credencial de asesor del FBI con foto incluida.

—¿Doctor Gutiérrez?

Juan se volvió y se encontró de cara con el agente especial Nate Carrington. El mismo agente que le había interrogado en AgriMed. Se dieron la mano y Carrington le indicó con la mano que lo siguiera.

Juan se colgó la tira del maletín del portátil al hombro y, mientras salían del edificio, Nate habló.

—No tenemos una oficina de credenciales en el edificio del laboratorio, así que, ahora que ya tiene su credencial de colaborador y acceso concedido, le explicaré cuál es el misterio mientras nos dirigimos al laboratorio.

Al salir, su aliento formó bocanadas de vaho frío mientras caminaban rápidamente hacia un gran edificio de varias plantas.

—Bueno —dijo Carrington—. Durante los últimos dos años me he dedicado a unos cuantos casos sin resolver con un denominador común, algo en lo que creo que podrá ayudarme.

—En cada uno de estos casos han aparecido pruebas de ADN que mis técnicos de laboratorio han descrito como «únicas». Los análisis apuntan a que esas muestras de ADN no proceden de ninguna especie conocida. El material biológico parecía más o menos normal: una pluma de ave, pelo de perro, parte de un músculo de vaca, pero el ADN contaba una historia muy distinta. Y ahí es donde entra usted.

—Agente, yo encantado de ayudar, pero tenga en cuenta que no me dedico al análisis de ADN. Seguro que sus analistas...

—El algoritmo de Darwin versión 3.4. ¿Le suena?

Juan abrió unos ojos como platos.

Nate asintió.

—Sí, ya me lo imaginé. Sospechamos que esas muestras pueden ser producto de su algoritmo.

Juan noto cómo la ira bullía en su interior. ¿Alguien estaba jugando con lo que él había creado?

—Ese algoritmo no debería usarse nunca sin seguir un protocolo de seguridad específico —declaró—. Dios mío, si alguien lo ha usado tal como está, sin cumplir el protocolo adecuado... —Se estremeció.

El agente asintió.

—Por eso precisamente le hemos dado acceso a todo esto. Nos enfrentamos a lo que consideramos actividad maliciosa empleando tecnología robada a su empresa.

Juan escupió indignado.

—Siento ser el portador de malas nuevas, pero parece que eso es exactamente lo que ha ocurrido.

Juan sacudió la cabeza.

—Supongo que entiende que el objetivo de mi investigación es la lucha contra el cáncer. Me he pasado cuatro años trabajando cien horas a la semana, pasando noches sin dormir, sin vacaciones. No se imagina lo frustrante que me resulta que alguien haga un uso abusivo de mi duro trabajo.

—Lo entiendo —reconoció Carrington—. De hecho, yo no estaría solo frustrado, creo que tendría ganas de matar a alguien. —Soltó una risa seca—. Y, créame, rezo porque su trabajo sobre el cáncer tenga éxito y deseo que vuelva a ello lo antes posible. Pero, por ahora, necesitamos su ayuda para contener... lo que esté pasando, sea lo que sea.

En concreto, compartimos su preocupación porque se esté haciendo un uso fraudulento de esa tecnología. ¿Y si algo de lo que hacen se les escapa de las manos porque no aplican el mismo rigor que usted?

Juan exhaló un suspiro.

—Sería un desastre.

El laboratorio de acceso especial del FBI era más pequeño que el que Juan usaba en el trabajo, pero estaba provisto de equipamiento moderno y habían instalado unos ordenadores de última generación para acelerar algunos de sus cálculos. Cuatro potentes estaciones de trabajo estaban dedicadas a varias simulaciones que él había hecho esa misma semana.

Al fondo del laboratorio había una puerta sellada que conducía a la cámara exterior de la unidad de biocontención de nivel cuatro. Las últimas muestras recogidas se habían almacenado allí, dentro de un armario de bioseguridad refrigerado de clase III. Pese a llevar allí tres días, Juan aún no había entrado en ella. No tenía intención de enfundarse el traje de presión positiva, pasar por las duchas y por todas las medidas de seguridad a menos que fuera estrictamente necesario.

No obstante, se había pasado buena parte del tiempo enfrascado en la investigación que los analistas del FBI ya habían hecho. Le molestó ver que algunos pasajes estaban tachados, sobre todo los referidos a nombres y ubicaciones, pero por el momento parecía tener acceso a todo lo que resultaba relevante desde un punto de vista científico.

A petición del agente Carrington, se sentó para dictarle un resumen de su investigación.

—La versión del algoritmo de Darwin que fue robada, la 3.4, que ahora ya tiene casi un año de antigüedad, presentaba una serie de problemas que la hacían especialmente peligrosa. Cuando la empleé para simular la evolución a lo largo de miles de generaciones, tendió a generar anomalías que se desviaban cada vez más del objetivo planteado. Por ese motivo se descartó rápidamente. Las versiones subsiguientes estaban mucho más controladas y eran efectivas, pero, aun así, continuamos afinándolas a día de hoy.

Quienes se hayan apoderado del algoritmo serán incapaces de realizar los ajustes necesarios para corregir sus deficiencias. El algoritmo en sí no es más que el producto final de muchos cálculos subyacentes que no pueden conseguirse fácilmente mediante la ingeniería inversa. Y la cosa se complica aún más porque el código contiene cientos de miles de líneas entradas manualmente y, sin saber cómo esas entradas se relacionan entre sí y por qué, es imposible comprenderlas. De hecho, habría que tener conocimientos avanzados en genética, haber realizado el mismo tipo de investigación, que todavía tengo que documentar públicamente, y, por supuesto, ser criptoanalista.

Lo cual equivale a decir que quienquiera que robara la versión 3.4 se quedará ahí estancado. Lo cual es... un infortunio.

Esta versión del algoritmo provocó una elevada tasa de mortalidad en la rata común, *Rattus norvegicus*. El problema surgió en lo que a mí me gusta llamar «ruido de fondo» del genoma. El algoritmo funcionó en el sentido de que, después de doscientas mil generaciones, algunos de los genes expresaban exactamente lo que yo quería, pero para entonces había demasiado caos, tanto sinsentido en el resto del material genético que todo intento de introducir el genoma simulado en un espécimen vivo provocaba la muerte de la rata.

Se han necesitado miles de experimentos clínicos, trabajo que todavía continúa, para aislar lo que buscamos. Una expresión genética que combata el cáncer.

Detrás de Juan sonó un pitido y detuvo el dictado. Se volvió hacia la estación de trabajo situada más a la derecha y sonrió al ver el mensaje «Patrón coincidente» que destellaba en la pantalla.

La estación de trabajo número 4 había encontrado una secuencia coincidente. Aquello zanjaba el asunto. El responsable de la muestra aviar, la pluma que parecía pertenecer a un diamante de Gould, había manejado la versión 3.4.

Juan empezó a desplazar el cursor por el resumen de resultados y se llevó una sorpresa.

La evolución de la muestra aviar se había ejecutado para doscientas mil generaciones. Eso era lo que Juan había hecho para la evolución de la rata, pero era porque las generaciones del animal eran muy cortas. Doscientas mil generaciones de rata equivalían a cuatro mil años de evolución, e incluso eso exigió una labor ingente.

Pero la madurez sexual del diamante de Gould era de entre seis y ocho meses, lo cual significaba que alguien había simulado ¡más de cien mil años de evolución!

Juan no daba crédito a lo que veía. Incluso para las ratas, había tenido que cribar casi el noventa y cinco por ciento de los cambios genéticos para producir un espécimen vivo. Era un milagro absoluto que aquellos ignorantes hubieran conseguido sujetos clínicos que sobrevivieran.

A Juan le subió un escalofrío por la columna.

«Dios mío, ¿qué tipo de animal han acabado creando?».

Enfundado en un traje protector de presión positiva —llamado «traje azul»—, Juan se sentó en un taburete alto de laboratorio ante la cabina de bioseguridad de clase III. El zumbido del sistema de ventilación resonaba en el pequeño laboratorio de contención de nivel cuatro.

Juan odiaba trabajar así. El traje y la entrada de aire garantizada de la cabina de bioseguridad eran lo único que evitaba que se contaminara.

Dado que el dictáfono no sobreviviría a la ducha de descontaminación química a la que tendría que someterse al salir del laboratorio, Juan pulsó el botón del lateral del traje presurizado. Así activaba el micrófono incorporado en el casco del traje azul que se suponía que transmitiría lo que dijera a quienquiera que estuviera escuchando las dichosas grabaciones que le habían pedido hacer.

Cogió la jaula con el espécimen que llevaba consigo y la introdujo en la cabina de bioseguridad. Durante un instante, sintió pena por el ratoncillo blanco. Lo más probable es que no saliese airoso de la experiencia.

—Introduzco la jaula con el espécimen vivo de *Mus musculus* en la cabina de bioseguridad.

Juan accionó otro interruptor que había junto a la cabina y dijo:

—La grabadora de vídeo está funcionando.

Inclinándose hacia delante, metió la mano en la cabina y abrió la pequeña unidad refrigerada que contenía las muestras contaminadas.

—He abierto la unidad de refrigeración y ahora voy a extraer una de las muestras de la biopsia realizada al ternero.

Juan abrió una de las bolsas de evidencias precintadas y, con unas pinzas, extrajo una de las muestras de la biopsia de la vaca tomadas sobre el terreno. Observó el ratón y esperó.

—La muestra se ha extraído. Hasta el momento, no ha habido reacción por parte del sujeto de la prueba.

Se inclinó para verlo más de cerca, si bien se mantenía a una distancia prudencial de la entrada abierta de la cabina. El pelaje del ratón se movió como consecuencia de la entrada de aire en la cabina de contención.

—La muestra no ha sufrido ninguna descomposición. La carne ha mantenido la densidad normal, y la coloración también es normal.

Juan se dispuso a recolocar la jaula y la muestra dentro de la cabina.

—Por ahora, sin reacción por parte del sujeto de la prueba. Voy a colocarlo detrás de la muestra para asegurarme de que haya exposición.

El sujeto de la prueba ha advertido lo que seguramente considera que es comida y ha colocado el hocico contra el lado más cercano de la jaula, de cara a la muestra.

Consultó la hora en el reloj de pared y esperó.

Tras unos minutos en los que no hubo reacción por parte del ratón, Juan se inclinó hacia delante y extrajo algunas de las otras muestras del depósito refrigerado.

—Por ahora, sin reacciones del espécimen. Voy a abrir otras muestras, una por una, para ver si se produce alguna.

Primero, una muestra de la biopsia de una vaca de donde se registró el incidente...

Transcurrido un minuto, no hay reacción. Voy a abrir una muestra de tierra tomada en el mismo lugar que la muestra anterior...

Juan continuó abriendo las distintas muestras de evidencias a lo largo de los siguientes veinte minutos, sin que el ratón presentara reacciones adversas.

Frustrado, Juan volvió a precintar todas las pruebas a excepción de una. Cogió con cuidado unas tijeras romas.

—Esto no es ortodoxo. Voy a tomar la primera muestra, la biopsia del ternero con las anomalías genéticas, y a cortar un trozo de cinco milímetros.

Cogió unas pinzas al tiempo que describía sus movimientos.

—Con unas pinzas, acerco la muestra de cinco milímetros al sujeto de la prueba...

El ratón ha mostrado interés y olisquea con ganas lo que sostengo fuera de su alcance.

A Juan le dio respeto acercar más las pinzas a la jaula.

—La muestra de carne está ahora a su alcance; el espécimen la está tocando con el hocico y... parece que la ha ingerido.

Juan volvió a consultar la hora en el reloj de pared y dijo:

—Son las 19.55 y, por ahora, no ha habido reacción.

Frank se tomó un gran vaso de agua de un tirón y sonrió ante el copioso desayuno que Megan le había preparado.

—Tres tortitas, hojaldre de salchicha y una de tus tortillas de queso. Supongo que te has dado cuenta de que he recuperado el apetito. Cielos, hacía años que no me sentía tan bien.

Megan le lanzó esa mirada que indicaba que, o bien estaba a punto de llorar, o de gritar.

—Franklin O'Reilly, me da igual lo bien que creas que te sientes. Otras veces también has dicho que te encontrabas bien antes de todo esto, ¿verdad? Necesito que vayas a hacerte una revisión, ¿me has oído?

Frank quería discutir con ella, pero su determinación flaqueaba bajo la mirada de su esposa. Pinchó el hojaldre de salchicha con el tenedor.

—Vale. Lo haré por ti. Pero sigo pensando que sería preferible dejar las cosas como están.

Jasper parecía estar siguiendo la conversación y levantó la cabeza del sofá para soltar un ladrido inquisitivo.

Megan se echó a reír.

—Sigue durmiendo, Jasper. Aún es temprano.

Frank lanzó una mirada al perro mientras se estiraba todo lo largo que era en el sofá y sacudió la cabeza. Jasper había crecido aún más desde que se instaló en sus vidas. Era casi tan grande como un gran danés. Volvió la vista hacia Megan mientras traía su plato a la mesa, lleno de huevos y salchicha.

—¿Te das cuenta de que ahora este perro es casi el doble de grande que tú?

—Bah, no es más que un bebé grande. —Megan le dio una palmada a Frank en el hombro—. Igual que tú.

Frank masticó un trozo de salchicha mientras se planteaba lo de la cita médica. Lo cierto es que se sentía bien y no quería que los médicos le dieran alguna noticia opuesta.

Megan miró por la ventana mientras el sol asomaba por el horizonte.

—Llamaré de nuevo a la clínica de veteranos mientras estás fuera con los chicos, y esta vez encontraré a alguien que responda al dichoso teléfono. Vuelve a la hora del almuerzo y te diré cuándo podrán visitarte.

Frank farfulló algo llenándose la boca con un humeante trozo de tortilla.

No tenía ningunas ganas de escuchar lo que los médicos tuvieran que decirle.

Megan estaba tumbada en el sofá intentando ver algo en el viejo televisor, que no paraba de parpadear.

—Jasper, creo que después de casi un cuarto de siglo este Zenith ha decidido pasar a mejor vida.

El perro, que se había acomodado en sus piernas, levantó la cabeza y emitió un suave ladrido. Irguió las orejas y empezó a olisquear.

Megan le acarició la cabeza.

—Es el pan de maíz del horno, tontorrón.

Pero Jasper no se tranquilizaba. Volvió a soltar un gruñido. Bajó del sofá y caminó hasta la puerta delantera. Como de costumbre, la abrió él mismo, sujetando accionando la maneta con la boca. Incluso después de tanto tiempo, a Megan la sorprendía lo listo que era. Salía él solo con regularidad cuando necesitaba hacer sus necesidades.

Megan se había acercado al televisor de 32 pulgadas y le había dado un golpe al lateral, intentando obtener algo parecido a una señal, cuando oyó los ladridos de Jasper.

No le habría hecho ni caso, pues el perro siempre iba a la caza de algo, de no ser por los gritos que oyó a continuación.

Corrió a la puerta de entrada y salió al porche justo a tiempo de ver una furgoneta negra que despedía piedras y gravilla al alejarse a toda velocidad.

—¡Pero qué demonios! —Megan corrió a un lado de la casa y gritó—: ¡Jasper!

El perro respondió con un ladrido y ella alcanzó a verlo olisqueando por la esquina posterior de la casa, junto al cobertizo.

Megan se le acercó. Se le aceleró el pulso al ver una bolsa de lona grande, negra, cerca del cobertizo metálico.

—Jasper, ¿qué ha pasado?

El enorme perro husmeó el suelo, cogió un retal y lo soltó a los pies de ella.

La tela rasgada era una manga arrancada de una camisa de trabajo de franela, y notó cómo la invadía una sensación de miedo.

—Oh, cachorrito, ¿has ahuyentado a alguien? —Le acarició la cabeza y se fijó en que tenía un arañazo en un lado del hocico.

¿Qué le había pasado? Jasper nunca se había mostrado agresivo con nadie.

Pulsó el botón de la radio que siempre llevaba en la cintura cuando Frank estaba fuera.

—Cariño, ¿estás ahí?

—Estoy volviendo. ¿Qué ocurre?

—¿Habías quedado con alguien para que vinieran a echar un vistazo a algo de la casa?

—No. ¿Por qué? ¿Hay alguien por ahí?

Megan se acercó a la bolsa de lona.

—Alguien ha estado por aquí detrás. Qué raro que no hayan llamado por la puerta delantera. Jasper debe de haberlos ahuyentado porque se dejaron una bolsa con cosas.

—Lo único que hay ahí atrás es el viejo cobertizo que alberga la instalación del pozo y la bomba. No tenemos ningún problema de suministro y, además, ya sabes que yo me encargo personalmente de todo el mantenimiento. ¿Qué pueden haber dejado?

Detrás del cobertizo, Megan vio algo en el suelo que la asustó.

—Frank, quienquiera que haya estado aquí ha dejado un cortacadenas junto al cobertizo. ¡Deben de haber intentado entrar a la fuerza! —Echó un vistazo al interior de la bolsa de lona—. Y hay una bolsa llena de cajas de veneno para ratas. Pero qué demonios...

—Cariño, quiero que entres en casa y llames al *sheriff* inmediatamente. Llegaré en diez minutos. Y no te separes de la escopeta, por si acaso.

Megan chasqueó los dedos en dirección a Jasper.

—Vamos, chico bueno. Estabas protegiendo a tu mamá, ¿verdad? Vamos a llamar al *sheriff* y a limpiarte la cara de lo que te ha hecho ese hombre malo.

Steve Chalmers sujetaba la mano de Olivia mientras contemplaba la pantalla que el obstetra había orientado hacia ellos. Le costaba dar crédito a sus ojos.

—Sí que estás embarazada.

El doctor cambió el ángulo del transductor de ultrasonidos que había apoyado en el vientre de Oliva embadurnado de gel y habló con un fuerte acento alemán.

—Yo diría que, basándonos en estas mediciones, la joven señorita Olivia está embarazada de unas doce semanas.

Olivia desplegó una sonrisa radiante al tiempo que unas lágrimas de gozo le rodaban por las mejillas. Pero Steve solo tenía una cosa en mente: «¿Cómo es posible?».

Steve había conocido a Olivia en Londres, era una de las pacientes de cáncer que habían participado en su ensayo clínico.

En aquel momento no era más que un esqueleto viviente, muy parecido a las imágenes que había visto de los supervivientes del Holocausto. La joven, de veintiocho años, se había quedado completamente calva debido a la agresividad de los tratamientos de quimio y radioterapia que le habían administrado. Sin embargo, incluso entonces, desde el interior de ese cadáver andante, destacaba la vivacidad de sus ojos azules.

Ojos que lo miraban a la espera de un milagro.

Aquello había sido hacía casi medio año. Esos ojos todavía destellaban cuando lo miraban, y ahora había algo más en ellos: amor. Y él no podía negar los sentimientos que se removían en su interior cuando la miraba.

El ensayo había sido un éxito rotundo. Su cáncer estaba en remisión, las facciones se le habían vuelto a llenar y el grueso pelo castaño que le crecía prometía transformarse en una cascada de cabello liso.

Sin embargo, debido a la quimio y a la radioterapia, se suponía que se había quedado estéril.

Ser padre no entraba en sus planes. ¿Estaba preparado para ello?

Cavilaba al respecto cuando el doctor lanzó una pregunta.

—¿Os gustaría saber el sexo del bebé?

Olivia miró a Steve.

—Quieres saberlo, ¿verdad? —Su acento británico se intensificó por la emoción.

Steve observó la imagen del monitor y sonrió. Le embargó una sensación de calidez al captar los detalles que necesitaba saber. Se inclinó hacia abajo y le dio a Olivia un suave beso en los labios.

—Es un niño.

—Muy bien, doctor Chalmers —afirmó el médico—. Según mis cálculos, nacerá en agosto.

—Vamos a ser padres —declaró Olivia, mirando a Steve de hito en hito. Estaba rebosante de alegría.

Steve le secó las lágrimas de las mejillas con delicadeza.

—Te quiero —dijo—. Vamos a tener una vida maravillosa. Tú, yo y el bebé.

CAPÍTULO DIECIOCHO

Presionando la cara interior de las rodillas con fuerza contra el caballo, Frank sonreía mientras trotaba en dirección a la casa. No había cabalgado desde que cayera enfermo y temía que los ya habituales dolores de las articulaciones le recordaran que no estaba curado del todo.

La radio del cinturón vibró y oyó la voz de Megan por el altavoz de mano del aparato.

—Cariño, uno de los ayudantes del *sheriff* acaba de llegar, por lo de la furgoneta negra. La han encontrado abandonada junto a la gasolinera de Shell de Ash Springs.

—¿Están seguros de que es esa?

—Sí, segurísimo que es la misma. Me han enseñado una foto. Pero supongo que la prueba irrefutable es la sangre que han encontrado en el interior. Supongo que Jasper le dio un buen mordisco a quienquiera que apareció por aquí.

Frank miró a un lado y vio a Jasper ladrando como un loco mientras corría a toda velocidad, persiguiendo una liebre... para variar.

—Maldita sea, nunca habría dicho que Jasper fuera capaz de pegarle un mordisco a alguien. ¿Qué más ha dicho la policía?

—No mucho más. La furgoneta se dio por robada de un aparcamiento de Las Vegas hace dos días. El *sheriff* piensa que puede haber sido algún drogadicto que quisiera robar herramientas o algo. De todos modos, todavía lo están investigando. ¿Te falta mucho para llegar a casa?

—No, señora. Jasper y yo llegaremos a casa en unos diez minutos.

—De acuerdo, eso me deja el tiempo justo para hacer unas llamadas.

Una liebre cruzó corriendo el camino a unos quince metros por delante y Jasper corrió tras ella.

—¡Jasper, no la pillarás en tu vida! —gritó Frank alegremente a su labrador.

Jasper esprintaba por el campo arrancando la hierba con las garras traseras. La liebre, que zigzagueaba hacia su guarida, lo aventajaba en unos seis metros.

Pero la liebre debió de resbalar en la hierba húmeda porque, de repente, cayó rodando. Durante unos instantes permaneció inmóvil, sin duda aturdida.

Frank se inclinó hacia delante, expectante. El perro, enloquecido, por fin iba a pillar a la liebre que lo había esquivado desde hacía meses.

Pero, para su sorpresa, Jasper aminoró la velocidad y acabó parado a unos tres metros de la liebre. Se quedó ahí quieto, a la espera.

Poco después, la liebre se recuperó y echó a correr otra vez. Y Jasper corrió tras ella, con la lengua fuera. Se lo estaba pasando en grande.

—Bueno, se acabó la fiesta —musitó Frank.

La liebre se internó en su guarida y Jasper se paró en la entrada y se puso a ladrar.

—Ya basta, Jasper —gritó Frank—. Le has dado un buen susto a esa liebre. Vamos a casa a comer.

Frank azuzó al caballo con las piernas y enseguida avanzó al trote.

Jasper volvió corriendo y formó fila al lado del caballo de Frank.

—He visto lo que has hecho —dijo Frank—. Te gusta jugar con esa liebre, ¿verdad?

El perro ladró suavemente y levantó la vista con una enorme sonrisa perruna.

Frank se echó a reír.

—Te juro que eres un animal extraño, pero me alegro de haberte conocido.

Cuando Frank entró por la puerta delantera con Jasper, Megan lo fulminó con la mirada desde la mesa del comedor.

A Frank no le gustaba esa expresión.

—¿Ahora qué he hecho? —preguntó cerrando la puerta tras de sí.

Megan se apartó de la cara un mechón de su pelo caoba .

—Por fin he contactado con la clínica de veteranos y ¿sabes qué me han dicho? Me han dicho que el ensayo clínico se canceló o alguna tontería similar y que les sorprende que no hayas recibido una llamada. —Lo señaló con un dedo acusador—. ¿Tú lo sabías, Franklin O'Reilly? ¿Por eso ibas retrasando el asunto?

Frank levantó las manos.

—Inocente, su señoría. Esa información es nueva para mí. Jolín, mujer, sabes que odio hablar por teléfono. ¿Crees que habría seguido intentándolo después de que me saltara el dichoso contestador automático? Qué va. —Sacudió la cabeza con expresión desdeñosa—. Ni loco.

Megan frunció el ceño. Luego se relajó y le dedicó una media sonrisa.

—Bueno, pues entonces te alegrará saber que he llamado al doctor Montgomery. Me ha dicho que puede visitarte esta tarde.

Frank gimió.

—¿Hoy? ¿Cuándo?

Megan se puso de pie con una sonrisa extraña en el rostro. Lo cogió por el codo y lo condujo hacia el dormitorio.

—Tenemos dos horas antes de la cita. Así que estaba pensando... ¿por qué no nos duchamos los dos?

Frank miró a su esposa y le devolvió la sonrisa.

—Sí, señora.

Frank tamborileaba impaciente en el suelo con los pies mientras esperaba junto a Megan los resultados de la radiografía en la consulta del médico.

Megan apoyó la mejilla en su hombro.

—No te pongas nervioso. El doctor Montgomery ha dicho que ya no tienes ninguna hinchazón y que te ha comprobado los órganos vitales.

—Sí, pero tengo fiebre, así que vete a saber qué significa eso.

Ella le dio una suave palmadita en el muslo.

—Oh, ¿ahora te vas a preocupar de eso? Hace siglos que te digo que tienes fiebre.

Él le rodeó el hombro con el brazo y le dio un ligero apretón.

—Ya lo sé, cariño. Enseguida sabremos qué nos dice.

El reloj de mesa que el doctor tenía en el escritorio seguía haciendo tic tac, y justo cuando Frank pensó que iba a volverse loco de tanto esperar, la puerta de la consulta se abrió y apareció el doctor Montgomery. Antes de que tuviera tiempo de abrir la boca, Megan saltó:

—¿Cómo han salido las radiografías?

El doctor, ya mayor, portaba un gran sobre marrón con la palabra «Radiografía» impresa en diagonal.

—Echemos un vistazo. —Se acercó a la pared del fondo de la consulta, pulsó un interruptor y una parte de la pared se iluminó. Sacó del sobre dos radiografías y las deslizó por el muro de luz.

Frank notó como si una faja de hierro le oprimiera el pecho mientras esperaba el veredicto del médico. Intentó respirar con normalidad, pero estaba hecho un manojo de nervios.

El doctor señaló la radiografía de la izquierda.

—Esta es su rodilla izquierda cuando vino a la primera visita. —Repasó con el dedo los bordes del hueso—. Aquí se aprecia la hinchazón bajo el periostio y, francamente, no era muy prometedor.

Cuando dirigió la mirada hacia la otra radiografía, Frank no supo qué pensar de la curiosa imagen en blanco y negro.

El doctor señaló el punto correspondiente en la segunda imagen.

—Esta es la misma rodilla, radiografiada hoy. Y señor O'Reilly, no sé cómo decirle esto, pero...

Megan tenía agarrado con fuerza a Frank por el bíceps, pero él le tomó la mano.

El médico negó con la cabeza y dio un toquecito a la radiografía más reciente.

—Que me aspen si sé por qué, pero la hinchazón ha desaparecido por completo. No veo nada fuera de lo común. De hecho, parece que tiene los huesos de un veinteañero.

Frank notó que la faja de hierro que le oprimía el pecho se aflojaba ligeramente.

—Pero, ¿y las demás radiografías?

El médico apagó la pared de luz y señaló la puerta con el pulgar.

—Se aprecia lo mismo en todas. He tardado tanto porque estaba observando todas sus radiografías con cara de asombro. Si no las hubiera hecho yo mismo, pensaría que me está intentando tomar el pelo.

Megan se echó a llorar y abrazó a Frank, quien le dio un beso en la coronilla. Él reprimía las lágrimas.

—Si me permite —dijo el doctor Montgomery—, ¿dónde le han tratado?

—Ah. En la clínica de veteranos me apuntaron a un ensayo.

El médico dio un silbido y sacudió la cabeza.

—Bueno, tendré que informarme sobre los resultados de ese ensayo, porque lo que está claro es que en usted ha obrado un milagro, señor O'Reilly. Pero le recomiendo que vaya haciendo el seguimiento en el centro de oncología de Summerlin, para ir sobre seguro. Y si no quiere ir a ese, le recomendaré otro.

Megan asintió.

—Me aseguraré de que vaya allí.

Frank dejó que le cayeran las lágrimas. La imagen le partía el corazón.

—De acuerdo. Iré adonde sea.

Frank le estrechó la mano al doctor.

—Gracias por todo, doctor —dijo—. No se lo tome a mal, pero espero no tener que verle pronto.

El médico se echó a reír y le dio a Frank una palmada en el hombro.

—Buena suerte, señor O'Reilly, y a gozar de su buena salud.

Cuando Frank y Megan salieron de la consulta, él le rodeó los hombros con el brazo.

—¿Por qué no vamos a comer fuera? Parece un buen momento para celebrar.

Ella le dio un apretón con un solo brazo.

—Me encantaría.

El sol ya estaba en lo alto cuando Nate pasó por el cementerio que marcaba la mitad del trayecto de su carrera matutina de ocho kilómetros. La brisa fresca de final de invierno le resultó agradable mientras corría por el sendero bien cuidado que conducía a la tumba de su esposa.

Una mujer mayor conocida levantó la vista de donde estaba, ante la tumba de su marido. Lo visitaba todos los martes.

Nate dejó de correr y se acercó a la anciana, quien, como siempre para visitar a su marido, iba enlutada.

—¿Qué tal está, señora Jacobsen? —Asintió hacia el minibús del centro geriátrico de Sunnyvale aparcado al otro lado del camino. El conductor estaba al volante, leyendo una revista—. ¿La tratan bien?

El rostro arrugado de la octogenaria le dedicó una sonrisa radiante, sus ojos azules contrastaban con su tez más bien oscura.

—Ah, supongo que sí.

Hablaba arrastrando las palabras, con el típico acento sureño cada vez menos habitual por aquellos lares.

Levantó un brazo con gesto vacilante y señaló hacia la tumba de su esposa.

—Le he dejado unas margaritas a su Madison. Recuerdo que dijo que tenía predilección por ellas.

Nate miró en dirección a Madison y vio unas pequeñas flores blancas esparcidas por la lápida.

—Oh, señora. Qué detalle por su parte. Estoy convencido que se ha alegrado al verlas desde allá en lo alto.

La señora Jacobsen alzó la vista al cielo y luego miró la tumba que tenía delante.

—A Warren no le interesaban demasiado las flores. Su verdadero amor era el whisky. —Sacó una petaca plateada del bolsillo del abrigo y la destapó. Asintió hacia la tumba de Madison—. Lo de las flores lo entiendo. —Levantó la petaca, dio un sorbo e hizo una mueca—. Esta cosa... Dios me libre. Cada semana intento comprender qué le veía, pero sigo sin entenderlo. Es asqueroso.

—Sobre gustos no hay disputa, supongo —dijo Nate con una sonrisa—. Gracias de nuevo por las flores y mis mejores deseos.

Nate se recostó en el asiento con el teléfono pegado a la oreja. Acababa de poner al corriente de sus progresos a su supervisor.

—Eso es básicamente lo que tengo, Jeff. En un rato me reuniré con el doctor Gutiérrez para ver cómo va la cosa. Me aseguré de que no tuviera cuentas de correo electrónico y el dictado de voz que hizo está protegido por la encriptación AES-256.

—Suena bien —dijo Jeff—. Sigue llevando el asunto con discreción hasta que averigüemos quién es responsable. Yo también tengo noticias que darte. Acaban de contactar conmigo desde la oficina del director adjunto y parece que nuestros hombres de comunicación enviaron una alerta internacional a través de la INTERPOL sobre lo sucedido en Nevada. Los detalles estarán pronto en la bandeja de entrada de todas las agencias de seguridad del mundo.

A Nate le bullían las ideas en la cabeza y preguntó:

—¿Crees que esto acabará asustando al artífice de todo esto?

—Es difícil de saber. Las tres muertes no son moco de pavo y la idea de un agente biológico no identificado que aparece en el patio trasero de un pobre ranchero debería llamar la atención de la gente, provocar alguna acción y quizá incluso alertar a quien lo haya hecho, con un poco de suerte. —Jeff exhaló un suspiro—. Esto de la modificación genética es feo. Tiene mucho potencial para hacer el bien, pero otro tanto para escaparse de las manos.

A Nate también se lo parecía. Era partidario de los avances científicos, pero lo que había visto en este caso lo había dejado algo más que preocupado.

A través de la conexión telefónica, Nate oyó que alguien llamaba a la puerta.

—Nate —dijo su supervisor—, mantenme al corriente de lo que averigüéis. Yo también te informaré de lo que surja por aquí. Tengo que dejarte.

La comunicación se cortó y casi de inmediato alguien llamó a la puerta de Nate. Consultó su reloj y dijo en voz alta:

—Adelante, Juan.

La puerta se abrió y el investigador, desaliñado, entró con un gran sobre marrón en la mano.

Cuando Juan hubo tomado asiento, Nate señaló el sobre.

—¿Qué llevas ahí? -preguntó.

—Ni idea —reconoció Juan—. Un tío que dijo ser del DCS me paró cuando venía hacia aquí, miró mi credencial y me hizo firmar para recibir el sobre. No lo he abierto; de hecho, iba a preguntarle si puedo siquiera mirarlo. No estoy seguro de a qué tengo acceso.

Nate observó el sobre liso de color marrón y frunció el ceño.

—Bueno, va dirigido a ti... —Miró a Juan y le preguntó—: ¿Era un mensajero del DCS?

—Eso ha dicho. Pero ni siquiera sé qué significa eso.

—DCS es el Servicio de Mensajería de Defensa, y son quienes me entregarían una copia impresa de algo si fuera confidencial. Pero no se me ocurre un motivo por el que te entreguen algo a ti. ¿Puedo? —Extendió la mano.

—Por supuesto. —Juan le tendió el sobre.

—Un momento, mejor ser cauteloso con esto... —Abrió un cajón del escritorio, sacó un par de guantes de látex y se los enfundó.

Juan abrió unos ojos como platos.

—¿Cree que contiene algo nocivo?

Nate negó con la cabeza.

—No es tanto por eso como porque no quiero que mis garras grasientas se impriman aquí. No sabemos de dónde ha salido, así que es por precaución, por si hay que utilizar algo como prueba.

Nate se sacó una navaja plegable del bolsillo y la deslizó por la parte superior del sobre para abrirlo. Miro el interior antes de extraer el sobre que había.

—Interesante.

Llevaba tanto la marca de Top Secret como la de Inteligencia Humana. Abrió también el sobre del interior.

Contenía como mínimo doce hojas de papel. Nate abrió el cajón del escritorio y lanzó a Juan un par de guantes desechables.

—Póntelos y ven a mirar esto.

Nate hizo una señal a Juan para que se pusiera a su lado mientras ponía los papeles en orden.

—Parecen informes de autopsia.

Juan se levantó y se inclinó sobre el escritorio.

—¿Por qué todos los informes que veo tienen siempre tachadas la ubicación o los nombres?

—Depende de la procedencia del informe, pero, en general, todos se enmascaran para ocultar marcas identificativas si hay algún ciudadano estadounidense implicado. Pocas veces aporta algo al análisis.

Señalando la tercera página, Juan leyó el informe en voz alta:

—Varón blanco de cincuenta y cinco años que llega en ambulancia, inconsciente, con una fiebre de 40,7 grados. Al entrar en Urgencias la presión arterial bajó a treinta milímetros de mercurio, lo cual provocó un paro cardíaco. Los intentos de reanimación vanos. Resultado de la autopsia: plétora venosa aguda de los órganos internos, desgranulación de mastocitos en el examen histológico de la piel. La desgranulación también se reveló en el miocardio y los pulmones. Basándonos en la exposición informada a toxinas pendientes de identificar, el paciente tuvo una respuesta inmune grave que le provocó anafilaxia.

Nate dirigió la vista hacia Juan.

—¿Esto significa algo para ti?

Juan apretó los labios y guardó silencio durante varios segundos.

—Significa que el paciente tuvo una reacción sistémica. Le bajó la presión arterial de forma abrupta, lo cual le provocó un ataque al corazón. Todo ello bastante normal en un caso de reacción alérgica que causó una anafilaxia.

Nate señaló la última frase.

—Mira esto. Alguien escribió la palabra «inflamatorio» y luego la tachó, escribió «inmune» y la subrayó. ¿Tiene algún significado?

—No imagino a un patólogo hablando de respuesta inmune. La respuesta inflamatoria es más típica de la anafilaxia. ¿Quizá alguien hiciera ese cambio y me lo enviara como pista?

—¿Se te ocurre qué podría significar esa pista?

—Ni idea. —Juan echó un vistazo al resto de las páginas—. Todo esto parecen copias de los informes de las autopsias oficiales. Yo diría que nunca he visto notas manuscritas en este tipo de documentos. —Miró a Nate antes de continuar—. Supongo que es habitual ocultar información en estos informes, pero ¿es normal que los analistas escriban en ellos o que cambien las palabras?

—Para nada —repuso Nate—. Hacemos nuestros resúmenes y otros informes, pero dejamos los documentos ajenos tal cual están para el registro oficial.

Juan volvió a su asiento y se recostó, absorto en sus pensamientos.

Nate recogió los documentos y los reintrodujo en el sobre.

—No parece que haya tinta fresca en estas páginas. Supongo que nuestros técnicos no encontrarán huellas, pero haré que los procesen, por si acaso. Me encantaría saber de dónde han salido estas páginas. Y llamaré a los de DCS para ver qué dicen. —Dejó el sobre a un lado—. Bueno, ¿qué tal va el análisis?

—No muy bien. —Juan frunció el ceño—. Las muestras que provocaron esas muertes parecen estar totalmente inertes. Joder, incluso hice que una rata se comiera una pequeña porción de la muestra del ternero genéticamente modificado. Y nada. Aún no puedo jurarlo, pero creo que todo lo que trajo es inofensivo. No tiene ningún sentido. —Juan hizo una mueca y se pasó las manos por el pelo—. Se me escapa algo, pero no sé qué es.

El teléfono del escritorio de Nate sonó. Se apresuró a cogerlo y, antes de que llegara a decir nada, su supervisor empezó a hablar.

—Nate, escucha. Acabo de hablar por teléfono con más peces gordos de los que eres capaz de imaginar. Necesito que tú y Ragheb os preparéis para dar un salto a una pradera de Buenos Aires, Argentina. Y antes de que preguntes por la jurisdicción, es evidente que Argentina ha pedido ayuda a la administración actual y la Casa Blanca ha accedido. Vais a ir con un equipo de las Fuerzas Especiales. Estarán en Andrews a las dos en punto.

—Oye, ¿estás seguro de que Ragheb es la persona adecuada? Si es una operación militar...

—No te preocupes por ella. No os vais a tirar de un helicóptero en cuerda rápida ni nada por el estilo. Pero necesito que ella se encargue de la recogida de pruebas primarias biológicas para esta misión. Lo entenderás a su debido tiempo. Te advierto que esto suena a repetición de la visita a Ash Springs, pero peor. La policía federal argentina dice que hay cientos de animales muertos y por lo menos doce víctimas humanas.

—Maldita sea, Jeff. Esto se está descontrolando. —Nate se puso en pie y preguntó—: ¿Voy a buscar a Alex?

—No hace falta, ya está cogiendo cuatro cosas y se reunirá contigo en Andrews dentro de dos horas. Escucha, tú eres el encargado del análisis forense. Necesito que pongas en práctica todas tus habilidades. Hay más gente aparte de mí pendiente de ti para ver si averiguamos qué narices está pasando y cómo, o si esto guarda relación con Ash Springs. Las autoridades de allí cooperarán contigo todo lo que necesites, haz lo que haya que hacer. ¿Entendido?

—Sí, señor. —Nate despejó su mesa y lo guardó todo bajo llave mientras preguntaba—: ¿Es todo?

—Creo que ya es mucho. Si necesitas algo, dímelo. Sea lo que sea, pero actúa.

—Dios mío.

Nate contempló la vastedad de la hacienda en América del Sur. Enjambres ondulantes de moscas revoloteaban alrededor de los cadáveres entumecidos de ganado desperdigados hasta donde alcanzaba la vista. Estaba a casi cien metros de los animales muertos más cercanos e, incluso desde esa distancia, oía el zumbido de las moscas. Tomó nota mentalmente de que la reacción que había matado al ganado no afectaba al enjambre de insectos.

Aquello tenía mucha más envergadura que lo de Ash Springs.

Alex ya llevaba la ropa de protección, al igual que otros miembros del equipo de las Fuerzas Especiales.

Casi cien efectivos de la Policía Federal Argentina, que era el equivalente del FBI en el país, según había entendido Nate, mantenían la zona acordonada.

La brisa cambió de dirección y un hedor pútrido y sobrecogedor inundó a Nate y al equipo de soldados que habían enviado con ellos. A uno de los soldados le entraron arcadas cuando la abrumadora fetidez a huevos podridos y algo extrañamente dulzón los envolvió.

Nate conocía bien esa peste.

Así olía la muerte. Cuando ese sabor le inundó la garganta, recordó sus días en Irak, cuando su equipo descubrió uno de los campos de exterminio de Sadam Huseín.

Uno de los soldados que estaban al lado de Nate respiró hondo y dijo:

—¡Este olor! ¿Hueles este olor...? —Empezó a tararear la melodía de una vieja canción de Lynyrd Skynyrd mientras tomaba una serie de fotos que documentaban la morbidez de la escena.

Nate tragó con fuerza para compensar la bilis que le subía por la garganta.

«¿Qué tipo de monstruo es capaz de hacer una cosa así?».

Después de que la rociaran con un desinfectante químico, Alex se quitó el traje de protección. Inmediatamente empezó a toser; además de protegerla de riesgos biológicos, el traje le había evitado oler al ganado putrefacto.

Nate le pasó un frasquito de Vicks VapoRub.

—Pásatelo por debajo de la nariz. Así se disimula el olor.

—Gracias. —Alex se aplicó la sustancia bajo la nariz y asintió agradecida.

Los soldados que la habían acompañado sobre el terreno, debidamente protegidos también, levantaron la lona que cubría la gran colección de pruebas embolsadas.

—Aseguraos de que todas las evidencias se guardan en una nevera —gritó Alex por encima del zumbido de un helicóptero cercano.

—Sí, señora.

—Menudo botín —dijo Nate.

Alex asintió.

—Tierra, hierba, agua, tejido, saliva, placenta... hemos recogido de todo.

—¿Y los terneros?

—Hemos tomado muestras de todos ellos. Incluso tenemos uno entero.

Al igual que en Ash Springs, el incidente de Buenos Aires había empezado más o menos en el momento del nacimiento de un ternero, pero en este caso parecía que el nacimiento en sí había precipitado los acontecimientos. Según las autoridades locales, algunos de los mozos del rancho intentaban ayudar en el parto cuando a todos ellos, de forma simultánea, les había sobrevenido una especie de ataque. Se apartaron y la vaca acabó de parir al ternero por sí sola.

En cuanto nació, todas las vacas que estaban cerca, incluida la madre, cayeron muertas. El ternero empezó a deambular, gimiendo por su madre muerta y dejando un reguero de muerte allá por donde iba, hasta que finalmente uno de los rancheros se dio cuenta de lo que pasaba y le disparó.

Y ese no fue más que uno de muchos incidentes similares. En aquella hacienda había más de mil cabezas de ganado, muchas de ellas vacas preñadas y la mayoría con una previsión de parto en días similares. Poco después del primer incidente se produjo otro nacimiento a apenas un kilómetro de allí y se vivió la misma situación. Pronto murió el rebaño entero, junto con unos cuantos rancheros.

En ese momento, mientras los soldados acababan de cargar los helicópteros y Nate contemplaba la matanza, un sonido le llamó la atención.

El grito agudo de un ternero.

—¡Eh, Carrington! —un oficial de comunicaciones situado a unos seis metros gritó por encima del zumbido del UH-60 Black-hawk mientras las aspas del helicóptero empezaban a girar—. El equipo de extracción ha aislado al ranchero y a casi una docena de mozos. Están preparados, acompañados de traductores, para cuando lleguéis.

Antes de que Nate tuviera tiempo de responder, un zumbido de motores le llamó la atención. Colocó la mano en forma de visera y escudriñó el banco de nubes bajas que tenían por encima.

A pesar del ruido creciente de la aeronave no identificada, el helicóptero cercano que se preparaba para despegar y los soldados que se gritaban la orden de despejar el terreno, el berrido agudo de un ternero rasgaba el ambiente.

A Nate le latía el corazón con fuerza mientras miraba hacia el terreno con ojos entrecerrados por entre el polvo marronáceo que levantaba el helicóptero, buscando al animal. Lo vio: la cabeza del ternero asomaba por el canal de parto de una de las vacas muertas. El animal se retorcía, intentando salir.

Nate no era el único que lo había visto. Un soldado que estaba cerca empezó a gritar por un transceptor que sostenía bien cerca de la cara.

—Recibido, águila del desierto. El plan alfa de mitigación bioquímica está en marcha. Hemos marcado el objetivo y estamos evacuando.

Un C-130 apareció entre las nubes. Las hélices gimieron cuando cambió de dirección y bajó hasta el extremo opuesto del rebaño.

—¡Apartaos! —gritó alguien cuando un humo blanco empezó a acumularse en la parte posterior del aparato. La densa neblina se extendió por el rebaño mientras el helicóptero se inclinaba hacia arriba de nuevo.

De repente, apareció un destello en el interior de la nube.

Con un fuerte golpetazo, la nube se reventó y acabó convertida en un manto naranja de llamas impenetrables.

El calor inundó a Nate y le chamuscó las cejas. Cogió a Alex por el brazo y tiró de ella hacia el helicóptero más cercano. El gemido del Blackhawk se tornó ensordecedor cuando prácticamente la lanzó a la cabina y subió tras ella. El helicóptero se elevó y se alejó de la infernal devastación.

Nate se agarraba con fuerza a una cinta de nailon y observaba cómo el C-130 volvía a rociar el rebaño con la nube incendiaria de sustancias químicas. El olor a carne chamuscada que transportaba el viento le asaltó el olfato y se le cerró la garganta de la emoción.

«Ha empezado. Hoy solo han sido mil cabezas de ganado y una docena de personas. Pero, ¿podría ser esto el comienzo de algo peor? ¿Qué pasará cuando sea una ciudad entera llena de gente? ¿Dónde acaba esto?».

CAPÍTULO DIECINUEVE

El olor a estiércol y a madera recién cortada flotaba por el granero en el que se habían reunido los rancheros, muchos de ellos con los ojos inyectados en sangre y expresión aturdida.

Nate miró a Carlos, el traductor.

—¿Están listos?

El traductor se dirigió a los rancheros, sentados en bancos de madera.

Los hombres asintieron.

—Empecemos. —A medida que Nate hablaba, Carlos iba traduciendo—. Señores, soy consciente de que hoy es probablemente uno de los días más difíciles de su vida. Han perdido a compañeros, amigos, quizá incluso parientes. Nada de esto debía haber ocurrido, y nada de esto es culpa de ustedes.

Hizo una pausa dramática.

—Voy a compartir un secreto con ustedes: no es la primera vez que sucede un evento como este. Lo que sí sabemos... es que alguien ha inventado un veneno.

Los hombres se pusieron tensos y adoptaron una expresión de asombro.

—Voy a necesitar su ayuda para comprender qué ha ocurrido hoy exactamente, y así podremos evitar que vuelva a suceder. Cualquier detalle, por pequeño que sea, puede ser la clave para solucionar este misterio. Así que voy a formularles unas preguntas y quiero que me digan todo lo que puedan, ¿de acuerdo?

Carlos acabó de traducir y los hombres asintieron.

—Sí.

—Bien. Empecemos por el principio: ¿a qué hora de la mañana ha empezado hoy el trabajo?

El traductor terminó de hablar segundos después que Nate y los hombres empezaron a cuchichear entre ellos formando un semi-círculo. Todos se pusieron a señalar a dos hombres que estaban sentados juntos.

Nate los observó: tenían la tez aceitunada y la piel curtida. Estaba claro que eran parientes, e igual de claro que habían pasado buena parte de sus alrededor de cuarenta años al aire libre. Juntos, hablaron con Carlos.

Los dos hombres se parecían mucho y empezaron a hablar en español, haciendo ambos gestos similares con voluntad de expresarse tanto verbal como visualmente.

Carlos le hizo un resumen a Nate.

—Estos dos hermanos son los hijos mayores del dueño del rancho. Fueron los primeros en llegar esta mañana, a eso de las cinco. Realizaron sus tareas habituales: sacar las pacas de heno, limpiar los desagües de los abrevaderos, comprobar el estado general del rebaño. Dicen que por la noche no había nacido ningún ternero.

—¿Hubo algún nacimiento ayer u otro día de esta semana? —inquirió Nate.

Varios hombres asintieron afirmativamente.

—¿Había algo distinto en las vacas que parieron hoy? —preguntó Nate.

Los hombres empezaron a hablar todos a la vez y Carlos se esforzó al máximo por captar la esencia de la conversación.

—La primera vaca era marrón con la cola negra. La segunda tenía manchas blancas. Se había puesto mala después de quedarse preñada y necesitó de los tratamientos del señor García.

—¿Tratamientos? —se sorprendió Nate.

Carlos transmitió la pregunta y resumió también la respuesta de los hombres.

—El señor García, el dueño, tenía un remedio tradicional para las vacas enfermas. Ayuda a evitar abortos y mejora la salud de las novillas para su primer parto.

—¿Mejora la salud de las novillas? —masculló Nate—. ¿Todas las vacas que han parido hoy recibieron ese tratamiento?

Varios de los mozos de rancho asintieron mientras que otros negaban con la cabeza.

Carlos se encogió de hombros.

—La mayoría de los hombres dicen que sí, pero otros no están seguros.

Nate sacudió la cabeza.

—No me explico cómo estos hombres son capaces de distinguir una vaca de otra —reconoció.

Alex había guardado silencio mientras controlaba la situación desde un rincón del granero, pero entonces intervino.

—¿Dónde está el señor García? Me gustaría hablar con él sobre el tratamiento.

Los hombres ensombrecieron el semblante y uno de ellos se dirigió directamente a Alex.

—El señor García está muerto. Muerto.

—Lo siento —dijo Alex con voz queda—. Carlos, ¿puedes preguntarles si saben algo del tratamiento? Lo que sea. ¿Era algo comestible? ¿Una inyección?

Los hombres hablaron y Carlos tradujo.

—El señor García tenía un barril especial del que bebían las vacas.

—¿Podemos verlo?

Los dos hermanos asintieron y se levantaron.

—Estos hombres dicen que os lo enseñarán —dijo Carlos.

A Nate le asaltaban los interrogantes mientras los hombres los conducían a través de un terreno extenso. El olor a hierba quemada y muerte seguía adherido a todo, aunque el incidente se había producido a casi cinco kilómetros de allí. Uno de los hermanos levantó un poste de madera de unos ganchos metálicos, abrió la puerta de un granero y dijo algo en su idioma.

Carlos tradujo.

—Aquí es donde venían las vacas a tratarse. —Señaló a los dos hombres que los habían conducido al granero y añadió—: El señor García solo dejaba entrar aquí a Ramón y a Francisco, porque no quería que le robaran los secretos.

—Tiene sentido —dijo Nate mientras entraban en el granero. Olía raro y arrugó la nariz—. Huele como si se hubiera derramado cerveza.

Uno de los hermanos sonrió y se llevó un dedo a los labios.

—Un ingrediente secreto —explicó el traductor—. Hace que la vaca tenga hambre. Los japoneses hacen cosas similares.

Escudriñando el granero, enorme y prácticamente vacío, vio un gran barril de madera y señaló en su dirección.

—¿Eso es lo que les dais a las vacas enfermas?

Los hermanos los acercaron al barril, que tenía una tapa con un grueso candado. Lo quitaron y abrieron la tapa.

El recipiente despedía un hedor mohoso a cerveza agria y orina. Los hermanos soltaron una risita cuando a Alex le entraron arcadas, le dio a Nate la bolsa de recogida de pruebas y se apartó con expresión de asco.

Nate abrió la bolsa de lona y miró a Alex de reojo antes de murmurar:

—Supongo que quieres que lo haga yo...

Alex corrió al otro extremo del granero sin responder siquiera.

En el interior del barril había una especie de lodo marrón. Uno de los hombres pasó a Nate un cucharón, que él utilizó para recoger un poco de aquel mejunje horroroso.

—¿Sabes qué ingredientes contiene? —preguntó Nate.

Carlos habló con uno y otro hermano durante unos instantes.

—Contiene cerveza, agua y «hierbas tradicionales», aunque dicen no saber qué hierbas en concreto.

Nate precintó una muestra de la «medicina» y los hermanos cerraron el barril.

—¿Qué es esto? —preguntó Alex desde el otro lado del granero. Estaba junto a una pequeña caja metálica provista de un pitorro lateral.

Los hermanos empezaron a hablar y Carlos tradujo.

—Es un resto de cuando el señor García tuvo cáncer. Contenía su medicina.

Nate se acercó y observó el recipiente. Tenía el tamaño de un ordenador de mesa, pintado de negro, con un pitorro cromado y una maneta giratoria. Desde la parte posterior salía una manguera conectada a un grifo de agua.

—Vi algo parecido en la encimera de la cocina de los O'Reilly —susurró Alex inclinándose hacia su compañero.

A Nate se le aceleró el pulso.

Se volvió hacia los dos hermanos.

—Nos lo llevamos como prueba.

—Me alegro de verte, Juan —dijo Nate Carrington cuando entró en el laboratorio del FBI con una gran caja de cartón.

—Habría sido mejor si hubiera podido esperar hasta mañana —se quejó Juan, amodorrado. Estaba durmiendo como un tronco cuando Nate le había llamado para pedirle que se reuniera con él de inmediato en el laboratorio.

—Lo siento. Acabo de llegar de Buenos Aires. Se ha producido otro incidente como el de Nevada. También empezó con el nacimiento de terneros, varios esta vez. Básicamente, en cuanto nacieron, todo lo que había alrededor, incluida la madre de la cría, pereció. En total han muerto más de mil cabezas de ganado y trece rancheros.

—¡Dios mío!

Ya plenamente atento, Juan miró de hito en hito a Nate mientras se inclinaba hacia delante y daba una palmada a la gran caja de cartón.

—Sí. Hemos recogido más de 250 kilos de pruebas, y van a enviarlas aquí desde la base conjunta Andrews. Está destinada al laboratorio de biocontención. Pero antes de que llegue...

Abrió la caja, que olía a granja, y extrajo dos objetos: una caja con un pitorro, y una bolsa de plástico transparente con varios recipientes con un líquido fangoso de color marrón.

—¿Qué es eso? —preguntó Juan, haciendo una mueca—. Parece diarrea.

Nate soltó una risita.

—Créeme, huele a mil demonios, pero al parecer es un mejunje con el que el ranchero había alimentado a varias vacas, una «medicina» secreta. No tenemos motivos para pensar que guarde relación con el incidente, pero, como analista forense que soy, sé que no se debe descartar nada de buenas a primeras.

Juan ya estaba pensando en el tipo de experimentos que podría hacer para ver si aquello era o no la causa del desastre.

—¿El ranchero de Nevada tenía un pringue como este?

Nate negó con la cabeza.

—No, esto no, pero... —Dio un golpecito a la caja con el pitorro—. Vimos esto en los dos lugares.

—¿Qué es?

Nate le dio la vuelta a la caja para que Juan viera el perfil tanto de la espita que tenía delante como de la manguera de goma que salía por detrás.

—Pues la verdad es que esperaba que tú me lo dijeras. Los rancheros argentinos no lo sabían, y el propietario era uno de los muertos. —Nate dio un golpecito a la manguera de la parte posterior—. Esto estaba conectado a un grifo de agua.

—Bueno, si esta cosa estaba en los dos lugares en los que se produjo el desastre, puede tener interés. ¿Habéis mirado en el interior?

—No queríamos siquiera respirarlo hasta que lo lleváramos al laboratorio, por si acaso.

—¿Le importa si lo abro ahora?

Nate sonrió.

—Esa es la idea. —Sacó una navaja suiza, desplegó el destornillador universal y se lo tendió.

Juan quitó unos cuantos tornillos de la parte posterior de la caja y levantó la parte superior, que tenía una bisagra. Lo primero que le llamó la atención fueron las palabras estarcidas en la cara interior de la tapa:

Propiedad de AgriMed Global.

CAPÍTULO VEINTE

En la sala de reuniones privada de Winslow, Juan extendió las fotos del dispositivo que le había llevado el agente especial Carrington y las deslizó por la mesa hacia Winslow y Hutchison, el jefe de seguridad.

—He recibido este dispositivo hace unas horas, del FBI —explicó—. Como ven, tiene la marca de AgriMed Global en el interior. Lo único que puedo decir es que se encontró en la casa de un paciente de cáncer. ¿Saben si se trata de un dispositivo de AgriMed auténtico? Y, si es el caso, ¿qué es?

Winslow observó las fotos y asintió.

—Caja metálica, parece una manguera de agua que pasa por un compartimento sellado, conectado al cual hay una bolsa de plástico opaca, y por el otro extremo otra manguera conectada a la espita de la parte delantera de la caja. ¿La he descrito bien?

—Sí. —Juan asintió—. No sabría decir exactamente sin separarla qué había en la bolsa y qué función tiene la cámara interior. ¿Lo ha visto alguna vez, doctor Winslow?

—Sí, me resulta familiar —dijo Winslow con determinación, dejando las fotos—. Pero, ¿el estarcido de AgriMed Global era la única marca identificativa? ¿Sin número de serie? ¿Sin etiquetas identificativas en la manguera o en la cámara interior?

—No, nada de eso. Solo el estarcido.

Apretando los labios, Winslow contempló la colección de fotos y musitó.

—He visto algo parecido, lo usábamos para dosificar ciertos medicamentos. Funciona casi igual que una bomba de infusión, que dosifica cantidades muy precisas de medicación a través de una vía. Este aparato hace lo mismo, pero está accionado por una pequeña rueda de paletas dentro de la cámara de mezclas. —Señaló una de las fotos—. A medida que pasa el agua, pequeñas cantidades de lo que hay en la bolsa pasan al flujo de agua.

A Juan le picó la curiosidad.

—¿O sea que no sería descabellado pensar que, si hubiera medicación oral en esa bolsa y alguien abriese la espita el agua que sale, tendría la dosis apropiada de forma automática?

—Sí, pero solo lo he visto utilizado en animales de laboratorio —dijo Winslow tamborileando con los dedos en la mesa con expresión preocupada—. Nunca lo usamos con personas porque supongo que no lo necesitamos. En general, la gente toma pastillas o le ponen inyecciones.

A Juan le pasó por la cabeza que se tratara de un uso fraudulento.

—¿Y si no quisieras que alguien supiera que se le está administrando una dosis, o quizá si no quisieras que supiera qué está tomando? Podría usarse algo así.

Winslow frunció el ceño.

—Supongo que si la medicina no sabe a nada… ¿Es eso para lo que el FBI cree que se usó?

—No, nada de eso. Al menos, no que yo sepa. —Juan tenía que reconocer que el agente Carrington no siempre se mostraba dispuesto a compartir todo lo que sabía.

—¿Los agentes del FBI buscaron huellas en el interior? —preguntó Hutchison, el hombre de pelo canoso que lo observaba con una mirada dura y penetrante.

—Mierda. Ni siquiera pensé en eso. Creo que no. —Juan se recostó en la silla de cuero sintiendo como una losa el cansancio que suponía no haber dormido apenas esa noche—. Lo siento, creo que el agente que me lo trajo también llevaba muchas horas sin dormir y a ninguno de los dos se nos ocurrió buscar huellas. Llevo treinta y seis horas levantado. Llamaré al agente...

—No es necesario —dijo Hutchison—. Llamaré a mis contactos. No hace falta darle más vueltas. De todos modos, tengo que hablar con ellos de otros temas.

Juan se dirigió a Winslow.

—¿Existe alguna posibilidad de que esta caja sea un producto legal de AgriMed? —preguntó.

—Imposible —repuso Winslow con expresión iracunda—. Solo usamos cosas así en animales. Todos los ensayos controlados en los que participamos están muy monitorizados y nunca dejaríamos que una unidad de autodosificación como esta estuviera en casa de un paciente durante un ensayo clínico. Es demasiado fácil que una persona no enferma lo tome por error o que el o la paciente beba demasiada o poca agua, lo cual afectaría a la dosificación.

A Juan le pareció que la caja negra de apariencia inofensiva que tenía en el laboratorio no presagiaba nada bueno.

—¿Qué demonios dosifica esa cosa? —preguntó en voz alta disimulando un bostezo.

Winslow señaló con el pulgar la cafetera que tenía detrás.

—¿Quieres que te sirva una taza?

—No, necesito dormir. Por cierto, agradezco la habitación de hotel, pero, ¿puedo volver a mi apartamento?

Winslow se volvió hacia Hutchison, que guardó silencio durante varios segundos que se hicieron largos antes de responder.

—He hablado con algunos de los tipos con los que trabajas en el FBI. Hemos convenido que es preferible que, por ahora, te quedes donde estás. El hotel es más seguro.

Quedaba claro que el ex investigador del ejército no le estaba contando todo lo que sabía. No obstante, aunque eso inquietaba a Juan, también pensó que quizá fuera lo mejor. Había tenido pesadillas sobre gente de habla germana que entraba en su apartamento a la fuerza. Tal vez fuera preferible no saber el peligro que corría.

—Bueno, supongo que debería destruir eso —dijo Juan, levantándose y asintiendo hacia las fotos—. Estoy convencido de que ya me he arriesgado imprimiéndolas.

Hutchison las recogió rápidamente.

—Yo me encargaré.

Winslow rodeó la mesa de reuniones para dar una palmada a Juan en el hombro.

—Se te ve realmente agotado. ¿Quieres que le diga a Carl que te lleve al hotel?

Juan se imaginó al ex agente de operaciones especiales del ejército y negó con la cabeza.

—Gracias, pero no hace falta molestar a Carl. Ya me apaño solo.

Al salir de la sala le pareció oír a Winslow susurrar algo parecido a: «Haz que lo sigan».

Aunque no eran más que las tres de la tarde, Juan yacía en la cama con el aire acondicionado a tope y tapado hasta el cuello con un edredón.

No estaba ni en su cama ni en su apartamento. Su vida se había vuelto surrealista desde el robo. Aún no se había hecho a la idea de que había gente por ahí que suponía una amenaza para él. Y lo peor era que estaban haciendo un mal uso de los resultados de su trabajo.

A pesar de estar exhausto, no conseguía apaciguar su mente. Tenía demasiados interrogantes. ¿Winslow y Hutchison eran sinceros con él? ¿Acaso había imaginado lo que le había parecido oír decir a Winslow al marcharse?

Se había pasado el trayecto hasta el hotel mirando por el retrovisor para ver si veía a Carl Weatherby. Y hacía tiempo que no veía a los dos tipos anónimos trajeados. Tenía la impresión de que nadie lo seguía, pero vete a saber.

—Mierda —se quejó Juan en la oscuridad de su habitación—. Si AgriMed va a por mí, estoy bien jodido.

Intentaba apartar la idea de conspiración de su mente cuando le sonó el móvil.

Alargó el brazo con un gemido y respondió.

—¿Diga?

—Hola, Juan. Soy Kathy O'Reilly. ¿Te acuerdas de mí?

Juan se incorporó de un salto y, a pesar del cansancio y la angustia que sentía, la voz de Kathy le hizo sonreír al instante.

—Hola, Kathy. ¿Qué tal? ¿Cómo está tu padre?

—Los dos estamos de maravilla, acabo de hablar con él por teléfono, y quería darte las gracias de nuevo por lo que hiciste. Los médicos han certificado su buen estado de salud. Está en remisión total. Literalmente, le salvaste la vida a mi padre.

—Qué contento estoy de oírlo. A veces los milagros existen. Entiendo que estás de nuevo en Georgetown, ¿no?

—Sí. Y ejem... —Vaciló y bajó la voz hasta hablar en un susurro —: Me gustaría, si quieres, llevarte a algún sitio para celebrarlo.

Juan notó una emoción electrizante.

—Hecho. —Pero, en cuanto la palabra hubo salido de su boca, se dio cuenta de que era un mal momento, teniendo en cuenta todo lo que estaba pasando—. A ver qué te parece. Tengo muchísimas ganas de que salgamos, pero ahora mismo estoy desbordado de trabajo. No sé cuándo podré respirar un poco.

—Oh, no te preocupes, lo entiendo —repuso Kathy con tono despreocupado—. Cuando tengas tiempo, me llamas a este número. Bueno, si quieres. Como he dicho, sin compromiso.

—Te llamaré, seguro que te llamaré —afirmó Juan—. Será una cita. —Notaba mariposas en el estómago como si fuera un adolescente.

Cuando colgó el teléfono, volvió a tumbarse en la cama. Tuvo la sensación de que el blando colchón lo engullía. Y, pensando en los ojos verdes y la radiante sonrisa de Kathy, notó que por fin se relajaba y se dejaba vencer por el sueño.

Mientras Frank cambiaba de marcha en la vieja furgoneta Chevy, Megan daba saltos en el asiento del pasajero como una colegiala emocionada.

—¡Qué ganas tengo de conectarla!

—¡Por Dios, mujer, ni que comprar un televisor nuevo fuera tan extraordinario!

—Sí que es extraordinario. Por lo menos para alguien que no se entretiene tallando palillos a partir de un trozo de madera —se burló Megan—. ¿Te acuerdas siquiera de la última vez que compramos un televisor?

—Por supuesto. —Frank recordaba el día a la perfección—. Estabas embarazada de Kathy y querías un televisor en color al que no hubiera que cambiarle el tubo.

—Eso es, eres más terco que una mula. Lo que significa que fue hace más de veinticinco años. Hace siglos que rezaba para que esa Zenith que tenemos se estropease.

Jasper, que iba en el asiento trasero, ladró.

Frank lanzó una mirada a la bolsa de la compra situada entre él y Megan.

—¿Te parece que hoy cenemos más temprano? —sugirió—. Estoy muerto de hambre.

Cuando Frank paró el coche delante de la casa, Megan le acarició el hombro.

—Si instalas la tele nueva, preparo la cena rápidamente. ¿Te parece?

Megan cogió la bolsa de la compra mientras Frank iba a abrir el portón trasero.

Estaba a punto de soltar las cintas que sujetaban el televisor cuando Megan gritó.

—¡Frank!

Frank miró en dirección a ella y la vio retrocediendo desde la puerta delantera. Jasper gruñía a su lado. La puerta de la casa estaba entreabierta y la madera del dintel, astillada.

Alguien había forzado la entrada de la casa.

Frank corrió a su lado y sacó la Smith and Wesson de calibre 45 que llevaba en la pistolera de la cintura.

—Ve con cuidado —siseó ella—. Quizá haya alguien dentro.

Jasper soltó un gruñido sordo y, de repente, se adelantó a Frank y entró por la pequeña abertura que habían dejado en la puerta.

Con una bala en la recámara, Frank adoptó la postura de tirador y abrió la puerta de un puntapié.

Frank escudriñó la sala con la mirada, pero no vio nada fuera de sitio. Jasper fue a olisquear por la cocina y regresó a la parte delantera de la casa meneando la cola. Era buena señal que el perro no notara ningún peligro. Jasper tenía instinto para eso.

De todos modos, Frank mantuvo la postura de tirador mientras revisaba todas las habitaciones. Hasta que hubo cubierto toda la casa no enfundó el arma ni regresó a la puerta de entrada.

—Todo bien, Megan, puedes entrar. Parece que alguien ha hecho palanca o algo así para forzar la entrada, pero ya no hay nadie aquí y no echo nada en falta.

Megan entró con la bolsa de la compra.

—Franklin, da igual. Llama al *sheriff*.

Mientras un oficial de policía de Lincoln County esparcía polvos para revelar huellas en la puerta de entrada, otro hablaba con Frank y Megan.

—¿Están seguros de que no les han robado nada?

Frank asintió.

—Hemos mirado por todas partes. No falta nada.

—Eso es muy extraño, señor O'Reilly. —El agente señaló el viejo televisor y luego al aparador, en que se veían piezas de porcelana de la abuela de Megan junto con objetos de plata que nunca usaban—. Tienen cosas totalmente a la vista que un ladrón cogería en un momento.

El reloj de Frank emitió un pitido y Megan se le acercó por detrás y le pasó los dedos por la nuca.

—Cariño —dijo—, ¿cuándo piensas desactivar esa alarma? Ahora que los médicos te han dado el alta, ya no hace falta que tomes esa medicación.

Frank soltó un gemido.

—Kathy me programó esta dichosa cosa. Probablemente sea más fácil utilizar mi viejo Timex que aprender a desprogramar este recordatorio de los cojones.

Megan miró en la cocina y la sonrisa desapareció de su rostro. Le dio un toque a Frank en la espalda y dijo:

—Eh, cariño, ¿dónde está la caja esa de la clínica de veteranos? No está en su sitio.

Frank se volvió hacia la cocina y observó en la encimera el hueco que había ocupado la caja negra de la clínica.

—Hijos de perra. —Se volvió hacia el agente—: Resulta que sí se han llevado algo.

Había sido un día largo y Frank estaba agotado. Había instalado el televisor nuevo, llevado el viejo al basurero y luego arreglado el dintel de la puerta de entrada. Para cuando consiguió acostarse, Megan ya dormía.

Se puso a pensar en el robo mirando el techo. ¿Por qué iban a entrar en su casa a la fuerza para robar un aparato médico? ¿Era valioso? ¿Y qué iba a hacer si los de la clínica llamaban y le decían que tenía que devolverlo?

Salvo que ninguno de esos tipos iba a llamarle jamás. Frank lo sabía. Era como si toda la gente relacionada con el ensayo clínico se hubiera desvanecido y que el resto del personal de la clínica no supiera nada al respecto. Hasta el momento, Frank no se había preocupado mucho por ello, pues se había recuperado y no tenía ninguna queja, aunque todo aquello le parecía un tanto sospechoso.

¿Tan importante era esa caja como para que alguien forzara la puerta de una casa para robarla?

¿Acaso alguien intentaba ocultar algo?

De repente, a Frank le asaltó una idea horrible.

Encendió la luz, abrió el cajón superior de la mesita de noche, sacó la tarjeta de visita que había guardado allí y marcó el número.

Le respondió una voz cansada.

—Carrington. —El agente parecía despertar de un sueño profundo.

Frank hizo una mueca al percatarse de la hora.

—Agente Carrington, soy Frank O'Reilly, de Ash Springs. Lo siento, debería haber esperado a mañana para llamarle. No lo he pensado. —Megan se movió a su lado, pero no se despertó.

—No pasa nada, señor O'Reilly. ¿En qué puedo ayudarle?

—Bueno, he pensado que debería saber un par de cosas. Primero, que hoy han entrado en mi casa a la fuerza y han robado el aparato médico que me dieron en la clínica de veteranos para tratar el cáncer.

—¿La caja con el pitorro? —Carrington pareció despertarse de repente.

—Eso es. Y me he acordado de algo que no debería haber olvidado. Hace un tiempo, una de nuestras novillas embarazadas se puso enferma, y no sabía a ciencia cierta si debía sacrificarla. Así que le di un poco de mi medicina, pues básicamente era agua, pensando que no podía hacerle ningún daño. Se recuperó, aunque no sé si la medicina tuvo algo que ver. Y no sé si eso guarda relación con lo que sucedió posteriormente. Pero estoy pensando que... no sé. La medicina funcionó, pero ese ensayo clínico resulta un tanto sospechoso y ahora que han robado la caja de la clínica... pues supongo que he pensado que tenía que contárselo. Siento no haberlo recordado antes.

—Señor O'Reilly, muchísimas gracias por compartir esta información. Una pregunta: después del robo, ¿ha ido la policía y han encontrado huellas?

—Sí, señor, han venido.

—De acuerdo, me pondré en contacto con ellos. Gracias de nuevo, señor O'Reilly. La información nos ayuda.

Frank colgó, apagó la luz y apoyó la cabeza en la almohada.

Megan se dio la vuelta y le puso los brazos encima del pecho.

—¿Era Kathy?

—No, cariño. Sigue durmiendo.

Frank rodeó a su mujer con los brazos y cerró los ojos, con la esperanza de olvidarse de todo durante unas horas.

CAPÍTULO VEINTIUNO

—¿Me estás diciendo que hay cocaína en ese mejunje? —exclamó Juan blandiendo el informe del análisis—. ¿Y urea? ¿Que contiene orina?

John Hendrickson, el analista del FBI asignado para ayudarlo en aquello, asintió.

—He hecho la prueba de la cromatografía de gases, así como un análisis de espectroscopía infrarroja del material que me enviaste. Los dos tests concuerdan en la composición química general de la cosa esa. Es un mejunje que probablemente provoque pesadillas.

Sentado en un taburete metálico alto, Juan apoyó la espalda en la mesa del laboratorio y leyó rápidamente el resto del informe.

—O sea, parece que has detectado los componentes claves de la cerveza y orina animal, ambos ácidos, ¿y no obstante el pH general es neutro?

Hendrickson asintió mientras pasaba las páginas de su copia del informe.

—Mira la página doce. Ya verás que hay un montón de componentes orgánicos que compensan la acidez.

Fue hojeando el informe de cuarenta páginas y se paró al llegar al análisis microbiológico.

—Así que este preparado está rebosante de bacterias.

—Sí. Y si vas a la página treinta y cinco, también hay un puñado de esporas diminutas. Todavía las estamos procesando, pero parecen las mismas que encontramos en la muestra de agua que enviaste. No estamos seguros de qué son, pero tienen unos cuatrocientos nanómetros de diámetro y poseen unos filamentos extraños que salen del revestimiento de proteína.

Juan observó el micrógrafo que aparecía en el informe.

—Es... es una cápside —exclamó—. ¿Qué demonios hay en ella? ¿Un virión tal vez? Si es el caso, ¿codificado para hacer qué?

—Disculpa, doctor Gutiérrez —intervino el técnico de laboratorio con expresión confundida—, pero ¿virión? ¿Cápside?

—Perdona. Una cápside no es más que una envoltura proteica que se ha creado durante el ciclo vital de un virus, y un virión es básicamente un virus completo con envoltura proteica. Los usamos en la investigación genética porque es una forma apropiada de introducir material genético. Básicamente, si tenemos un virus que queremos fusionar con ciertas células diana mediante un proceso lisogénico, tomamos ese virus e inducimos el orden espontáneo de la cápside de manera que esté rodeada por una envoltura proteica de protección. Entonces puede mezclarse con agua de manera que los sujetos del ensayo beban lo que, en esencia, son esporas, y entonces el ácido del estómago ayuda a activar el agente vírico, que buscará su diana y fusionará su ADN en la célula huésped. De eso se trata. Es un concepto bastante sencillo.

—Si tú lo dices... —dijo el técnico de laboratorio resoplando.

Juan dio un toquecito al informe.

—¿Alguien de tu equipo puede procesar estos viriones y darme el desglose de la carga del ADN?

Hendrickson asintió.

—Sí, pero probablemente necesitemos unos cuantos días para saber cómo procesarlo. No es el tipo de cosas que analizamos normalmente, ya me entiendes.

—Entendido. —Juan pensó entonces en el laboratorio de biocontención en el que guardaba muestras del dispensador de agua y del mejunje—. Oye, aunque los micrógrafos parecen idénticos, haced, por favor, análisis distintos de los viriones tanto del mejunje como del agua. Quiero saber si en realidad son lo mismo.

El técnico recogió los papeles y, mientras se encaminaba a la salida, dijo:

—Pasado mañana. Entonces tendré los resultados.

El taburete emitió un chirrido irritante cuando Juan se giró para quedar de cara al laboratorio de biocontención. Odiaba enfundarse el traje de protección y no soportaba el proceso de limpieza al que debía someterse al salir. Exhaló un largo suspiro, se levantó y fue adonde se guardaba su traje presurizado, procurando mentalizarse.

—Lo más probable es que los ratones ni se acerquen a ese emplasto apestoso. Así que vamos a probar el agua y a jugar a la ruleta genética.

Juan cogió el traje azul de su taquilla y dijo:

—A ver qué pasa.

Como de costumbre, a Juan le entró claustrofobia en cuanto, enfundado en el traje presurizado, se sentó en el interior del laboratorio de biocontención de nivel cuatro. Jennifer, una de los pocos técnicos de laboratorio del FBI que tenían autorización para entrar, estaba a su lado para estudiar el informe.

—¿Cómo sabes que la ratona está preñada? —preguntó Juan—. No sabía que hubiera una prueba fiable no invasiva.

La voz de ella chisporroteó por el altavoz del traje de él.

—Los tests de preñez basados en la orina no funcionan con los ratones, como seguramente sabes. Pero recientemente se ha descubierto que el análisis fecal proporciona un indicador bastante fiable. —Inclinó los papeles para que él los viera por el visor y añadió—: En este caso, los niveles de progesterona en la materia fecal son claros. Nuestra chica está embarazada.

—¿Sabes de cuánto?

Jennifer señaló uno de los gráficos, que mostraba el comienzo del pico de progesterona hacía poco más de dos semanas.

—De unos diecisiete días.

Juan observó a la ratona, que estaba en una jaula en la cabina de bioseguridad que tenían delante.

—Bueno, vamos a ver si tienes sed.

Cogió el recipiente con el agua llena de esporas y le dio la vuelta. Con un cuentagotas, extrajo cinco milímetros de líquido y lo echó en el dispensador de agua del ratón. Sirviéndose de una pinzas, deslizó el dispensador por la mesa del laboratorio y lo introdujo en la cabina de bioseguridad donde estaban aislados los ratones.

—Como estamos tan cerca del final del periodo de gestación de veintiún días, creo que tenemos que empezar a hacer turnos de doce horas. Deberíamos separar a los dos ratones en jaulas adyacentes y ver qué pasa. Además... ¿tenemos alguna jaula con malla metálica?

—Supongo que algo encontraré, pero ¿por qué?

—Por precaución. Sé que los ratones recién nacidos no caminan enseguida, y aunque pudieran, probablemente no cabrían por entre las barras de esta jaula. Pero teniendo en cuenta a qué nos enfrentamos, no podemos dar nada por supuesto.

Ella asintió.

—Entendido, doctor Gutiérrez. Iré a buscar dos jaulas preparadas enseguida. —Se dio la vuelta de manera que quedaron cara a cara y entonces preguntó con tono de preocupación—: ¿De verdad cree que va a ocurrir algo grave?

Juan se encogió de hombros.

—No lo sé. Los resultados que Hendrickson me dio sobre la composición genética del virión son una locura. Tengo los ordenadores funcionando a todas horas todos los días de la semana para saber qué han hecho sus creadores. Mejor estar preparados para lo peor. Monitorización constante y vigilancia con cámaras. Si cumplimos los protocolos, no deberíamos tener motivos de preocupación.

—Entiendo.

Cuando Jennifer se marchó a la ducha de descontaminación, Juan se volvió hacia la cabina de bioseguridad y observó a la ratona bebiendo el agua infectada.

—¿En qué se va a convertir ese bebé que llevas?

Adormilado, Juan observaba a la ratona acicalarse con esmero. Consultó la hora en el reloj de pared y exhaló un suspiro. Las cinco de la mañana. Aún faltaban dos horas para que Jennifer fuera a relevarlo.

Oyó un zumbido que indicaba que alguien de fuera del laboratorio requería su atención. Juan pulsó el botón de amplificación del traje presurizado.

—Día diecinueve y todo va bien —dijo con indiferencia.

—Doctor Gutiérrez, soy John Hendrickson. Me he acercado a traerte unos informes, pero veo que una de tus estaciones de trabajo está emitiendo un pitido con un mensaje que dice «Coincidencia encontrada». He imaginado que querrías saberlo.

—Ah, hola, John. Tengo que quedarme aquí un par de horas más antes de que Jennifer me releve. ¿Puedes pulsar una tecla y decirme qué aparece en pantalla?

—Claro —dijo Hendrickson, no muy convencido—. Si estás seguro de que no la cagaré... Sé que llevas una semana con estas simulaciones.

Juan miró la pared de hormigón que separaba a los dos hombres y suspiró.

—No pasa nada. No puedes cagarla, pulsa cualquier tecla.

—De acuerdo...

Juan contó los segundos mientras esperaba a que el técnico dijera algo. Uno, dos, tres...

—Bueno —dijo Hendrickson—, te lo voy a leer palabra por palabra: «Esta anotación tiene cuatro de nueve intrones confirmados por evidencia de alineación. El noventa por ciento de la secuencia anotada se confirma por evidencia expresada por isoformas. La longitud total de esta anotación es 1533 bases...».

—Espera, espera —instó Juan—. Lo siento, ¿le has dado a avanzar página cuando desapareció la alerta? Da igual, dale a subir página y ve a la parte superior, donde aparece el resumen.

Otra pausa.

—Bueno, el resumen dice: «Coincidencia del patrón de pico conseguida en 1965 anotaciones. Las coincidencias empezaron tras 18 500 ciclos evolutivos y progresaron hasta el recuento de coincidencias del patrón de pico en el ciclo evolutivo 201 023».

—¿Esto es lo que querías saber? —preguntó Hendrickson.

Juan hizo cálculos mentales.

—Por todos los santos. ¿Tres millones de años?

—¿Doctor?

Juan negó con la cabeza.

—Da igual, John. Gracias por informarme de los resultados del ordenador. Miraré los informes en cuanto salga de aquí.

—De acuerdo, doctor, me voy para casa. Hace horas que tenía que acabar el turno. Buenas noches.

El altavoz quedó en silencio.

Juan llamó inmediatamente al agente Carrington.

La voz ronca de Nate sonó por los altavoces que Juan llevaba en el casco.

—¿Juan? ¿Todo bien?

—Nate, acabamos de obtener una coincidencia sobre el contenido de ese dispensador de agua que confirma que usaron mi algoritmo. Y peor todavía: han creado fragmentos genéticos que probablemente no veremos en humanos hasta dentro de tres millones de años.

—¡No veas! ¿Me estás diciendo que...

—Sí. Lo que le estoy dando de beber a este ratón es para un experimento genético que va más allá de lo imaginable. Hay casi dos mil genes distintos implicados en este cambio. Ni siquiera soy capaz de empezar a expresar lo peligroso que puede resultar.

—Y resulta que lo administraban a pacientes de cáncer.

—¿Que qué? —exclamó Juan.

—Mierda, se supone que no tenía que decírtelo. Pero sí, en los dos lugares donde ha habido incidentes parece que un paciente de cáncer bebía de una de estas unidades.

—¿Y qué pasó con ellos? ¿Han sobrevivido?

—Uno de ellos murió al entrar en contacto con uno de los terneros. El otro creo que está vivito y coleando.

A Juan se le agolpaban los pensamientos en la mente.

—Nate, ni siquiera puedo empezar a expresar lo preocupado que estoy sobre el contenido del dispensador de agua. Probablemente tarde un par de años, con un equipo dedicado a ello, en averiguar qué provocarán esos cambios de ADN...

La voz de Juan se fue apagando al fijarse en que la ratona preñada escarbaba en el lecho de la jaula y se lamía los genitales. Se levantó la visera y se acercó más a la entrada de la cabina de bioseguridad.

—¿Juan?

—Nate... el espécimen va a parir.

—¿Ahora mismo?

—Ahora mismo. Espera.

Bajo la atenta mirada de Juan apareció una manchita rosa. Casi de inmediato, la madre dejó de lamerse y cayó de costado.

Una cría de ratón, rosada y sin pelo, se deslizó al suelo de la jaula.

Sujetando el extremo de la mesa del laboratorio, Juan notó que se quedaba pálido.

—Nate, tenemos un problema.

La ratona, sacudiendo las extremidades inútilmente, empujó una segunda cría. De repente, el otro ratón adulto, el padre, enjaulado al otro lado de la cabina, empezó a dar muestras de sufrimiento.

—Juan, ¿sigues ahí?

Juan estaba subyugado por la visión. Los dos ratones adultos se estaban muriendo mientras las crías chillaban protestando a ciegas.

Aturdido, Juan tomó aire sin darse cuenta de que había contenido la respiración mientras observaba lo que debería haber sido imposible.

—Juan, ¿sigues ahí? —Nate habló con voz potente—: ¿Hace falta que llame a un equipo de rescate?

—No —repuso Juan, obligándose a respirar de forma regular mientras se apartaba de la cabina de bioseguridad—. Nate, sé qué pasó en esos ranchos. Y la gente que recibió esa cosa... podrían suponer un peligro para todos aquellos que los rodean.

—Llego en diez minutos.

Juan rechazó el vaso de agua con hielo que le ofrecían.

—Supongo que entiendes por qué siento cierta aversión por el agua ahora mismo. —Cogió de la mesa una botella de cola sin azúcar.

Estaba sentado en una sala de reuniones en la sede central del FBI junto con Nate y al menos una docena más de agentes del FBI y personal que no conocía. Nate solo había tenido tiempo de presentarle a una persona, Jeff Binghamton, el director adjunto del Departamento de Investigaciones Criminales, antes de que la puerta se abriera y se hiciera el silencio en la sala ante la llegada de un hombre de aspecto impecable de unos cincuenta años.

El hombre fue directo a Juan y le estrechó la mano.

—Doctor Gutiérrez, supongo. —Tenía una voz aterciopelada y una mano firme—. Soy Neil Wilson, el director del FBI. Me alegra que nos ayude en esto.

—Por supuesto, señor.

Todos se sentaron a la mesa y Binghamton dio inicio a la reunión resumiendo todo lo que se sabía hasta la fecha. Aunque Juan estaba al corriente de casi todo, algunos detalles eran nuevos para él, como el hecho que los agentes estuvieran rastreando bases de datos de hospitales de todo el mundo, intentando averiguar dónde se habían administrado los tratamientos contra el cáncer no autorizados.

Cuando Binghamton terminó, el director se dirigió a Juan.

—Doctor Gutiérrez, ¿puede explicarnos en palabras llanas lo que cree que está pasando? ¿A qué nos enfrentamos exactamente? Entiendo que se trata de algún tipo de mutación genética a través de un virus que se emplea en pacientes de cáncer, ¿es así?

Juan abrió la lata de cola y dio un buen sorbo para templar los nervios.

—Señor, no es realmente una mutación. Estos virus son distintos de los virus normales que provocan un resfriado. Son los tipos de virus que se utilizan en la terapia genética. Tienen unas células diana cuyo material genético modifican para arreglar aquello que hace enfermar a un paciente determinado. Por desgracia, estos virus... no puedo decir exactamente qué están haciendo. Hay dos mil genes modificándose a la vez, y eso produce efectos en cascada.

—¿Un sorbo de esa agua es capaz de infectar?

—Aún no lo sé a ciencia cierta. Podría ser. Pero sospecho que habría que recibir una infusión regular de los virus y, con el tiempo, más y más células quedarían modificadas.

El director asintió.

—Es parecido a la quimioterapia, en la que se inyecta una especie de veneno localizado que trata de eliminar el cáncer del organismo.

—Sí, exacto. —A Juan lo impresionó lo acertado de la analogía. Aquel hombre no era tonto.

—¿Y cómo encaja esto con lo que vio esta mañana? Según el informe recibido, los ratones adultos no se vieron afectados por el virus, solo las crías. ¿Tiene una teoría al respecto?

—Sí. La terapia genética se ha limitado tradicionalmente a las células somáticas, lo cual significa que las crías no heredan las modificaciones genéticas. Pero está claro que este virus presenta alguna modificación de la línea germinal, por lo que sí que afecta al esperma y al óvulo. Dicho esto, no observamos ningún efecto en los adultos que ingirieron el virus aparte de una febrícula. Sin embargo, algo extraordinario sucedió en las crías. En cuanto nacieron, la madre empezó a tener convulsiones. Y al cabo de unos segundos, el padre, que estaba a por lo menos treinta centímetros en una jaula distinta, también empezó a convulsionar.

—¿Cómo es eso posible? —preguntó uno de los hombres sentados frente a Juan.

Juan se encogió de hombros.

—Odio hablar por hablar, pero tengo una hipótesis. Cuando hueles algo, significa que has inhalado partículas suspendidas en el aire. Cuando entras en un servicio de hombres y notas un olor desagradable, eso indica que hay partículas volátiles que flotan en el aire y que las estás inhalando.

La expresión de los rostros de los demás indicó a Juan que había encontrado una analogía fácil de entender.

—Así pues, mi hipótesis es que estas crías de ratón, como pasó con las de vaca de los ranchos, despiden un olor, es decir, envían partículas al aire, que provocan una reacción grave a quienes las rodean. Aún no hemos practicado la autopsia a los ratones muertos, pero sí hemos realizado la autopsia a las víctimas humanas de los ranchos, y todas ellas parecen haber sufrido un choque anafiláctico, lo cual encaja con mi hipótesis.

—Pero los ratones no reaccionaron a las muestras recogidas de los terneros —intervino Nate—. ¿No cabría esperar que un olor tan poderoso permaneciera?

Juan tamborileó en la mesa de reuniones.

—Sí. Por ahora no es más que una hipótesis, hay que estudiarla. Pero lo que sí puedo decir es lo siguiente: quienquiera que hizo esto está utilizando un modelo de fragmentos de ADN altamente evolucionado, que está muy lejano en el futuro. Y es concebible que, para entonces, en esta senda evolutiva predicha, todas las criaturas hayan desarrollado sistemas inmunitarios tan agresivos que no esperarán a que una infección penetre en su organismo, sino que antes buscarán qué destruir. Cosas fuera de su cuerpo. Si es el caso, tendría sentido que las muestras de los terneros no tuvieran efecto. Porque, una vez el animal muere, su sistema inmune deja de funcionar.

El silencio de la sala se hizo largo... e inquietante.

Al final, el director habló.

—Bueno, chicos, creo que es todo lo que necesito. Hoy mismo me reúno con el presidente. Quiero que sigáis rastreando estos virus. Tenemos que poner freno a esto antes de que se convierta en una pesadilla. No queremos que estos virus acaben en el suministro de agua de una ciudad importante.

Cuando la reunión se dio por concluida, Juan llamó a Nate a un lado.

—Nate... esto es más grave de lo que esperaba. Jennifer y yo solos no podemos encargarnos de todo. Yo ya estoy exhausto y...

Binghamton, que estaba por allí cerca, intervino.

—De hecho, doctor Gutiérrez, ya he recibido autorización para aumentarle el personal, con efecto inmediato. Vaya a casa y descanse. Cuando llegue mañana al laboratorio, ya le estarán esperando. Algunos llegarán hoy mismo.

—Gracias —dijo Juan.

Nate posó una mano en el hombro de Juan.

—Tu coche sigue en el laboratorio, ¿no? Puedo llevarte a tu casa y ya dispondremos para que alguien pase a recogerte más tarde. Espera un segundo, que tengo que hablar con Jeff.

Juan exhaló un suspiro y asintió. Estaba tan exhausto, que habría accedido a cualquier cosa.

Peor, estaba preocupado. Aquel material genético ya estaba allí fuera, en el mundo. Por supuesto que podía analizarlo, quizá incluso entenderlo. Pero ¿qué podía hacerse para detenerlo?

«Estamos jodidos».

CAPÍTULO VEINTIDÓS

Nate acompañó a su supervisor a una sala segura, una de las varias del edificio que se utilizaban como Centros de Información Sensible Compartimentada. En cuanto la puerta se cerró tras ellos, Nate preguntó:

—¿Qué pasa? ¿Por qué estamos en una sala de este tipo?

—¡Por esto! —gruñó Jeff—. Le tendió un sobre a Nate—. Ya he buscado huellas. No hay nada.

Nate abrió el sobre, extrajo una única hoja de papel y la leyó:

«Dos agentes de los servicios de Inteligencia alemana se han infiltrado en la Comunidad de Inteligencia. Tienen órdenes de recuperar un activo de inteligencia relacionado con el compartimento DRWN. Deidrick Müller y Hans Reinhardt son dos de las personas implicadas. No sé a ciencia cierta cuántos activos controlan».

A Nate se le aceleró el pulso.

—¿De dónde coño ha salido esto?

Jeff se pasaba las manos por el pelo mientras recorría la pequeña sala de un lado a otro.

—No tengo ni puta idea, pero me encontré ese sobre en el salpicadero del coche. ¡Lo dejaron allí cuando estaba en el aparcamiento de mi casa!

Nate no lo había visto nunca tan angustiado.

—¿Se metieron en el garaje solo para dejar esto? ¿Sabemos si es auténtico? No tenemos indicios de que inteligencia esté involucrada, ¿no?

—Ahora mismo no sé qué pensar.

—Un momento. —Nate dio un golpecito con el pie al caer en la cuenta de que algo le sonaba en ese mensaje. Los nombres de esa nota...

—Mierda. Esos nombres aparecían en el informe que recibí de la estudiante de Georgetown. La que fue rescatada en la isla.

—En ese caso, supongo que el «activo» del que hablan es Gutiérrez.

—¿Crees que deberíamos recurrir al Servicio Secreto?

—Tengo una reunión con la directora adjunta hoy mismo, hablaré con ella y ya veremos. Mientras tanto, no podemos permitirnos el lujo que le pase algo a Gutiérrez. Ya he dado órdenes de que haya alguien apostado a la puerta de su habitación de hotel a todas horas. Doblaré las medidas de seguridad y me aseguraré de que tenga una escolta de dos coches vaya adonde vaya. Y no quiero que vaya solo a ningún sitio. Si le pasa algo a ese tío, estamos perdidos.

—¿Y los dos agentes de inteligencia? ¿Vamos a hacer algo con ellos?

Jeff asintió.

—Ah, sí. Tenemos que encontrar a esos dos idiotas y a quienquiera que esté con ellos. Probablemente fueran los que «visitaron» a Gutiérrez en su apartamento de Arlington. En cuanto sepamos dónde están, necesitaré que prepares un equipo. Tenemos que interrogarlos y lo más probable es que no se presenten por voluntad propia.

Nate empezó a urdir un plan.

—Puedo examinar las bases de datos para ver si alguno de esos nombres aparece en las entradas en el país y, si es así, quizá podamos conseguir una grabación de la zona de entrada a la aduana para identificarlos.

—Bien. Y, por si se te ha pasado por la cabeza, no hace falta decirle al doctor lo que está pasando. Ya tiene bastantes preocupaciones. Le diré que estoy siendo más que prudente por su seguridad.

Nate guardó la nota en el sobre y se lo metió en el bolsillo de la americana.

—Prepararé mis recomendaciones para el equipo y te las enviaré en cuanto estén listas.

—Esta tarde. No sabemos lo desesperados que están esos tipos.

La fatiga que Nate había sentido se desvaneció cuando un escalofrío electrizante le recorrió el cuerpo. Dedicó una sonrisa fría a su supervisor.

—Entendido. Los pillaremos.

Nate pasó de correr a caminar al acercarse a la tumba de Madison.

Habían pasado dos días desde su última conversación con Jeff. El equipo se había formado; casi todos los integrantes eran exmilitares, de operaciones especiales, y dos de ellos ya les seguían la pista a los sospechosos. Nate notaba la electricidad en el ambiente, como si intuyera que en cualquier momento recibiría una llamada diciéndole que habían localizado a uno de los sospechosos.

Parpadeó para quitarse la lluvia de los ojos cuando se arrodilló ante la tumba de Madison.

—Maddie, a veces desearía estar contigo. El trabajo es como una pesadilla. Ha habido varias víctimas mortales y no sabemos quién es el responsable. Y hay un médico corroído por la culpa que trabaja sin descanso intentando salvar gente porque alguien utiliza el fruto de su trabajo contra otros.

El sol acababa de asomar por el horizonte y el cementerio estaba en silencio a excepción del sonido de la llovizna y del trino de los pájaros que celebraban la primera luz de un nuevo día. Nate levantó la cabeza, unas gotas de lluvia le entraron en la boca e intentó relajarse. Había acumulado mucha tensión en los últimos días. Necesitaba esa visita a Madison. Necesitaba desahogarse.

—La medicina es muy distinta ahora, Maddie. Ni te imaginas en lo que ha estado trabajando el doctor. Antes de que empezara esta pesadilla, intentaba encontrar una cura para el cáncer. —A Nate se le hizo un nudo en la garganta—. A lo mejor te habría curado si hubieras enfermado ahora en vez de hace veinte años.

Empezó a llover con más fuerza y, mezclado con el de las gotas, se oyó el sonido de unos neumáticos al detenerse en el asfalto mojado.

Nate se olvidaba del mundo cuando se arrodillaba ante su esposa, y la calma se apoderaba de él. Tal vez aquella fuera la manera que Madison tenía de ayudarlo en los momentos difíciles; tal vez no fuera más que una forma de meditar que había perfeccionado con los años. Daba igual. Siempre se sentía mejor después de pasar por allí.

Cuando oyó unos pasos irregulares acercándose, no le hizo falta abrir los ojos para saber quién era.

—Buenos días, señora Jacobsen.

—Buenos días, querido. He traído más margaritas para tu Madison.

Cuando Nate abrió los ojos, le sorprendió ver lo luminoso que se había levantado el día. La señora Jacobsen iba de negro, como de costumbre, y sujetaba un puñado de margaritas desiguales con sus manos hinchadas, artríticas.

Nate cogió las flores y las colocó encima de la tumba de Madison.

—Gracias.

La señora Jacobsen empezó a rebuscar en su bolso.

—Y un amable joven me ha pedido que le dé una cosa.

Una alarma se disparó en el interior de Nate.

—¿Un joven?

—Sí, pasó por el geriátrico y me dijo que tú y él erais amigos. Me dijo que se marchaba a... bueno, ahora que lo pienso, creo que no dijo adónde. Solo que dijo que estaba en deuda contigo y que esto zanjaría el asunto. —El sonido de las monedas del monedero quedó interrumpido por una exclamación—: ¡Oh, aquí está! —Sacó un lápiz USB y se lo tendió a Nate.

Él la miró, desconcertado.

—¿Sabe qué es?

—No, ni idea.

—Señora Jacobsen, ¿puede describir al hombre que se lo entregó? ¿Le dio algún nombre? ¿Cómo sabía que usted iba a verme?

—Bueno… iba vestido como si se fuera de vacaciones. Llevaba gafas de sol y un sombrero bermuda bastante elegante. —Se le acusaron las arrugas cuando frunció el rostro en señal de concentración. —Vaya, debo de estar volviéndome senil, o quizá es que soy una vieja tonta. Me parece que no me dijo cómo se llamaba. Pero estaba claro que te conocía. Te describió a la perfección. Y sabía que estarías al lado de Madison esta mañana. ¡Jesús! Eso no es tan difícil de predecir, ¿no? —Sonrió—. ¿Qué puede ser tan importante? Incluso me dio veinte dólares para asegurarse de que te lo entregaría. Intenté disuadirlo, por supuesto, pero insistió.

Nate sonrió.

—Bueno, me alegro de que me lo haya devuelto. Gracias por traérmelo. ¿Qué tal se encuentra esta mañana?

Ella resopló y enarcó una ceja.

—No te creas que no me he dado cuenta de que intentas cambiar de tema, jovencito. Pero no es asunto mío. —Exhaló un suspiro—. Supongo que me siento tan bien como estos huesos míos de ochenta y seis años son capaces de sentirse. La cabeza de ochenta y seis años es lo que me preocupa. Como me he esforzado para acordarme de traerte esta cosa, se me ha olvidado completamente traerle la petaca a Warren.

—Oh, qué mal me sabe. ¿Puedo hacer algo?

—No, no pasa nada. Warren lo entenderá. —La anciana arrugada le dedicó una sonrisa con sus dientes amarillentos, le dio una palmadita en la mejilla, se dio la vuelta y se acercó con paso tambaleante a la sepultura de su esposo.

Nate escudriñó la zona para ver si veía por allí a alguien que los observara. Aparte de la señora Jacobsen y del chófer, que leía una revista con cara de aburrido, no había nadie más en su campo visual.

Nate bajó la mirada hacia el lápiz USB que tenía en la mano. Bajo la funda protectora había un lector de huellas dactilares.

Miró a la anciana, que estaba a casi cincuenta metros, y negó con la cabeza. ¿Quién demonios le daría a una vieja loca un dispositivo de almacenamiento con encriptación biométrica?

Nate recorrió el cementerio con la mirada, agudizando todos los sentidos.

«Quienquiera que haya enviado esto tiene acceso a mis datos biométricos y ha observado mis movimientos».

Mientras el último miembro del equipo de inteligencia tomaba asiento, Nate conectó su portátil al cable del proyector y puso la presentación de PowerPoint. Uno de los agentes accionó un interruptor en la pared y las ventanas se volvieron opacas.

Jeff comenzó.

—Esta mañana le ha sido entregado al agente Carrington un dispositivo de almacenamiento encriptado con información sobre la operación que hemos estado investigando a través de una tercera persona ajena a todo esto. El dispositivo estaba preparado para que solo fuera accesible con la huella de Nate. Esto solo puede haberlo hecho alguien con acceso a nuestros registros de Recursos Humanos.

—¿Crees que ha sido alguien de la Comunidad de Inteligencia? ¿Alguien con acceso de alto nivel? —preguntó Sheila Franks, la directora adjunta. Era la número dos del FBI, justo por detrás del director. Tenía fama de ser brillante, fuerte y práctica.

—Seguro que sí. —Jeff asintió—. Pero también parece ser una operación clandestina. Hace meses que busco quién lleva esto y cada vez termino en un callejón sin salida.

—¿Has hablado con la Firma? —preguntó.

—La inteligencia británica no tiene nada sobre el tema. Hemos recogido algunos datos a través de nuestra filtración a la INTERPOL, pero no aparecía nada. Hasta hoy. Gracias a los archivos entregados al agente Carrington, tenemos mucho sobre lo que trabajar. Pero ahora voy a ceder la palabra a Carrington.

Jeff se sentó y Nate carraspeó. Notó que la directora adjunta lo miraba fijamente.

Proyectó la primera página de la presentación.

—Lo que han grabado en el dispositivo no ha permitido recopilar una historia básica de la operación, que se archivó en el compartimento llamado DRWN.

—El proyecto DRWN lleva tiempo estudiando cómo la ingeniería genética podría avanzarse a ciertos escenarios de combate. Activos con la formación apropiada se colocaron en empresas de investigación biomédica con la esperanza de extraer tecnologías de la industria privada para potenciar nuestro Ejército. La investigación de AgriMed sobre simulaciones de genética evolutiva se encontraban entre los objetivos del DRWN, y cuando el DRWN consiguió extraer suficientes datos de AgriMed para poder duplicarlos en una investigación propia, entonces empezamos a tener conocimiento de experimentos en el mundo real.

—Usando los conocimientos apropiados, se iniciaron investigaciones para crear con ingeniería genética canes que pudieran luchar junto a soldados. Esa fase del proyecto se canceló debido a problemas relacionados con la incapacidad de controlar a los sujetos de la prueba.

—La siguiente fase consistía en la investigación avanzada encaminada a la modificación genética de especies aviares para obtener comportamientos agresivos en las bandadas y poder dirigirlas en ataques controlados contra el enemigo.

—¿Quién coño autoriza este tipo de locura? —espetó Franks—. Perdona, continúa.

Nate pulsó la barra espaciadora y habló siguiendo los puntos que aparecían en la página.

—Esa fase se cerró cuando se produjo un accidente. —Señaló la pantalla—. Me llamaron personalmente para investigar las secuelas de la investigación aviar. Un par de civiles fueron a parar a la isla remota en la que se realizaba la investigación. Y antes de correr algún riesgo, quienquiera que lleve la batuta en esto decidió lanzar napalm en toda la isla. Mi investigación del incidente apuntó a que tanto la CIA como los servicios de inteligencia alemanes pueden estar implicados.

—Señora directora —dijo Jeff—, debo señalar que investigamos esas dos sospechas a conciencia. Con la CIA no llegamos a ningún sitio, negaciones por todas partes. Y con respecto a la inteligencia alemana, presenté una petición de vigilancia al tribunal de la FISA y me la denegaron.

Franks asintió.

—Entendido. —La directora indicó a Nate que continuara.

Él pasó a la siguiente diapositiva.

—Los informes indican que, después del incidente con las aves, se hicieron esfuerzos por concluir todo el proyecto DRWN, pero para entonces parece que los implicados ya habían ido por libre con la excusa de los objetivos «humanitarios». Es decir, varios elementos de esta investigación genética acabaron en ensayos con humanos. Para colmo de males, la Administración de Veteranos fue una de las vías nacionales primarias para los ensayos clínicos no autorizados.

La directora adjunta cerró los ojos y se sonrojó un poco.

—Continúa, Carrington, te escucho. Es que estoy intentando imaginar qué tipo de personajes experimentarían con nuestros veteranos.

Nate se había planteado lo mismo.

—Sí, señora. —Nate pasó de diapositiva—. Los ensayos con humanos se realizaron solo con pacientes en fase terminal, y la buena noticia, si es que hay alguna, es que algunos de esos experimentos pueden haber beneficiado a sus participantes. Después de eso, los ensayos saltaron más allá de nuestras fronteras. Sabemos de tres lugares de tratamiento en América del Sur y otro en Londres.

—Por desgracia, parece que los protocolos clínicos no se controlaron con el debido rigor. En dos ubicaciones, una en Nevada y otra en Argentina, se produjeron accidentes que provocaron la muerte tanto de personas como de ganado. Acudí a ambas ubicaciones y mi equipo recogió datos forenses.

—Para comprender mejor lo ocurrido, reclutamos al médico responsable de la investigación inicial de AgriMed que se había robado. Él nos ha ayudado a aplicar el protocolo de intervención a lo que nos enfrentamos. Y lamento decir que es desalentador.

Nate pasó a la siguiente diapositiva, en la que aparecía una foto de la devastación de Buenos Aires.

—El medicamento de los ensayos se mezcló con agua normal y los participantes bebieron el agua medicada varias veces al día. En ambos accidentes fatales, esa agua tratada fue administrada a hembras de reses preñadas porque se habían puesto enfermas. Los animales no presentaron efectos nocivos por la medicina, pero, cuando parieron, los terneros resultaron ser tóxicos.

—¿Tóxicos? ¿Qué quieres decir? —preguntó Sheila. Tenía los labios tan apretados que parecían dos líneas horizontales.

—Bueno, en cuanto nacieron, todo ser vivo que estaba cerca murió. En Nevada murieron casi cien cabezas de ganado, junto con un veterinario y las dos primeras personas que acudieron al lugar. En Argentina murieron más de una docena de hombres junto con más de mil animales. La policía federal argentina pidió ayuda a través de canales militares extraoficiales y un equipo de las Fuerzas Especiales se puso a su disposición. Yo encabecé un pequeño equipo para realizar el análisis forense.

Franks repiqueteó la mesa de reuniones con las uñas.

—A ver, y si una vaca preñada bebe esa agua y pare a un monstruo que mata todo lo que lo rodea, ¿qué pasa si una mujer embarazada bebe de la misma agua?

—Esa es la gran preocupación, señora —reconoció Jeff—. Y es una preocupación real de la que tenemos que hacer seguimiento. Gracias a esta unidad encriptada, el agente Carrington ha podido compilar una lista de ciento cuarenta y tres pacientes que han sido tratados con la medicina. Nombres y direcciones. Cuarenta y cinco de ellos están en Estados Unidos. El resto están en América del Sur o en el Reino Unido.

Franks golpeó la mesa con el puño y sacudió la cabeza.

—Esto es una puta pesadilla. Hablaré con el director, pero probablemente haya que informar al presidente. —Se volvió hacia Jeff y dijo—: Podemos acabar teniendo que poner en cuarentena a ciudadanos estadounidenses, así como a otros del extranjero por algo que es culpa de la Comunidad de Inteligencia. Estudiad los procedimientos y ampliad la lista a los familiares, como mínimo. Por si alguien más de la casa se infectó con la supuesta «medicina».

—Entendido, señora —respondió Jeff—. Mi equipo planificará la logística. Estaremos pendientes de lo que usted ordene.

Sheila Franks negó con la cabeza al levantarse y dirigirse a la puerta.

—No será lo que yo ordene, ni lo que ordene el director. Si esta mierda sale a la luz, será responsabilidad del presidente. ¿Está claro?

—Clarísimo, señora.

Cuando se levantó la sesión, Nate llevó a Jeff a un lado.

—Esto va a ponerse feo, ¿verdad?

—Más de lo que imaginas. No he tenido ocasión de pillarte antes de la reunión, pero he hecho comprobaciones de esa lista de pacientes. Más de media docena de ellos han muerto envenenados en los últimos meses.

—¿Alemanes? —preguntó Nate.

—Eso es lo que quiero que averigües.

Megan estaba lavando los platos cuando llamaron a la puerta.

—Ya voy yo —dijo Frank desde la sala de estar.

Terminó de lavar el cazo que tenía entre las manos, cerró el grifo y fue a ver quién había llegado. Se encontró en el salón con dos hombres de la oficina del *sheriff*, junto con otros dos con cortavientos del FBI.

Frank levantó los brazos cuando uno de los agentes sacó la pistola de la cartuchera.

—¡Frank! —exclamó presa del pánico—. ¿Qué ocurre?

—No pasa nada, cariño —respondió Frank con voz calmada—. Es algo sobre el tratamiento contra el cáncer de la clínica de veteranos.

—¿Les has dicho que robaron la dichosa caja? —A Megan le latía el corazón con fuerza en el pecho.

—Cariño, no creo que sea por eso.

Uno de los agentes del FBI pasó un instrumento por la frente de Frank.

—37,8.—Entonces se acercó a Megan—. Señora O'Reilly, a usted también tenemos que tomarle la temperatura. No se preocupe, es algo rutinario. —Sin esperar a que le diera permiso, le pasó el instrumento por la frente—. 37.

Megan se acercó a Frank y lo cogió del brazo. Aquello no le gustaba nada.

—¿Por qué nos toman la temperatura? ¿Qué pasa?

El otro agente del FBI le dio una tarjeta de visita.

—Señor y señora O'Reilly, tenemos órdenes de llevarnos para observación a todos los pacientes del ensayo clínico en el que participó el señor O'Reilly.

Megan se quedó boquiabierta.

Frank le frotó la espalda con ademán tranquilizador.

—¿Tendremos que pasar la noche allí?

—Sí, señor. Debería preparar una pequeña maleta. Lo llevaremos a un centro de observación que no está lejos de aquí.

—Pero, Frank...

—Shh, no pasa nada, cielo. ¿Me ayudas a hacer la maleta?

Megan se volvió hacia los agentes.

—¿Para cuántos días?

Los agentes intercambiaron una mirada.

—Tres días por lo menos. Aún no lo sabemos a ciencia cierta.

—Y si necesita más ropa, ¿podré visitarlo? —preguntó Megan.

—Señora, siento decirle que en estos momentos no lo sé. Acabamos de enterarnos hace unas horas. Llame mañana al número de la tarjeta que le he dado. Entonces le informarán mejor.

Frank le hizo una seña para que fueran a su dormitorio.

—Cielo, hagámoslo de una vez.

Megan lo miró de hito en hito. Lo veía preocupado, pero intentando disimular por ella. Hizo que se agachara un poco para darle un beso.

—Estás bien y, cuando vuelvas, te prepararé algo especial.

Frank le dio un beso en la coronilla, como hacía siempre que intentaba que se sintiera mejor.

Megan le tomó del brazo y lo llevó al vestidor.

—Hagamos la maleta.

No pudo evitar darse cuenta de que uno de los agentes del FBI los había seguido por el pasillo y los observaba en silencio mientras ayudaba a Frank con la maleta.

Mientras los otros estudiantes que había en la biblioteca Bloomer de Ciencias se encaminaban a la salida, Kathy guardó el portátil en la mochila, se la colgó al hombro y los siguió escaleras abajo. Eran las ocho de la tarde y se había pasado casi todo el día estudiando.

Cuando salía del edificio, dos agentes con cortavientos del FBI le barraron el paso.

—¿Katherine O'Reilly?

—¿Sí? —Se quedó callada y de repente reconoció a los agentes que hacía meses la habían abordado a la salida de la residencia—. ¿Agentes Carrington y Ragheb? ¿Necesitan algo?

Carrington hizo un gesto hacia el edificio que Kathy acababa de dejar.

—¿Te importa si entramos? Sería mejor hablar en privado.

—Por supuesto. —Kathy pasó su identificación por la entrada del edificio y condujo a los agentes a una sala que estaba abierta. Cuando tomó asiento, tuvo la impresión de que los agentes estaban incómodos.

—Estamos aquí porque... bueno —empezó a decir el agente Carrington—, tenemos que tomarle la temperatura.

Kathy se encogió de hombros.

—Bueno... no tengo inconveniente.

Ragheb le pasó el termómetro digital por la frente.

—37,8.

—Mierda —masculló Carrington.

A Kathy no le gustó el comentario.

—No tienen por qué preocuparse. Ya sé que tengo fiebre, pero me encuentro bien. ¿De qué va esto?

El agente Carrington estaba sentado frente a ella. Se inclinó hacia delante con los codos apoyados en las rodillas y habló con tranquilidad.

—Esto va del tratamiento que recibió tu padre en la clínica de veteranos. Hay cierta preocupación acerca de las personas que hayan podido estar expuestas a él. Me temo que tenemos que ponerte en observación.

—Pero yo no recibí ningún tratamiento —adujo Kathy—. Solo mi padre.

—Una de las señales de exposición es tener una fiebre no muy alta. ¿Es posible que en algún momento bebieras de la medicación de tu padre sin querer? Sería fácil equivocarse, porque parece agua.

Kathy recordó aquella tarde en que se había bebido un vaso de agua que era para su padre.

—Puede ser... por equivocación. Un momento, ¿han hablado con mi padre de esto? ¿Está también él en observación? ¿Y qué significa lo de la observación? Ya tengo el billete de avión para ir a Nevada dentro de dos días, cuando empiezan las vacaciones de primavera.

—Kathy, ya sé que esto es una sorpresa poco grata —dijo Carrington con voz queda y tranquilizadora—. Hemos preparado un sitio en el que puedan observaros tanto a ti como a tu padre. Estaréis juntos. Solo queremos controlar vuestro estado de salud.

Kathy intuyó que no tenía más remedio que acceder.

—Bueno... ¿qué hacemos? ¿Recojo mis cosas?

La agente Ragheb sonrió.

—Por supuesto. Te acompañaré a la residencia mientras el agente Carrington va a buscar el coche.

Kathy se levantó y de repente notó una sensación extraña en el estómago. No entendía qué estaba pasando. ¿Tenían algún problema ella o su padre?

—Agente Ragheb, ¿están siendo sinceros conmigo? —Se le quebró la voz mientras contenía las lágrimas con un parpadeo.

Ragheb se le acercó y le dio un abrazo.

—Todo irá bien, te lo prometo. Es por precaución.

No obstante, en el fondo de su ser, Kathy sabía que era mucho más que precaución.

Nate se despertó al oír el ring del teléfono. Lo cogió de la mesita de noche.

—Carrington.

Era Jeff.

—Nate, esta mierda ha salido a la luz. Tienes que ir a buscar ya al doctor Gutiérrez.

—Jeff, ¿de qué estás hablando? ¿Es por la carta que recibiste? ¿Qué está pasando?

—No, totalmente distinto. Hay un hospital rural en Virginia Occidental. Mira, te voy a leer el informe tal como ha salido de la oficina del *sheriff* de McDowell County: «El servicio de emergencias del 911 recibió una llamada del Welch Community Hospital. Seis muertos: un médico, tres enfermeras y otras dos personas. La oficina del *sheriff* envió tres coches patrulla para investigar y confirmar el suceso. Se ha informado del nacimiento de una bebé en el quirófano, viva, pero las dos primeras personas que estuvieron en contacto con ella han muerto por causas desconocidas.

»Los agentes del FBI de la oficina de Beckley respondieron a la emergencia y se dispuso transporte de urgencia para el recién nacido a la unidad de biocontención de nivel 4 del sistema nacional de salud de Bethesda.

»Según el último informe, han muerto siete varones y una mujer adulta. Todos los cadáveres están en cuarentena en el campus principal del sistema nacional de salud, junto con la recién nacida».

Jeff hizo una pausa.

—¿Quieres oír la traca final?

Nate sintió un vacío interior al responder como un autómata:

—Sí, por qué no, ya puestos...

—Uno de los tipos muertos estaba en nuestra lista. Lo trataron contra el cáncer en la clínica de veteranos de Martinsburg, Virginia Occidental. Iban a recogerlo para ponerlo en cuarentena mañana.

—O sea que ya está. Está ahí fuera. Ya se nos ha escapado de las manos.

—No nos precipitemos. Ya veremos. Ve a buscar a Gutiérrez. Yo continuaré asegurándome de que reunimos a toda la gente de la lista, pero necesito que trabajes con el doctor para ver qué hacer en cuanto tengamos a esa gente.

Nate lanzó una mirada al reloj que tenía en la mesita de noche y gimió. Eran las 3.30 de la mañana.

—Enseguida.

—Mantenme informado.

CAPÍTULO VEINTITRÉS

Cuando los primeros indicios de luz se filtraron por la ventana de la habitación de paredes de hormigón, Frank parpadeó. Estaba preocupado por Megan, pero ni siquiera podía hablar con ella. El personal militar que se encargaba del centro de observación decía que ahí no había teléfonos. Aquello le parecían pamplinas. Como llamar a ese lugar «centro». Frank sabía identificar un campo de prisioneros militar. Dejó las piernas colgadas fuera del catre, se restregó los ojos y observó lo que lo rodeaba.

Su habitación era una estancia de dos metros y medio por tres con paredes de desnudas de hormigón. Lo único que había era un catre y un baúl, en el que había introducido el contenido de su maleta. Le habían quitado el resto de sus objetos personales, como la navaja de bolsillo que siempre llevaba encima, e incluso un guarda se había llevado su maleta adonde fuera.

Por lo menos no lo habían dejado encerrado en la diminuta celda. Por ahora.

Con ojos soñolientos, se levantó y salió de la habitación. La salida del edificio estilo barracón se encontraba al final de un pasillo anodino, flanqueado por una docena de puertas cerradas. En el exterior, un pertinaz olor a ceniza impregnaba el aire. Eso, junto con la apariencia quemada del terreno rocoso, indicó a Frank que había habido un incendio recientemente.

Se encaminó a las letrinas, que no eran más que una hilera de baños químicos situados junto a la verja, de casi cuatro metros de alto y coronada con alambre de espino.

Sí, desde luego que eso no era un «centro de observación» clínico.

Cuando abrió la puerta del lavabo más cercano —que, por suerte, estaba en buenas condiciones—, Frank entendió algo enseguida.

Estaba en una cárcel.

En cuanto Kathy aterrizó en Las Vegas, un agente del FBI la esperaba en la puerta y la acompañó a la salida.

—¿No tenemos que pasar por la zona de recogida de equipaje? —preguntó Kathy—. Tengo una maleta con todas mis cosas.

Los ojos del hombre permanecían ocultos tras unas gafas de sol oscuras, y tenía un rostro impasible.

—Nos encargaremos de su maleta, señorita. Está marcada y saldrá del avión de las primeras. Alguien la llevará al autobús antes de que nos marchemos.

Esperaron al «autobús» en el exterior de la terminal principal del aeropuerto McCarran. El agente nunca se separaba de ella más de dos metros, lo cual la incomodaba. Desde allí, notando aquel ambiente seco y cálido, intentó llamar a casa, pero no tenía señal. Eso la preocupó, aunque seguramente no fuera grave.

Un autobús se detuvo delante de ellos.

—Es el suyo —indicó el agente—. No llevaba marca alguna, todas las ventanas estaban tintadas y la matrícula era del Gobierno. Nada de todo aquello la relajó.

La puerta se abrió y el agente la hizo subir. Se le puso la piel de gallina al notar la baja temperatura del aire acondicionado. Había varias personas a bordo y Kathy notó una sensación generalizada de desconcierto.

Se sentó sola y el autobús se puso en marcha.

Durante un buen rato el único sonido fue el zumbido del motor mientras el vehículo circulaba. Como el cristal de las ventanillas estaba tintado, no tenía ni idea de adónde iban, y su teléfono seguía sin tener cobertura.

Aquello no le gustaba. No le gustaba nada de nada.

Tras un viaje largo, Kathy no sabía cuánto porque se quedó dormida, el autobús se paró de golpe. La puerta delantera se abrió con un silbido y los pasajeros salieron en desorden. Un par de ellos se susurraban en español, lo cual no hizo más que intensificar la sensación de aislamiento de Kathy. No solo no los entendía, sino que se tenían el uno al otro para hablar. Ella no tenía a nadie.

En el exterior, el sol brillaba con fuerza sobre un mundo marrón oliva con vallas de alambre de espino, soldados con armas en la cadera y edificios cuadrados de hormigón.

Parecía un campo de refugiados.

Se puso a esperar en la fila, rodeada de vallas altas. Las personas que tenía delante estaban siendo entrevistadas por unos soldados uniformados que hablaban español. Un soldado le hizo una seña para que le prestara atención.

—¿Me dice su nombre?

Se acercó al soldado, que iba provisto de un portapapeles y un lápiz.

—Katherine O'Reilly.

El soldado consultó sus notas.

—Aquí la tengo. Señorita O'Reilly, bienvenida al campamento Rayos X. —Le tendió una pequeña bandeja de plástico—. Deje aquí sus objetos personales. Se los devolveremos cuando se marche.

—Puedo quedarme el móvil, ¿no?

—Me temo que no —repuso el soldado con tono comprensivo—. Pero no se preocupe. Dispondrá de todo lo que necesite.

Con un profundo suspiro trémulo, Kathy dejó en la bandeja el móvil —su última conexión con la civilización—, junto con su bolso, en el que llevaba el cepillo del pelo, desodorante y todo tipo de cosas que echaría en falta.

—¿Sabe cuánto tiempo estaremos aquí? —preguntó.

El soldado se encogió de hombros.

—Lo siento, señorita. La verdad es que no lo sé. Estoy aquí para registrar su llegada y asignarle una litera, que está en... —Recorrió el portapapeles con el dedo— la habitación catorce de los barracones femeninos—. Le tendió una llave colgada de una cadena para el cuello.

Los barracones femeninos. ¿Significaba eso que no vería a su padre? Miró hacia la zona vallada y, aunque vio a varias personas con ropa de calle, no lo distinguió a él. En medio de aquel desolador campamento, necesitó hacer acopio de todas sus fuerzas para respirar con normalidad.

Avanzó en la fila y la atendió una mujer soldado que le tomó la temperatura. Mientras le pasaba el termómetro por la frente, Kathy vio un carro lleno de maletas que se alejaba.

—Perdone, señora, mi maleta está en ese carro.

—No se preocupe —la tranquilizó la soldado—. Ya les hemos asignado una habitación y dejarán sus cosas allí. Bienvenida al campamento Rayos X.

La soldado acabó con ella y Kathy se encontró sola. Ni siquiera le habían dicho qué edificio era el de los barracones femeninos. Mientras miraba en derredor, confundida, oyó un grito.

—¡Cariño!

Los ojos se le anegaron de lágrimas al instante.

—¡Papá!

Corrió hacia él, lo abrazó y lloró en su hombro.

Él la estrechó con fuerza en sus brazos.

—Por todos los santos, hija mía, ¿por qué te han traído aquí? ¿Ha sido porque...? Oh, cielos. —La separó de su cuerpo estirando los brazos mientras las lágrimas le surcaban las mejillas—. Ha sido por aquella vez que te bebiste mi agua por equivocación.

Kathy tenía un nudo en la garganta y solo fue capaz de asentir.

La volvió a abrazar con fuerza.

—Cuánto lo siento. Nunca pensé que eso te afectaría.

Cuando Juan entró en el laboratorio se encontró con, por lo menos, ocho técnicos. El nuevo equipo había empezado a pleno rendimiento y Juan se sintió aliviado. Les había dado mucho trabajo.

Se dirigió a uno de los nuevos miembros del equipo.

—Buenos días, Kevin. ¿Qué tal va?

—Buenos días, doctor Gutiérrez. Acabamos de completar los paneles metabólicos y tenemos algunos resultados.

Juan se sentó en un taburete.

—Por favor, recuérdame primero qué hemos testado y luego dame los resultados.

—Sí, señor. Tenemos ciento treinta ratones de laboratorio en estudio. A quince se les ha administrado la dosis mínima una vez; a otros quince se le ha dado la dosis máxima una sola vez. Los cien restantes se han dividido en cinco grupos de veinte, cada uno de los cuales ha recibido dosis diarias del agente viral durante los últimos diecisiete días. Cada grupo en un nivel distinto.

Juan asintió para que continuara.

—Les hemos hecho un chequeo de química sanguínea a todos los especímenes, inmediatamente antes y después de las dosis, y luego cada tres días. Los índices metabólicos basales están subiendo, pero, aparte de eso, no hemos visto nada fuera de lo normal. Los niveles de hierro, bilirrubina, proteína, tiroides, glucosa, potasio, albúmina, calcio, nitrógeno de urea en sangre, creatinina, electrolitos... todo es normal.

—¿Se observan variaciones en la temperatura corporal? —inquirió Juan.

—La temperatura alcanzó su máximo después del día uno, como ya sabe, pero se ha mantenido constante desde entonces.

—¿Hemos podido detectar algún antígeno en el torrente sanguíneo? ¿Y anticuerpos? ¿Hay alguna reacción linfocítica?

—No, señor. Lo cual es extraño, sobre todo en el caso de los ratones que reciben dosis diarias.

Juan suspiró y asintió.

—Supongo que esperaba que viéramos algo... la fiebre no basta para poner a alguien en cuarentena. —Se puso a tamborilear en la mesa del laboratorio mientras se estrujaba el cerebro, preguntándose qué más buscar. Y de repente cayó en la cuenta—. ¡Por supuesto!

—¿Señor?

Juan volvió a sentarse y sonrió.

—Niveles de oxígeno. Eso es lo que tenemos que analizar. Cuando estaba en el laboratorio de AgriMed vi variaciones en la absorción de oxígeno. ¿Y si metemos a nuestros pequeñines en cámaras para ver si detectamos algo distinto en sus exhalaciones?

—¿Qué le parecen unas cámaras de pletismografía? —Kevin le dedicó una sonrisa torcida—. Resulta que conozco un departamento que acaba de recibir un palé de ellas. Van a prepararlas para medir el metabolismo del etanol.

Juan se echó a reír.

—Esta sí que es buena. Ahora el FBI tiene alcoholímetros para ratones. Pero sí... nos irán que ni pintadas.

—Entonces, con su permiso, iré a cogerlas antes de que nadie se dé cuenta de lo que pasa.

—Adelante. Si alguien pregunta, di que lo necesitaba y que he hecho buenas migas con la directora adjunta. —Juan se encogió de hombros—. ¿Qué es lo peor que puede pasarme? ¿Que me despidan?

Kathy se sentó al lado de su padre con la espalda apoyada en la valla y las piernas estiradas. Los dos observaron la llegada de otro autobús.

—Papá, ¿cuánto tiempo llevas aquí?

—Han pasado tres días. ¿Lo ves? —Papá señaló el autobús sin distintivos—. Otro puñado de gente que participó en el ensayo médico de marras.

—Papá, el ensayo médico te curó, ¿no?

—Supongo. Pero, ¿a qué precio?

—¿Mamá sabe dónde estamos?

Papá exhaló un suspiro y dio una palmada a Kathy en la pierna.

—Cielo, no lo sé. Solo rezo porque no haya pillado un berrinche. Ya sabes cómo se pone cuando no se sale con la suya.

Kathy hizo rebotar la cabeza contra el enrejado y frunció el ceño cuando casi una docena de personas se apearon del autobús. Una de ellas llevaba un niño pequeño.

—Dios mío —exclamó Kathy—. Parece una familia entera.

Su padre asintió.

—Por lo menos están juntos.

Sabía que pensaba en su madre. Le había dicho que no había contactado con ella desde su llegada a aquel lugar.

—Me pregunto de dónde vienen.

Papá exhaló un suspiro.

—De Argentina y Brasil, sobre todo. He conocido a unos cuantos de California y a un tipo de la zona de Washington DC.

Kathy se rodeó las rodillas con los brazos.

—¿Alguien te ha dicho qué pasa con el tratamiento? ¿Por qué estamos aquí en realidad?

—Cielo, no sé exactamente por qué estamos aquí. Por el momento, lo único que hacen es controlarme la dichosa fiebre. Y, a decir verdad, no creo que esta gente lo sepa. Créeme que les he preguntado. Lo único que sé es que estos tipos de las Fuerzas Aéreas intentan no amargarnos la existencia. La comida está bastante bien; nada parecido a la cocina de tu madre, pero es mejor que la mierda que nos daban en el ejército. Pero... —se aventuró—, creo que sé dónde estamos.

Señaló hacia el norte.

—¿Ves esa gran extensión blanca?

Kathy puso la mano en forma de visera para protegerse del sol.

—¿Es una salina?

—Sí. Y estoy prácticamente convencido de que la montaña de atrás es Bald Mountain. Cuando eras pequeña subimos allí una vez. ¿Te acuerdas?

—Creo que... más o menos.

—Eso significaría que la llanura de sal es el lago Groom, en cuyo caso estamos a una o dos horas de casa. —Soltó una risita.

—Papá, ¿qué es lo que tiene tanta gracia?

—Pues que, cuando era niño, se oían rumores sobre esta zona. Decían que albergaba una base secreta de las Fuerzas Aéreas donde se ocultaban alienígenas. Bueno, yo no he visto ningún extraterrestre, pero supongo que lo de la base secreta de las Fuerzas Aéreas queda confirmado.

Una base secreta de las Fuerzas Aéreas. Donde nadie los encontraría. Rodeada de alambradas de espino, sin explicaciones, y sin tener ni idea de lo que esa gente pensaba hacer con ellos.

Kathy apoyó la cabeza en el hombro de su padre.

—Dios mío, espero que esto acabe pronto.

Juan había nombrado a Jennifer Green técnica jefe del laboratorio de biocontención. A ella le encantaba ese trabajo y, a diferencia de él, no le importaba el engorro que suponía el equipo de seguridad.

Por desgracia, él no podía evitar tener que ir al laboratorio. Hoy había entrado en él para instalar las cámaras de imágenes térmicas y ahora ambos estaban analizando los resultados.

—¿Ves esto? —señaló él—. Los ratones tóxicos de la cabina de bioseguridad tienen una temperatura similar a los que han recibido dosis, pero ¿ves a qué distancia proyectan el calor que emiten?

Jennifer se le acercó con el paso pesado que le permitía el traje presurizado y observó las pantallas de la cámara. Su voz se oyó a través del altavoz del traje de Juan.

—Qué curioso. Los ratones infectados presentan un perfil térmico normal; tienen fiebre, pero los gradientes de temperatura decrecen con normalidad. Pero estos chiquillos tóxicos emiten ondas de calor.

—Su consumo calórico no se corresponde con las gráficas. Supongo que toda esa energía tiene que gastarse de algún modo. ¿Hemos intentado poner ahí una placa de Petri estéril con un poco de agar para ver qué obtenemos?

—No, pero no podríamos cultivar ningún virus que pilláramos fuera de un huésped...

—Esa es la cuestión. No sabemos qué demonios despiden esas cosas. ¿Algún tipo de virus? ¿Una bacteria? ¿Un compuesto químico que se dispersa cuando el animal muere?

—Una forma de averiguarlo. —Jennifer se volvió hacia un armario de material y extrajo una pila de placas de Petri precintadas. En todas ellas había una fina capa de agar traslúcido.

—Fantástico. Abre una en la cabina de bioseguridad cerca de los ratones tóxicos. Déjala reposar un minuto o dos y luego la observaremos bajo el microscopio, a ver si aparece algo.

Jennifer usó unas pinzas por control remoto para empujar la placa de Petri al interior de la cabina, desprecintarla y quitar la tapa. Estaba acercándola a los ratones tóxicos cuando profirió un grito sordo.

La gelatina sólida había empezado a reaccionar.

—¡Dios mío! —exclamó con un grito ahogado.

Juan notó un escalofrío.

—¿Ves lo rápido que se produce la decoloración? Retírala y ponle la tapa. Quiero ver qué diantre acaba de pasar.

Juan oyó la respiración de Jennifer a través del altavoz y le dio una palmada en la espalda.

—Respira hondo, solo me faltaría que te desmayaras. Sigue manejando las herramientas remotas como has estado haciendo y todo irá bien.

Jennifer retiró la placa y, con las pinzas, la puso en la bandeja del microscopio de alta potencia. Encendió el monitor para que ambos vieran los resultados y luego amplió uno de los puntos oscurecidos.

—Parece moho.

Juan sacudió la cabeza.

—Demasiado rápido para ser moho. Aunque llegados a este punto ya estoy dispuesto a creerme cualquier cosa.

Jennifer aumentó la resolución del objetivo y ajustó el enfoque.

—¿El agar se ha fundido? Pero no hay tanto calor. Lo acabamos de verificar.

—Quizá sea una reacción química. Amplía.

—De acuerdo, ampliación máxima. El campo de visión es de un micrómetro. Un momento. Enfocar empieza a resultar difícil. —Toqueteó los mandos del microscopio—. Mira. Queda claro que no estamos viendo algas.

Juan observó la célula circular que Jennifer había conseguido ampliar con el zoom.

—Se parece mucho a un linfocito. Pero ¿qué son esas protuberancias que parecen cuerdas?

—¡Una de las cuerdas se ha movido! —exclamó Jennifer.

Juan levantó la vista haca la cámara del techo.

—¡Espero que lo estéis pillando!

Siguieron monitorizando la célula extraña durante cinco minutos. Una de las protuberancias se movió un par de veces.

—¿Qué opinas? —preguntó Jennifer, que por fin rompió el silencio.

—Opino que mejor que no sepas mi opinión —dijo Juan—. Digamos que, si eso es lo que pienso que es, tenemos un animal con un sistema inmune que no solo defiende, sino que ataca. Lo cual también explicaría por qué no se detectó toxicidad química después de la muerte del huésped.

Se estremeció al pensar en un sistema inmune capaz de atacar a nivel celular.

—Probablemente parecería un caso de choque anafiláctico —reconoció con voz queda— Y esa es una batalla que nuestros organismos no están preparados para ganar.

Cuando Juan se dirigía a su coche, después de otra jornada de dieciséis horas, Paul Hutchison se le acercó corriendo desde el aparcamiento y le hizo una seña con la mano.

—¡Doctor Gutiérrez! ¡Juan!

Juan se paró.

—¿Paul?

Pese a tener más de sesenta años, el jefe de seguridad de AgriMed corría tranquilamente hacia él y no paró hasta encontrarse a unos tres metros.

—Doctor Gutiérrez, tenemos que hablar.

Hutchison habló con tono desenfadado, pero su lenguaje corporal puso a Juan sobre aviso.

—¿Qué ocurre? ¿Hay...?

Hutchison se llevó un dedo a los labios y le hizo una seña a Juan para que lo siguiera lejos del edificio.

Juan tuvo una mala corazonada mientras se alejaban de las aceras y aparcamientos que rodeaban los edificios del FBI.

En cuanto estuvieron a una distancia prudencial de otros seres vivos, Hutchison se paró e indicó a Juan que se aproximara a él.

Juan se le acercó tanto que prácticamente respiraban el aliento del otro.

Hutchison extrajo un dispositivo electrónico manual.

—Juan, tienes que escuchar esto. Pero, antes de reproducirlo, debes entender una cosa. No me preguntes de dónde lo he sacado y nunca se lo menciones a nadie. Porque te aseguro que te juegas tu pescuezo, no el mío.

—Un momento, pues a lo mejor no lo quiero escuchar. —Juan se puso tenso y se sintió turbado. ¿Qué podía ser tan importante comparado con lo que ya tenía entre manos?

—Lo cierto es que no tienes más remedio. Es algo que explica lo que estás haciendo y que no te lo están contando todo.

—¿Quiénes? ¿Te refieres al FBI?

—Ellos. Me refiero a ellos. Escucha y lo entenderás.

Hutchison pulsó un botón del dispositivo y se reprodujo una grabación.

«—¿En qué situación estamos? ¿Se ha reunido a todo el mundo?».

A Juan la voz le resultaba familiar, pero no acababa de identificarla.

«—Casi —dijo otra voz, también masculina—. Hemos reunido a casi todo el mundo de América del Sur, y los británicos han aceptado enviar también a los suyos. Esperamos que estén todos aquí al final de la semana que viene. Tenemos a unos cuantos rezagados que estamos rastreando en la Costa Oeste, pero el centro de cuarentena de Nevada debería poder albergarlos a todos sin demasiados problemas.

»—Problemas. —El primer hombre se echó a reír—. No tienes ni puta idea de lo que son problemas. Maté el proyecto con los alemanes y ahora tengo un cargamento de personas portadoras de un virus mortal que tu gente me aseguró que no se os escaparía de las manos. Y ahora mira el marrón que tengo.

»—Lo entiendo, señor presidente».

Juan abrió unos ojos como platos. Por eso la voz le resultaba familiar.

«—Los colocaremos a todos en centros de seguridad —continuó el segundo hombre—. Nadie se enterará.

»—¿Eres imbécil o qué? Tenemos familias en esos centros de cuarentena, ¿verdad? Niños, mujeres, hombres. ¿Y si uno de ellos se nos resiste? ¿Vas a asegurarme que podremos controlar esos cabos sueltos eternamente?

»Intenta separar a una familia. Intenta evitar que algún semental intente liarse con una tía buena. Y si alguna se queda embarazada, ¿crees que podrás obligarla a abortar? Mierda, a saber si se pueden abortar esas monstruosidades. Quizá haya que liquidarla ahí mismo, ¿y luego qué? ¿Y pretendes decirme que eres capaz de mantener esto en secreto?».

A Juan se le revolvió el estómago y le entró un sudor frío.

El segundo hombre suspiró.

«—Supongo que tiene razón.

»—Por supuesto que la tengo, gilipollas.

»—¿Y qué sugiere, señor?»

»—¿De verdad tengo que decirte qué hacer? —El presidente pareció escupir—. Cuando por fin tengas a todo el mundo en una instalación segura, tiene que producirse un accidente. Un accidente muy gordo. ¿Entiendes lo que te digo, soldado?».

Juan se inclinó y vomitó la cena.

«Sí, señor presidente. ¿Es una orden?

»Un accidente. Eso significa que no quede ni rastro. Y sí, es una orden».

Hutchison paró la reproducción del audio.

—Ahora ya sabes lo que está en juego.

—Pero yo...

—Esto no va de ti, doctor Gutiérrez.

A Juan le temblaban las manos mientras se limpiaba la cara.

—¿Qué quieres que haga?

Los ojos azul claro de Hutchison tenían una expresión fría; parecía impávido ante lo que acababan de escuchar.

—Quiero que seas consciente de que esto no tiene que ver con la curiosidad, y tampoco con tu investigación. Se trata de detener el virus. Hay vidas en juego. Calculo que no se tardarán más de diez días en reunir a toda esa gente en un mismo lugar. Y cuando llegue ese momento, se producirá el gran incendio y el mundo olvidará que todas esas personas existieron.

Las palabras de Hutchison resonaban en la mente de Juan. Había estado trabajando prácticamente sin descanso y, aun así, no era suficiente. Tenía que revertir los efectos del virus, y tenía que hacerlo ya. O bien moriría mucha gente.

Hutchison agarró a Juan del hombro y, por un momento, le dedicó una sonrisa compasiva.

—Escucha, doctor. Si no puedes encontrar un remedio... el plan del presidente podría ser para bien. Si este virus se propaga, se descontrola... Piénsalo. Descontrolado, sin una manera fiable de detectar la infección. La humanidad podría quedar extinta en la próxima generación.

Juan exhaló un suspiro trémulo.

—Creo que sé lo que hay que hacer.

—Pues hazlo. Yo he hecho todo lo que podía. El resto depende de ti, doctor Gutiérrez.

CAPÍTULO VEINTICUATRO

La conversación con Hutchison había centrado a Juan de forma curiosa. Solo tenía diez días para arreglar aquello o todo daría igual. Tenía que dedicar sus esfuerzos a lo que podía hacerse en ese tiempo.

Y lo cierto era que encontrar una «cura» en tan poco tiempo resultaba prácticamente imposible. Los cambios en el ADN eran demasiado amplios. A lo máximo que podía aspirar era a salvar a algunas de aquellas personas —las que no estaban infectadas— encontrando un método fiable para detectarlas. Imaginó a niños, esposas, familias enteras a las que habían reunido por el simple hecho de haber estado cerca de los pacientes de cáncer y después presentar una fiebre inofensiva... por una gripe o cualquier otra enfermedad común.

No podía salvar a todo el mundo, pero quizá pudiera salvarlos a ellos.

Cuando, a la mañana siguiente, entró en el laboratorio donde sus técnicos supervisaban docenas de experimentos, sintió una fuerte carga de culpabilidad. En pocos días era probable que murieran cientos de personas. Y todo por culpa de su investigación.

Como de costumbre, primero se dirigió a Kevin, que se había convertido en su hombre de confianza.

—Kevin, ¿cómo va?

Kevin se ajustó las gafas en el puente de la nariz.

—Va bien. —Señaló una unidad precintada transparente solo un poco más grande que la rata que contenía—. Las unidades eran un poco pequeñas para las especies de rata que estamos testando. Supongo que las hicieron para ratones. Pero funcionan y he creado un circulador de aire con un par de piezas. Los detectores de oxígeno y de dióxido de carbono toman muestras del aire que sale de la cámara.

Juan recorrió con el dedo el tubo que conectaba el recipiente transparente que albergaba a la rata con una caja con un lector digital que medía los porcentajes de O_2 y CO_2 y preguntó:

—Las unidades están selladas, ¿verdad?

—Sí, pero si buscamos los porcentajes de exhalación precisos, eso no funciona. Para obtener una precisión significativa, o bien tendríamos que enseñar a estas ratas a soplar fuerte en una pipeta o medirlas estando sedadas.

Juan negó con la cabeza.

—No, ya está bien. No necesitamos los números exactos. Sigamos adelante y recojamos todos los datos para ver si hay alguna diferencia entre los grupos de especímenes.

Kevin cogió un bloc de notas.

—Dame unos minutos y lo tendré.

Nate apareció justo cuando Kevin se dirigía a registrar las lecturas de las docenas de estaciones desperdigadas por el laboratorio. Juan se preguntó si el agente sabía lo que se había planeado para los centros en cuarentena.

—¿Qué tal va, Juan?

—Va. —Juan asintió hacia Kevin—. Está tabulando unos datos para mí.

—¿Crees que habrá descubrimiento? —preguntó Nate, esperanzado.

—No, nada por el estilo. Estamos intentando encontrar una manera fiable de saber si alguien ha recibido esa forma de terapia genética.

—¿Tan difícil es? —preguntó Nate—. No soy médico, pero si esa gente tiene un virus, ¿no se trata de identificar los anticuerpos que produce el organismo?

—Por desgracia, no en este caso. Con un virus normal, sería tal como dices. Un virus ordinario como, por ejemplo, el de la gripe invade células, se come el ADN para replicarse y luego se propaga por todas partes. Como un elefante en una cacharrería. El cuerpo ve esos virus como invasores extraños y responde produciendo anticuerpos específicos para ellos.

Pero este virus es distinto. Cuando invade una célula, fusiona su código genético con la célula infectada. Posteriormente, cuando esa célula se divide de forma natural, el contenido se duplica. El organismo no crea un anticuerpo porque no ve a un invasor, sino la división natural de las células.

Nate frunció el ceño.

—En tal caso, ¿por qué todos los infectados tienen fiebre?

Juan dedicó a Nate un asentimiento de aprobación.

—Esa es exactamente la pregunta que me he estado planteando.

—Doctor Gutiérrez —dijo Kevin, acercándose a toda prisa—. He recopilado los datos y tengo medias a nivel de grupo. —Se frotó la nuca y alargó el brazo con el bloc de notas—. Casi no existe diferencia entre las exhalaciones de los animales que han recibido una dosis. Sin embargo, los que no tenían un nivel de CO_2 inferior y de O_2 superior al de los de las dosis.

Juan entrecerró los ojos.

—¿Cuánta diferencia?

—Las ratas que han recibido una dosis exhalan el doble de CO_2 y una cuarta parte menos de O_2.

—¡Fantástico! —exclamó Juan. Se dirigió a Nate—: Esto podría ofrecernos una forma fiable de saber si alguien tiene el virus.

—¿Podría o puede? —inquirió Nate.

—Bueno, no lo sabré seguro hasta que lo haya probado en personas que se sepa que tienen el virus. —Tenía muy presente que Hutchison le había advertido que solo tenía diez días. —Si preparo un equipo de prueba, ¿crees que podrían llevarme a uno de los centros de cuarentena?

Nate se encogió de hombros.

—Tendré que preguntárselo a mi supervisor. A decir verdad, ni siquiera sé dónde están los centros. ¿Cuándo querrías ir?

—Depende. —Juan se dirigió a Kevin—. Kevin, dime por favor que tenemos capnógrafos que miden los niveles de O_2 y de CO_2 de la exhalación.

—¿Para humanos? —preguntó Kevin.

Juan le replicó con voz estrangulada.

—Por supuesto, para humanos.

—Claro, tenemos algunos dispositivos de medición de gas dual en el almacén de material. De esos en que se sopla con fuerza, como en un espirómetro, pero que miden los porcentajes de gas. Tendré que buscarlos, pero probablemente consiga encontrar uno en... quince o veinte minutos.

Juan se dirigió a Nate.

—Me gustaría ir en unos quince o veinte minutos.

Nate lo miró asombrado y sacó el teléfono.

—Entonces supongo que mejor que haga unas cuantas llamadas.

Mientras Nate se marchaba hablando en susurros por el teléfono, Juan sintió una efímera sensación de éxito. Quizá pudiera sacar a algunas personas de la cuarentena y así salvarles la vida.

Cerró los ojos y se estrujó el cerebro intentando imaginar si podría hacer algo por los infectados.

Centrándose en la misión desesperada que tenía por delante, encorvó la espalda. Le embargó una sensación de impotencia.

En los nueve días que quedaban, Juan sabía... que era imposible deshacer lo que ya se había hecho.

Kathy estaba con su padre en la cantina del campamento Rayos X. Mientras él hablaba con otros «reclusos», tal como ella los veía, ella intentaba digerir otro plato de estofado de buey tibio.

—¿Todos vosotros también teníais cáncer? —preguntó un hombre flacucho de mediana edad con marcado acento español y la boca llena de pan de maíz.

Todos los de la mesa asintieron.

—Pero, gracias a Dios, ahora ya no —apuntó un hombre.

—¿Os ha pasado a todos? —preguntó papá—. ¿Estáis todos curados?

Otra ronda de asentimientos.

—Es un auténtico milagro —exclamó una mujer desde el otro extremo de la mesa.

Una mujer que estaba sentada a una mesa detrás de Kathy tomó la palabra.

—Ha sido más que eso. Por primera vez en mi vida, la psoriasis me ha desaparecido, y ya hace más de seis meses.

—Cierto, es una bendición que sigamos vivos —dijo un hombre mayor—. He oído de alguien que participó en el mismo ensayo que nosotros, pero murió. Al parecer, una esclerosis múltiple interfirió con el tratamiento.

—Oí decir lo mismo —apuntó otra persona.

En un arranque de emoción, Kathy apoyó la mejilla en el hombro de su padre y susurró:

—Ha sido una bendición, ¿sabes? Me hace muy feliz que sigas con mamá y conmigo.

Un hombre con una poblada barba castaña preguntó:

—Eh, ¿a alguien le pasa que no necesita usar tanto desodorante? Os juro por Dios que, o bien he perdido el olfato, o no apesto como antes.

—No, yo he notado lo mismo...

—¡Yo también! Qué raro, ¿no?

Kathy pilló a su padre olisqueándose las axilas y se echó a reír.

—Si apestaras, ya te lo habría dicho.

Entonces intervino un hombre con voz nasal.

—Olvidaos del desodorante. El tratamiento ha hecho que recupere mi vida sexual. Yo tenía herpes, y me lo han quitado del todo. Ni cáncer, ni herpes. Y estoy soltero y busco mandanga.

Todos se echaron a reír.

—Pero ya habéis oído a los guardas —advirtió el barbudo—. Nada de «mandanga» mientras estemos aquí. Por eso vigilan los barracones, para que nadie tenga tentaciones.

—Ah, no sé. —El hombre sonrió con expresión lasciva—. Para algunos esto está lleno de tentaciones. Además, ¿quién necesita los barracones cuando las letrinas ofrecen privacidad?

—Qué asco —opinó la mujer mayor.

Papá se volvió hacia Kathy y le susurró:

—Creo que será preferible que yo mismo o un guarda te acompañemos cuando vayas al baño. ¿Entendido?

Kathy asintió. Lo cierto era que no sabía nada de esa gente. Entre ese grupo de ex enfermos de cáncer podía haber delincuentes. Delincuentes que ahora habían acabado en una cárcel.

Y ella era tan prisionera como los demás.

En el límite del recinto de las Fuerzas Aéreas llamado «campamento Rayos X», Nate se asomó por la ventanilla del conductor y le tendió al oficial de guardia su documento de identidad y el de Juan.

—Agente Carrington y doctor Gutiérrez. Deberían estar esperándonos. —Señaló con el pulgar los dos SUV que los seguían—. Esos tipos forman parte del equipo de seguridad del doctor. Esperarán fuera.

El viento levantó una nube de polvo marrón sobre el camino sin asfaltar que tenían por delante mientras el soldado comprobaba los documentos de identidad. El sargento los tenía sujetos en la mano e iba mirando a los hombres.

—Sean tan amables de bajar las ventanillas traseras y de abrir el maletero.

Nate exhaló un suspiro mientras bajaba las ventanas tintadas del GMC Yukon que había sacado de la oficina de Las Vegas del FBI. Recorrió el salpicadero con la mirada y por fin encontró el botón que abría el portón trasero.

Un soldado miró en los asientos traseros mientras otro inspeccionaba el maletero.

Juan asomó la cabeza por la ventanilla del asiento del pasajero.

—¿Podéis ir con cuidado? Hay equipos médicos electrónicos. Son frágiles.

Al cabo de unos instantes, los soldados acabaron la inspección y el sargento les devolvió los documentos de identidad. Señaló recto hacia delante.

—Suban por el sendero hasta pasar la cuesta y cojan el desvío hacia la izquierda. No tiene pérdida. Llamaré para informar de que están en camino.

—Gracias, sargento —dijo Nate mientras subía las ventanillas, ponía la marcha en el coche y empezaba a recorrer el sendero pedregoso.

—Esto va a ser horrible —musitó Juan.

En cuestión de minutos, Nate y Juan estaban camino del campamento propiamente dicho. Y Nate no pudo evitar fijarse en el nerviosismo del doctor cuanto más se acercaban a la amenazante valla con alambre de espino que circundaba el campamento en cuarentena.

—Tu objetivo es intentar descubrir los falsos positivos, ¿verdad?

—Así es.

—Entonces céntrate en eso —aconsejó Nate—. Será un visto y no visto. No olvides que esos pacientes no saben realmente por qué están en cuarentena, y mejor que así sea. Los tipos de las Fuerzas Aéreas han recibido órdenes de segregar a la población entre hombres y mujeres, pero ahí queda todo. Aquí los pacientes no pueden dormir juntos, ya me entiendes. Ni siquiera los matrimonios. Ten en cuenta que —añadió Nate en el tono más agradable posible —, por el hecho de participar en esto, estás salvando vidas. Además, esta gente no va a ninguna parte. Por difícil que resulte, tarde o temprano acabarás encontrando una cura.

Nate notó la mirada del doctor encima cuando llegaron con el enorme SUV a la entrada del campamento en cuarentena.

La pesada puerta metálica se abrió mientras uno de los soldados les indicaba que entraran.

Nate condujo hacia otra entrada vallada que también había dejado atrás un autobús grande sin ningún tipo de distintivo. Dos soldados uniformados los guiaron hacia un edificio que tenía una cruz roja pintada en la fachada.

Allí los esperaba otro soldado.

—Agente Carrington, doctor Gutiérrez, síganme. Les enseñaré las instalaciones médicas en las que realizarán las pruebas.

Juan señaló el maletero del SUV.

—Un momento. Tengo que coger el equipo. —Se volvió, miró a Nate por la puerta del pasajero, que seguía abierta, y preguntó—: ¿Vienes?

Nate apagó el motor, se guardó las llaves y bajó del vehículo.

—Claro. Ahora te ayudo con la caja.

Nate estaba sentado en una silla plegable con el respaldo rígido en una sala sin ventanas hecha con bloques de hormigón y con la iluminación dura típica de los fluorescentes. Le recordaba a una sala de interrogatorios y olía mucho a productos de limpieza. El único mobiliario eran una sola mesa y unas cuantas sillas.

El médico había colocado el equipo encima de la mesa y estaba comprobando las conexiones. El aparato tenía un tamaño parecido al de un ordenador de mesa. Básicamente, era una caja con varios botones, un lector de LED y un tubo flexible largo con una pipeta en el extremo. Nate intuyó que lo que había tenido preocupado a Juan antes había quedado ahora relegado en su mente.

—¿Te importa si lo pruebo contigo? —preguntó Juan—. Para asegurarme de que funciona...

Nate se encogió de hombros y acercó su silla a la mesa.

—Claro. ¿Qué tengo que hacer?

Con unos guantes de látex blancos, Juan cogió el tubo largo y le tendió el extremo con la pipeta.

—Aguanta esto un momento.

Mientras Nate sostenía el pequeño objeto, que le recordaba a una boquilla de plástico para cigarrillos, Juan ajustó unos cuantos botones bajo el lector de LED.

—Es un capnógrafo de gas dual. Medirá los niveles de oxígeno y de dióxido de carbono que exhalas. Respira hondo, ponte el extremo de la pipeta en los labios, aprieta bien y sopla con fuerza hasta que hayas sacado todo el aire. Te pediré que lo hagas tres veces. ¿Preparado?

—Preparado.

Juan pulsó un botón y la caja emitió un pitido.

—Vale, inhala profundamente y sopla.

Nate así lo hizo y vació los pulmones. Tras tres rondas seguidas, se notó un poco mareado.

Juan sustituyó la pipeta usada mientras leía los resultados que le ofrecía el lector de LED.

—La media de exhalación de O_2 ha sido de 15,87%, con una exhalación de CO_2 de 4,15%. Bien. Lo que esperaba.

—¿Entonces la máquina funciona? —preguntó Nate.

—Sí. —Juan sonrió—. Y seguro que te alegra saber que no tienes el virus.

La puerta de la sala se abrió y el soldado que los había recibido en el exterior del edificio entró provisto de un portapapeles.

—Doctor Gutiérrez, tenemos a toda la gente numerada en una lista. Para cada persona apuntará las temperaturas registradas y si recibió o no el tratamiento en primera instancia. ¿Listos?

—Sí, gracias. Que entren de uno en uno. Les haré un reconocimiento físico básico, para ver cómo están y luego haré el cribado.

—Por supuesto, señor. Vendré con el primer paciente y un traductor.

—¿Un traductor? —preguntó Juan.

—Sí, señor. Mucha de esta gente viene de América del Sur.

—Sargento, yo hablo español.

El sargento asintió.

—Por supuesto, señor. ¿Y portugués?

Juan se quedó pensativo.

—Vale. Mejor que vengan con el traductor.

Mientras esperaban la llegada del primer paciente, Juan se enfundó la bata blanca que había traído. Dedicó una sonrisa a Nate.

—Casi nunca he trabajado con pacientes humanos, así que más vale que me ponga en el papel.

Enseguida entró una mujer bajita de mediana edad que estrechó la mano a Juan. Se comunicaron a través del traductor.

—Tome asiento, por favor. ¿Cómo se encuentra?

Nate observó mientras Juan le auscultaba el corazón, le tomaba la presión y le formulaba preguntas generales sobre su estado de salud.

Tras varias preguntas y respuestas con ayuda del traductor, Juan hizo que la mujer de habla portuguesa soplara por la pipeta.

Nate miró los resultados por encima del hombro del doctor. El nivel de oxígeno de la mujer era inferior al de él y el de CO_2, de casi el doble que el de él. Ya sabía lo que aquello implicaba.

Juan tomó varias notas y dio las gracias a la mujer antes de que se marchara.

—¿Positiva? —preguntó Nate.

Juan ensombreció el semblante.

—Me temo que sí. Ha recibido el tratamiento vírico.

Mientras Nate observaba a Juan tratando a un paciente tras otro, entendió mejor cómo era el doctor. El hombre parecía de veras preocupado por todas y cada una de las personas que examinaba. Escuchaba con paciencia sus quejas y al final les aseguraba que todo iría bien.

Por desgracia, en muchos casos no iría bien. De los primeros cuarenta pacientes, Juan eliminó solo a dos. En ambos casos, cuando se hubieron marchado, le dijo a Nate que probablemente ni siquiera habría necesitado el aparato para identificarlos. Ambos pacientes tenían fiebre cuando los llevaron al campamento, pero desde entonces se les había normalizado la temperatura.

Cuando entró la siguiente paciente, el doctor se puso tenso y se le desorbitaron los ojos. La paciente se quedó parada y miró con expresión de asombro. Era obvio que se conocían.

—¡Juan! —exclamó la mujer con voz temblorosa—. ¿Cómo sabías que estaba aquí?

Nate también reconoció a la mujer. Tenía unos veinticinco años y era guapa. La melena rojiza y la piel clara hicieron que Nate pensara en una cerilla. Era la chica de los O'Reilly, la joven que había ido a buscar a Georgetown.

Pero ¿cómo demonios conocía al doctor?

—No... no lo sabía —tartamudeó Juan. Quedaba claro que él estaba tan sorprendido de verla como ella—. Dios mío, Kathy. ¿Cómo has acabado aquí?

Los ojos de Kathy se anegaron de lágrimas.

—Por el ensayo, Juan. Bebí sin querer un vaso de la medicina de mi padre y... —Se le quebró la voz y se echó a llorar.

Juan se sonrojó.

—Cuánto lo siento. No tenía ni idea... —Cerró la boca y miró nervioso a Nate. Enseguida recobró la compostura, la examinó tal como había hecho con los demás pacientes y al final le tendió la pipeta.

Ella sopló. Tanto Nate como Juan observaron atentamente la aparición de los resultados en el LED.

Dio positivo.

Mientras Juan anotaba los resultados, su rostro reflejaba la batalla de emociones que se libraba en su interior. A Nate le quedó claro que Juan no solo conocía a aquella mujer, sino que sentía algo por ella.

En cuanto Kathy se marchó, Nate le pidió al soldado de la puerta que los dejara a solas unos minutos. Se dirigió a Juan.

—¿De qué la conoces?

Juan tenía los ojos inyectados en sangre. Se lo veía claramente afectado.

—Es complicado. Para abreviar, diré que la conocí en una conferencia. Y luego nos vimos en Georgetown. —Respiró hondo—. Y está aquí por mi culpa. Su padre se estaba muriendo de cáncer y le hablé de un ensayo. Si no le hubiera dado información sobre ese ensayo del que yo no sabía nada, no estaría ahora aquí. No estaría aquí. ¡No estaría infectada!

Nate pasó un brazo por el hombro de Juan y lo reconfortó.

—Lo siento, doctor. Sé que esto es como un puñetazo en el estómago para ti. ¿Necesitas beber algo?

Juan exhaló un largo suspiro y negó con la cabeza.

—No. No, quiero acabar con esto.

—¿Seguro que estás bien?

Juan miró a Nate de hito en hito.

—Aunque no lo esté, da igual. Nos estamos quedando sin tiempo.

Cuando se marchaba el último paciente del día, Juan apuntó más información en su historial y negó con la cabeza. Los resultados le repugnaban.

—Cinco —declaró—. De casi doscientos pacientes, solo cinco no han dado positivo al tratamiento. ¡Solo cinco!

Y Kathy, Kathy también era positiva.

Y moriría en cuestión de días.

—Sé que no es esto lo que esperabas —afirmó Nate—, pero aun así son cinco vidas. Cinco personas que podrán irse a casa gracias a lo que has hecho hoy.

El agente había estado observando en silencio todo el día. Juan se preguntó cuánta información tenía. ¿Sabía que los ensayos ilegales en humanos habían sido obra de Steve? ¿Y qué más no le había contado?

Juan se puso a pensar en Steve, su examigo, y una sensación de rabia asesina e impotente se apoderó de él. Había derivado al padre de Kathy a ese programa monstruoso sin la menor pizca de aprensión. Y, aunque los resultados habían sido milagrosos, ahora Kathy estaba infectada.

A Juan se le hacía un nudo en la garganta cuando pensaba en ella. La idea de que muriera en menos de nueve días era demasiado para él. Se le nubló la visión y se frotó los ojos, enfadado.

—Tenía que haber hecho más.

—Todavía puedes. Por eso te hemos traído aquí. Para ayudar a detener esto.

—¡No tenemos tanto tiempo! —espetó Juan, e inmediatamente se arrepintió. Nate quizá no supiera el plan del presidente. Y aunque lo supiera... se suponía que Juan no estaba al corriente.

—¿De qué estás hablando? —preguntó Nate.

Juan se mordió el labio inferior.

—Es que... me refiero a que no sé cuánto tardará mi trabajo, o qué puede pasarles a estas personas mientras tanto. Todas están bastante bien ahora, pero no sabemos cuánto durará. Y tengo que ayudar a esta gente ahora.

—Escúchame, Juan. —Nate habló con voz suave pero firme—. Es verdad que no tengo ni idea de a qué te enfrentas a nivel técnico, pero resolver problemas se me da bastante bien. ¿Te ayudaría que hablásemos? Tal vez la perspectiva de un profano te haga ver las cosas de otra manera.

Juan tomó aire con gesto tembloroso. No era tan mala idea.

—Supongo que no perdemos nada.

—Fantástico. —Nate giró la silla para estar de cara a Juan—. Veamos, quieres crear una cura para este virus. Explícame por qué es tan difícil. —Le dedicó una sonrisa torcida—. E intenta hablar con términos que yo entienda.

Juan se encogió de hombros.

—Es un asunto sumamente complicado. No sé ni por dónde empezar.

—Bueno, entonces empezaré yo. Cuéntame: ¿Por qué no puedes inocularlos? Es lo que se hace con la gripe y tal, ¿no?

—Así es —convino Juan—. Pero las inoculaciones no son curas, son una medida preventiva. Una inoculación sirve para inyectar un virus inactivado o debilitado, lo cual hace que el cuerpo desarrolle una inmunidad, de manera que pueda luchar con el virus con más fuerza si vuelve a entrar en contacto con él. Eso sirve durante un tiempo, incluso años, pero no ayuda si ya estás infectado. Son las vacunas. No te ponen la vacuna de la gripe si tienes la gripe.

—De acuerdo —respondió Nate—. Y ya sé que los antibióticos

no funcionan para enfermedades como la gripe. Eso se debe a que un virus no es una infección bacteriana, ¿verdad?

—Exacto.

—Una gripe suele durar una o dos semanas. Ahora que esta gente no toma más dosis del virus, ¿no debería mejorar?

—No, este virus no funciona así. —Juan se pasó la mano por el pelo—. ¿Cómo explicarlo? Cuando la gripe o la mayoría de los otros virus te infectan, suelen invadir una célula, cuyos recursos aprovechan para reproducirse, y luego la hacen explotar, con un montón de copias de virus que se extienden para infectar otras células del organismo. Al final, el cuerpo reconoce a los invasores y empieza a contraatacar. Con este virus no funciona así. Con el tipo de virus que usamos para la terapia génica, el virus invade la célula. —Juan abrió los dedos de ambas manos y los entrelazó mientras explicaba—: cuando el virus invade, los fragmentos de ADN que transporta se funden con el ADN de la célula. La célula no queda dañada, sino que se modifica. El resultado de ello es básicamente una versión actualizada de la célula. Cuando se divide, el ADN combinado se parte y se obtienen dos copias de la célula infectada. El cuerpo no nota la diferencia.

Nate cruzó las piernas y se dio golpecitos en la rodilla con los dedos.

—Vale, o sea que eso significa que el virus introduce ADN nuevo en el cuerpo. Y una vez lo reconoce no es posible dejar de reconocerlo, ¿no?

Juan asintió.

—Desgraciadamente, así es. Si comprendiera todos los cambios y añadidos que ha ocasionado este virus, entonces a lo mejor podría saber cómo arreglarlo, pero el volumen de cambios es apabullante.

—¿El virus te dice lo que ha cambiado? ¿Cómo lo ha cambiado?

—Sí —reconoció Juan, exasperado. Aquel ejercicio estaba resultando inútil—. Pero no tengo ni idea de lo que eso significa. No puedo deshacer lo que ya está hecho.

—¿Por qué no?

—Porque... —Juan se quedó callado intentando responder a la pregunta del agente—. Porque...

Y de repente se le ocurrió algo que nunca se había planteado. Dejó la mirada perdida durante unos instantes antes de que un escalofrío electrizante le recorriera el cuerpo.

Se puso en pie de un salto.

—¡Virgen santa! Creo que... no... sí, creo que sí que puedo. Solo necesito su viejo ADN, ¡el de antes de la infección! Si pudiera conseguir uno, como prueba...

A Nate le brillaban los ojos bajo la luz fluorescente mientras sonreía.

—Seguro que la madre de Katherine O'Reilly tiene algún cepillo viejo o algo. Su casa está a una hora de aquí.

—¿Cómo lo sabes? No, da igual, es que... sí, con eso ya basta para hacer una prueba. —Las ideas se agolpaban en la mente de Juan.

—Bien. Mientras te encargas de eso, yo iré a la oficina de Las Vegas e intentaré conseguir muestras de sangre o cualquier otra muestra de ADN que pueda encontrar de los demás. Toda esa gente fueron pacientes de cáncer que participaron en un ensayo clínico, o sea que es muy probable que les tomaran todo tipo de muestras.

Juan consultó su reloj. Su corazón amenazaba con salírsele del pecho.

—De acuerdo, conseguiré la muestra de ADN de Kathy y luego tendré que regresar al laboratorio lo antes posible. Tengo poco tiempo.

Nate ladeó la cabeza de un modo extraño mientras decía:

—Intentaré reservar un vuelo desde la base de las Fuerzas Aéreas de Nellis. Estoy seguro de que, con la que está cayendo, aprobarán transporte militar a Andrews para que puedas regresar sin demora. —Se encaminó a la salida y le hizo una seña a Juan para que lo siguiera—. Vamos. Ahora te llevarán a Ash Springs. Créeme, tenemos la dirección de la señorita O'Reilly.

CAPÍTULO VEINTICINCO

Dos horas más tarde iba dando botes por un camino de tierra en medio de un convoy de tres SUV. Nunca había visto tanto espacio vacío junto. Faltaba poco para la puesta de sol y en el horizonte no se veían más que matorrales de un marrón verdusco, ni rastro de existencia humana.

Al final apareció una casa estilo rancho en medio de aquel erial. Cuando los vehículos se pararon ante la bien cuidada vivienda de una sola planta, vio la primera señal de presencia humana: una mujer mayor que salió al porche con expresión severa y una escopeta apoyada en la cadera. Junto a ella había un perro marrón del tamaño de un gran danés, pero más corpulento.

Juan bajó la ventanilla.

—¿Señora O'Reilly?

—Soy Megan O'Reilly —declaró la mujer entrecerrando los ojos con expresión suspicaz.

—Señora O'Reilly, acabo de ver a Kathy...

—¡Y un cuerno! No está por aquí como para...

—Señora O'Reilly, soy el doctor Gutiérrez. Acabo de hacerle un chequeo a Kathy. También he visto a su esposo.

El perro empezó a acercarse pesadamente hacia el coche meneando la cola.

—Jasper, quédate quieto —ordenó Megan.

El perro obedeció y se quedó en el porche mientras ella se aproximaba.

La madre de Kathy no bajó el arma hasta que estuvo a tres metros de distancia. Lanzó una mirada a los otros SUV cuando pararon detrás del de Juan.

—¿Tiene algo que demuestre su identidad?

Juan sacó su identificación como colaborador del FBI y su tarjeta de visita de AgriMed. Megan siguió avanzando, tomó ambos documentos y los escudriñó con el ceño fruncido.

Levantó la tarjeta de AgriMed.

—Mi hija tenía una tarjeta como esta cuando nos visitó por última vez. —Enarcó una ceja antes de sonreír—. Me habló de usted y ¿sabe qué? Creo que reconozco su voz. Llamó a casa un par de veces.

—Sí, señora, exacto. Y ahora estoy aquí para intentar ayudar a Kathy y a su marido.

Megan se volvió hacia la casa y habló por encima del hombro.

—Pues no se quede ahí parado. Entre. Le prepararé una limonada y podremos hablar. —Hizo un gesto hacia los agentes que habían salido de los vehículos—. Ellos también. Tengo limonada para todos.

Uno de los agentes de rostro impenetrable se inclinó hacia el coche de Juan.

—Echaremos un vistazo rápido por el exterior y esperaremos aquí fuera.

Juan se quedó asombrado ante aquella mujer que, en un abrir y cerrar de ojos, había pasado de apuntarlo con una escopeta a invitarlos, a él y a un puñado de agentes del FBI, a una limonada.

Había que reconocer que las mujeres O'Reilly resultaban impredecibles.

Los agentes decidieron quedarse en el exterior, lo cual probablemente fuera lo mejor. Juan tenía que hablar con Megan sobre su familia y era preferible que la sala de estar no estuviera invadida por desconocidos.

Ella sirvió dos vasos de limonada bien fría y se sentaron a la mesa del comedor.

Juan dio un sorbo... e hizo una mueca.

Megan sonrió al ver su reacción.

—No me gusta demasiado dulce, ya ve.

—No, me gusta así.

—Mentiroso. —Se echó a reír y sacudió la cabeza—. Igual que mi Frank. Noto enseguida cuando miente. —Dio un buen sorbo a su limonada y dejó a un lado el vaso empañado. —Ahora cuénteme qué pasa. Unos hombres vinieron a llevarse a Frank y luego a mi hijita y ¡nadie me ha contado nada de nada!

—Lo siento mucho, señora O'Reilly, yo...

—Llámame Megan.

—Megan... me temo que soy el culpable de todo esto. Porque yo le hablé a Kathy del ensayo. El medicamento que su esposo tomó era... experimental. Y es motivo de cierta preocupación.

—¿Preocupación? —A Megan le entró el pánico.

—No quiero alarmarla, señora O... quiero decir, Megan. Desgraciadamente, no puedo entrar en detalles. Pero le aseguro que estoy haciendo todo lo posible por ayudar. Y para ello necesito ADN de Kathy y de Frank de antes que tomaran el medicamento. Algo de pelo. Un cepillo de dientes que haga tiempo que no se use. Pero insisto en que tiene que ser de antes de que tomaran la medicación.

—Pero ¿por qué Kathy? Ella no tomó la medicación.

—Tengo entendido que quizá la bebiera por equivocación, ¿no?

—Sí —confirmó la señora O'Reilly—. Recuerdo exactamente cuándo ocurrió, pero yo diría que fue una sola vez.

—Parece que con eso bastó. La cuestión es que intento hacer todo lo posible por arreglarlo, pero necesito muestras de ADN de antes de que recibieran el tratamiento.

Megan respiró hondo y se puso en pie.

—Sígame, doctor Gutiérrez.

Él sonrió.

—Llámame Juan.

Lo llevó a una habitación que se usaba como trastero. Estaba llena de cajas y contenedores. Algunos estaban abiertos, y Juan vio cuchillos, armas antiguas, álbumes de fotos, figuritas de madera tallada y mil cosas.

—Disculpa el desorden. Aquí es donde guardo mis cachivaches —se excusó Megan rebuscando entre las cajas.

Resopló frustrada y, al cabo de un momento, levantó la vista hacia una de las estanterías y señaló una caja de cartón que era cuatro veces más grande que un álbum de fotos y que no alcanzaba.

—¿Serías tan amable de bajar esa caja? Creo que ahí tengo cosas de cuando Kathy era un bebé.

Estirando los brazos hacia el último estante, Juan cogió la caja con cuidado y se la entregó a Megan.

Ella se sentó con las piernas cruzadas en el suelo y levantó la tapa de la caja. Rebuscó y sonrió de repente al extraer una bolsita con cierre zip que contenía un pequeño mechón de pelo rojizo atado con un lazo rosa.

—Ay, es del primer corte de pelo de mi niña. —Miró a Juan y preguntó—: ¿Sirve?

Juan observó la muestra.

—Me temo que no. Lo que necesito solo se encuentra en la raíz del pelo. ¿Sabes cuando te arrancan un pelo y se ve una raíz blanca? A lo mejor, si tienes un viejo cepillo de Kathy...

—No guardo los cepillos viejos. ¿Qué más podría servir? ¿Sus dientes de leche?

Juan abrió unos ojos como platos.

—¡Sí! ¡Serían perfectos!

Introdujo la mano en la caja y extrajo otra bolsita llena de dientes.

—¿Me los devolverán? Sé que parece una tontería, pero recuerdo todos y cada uno de los momentos en que se cayeron estos dientes.

—Sí, creo que sí. Pero quizá tenga que quedarme uno o dos. Lo que necesito está en el interior del diente.

—Bueno, si ayuda a Kathy y a Frank...

—Ayudará.

—¿Necesitas también algo de Frank?

—Si tienes.

—Bueno, no tengo ni cabellos ni dientes suyos, obviamente. Pero estaba pensando que tengo sangre. Se clavó un clavo el año pasado por esta época, se hizo un buen agujero en la camisa de franela y se la manchó de sangre. No tenía sentido remendarla, así que pensaba cortarla y usarla para hacer trapos, pero aún no lo he hecho. ¿Servirá?

—Siempre y cuando no esté lavada.

—Te aseguro que, si no la lavé yo, no la ha lavado nadie. Acompáñame.

En cuestión de minutos, Juan tenía las dos muestras de ADN que necesitaba, en bolsas separadas.

—Gracias por todo, señora O'Reilly. Le prometo que trabajo día y noche para ayudar a su familia.

—Me llamo Megan y te creo. —Megan inclinó la cabeza y sus ojos verdes, del mismo tono que los de Kathy, destellaron—. Antes de que te marches... bueno, Kathy se enfadará conmigo por decirte esto, pero creo que deberías saberlo. ¿Te he dicho que te mencionó una o dos veces? Lo cierto es que fue algo más que eso.

Juan notó que se sonrojaba.

—¿Y sabes qué? —continuó Megan—, nunca hablaba de chicos. Ni siquiera cuando estaba en el instituto y yo sabía que salía con Johnny Pilmachek, nunca hablaba de él. Y ni por asomo habló de chicos después de marcharse de casa. Pero sí que habló de ti, lo cual ya es mucho decir. —Sonrió—. De todos modos, Juan, me alegro de conocerte.

Con unos prismáticos de visión nocturna de alta potencia, Nate observaba desde la ventana del segundo piso sin ascensor. Eran casi las once de la noche y llevaban allí dos horas sin que hubieran advertido señales de movimiento en el almacén del otro lado de la calle.

—¿Estás seguro de que están ahí?

—Cien por cien —confirmó uno de los otros agentes del equipo
—. Tenemos siete objetivos a la vista, y los de inteligencia confirman
que uno de ellos es Müller. El cabrón tiene inmunidad diplomática,
pero, mientras tengamos el visto bueno de los peces gordos, la inmunidad se va a tomar por culo.

Otro agente, exespía, que llevaba unos auriculares, intervino.

—Chicos, tenemos una rehén.

Nate volvió a centrarse en los prismáticos. Seguía sin ver nada,
pero al agente de los auriculares no le hacía falta. El hombre captaba
el sonido desde el interior del almacén utilizando un láser infrarrojo
que apuntaba al otro lado de la calle y detectaba las vibraciones
auditivas de una de las claraboyas del almacén.

—¿Qué oyes? ¿Sabes quién es?

El hombre negó con la cabeza.

—Es una mujer y está llorando. Le están preguntado por Gutiérrez y por los resultados de su trabajo.

—Mierda. —Nate notó que se le tensaban los músculos del
cuello—. Cambia los cargadores por los que traje cargados con los
frangibles. Si hay disparos, haz que cada tiro cuente y no elimines a
nuestra rehén.

Nate se volvió hacia el exespía.

—Orejas, ¿tienes una ubicación donde...?

—Mierda, jefe. Acaba de contarles no sé qué rollo sobre que
Gutiérrez ha ido a visitar a su madre, y supongo que saben que
miente porque ahora uno de ellos está gritando en alemán. Está
hablando de liquidarla.

—Joder. —Nate se volvió hacia el francotirador de la misión—.
Encárgate de Barrett; lo tienes en el punto de mira. Cárgate a cualquiera que se marche sin uno de nosotros.

—Sí, señor. —El hombre colocó el arma de calibre cincuenta en
el trípode y atisbó por la mira de visión nocturna.

Nate realizó un movimiento circular con una mano y condujo a
los otros cuatro agentes escaleras abajo para cruzar la calle.

En otras circunstancias, habría sido una noche preciosa. El aire
olía a mar, la bahía de Chesapeake estaba a apenas cien metros. Pero,

mientras se acercaban con sigilo a la puerta del almacén, todo resultaba escalofriantemente silencioso. Ni gaviotas, ni agua, ni voces.

Uno de los hombres apoyó la oreja en la puerta mientras otro se dedicaba a forzar la cerradura. Mediante gestos, Nate preguntó si se oía algo procedente del otro lado. El agente negó con la cabeza.

El clic de la cerradura de seguridad anunció el éxito del intento. Nate sacó la Glock, abrió la puerta y se colocó en cabeza.

El almacén, enorme, estaba vacío y oscuro. Pero a poco menos de cincuenta metros se veía el reflejo de una luz. Nate hizo un gesto hacia ella. Sus hombres se dispersaron sin perderse de vista entre sí y avanzaron sigilosamente.

Voces desde arriba.

Nate hizo otro gesto. «Enemigo».

Todavía en la penumbra, rodeó algo que le obstruía el paso y vio por primera vez a los objetivos. La mujer estaba en una silla de metal, amordazada. La cabeza le colgaba como si ya estuviera muerta. Nate la observó hasta que vio que el pecho subía y bajaba.

«Sigue viva».

El grupo de alemanes estaba a tres metros. Uno tenía la pistola desenfundada, colgando junto al costado. Pero solo había cinco personas.

Volvió a comunicarse con su equipo con gestos. «Cinco enemigos. Falta uno».

Los alemanes estaban discutiendo, pero Nate no tenía ni idea de lo que decían. Deseó haber estudiado alemán.

Entonces el hombre de la pistola echó hacia atrás la corredera y cargó un cartucho en la cámara.

A Nate se le aceleró el pulso. Había llegado el momento. Tenía que hacer la llamada.

Volvió a gesticular hacia su equipo. «Pistola. Yo. Francotirador».

Los hombres sabían qué hacer. Por eso los había elegido.

Nate regularizó la respiración y apuntó.

Notando el pulso en el dedo del gatillo, se concentró en apuntar por el cañón, imaginando el recorrido de la bala al desplazarse a 420 metros por segundo.

Apretó el gatillo en el intervalo que separa dos latidos del corazón.

Casi en el mismo momento en que Nate notaba el culatazo, el hombre armado se desplomó en el suelo con una bala en la cabeza.

—¡FBI, arriba las manos! —gritó el equipo de Nate de inmediato.

Uno de los alemanes que habían empezado a levantar las manos se giró de repente hacia el equipo; lo abatieron de inmediato. Dos tiros en el pecho de dos agentes distintos. Una pistola repiqueteó por el suelo y todos los agentes rodearon al resto de los alemanes.

El griterío de los hombres de Nate resonaba entre los grandes contenedores de carga mientras corría hacia la rehén, que no daba crédito a sus ojos. Justo cuando llegó a su lado, un destello cegador seguido de una explosión ensordecedora le estremeció. Una granada aturdidora. Antes de recuperarse, alguien se abalanzó sobre él y lo derribó.

Aún cegado por el destello, Nate se lio a puñetazos contra su agresor. Golpeó carne con el puño, un arma se disparó y notó que un cuchillo serrado se le clavaba en la parte posterior de la pierna.

Gritó.

Aunque solo veía una cara borrosa, apuntó con los pulgares a los ojos del hombre. Entonces quien gritó fue su agresor, y vio que una larga cicatriz le cruzaba la mejilla.

Se oyó otro disparo y el agresor lo soltó y se desvaneció.

Con el cuchillo clavado en la pierna, Nate parpadeó para evitar las lágrimas mientras se esforzaba por ver el entorno con claridad. Se agarró a un poste y se impulsó para levantarse.

—Tres caídos, dos en custodia —informó uno de los agentes.

—¿Dónde está el cabrón de la cicatriz en la cara? —gritó Nate.

—¿Señor?

—El tipo que lanzó la granada. Tenía una cicatriz en la mejilla, grande. ¡El cabrón que me ha acuchillado!

Detrás de ellos se oyó un portazo metálico, y dos de los agentes salieron en su búsqueda.

Nate centró su atención en la rehén. El pelo oscuro enmarcaba un rostro amoratado e hinchado. Se la veía asustada... derrotada. Le quitó la mordaza de la boca.

—¡Iban a matarme! —sollozó.

—Señora, somos del FBI. Ahora está a salvo.

Uno de los agentes regresó corriendo.

—Señor, lo hemos perdido. El cabrón nos lanzó una granada de humo y se esfumó. No ha habido manera de seguirlo y ya debe de estar en Tombuctú.

Nate lanzó una mirada a los demás alemanes, amarrados con bridas de cables.

—En ese caso, saquemos a estos mierdas y llevemos a la señora al hospital.

Uno de los hombres sujetó a Nate por el hombro.

—¿Eres consciente de que llevas un pedazo de cuchillo clavado en la pierna?

Nate hizo una mueca.

—Sí, debo reconocer que soy muy consciente de ello. —Pero sabía que no debía extraérselo porque podía hacerse más daño que teniéndolo clavado.

El hombre se sacó un teléfono de la indumentaria de un negro riguroso.

—Pediré dos ambulancias.

Un agente arrastró una silla hasta él.

—Nate, ¿quieres probar a sentarte?

Nate negó con la cabeza.

—Creo que por ahora estoy bien apoyado en este poste.

Aunque tenía la sensación de que le habían clavado unas brasas calientes en la parte posterior de la pierna, el dolor que sentía era inferior a la rabia por el hecho de que el tipo hubiera escapado. ¿Quiénes eran esa gente? ¿Qué querían de esa mujer? ¿Y de Juan?

Tuvo la desalentadora sensación de que acababa de poner a Juan en una situación más peligrosa todavía.

Frank estaba sentado en la cantina comiendo huevos revueltos. O lo que ellos llamaban «huevos revueltos». No sabían a nada, ni siquiera con toda la salsa picante que se había echado.

Kathy estaba sentada frente a él en la larga mesa estilo picnic comiéndose una manzana verde y con la vista perdida en el espacio, ensimismada.

La visita del médico de la costa este, el doctor Gutiérrez, había levantado los ánimos de todos. Les había dado esperanzas de salir de allí. Sin duda, Kathy veía un panorama más alentador. Y cuando el médico le dijo a Frank que iba a visitar a Megan y a informarla de que todo iba bien, se quedó más tranquilo. A Frank le daba igual lo que le pasara a él, lo único que le importaba era que Kathy y su esposa no sufrieran.

Pero aquello había sido hacía una semana. Y no habían recibido más noticias.

—Tu madre debe de estar volviéndose loca.

Kathy asintió y exhaló un suspiro.

—Juan prometió que iría a hablar con ella.

Frank clavó el tenedor en otro trozo de los huevos correosos.

—¿Confías en ese médico?

—Diría que sí —reconoció Kathy—. Pero, bueno, no sé. Ya te he dicho que fuimos a cenar juntos una vez y que fue muy agradable. Él fue muy amable.

—¿Amable en plan novio? —preguntó Frank, enarcando una ceja.

—No sé. —Negó con la cabeza y se mordió el labio inferior—. Ahora mismo no sé qué decirte. Pero estoy segura de que cumplió su promesa de decirle a mamá que estamos bien.

—Ojalá pudiera hablar con ella —suspiró Frank—. Espero que todo esto acabe más pronto que tarde. La idea de que tu madre esté sola, de esta disrupción en tu vida y... joder, no quiero ni pensar en el rancho y en lo que debe de estar pasando.

Kathy tomó la mano de su padre y le dio un apretón.

—Venga, ya conoces a mamá. Probablemente traiga locos a Buck y a los demás mozos, diciéndoles cómo tienen que hacer las cosas.

Frank se echó a reír.

—Probablemente tengas razón. Eso espero. Eso evitará que acabe mal de la cabeza.

Una mujer con ropa de trabajo llamó desde la puerta de la cantina.

—¿Están aquí Franklin y Katherine O'Reilly?

Frank levantó la mano y la mujer les hizo una seña para que fueran con ella. Kathy cogió a su padre del brazo para cruzar la cantina.

—Acaba de llegar un médico a la clínica —informó la mujer—. Tiene que veros inmediatamente.

Frank y Kathy intercambiaron una mirada y, sin mediar palabra, fueron corriendo hacia la clínica.

Juan no se había sentido tan mal desde hacía tiempo. Tenía la garganta seca y un dolor palpitante en la cabeza. La última semana había sido una tortura.

No había salido de las instalaciones donde se encontraba el laboratorio del FBI en siete días porque había estado trabajando sin parar. Había ido echando siestecillas de quince minutos entre sesiones de reacción en cadena de la polimerasa del ADN, pero despertándose y volviéndose a poner a ello continuamente. Había mucho por hacer y mucho en juego, por lo que era imprescindible actuar rápido.

Su equipo y él habían empezado por cultivar una gran cantidad de ADN original, sin modificar, de Kathy y Frank. Luego habían cortado cuidadosamente segmentos del mismo y lo habían utilizado para sustituir porciones de las secuencias de ADN experimentales que habían provocado el problema.

En el transcurso de una semana, los ayudantes de confianza de Juan y él mismo habían hecho turnos día y noche hasta completar el equivalente a casi seis meses de trabajo de laboratorio.

Y lo habían conseguido. Habían desarrollado un nuevo virus de terapia genética.

O al menos eso es lo que Juan esperaba. No habían tenido tiempo de llevar a cabo experimentos clínicos. Había incumplido todas las reglas habidas y por haber en pos de la rapidez. No tenía elección. Tenía como máximo un día o dos antes de que se produjera un «accidente». Había cogido los resultados del trabajo de laboratorio y había embarcado en el primer avión con destino a Las Vegas.

Ahora se encontraba en la misma sala sórdida en que había estado la última vez que fue al campamento Rayos X. Delante de él tenía una caja hermética llena de jeringuillas marcadas que contenían un líquido amarillento.

El fruto de su extenuante trabajo.

La puerta se abrió y apareció Kathy seguida de su padre. A Juan se le hizo un nudo en la garganta cuando les indicó que entraran.

Al ver a Juan, Kathy puso cara de preocupación.

—Dios mío, Juan, qué mala cara tienes.

A pesar del cansancio, Juan sonrió.

—Vaya, gracias.

—No, me refiero a que tienes unas ojeras enormes y pareces haber adelgazado mucho. Ahora en serio, ¿estás bien?

—Sí. —Juan tomó dos torundas con alcohol de la bolsa y dijo—: He estado trabajando día y noche en esto. —Señaló dos sillas plegables—. Sentaos y os explicaré lo que hay.

Juan rodeó la mesa y se sentó de forma que los tuvo delante a los dos.

—Voy a ponerte una inyección que he creado con el ADN que me dio Megan.

—¿Tienes el ADN de Megan? —preguntó Frank.

Juan se frotó la cara con las palmas de las manos. Notaba un zumbido en la cabeza por falta de sueño.

—No, perdón, no lo he dicho bien. Kathy, visité a tu madre y le dije que los dos estabais bien. Ella también está bien; parece una mujer muy fuerte. Y me proporcionó tu ADN, tus dientes de leche. —Se dirigió a Frank—. Y tengo su ADN de una camisa vieja sin lavar que tenía su sangre.

—¿Para qué necesitabas nuestro ADN? —preguntó Kathy—. ¿Y

por qué pedírselo a mamá? ¿Por qué no lo cogiste directamente de nosotros?

—Necesitaba una muestra de vuestro ADN de antes... de antes de que tomarais la medicación contra el cáncer. —Juan pasó de puntillas por las cosas que sabía que no podía decir—. Resulta que el tratamiento contra el cáncer era un tipo de terapia genética. Y provocó unos cambios en sus células que ayudaron a combatir el cáncer, señor O'Reilly. Por desgracia, también tenía efectos secundarios peligrosos.

—¿Qué tipo de efectos secundarios? —preguntó Frank.

Juan frunció el ceño.

—Lo siento, pero no puedo decirlo. Dejémoslo en que pueden ser peligrosos. Pero —se apresuró a añadir—: ninguno de vosotros los tiene por ahora. Nadie del campamento. Lo que pasa es que existe el riesgo de que aparezcan a la larga.

Señaló las jeringuillas de la mesa.

—La buena noticia es que hemos utilizado vuestro ADN original para encontrar una forma de revertir los cambios en vuestro organismo. Una serie de inyecciones que tengo que administrar cada doce horas. Si surten efecto... volveréis a como estabais antes. Así que ya no correréis el riesgo de sufrir esos efectos secundarios.

—Un momento —dijo Kathy—. ¿Significa eso que papá va a volver a tener el cáncer después de las inyecciones?

Juan ya había previsto esa pregunta... y odiaba la respuesta.

—Lo cierto es que no lo sé. Nadie lo sabe. Pisamos terreno desconocido. Me atrevería a suponer que, si el cáncer estaba en remisión total, es decir, que todas las células cancerígenas habían sido eliminadas, entonces esta inyección no lo va a cambiar. Pero no puedo prometerlo, porque es la primera vez que hacemos algo así. No puedo prometer que no vuelva a aparecer el cáncer.

Frank puso una mano en el hombro de su hija.

—Has dicho que confías en este doctor. Hagamos lo que propone. Lo único que quiero es que vuelvas a casa con mamá. Ya nos enfrentaremos a lo que haya más adelante.

Kathy seguía sin estar muy convencida, pero asintió.

—De acuerdo.

—Un momento, una cosa más. —Kathy señaló la mesa con el pulgar y dijo—: ¿Cómo sabemos si funcionan las inyecciones?

—Bueno, creo que el aumento de la temperatura es una parte integral de los cambios genéticos que habéis experimentado. Mi hipótesis es que os desaparecerá la fiebre. Esa será la primera señal. Podemos hacer otras pruebas genéticas más exhaustivas, pero necesitan tiempo. —Juan cogió las dos jeringuillas, cada una con el nombre correspondiente—. Aquí hay una dosis bastante elevada del virus recién modificado con vuestro ADN original, al menos comparada con lo que bebisteis en esos vasos de agua. Tengo otras dos dosis que deberíais recibir, a intervalos de doce horas. Así pues, si estáis preparados, necesito vuestro brazo.

Frank se dispuso a quitarse la camisa mientras que Kathy se quitaba la blusa y se quedaba con una camiseta de tirantes ajustada. Colocó el hombro derecho de cara a Juan e hizo una mueca.

—Por favor, ve con cuidado. Odio las inyecciones.

Juan pasó un algodón humedecido con alcohol por la zona correspondiente del brazo de Kathy, destapó la jeringuilla y presionó el émbolo.

—A la de tres.

—¡Ay! —Kathy se frotó el punto de inyección—. Eso no se hace.

Él sonrió.

—Vaya.

Kathy hizo un mohín mientras él le ponía una tirita en el brazo.

—Gracias.

Juan cogió la siguiente inyección y esbozó una leve sonrisa.

—No hay nada que agradecerme todavía. No sabemos a ciencia cierta si esto funcionará.

—Da igual, tengo mucho que agradecerte de todos modos —reconoció Kathy, sonrojándose.

Juan pasó el algodón con alcohol por el brazo de Frank.

—A ver qué pasa. Pasaré la noche aquí y también me quedaré mañana. Recordad, cada doce horas.

Al cabo de doce horas, Kathy recibía su segunda inyección. Hizo una mueca cuando la aguja le atravesó la piel, pero esta vez no soltó ningún gritito.

Juan consultó la hora y dijo:

—Bueno, la segunda dosis a las nueve de la noche. La siguiente es a las nueve de la mañana. ¿Puedes ir a buscar a tu padre para que venga a recibir la segunda dosis?

Kathy se levantó y se frotó la zona de la inyección.

—Sí, pero... —Tomó las mejillas de Juan entre sus manos—. Tienes que irte a la cama. Duerme un poco. Te estás matando.

Al encontrarse con los ojos verdes de Kathy, Juan sintió que el tiempo se detenía. Podría pasarse toda la eternidad mirando esos ojos.

Él le tomó las manos con delicadeza, las bajó y les dio un ligero apretón.

—No me pasará nada. Confía en mí, no necesito una cama. Estoy tan exhausto que, si apoyo la cabeza en la mesa, me dormiré al instante.

—¿Sabes? —propuso Kathy—, podrías dormir en casa de mis padres. A mi madre le encantaría tener a alguien de quien preocuparse, y encima cocina muy bien.

Juan se echó a reír.

—No, es tarde y, además, la última vez que estuve allí tu madre me recibió con una escopeta y el perro más grande que he visto en mi vida.

Kathy sonrió.

—Bueno, debiste de superar sus ladridos con nota si conseguiste que te diera lo que guarda de cuando yo era un bebé. Y Jasper no es más que un cachorro grandullón. Si menea la cola, señal de que todo va bien. —Kathy se le acercó un paso y se quedó muy cerca—. En serio, deberías ir allí a descansar.

Juan negó con la cabeza.

—No, voy a quedarme aquí. Quiero estar disponible por si pasa algo. Por si tú o tu padre os resfriáis, por si os baja la fiebre, lo que sea, no quiero estar a más de una hora de distancia.

No podía contarle su verdadero temor. Que, si la dejaba allí sola, se produjera un «accidente». Se estremeció con solo pensarlo.

Sin previo aviso, Kathy lo abrazó y hundió el rostro en su pecho. El asombro —y gozo— de Juan hizo desvanecer su extenuación. Su corazón amenazaba con salírsele del pecho mientras la abrazaba también con fuerza. En aquel momento se sintió más cercano a ella de lo que jamás se había sentido a ninguna otra chica. Y ni siquiera se habían besado.

A Kathy le temblaba el cuerpo y lo estrechó aún más entre sus brazos.

—Nunca olvidaré lo que has hecho por nosotros —dijo Kathy con voz amortiguada.

Juan le dio un beso en la coronilla y cerró los ojos. Le habría gustado que aquel momento no acabara nunca.

Pero ella se apartó y se secó los ojos.

—Bueno —dijo, carraspeando—, como mínimo te voy a conseguir un catre. Aunque tenga que sacarlo de debajo de uno de esos guardas.

Se dio la vuelta y salió por la puerta con una sonrisa.

Mientras la veía marcharse, Juan no podía evitar pensar en qué pasaría si el tratamiento no funcionaba.

Al oír que la puerta se abría, Juan se incorporó en el catre. Nate acababa de entrar en la sala de reconocimiento, cargado con una bolsa de deporte.

Juan consultó su reloj. Las seis de la mañana.

—¿Nate? ¿Cuándo has llegado?

—Acabo de aterrizar hace unos diez minutos. He venido a verte nada más llegar. —Nate se acercó cojeando a una silla y dejó la bolsa en la mesa.

—¿Qué te pasa en la pierna?

Nate restó importancia al asunto.

—Nada, un esguince. En fin... ahora voy a reunirme con los peces gordos. Pero me han pedido que antes venga a ver cómo va la vacuna.

Juan tragó saliva y, al frotarse los ojos irritados, sintió que se mareaba de preocupación.

—No es una vacuna, es... da igual. Como ya te dije, será nuestro primer intento con una terapia de reversión del ADN, pero llámalo vacuna si quieres. Y todavía no sé si funciona. Administré la segunda dosis hace unas nueve horas. Aún estoy esperando los resultados. La siguiente dosis es de aquí a tres horas. Por cierto...

Nate dio una palmada a la bolsa.

—Tengo el material aquí. Tu equipo ha estado trabajando a tope. Tengo cuatro dosis más preparadas para cada O'Reilly. Ah, y he podido encontrar muestras de sangre del ochenta por ciento de los demás. Seguimos trabajando en el veinte por ciento restante. —Miró a Juan con los ojos entrecerrados—. Oye... ¿sabes que se te ve hecho una mierda?

Juan puso mala cara.

—Eso dicen.

Juan notó un dolor en el costado, como si algo lo estuviera perforando. Y el dolor era cada vez más intenso.

Abrió los ojos. Se había quedado dormido encima del teléfono vía satélite y el objeto vibrante se le clavaba en las costillas. Se dio la vuelta y respondió.

—¿Diga?

—Los planes de eliminación están en marcha. Juan, tienes que salir de ahí. —La voz áspera de Paul Hutchison no dejaba lugar a objeciones.

A Juan le entró el pánico. Consultó la hora. No eran más que las 6.45 de la mañana.

—No entiendo, pensaba que teníamos más tiempo...

La puerta se abrió de repente y Kathy irrumpió en la sala con el rostro surcado de lágrimas.

—¡Juan!

Se le cayó el alma a los pies.

—¿Kathy? ¿Qué ocurre?

—¡Me han tomado la temperatura al levantarme de la litera y la tengo normal!

Lo embargó un torbellino de emociones e intentó contener las lágrimas.

—¿Estás segura?

Ella sollozó y asintió.

—Me la han tomado dos veces. No tengo fiebre.

Juan levantó el dedo índice y se acercó el teléfono de nuevo a la oreja.

—Hutchison...

—Lo he oído. Es una noticia fantástica. Esto sí que es salvarse por la campana. Hablaré con quien sea y lo haré saber. Pero confirma esos resultados y vete a ver cómo está el padre de la chica. Te conseguiré más tiempo para que puedas hacer las comprobaciones pertinentes.

La línea telefónica quedó en silencio y el padre de Kathy entró en la sala de reconocimiento con una media sonrisa.

—Bueno, parece un poco temprano para celebraciones, pero, doctor, he imaginado que querría saberlo. Me acaban de tomar la temperatura y me ha bajado la fiebre. Ya casi no tengo.

Steve Chalmers estaba echado en una *chaise longue* doble con Olivia acurrucada en sus brazos. El sol quedaba justo por encima de la arboleda distante y los estorninos aleteaban entre dos comederos que había instalado el día anterior. La temperatura rondaba los 21 grados, cálida para ser primavera en Wiesbaden —o al menos eso es lo que había dicho la gente en el mercado local—, y la ligera brisa transportaba el aroma de la hierba recién cortada y el olor a pino de los bosques de las inmediaciones.

—Aún no puedo creerme que hayamos conseguido este sitio —

murmuró Olivia con la mejilla apoyada en su pecho—. ¿Cómo convenciste a los Müller de que vendieran?

Steve posó la mano en la ligera prominencia de su vientre.

—Me debían unos cuantos favores. También ayuda que el padre del alcalde sea paciente mío.

Olivia levantó la cabeza y lo miró con expresión acusatoria.

—¿Qué hiciste?

Steve levantó las manos y negó con la cabeza.

—Nada, te lo juro. Solo me encargué de decirle al alcalde que tenía muchas ganas de encontrar una casa con terreno. Y quizá mencionara que deseaba que los propietarios de este sitio consideraran mi oferta. En todo caso, enseguida me informaron de que la habían aceptado.

Olivia frunció el ceño.

—Supongo que sale a cuenta ser un héroe para un puñado de gente del gobierno alemán.

—No, no soy un héroe. —Steve pensó en Juan, de AgriMed, y en la vida que había dejado atrás—. Solo alguien que intenta ayudar a la humanidad.

—¿Quién si no un héroe consigue la nacionalidad alemana sin tener que vivir ocho años en el país? —Olivia, juguetona, le pinchó en el pecho con el dedo—. Ni siquiera hablas alemán.

Antes de que Steve tuviera tiempo de contestar, vio un gran Mercedes negro subiendo por la larga avenida de entrada.

—¿Quién puede ser?

—Parece un coche del Gobierno. —Ella volvió a pincharle con el dedo—. A lo mejor vienen a rendirte más honores.

—¿Por qué dices que es un coche del Gobierno?

—Ese símbolo negro y amarillo de la matrícula, el que parece un pájaro, es el emblema de la Bundesrepublik Deutschland. La República Federal de Alemania.

Steve puso los pies en el suelo y se levantó cuando el coche se detenía a apenas diez metros de la casa.

Un hombre vestido con un traje negro de raya diplomática bajó del lujoso sedán. Era alto y de complexión musculosa. Las gafas oscuras y la expresión impertérrita no denotaban nada, pero una cicatriz le cruzaba la mejilla derecha.

Steve dio un paso adelante.

—¿En qué pudo ayudarle? —preguntó en un alemán rudimentario.

El hombre subió al porche pero, en lugar de dirigirse a Steve, se dirigió a Olivia.

—¿Señorita Olivia Cooper, originaria de Londres, Reino Unido? —Habló en inglés, pero con un fuerte acento alemán.

Steve miró a Olivia, que se encogió de hombros. Estaba tan desconcertada como él.

—Sí, ¿en qué puedo...?

Se produjo un disparo. Olivia se quedó rígida y la sangre se abrió paso en la camisa, a la altura del vientre.

El tiempo pasaba a cámara lenta.

Hubo un segundo disparo, que alcanzó a Olivia en el pecho. Aterrorizada, abrió unos ojos como platos.

Steve lo entendió todo cuando la luz que tenían detrás se atenuó hasta desaparecer.

Al oír el tercer disparo, Steve se sintió como si le hubieran golpeado en el pecho con un mazo. El mundo quedó ladeado, le flaquearon las piernas y se desplomó en el entarimado del porche. La sangre se le acumuló en la garganta y, de repente, le pareció que hacía mucho frío.

Mientras iba perdiendo la visión, oyó la voz del hombre, como si le hablara desde muy lejos.

—No puedes rehuir tus responsabilidades... ni siquiera en Alemania.

CAPÍTULO VEINTISÉIS

*** Tres meses después ***

El teléfono le sonó cuando el Servicio Secreto le permitía la entrada por la puerta de seguridad. En el salpicadero aparecía un número conocido, y sonrió al pulsar «responder».

Oyó la voz de Miguel por los altavoces del coche.

—¿Qué pasa, hermanito?, hace tiempo que no sé nada de ti. He terminado el primer curso de Medicina, ¿qué te parece? ¿Cómo va la vida? ¿Has hecho algo interesante últimamente?

Juan sonrió al plantearse cómo responder a la pregunta. Kathy le cogió la mano en la suya, donde lucía un flamante anillo de prometida.

—Bueno, probablemente debería ponerte al día de unas cuantas cosas, pero estoy a punto de perder la señal. ¿Qué vas a hacer en las vacaciones de invierno?

Miguel se echó a reír.

—Lo siento, no hago planes a tan largo plazo.

—Pues tendrás que hacer una excepción. Me caso y necesito un padrino. Será el 16 de diciembre. Apúntatelo en la agenda.

La llamada se cortó cuando se detuvieron bajo el dosel de una de las entradas privadas a la Casa Blanca.

Juan soltó una risita.

—Bueno, ya se lo he dicho.

Kathy negó con la cabeza.

—Eres terrible. El pobre se va a volver loco sin saber más detalles.

Juan sonrió a su futura esposa. Como siempre, su presencia lo tenía embelesado. Llevaba un discreto vestido verde y el pintalabios hacía juego con la cabellera que le caía en cascada por la espalda.

Dos agentes del Servicio Secreto les dieron la bienvenida.

—Bienvenidos a la Casa Blanca, doctor Gutiérrez y señorita O'Reilly. Tengan la amabilidad de seguirnos.

Mientras los conducían por una entrada privada al Ala Oeste, Kathy tomó la mano de Juan y se la apretó. Juan se sintió reconfortado, aunque no logró evitar estar hecho un atajo de nervios.

Lo único que le habían dicho era que iba a recibir una especie de reconocimiento en la Casa Blanca. La invitación le había llegado directamente de manos de un miembro del Servicio Secreto y, que él supiera, nadie más sabía de qué iba aquello.

Ni siquiera Paul Hutchison, que parecía estar informado de todo lo que se cocía en la capital, estaba al corriente.

Tras recorrer un entramado de pasillos, llegaron a una gran sala presidida por una majestuosa mesa de reuniones. Aún no había nadie sentado a ella, pero había varias personas hablando de pie y, cuando Juan y Kathy entraron, un hombre que les resultaba vagamente familiar se les acercó y les estrechó la mano.

—Doctor Gutiérrez, me alegro mucho de volver a verle. —El hombre se dirigió a Kathy—. Y usted debe de ser la encantadora señorita O'Reilly. Soy Neil Wilson. Entiendo que debo felicitarlos. ¿Cuándo es la boda?

Intercambiaron unos cuantos cumplidos y entonces Juan y Kathy se quedaron solos una vez más.

—¿Quién era ese? —susurró Kathy.

—El director del FBI —respondió Juan con discreción.

Kathy abrió unos ojos como platos.

—Dios mío, ¿con quién me he liado? Quiero que sepas que en la vida imaginé que visitaría la Casa Blanca ni que conocería a los peces gordos del FBI.

Las conversaciones de la sala se acallaron cuando la puerta del fondo se abrió y entró el presidente. Prácticamente todo el mundo se dispuso a darle la mano, pero él, con paso decidido, cruzó la sala hacia Juan.

Juan tuvo que hacer un esfuerzo para tragarse la bilis que le subía por la garganta. Nunca olvidaría lo que aquel hombre había dicho. Lo que había planeado hacer. Lo que habría hecho.

El presidente estrechó con firmeza la mano de Juan y luego se dirigió a Kathy.

—Querida señorita O'Reilly, su presencia ilumina esta sala tan sombría. —Dio una palmada a Juan en el hombro—. Cuide a este hombre. Este país está en deuda con él.

Los demás se agolparon a su alrededor y el presidente miró a Juan de hito en hito.

—Doctor Gutiérrez, esta nación... no, el mundo... tiene una gran deuda con usted. Todos apreciamos la labor realizada y los avances indescriptibles que ha realizado en el mundo de las ciencias. Pero, sobre todo, le agradecemos que respondiera cuando su Gobierno lo llamó para solucionar un problema urgente que afectaba a la ciudadanía..

Un hombre que estaba de pie junto al presidente sostenía una caja de terciopelo azul. El presidente la abrió y extrajo una medalla ensartada en una cinta larga. El hombre indicó a Juan que se diera la vuelta, y él lo hizo.

—Doctor Juan Gutiérrez, en reconocimiento a su meritoria contribución a la seguridad e intereses nacionales de los Estados Unidos, le concedo la mayor condecoración civil de la nación: la Medalla Presidencial de la Libertad.

El presidente le ató al cuello la cinta con la medalla y Juan apenas pudo contener la repulsión que sentía mientras el hombre le alisaba el lazo para que le quedara bien plano en el cuello.

Se volvió de nuevo y ambos se estrecharon las manos al . La sala estalló en aplausos.

Mientras Kathy miraba a Juan con expresión radiante, él se preguntó si un día sería capaz de contarle por qué ese hombre, y esa condecoración, lo asqueaban en lo más profundo de su ser.

Nate y su supervisor estaban acomodados en unas tumbonas en el extremo del embarcadero situado detrás de casa de Jeff. Las vistas a un arroyo y el suave sonido del agua ofrecían un trasfondo relajante al cabo de unos meses de infarto.

El caso Darwin se había cerrado oficialmente.

—Me cuesta creer que nadie en el FBI recibiera pista alguna sobre quién de dentro estaba implicado —reconoció Nate.

Jeff dio un sorbo a la bebida y se encogió de hombros.

—Sí, vaya mierda. A veces las cartas no juegan a nuestro favor.

—¿El director Wilson te presionó para que dieras el caso por cerrado? —inquirió Nate.

—Ya sabes que no puedo responder a esa pregunta, Nate.

Nate odiaba la idea de que un cargo político estuviera al mando del FBI. Había dedicado su vida a los ideales que pregonaba la institución —Fidelidad, Valor, Integridad—, y dudaba que el actual director se guiara por ellos. Neil Wilson tenía algo que no le gustaba. Pero, por supuesto, nunca había podido demostrarlo. Ni tampoco tenía justificaciones para intentar averiguarlo.

Hizo una mueca de desagrado.

—Podría haber muerto mucha gente. Mucha gente murió. Ese marine que encontraron cerca de Las Vegas. Nunca llegamos a saber qué pasó ahí realmente.

Jeff blandió un dedo.

—¿Qué insinúas? Averiguamos lo del programa canino y que el marine murió por el ataque de uno de esos perros.

—Eso no son más que especulaciones —replicó Nate—. Nunca llegamos a saber qué pasó con esos animales.

—Me aventuraría a decir que los liquidaron.

—Más muertes. —Nate sacudió la cabeza—. ¿Y qué me dices de esa niña que nació en Virginia Occidental? La que fue como los terneros, que mató a todo lo que tenía cerca hasta que la metieron en una celda en cuarentena en las entrañas más profundas del sistema nacional de salud. ¿Qué va a ser de ella?

Jeff apuró el resto de la copa e hizo una mueca.

—No voy a decirte qué pasó.

—¿La mataron?

—Ya te he dicho que no voy a contar nada. —Sin embargo, Jeff asentía levemente mientras hablaba.

—Mierda. —Nate apuró la bebida e hizo un gesto para que Jeff se la rellenara.

Mientras él le servía otra copa, Nate fue hablando.

—Ya me he cansado de tanta muerte, accidentes, mentiras, engaños... cuánta fealdad hay en este mundo. Necesito más belleza y vida en el mío.

El rostro de Madison acudió a su mente y casi sintió su presencia a su lado. Le embargó una calma repentina. Ya sabía qué tenía que hacer.

—¿Sabes qué? Cuando murieron los padres de Madison, poco después de que nos casáramos, le dejaron un terreno de cultivo en Carolina del Norte. No sé por qué no me deshice de él, he estado pagando impuestos desde entonces. Pero ahora creo que ya sé qué hacer.

Miró a Jeff a los ojos.

—Jeff, creo que me retiro. Madison y yo siempre hablamos de convertir ese terreno en una granja y llevar una vida sencilla. Por aquel entonces, pensamos en hacerlo cuando acabara con las Fuerzas Especiales. Y entonces... la cosa cambió. Pero ahora ha llegado el momento.

Jeff le dio otra copa y preguntó:

—¿Estás seguro? Si lo estás, no sabes cuánto te envidio. Creo que no tengo agallas para lanzarme así al vacío.

Nate asintió.

—Mañana por la mañana te dejaré los papeles de mi jubilación encima de la mesa. Ha sido un placer trabajar contigo. Espero que entiendas mi decisión.

Jeff se recostó en la tumbona y exhaló un fuerte suspiro.

—Te entiendo a la perfección. Pero recuerda, el mundo no es perfecto y siempre habrá maleantes que poner en manos de la justicia. Necesitamos más gente como tú, Nate.

—Y siempre habrá gente como yo. No me preocupa. Creo que lo que más lamento es saber que hay personas que nunca acaban en manos de la justicia. —Suspiró—. Eso es lo que me revienta.

Juan no se sentía tan bien desde hacía tiempo. Había entregado su placa de colaborador del FBI y volvía a caminar por los pasillos de AgriMed. Como civil, como investigador.

Llamó a la puerta del despacho de Winslow.

—Entra, Juan.

Juan entró y se sentó en el sitio habitual. La misma silla en la que se había sentado hacía cuatro años, cuando le preocupaba perder su trabajo. No pudo evitar sonreír al darse cuenta de lo trivial que era ese asunto comparado con lo que había experimentado desde entonces. Le parecía que había pasado una vida entera.

—Juan, apuesto a que te alegra volver.

Se echó a reír.

—Francamente, es un alivio. Aunque en el FBI hay unos técnicos de laboratorio increíbles. Podría indicarle unas personas que iría bien contratar. Gracias a ellas mi investigación tuvo éxito.

Winslow sonrió.

—Un buen gestor tiene que saber identificar y trabajar con personal de calidad. Estoy convencido de que ahora lo sabes apreciar mejor. No es solo dar órdenes, sino saber formar un equipo y gestionarlo para que avance.

—Sí, señor.

—Bueno —dijo Winslow—. No te he llamado para charlar. Juan,

tengo intención de jubilarme a finales de año. Ya he informado a la junta directiva.

—Enhorabuena, señor. —Juan se alegraba sinceramente por el hombre que lo había contratado para su primer trabajo en la industria privada.

—Eso no es todo. —Winslow rodeó el escritorio y se sentó de cara a Juan—. Te he propuesto como sucesor.

—¿Có... cómo? —Juan se quedó anonadado—. Pero ¿y los demás jefes de...?

Winslow desestimó la sugerencia.

—Tú eres el ideal. Por todos los motivos por los que conseguiste ayudar al FBI. Reconozco que, debido a la confidencialidad, probablemente solo sepa la mitad de lo que pasó, pero basándome en esa mitad... No creo que yo hubiera podido aguantar tan bien como tú. —Juntó las manos—. Y la junta ha considerado mi recomendación. El cargo es tuyo, siempre y cuando lo aceptes.

A Juan le asaltaron infinidad de pensamientos y, de repente, tuvo la sensación de que le faltaba el aire.

—No sé... yo quiero seguir dedicándome a la investigación...

—Juan, te enseñaré cómo hacer las dos cosas. Y tal como acabamos de hablar, sabes delegar. Créeme, no te habría propuesto si no estuviera cien por cien convencido de que puedes hacerlo. —Winslow sonrió—. Además, el sueldo no está nada mal.

Juan pensó en la libertad de poder impulsar las investigaciones que considerara necesarias, lo que ayudara a la gente, sin tener que pedir permiso constantemente.

—Supongo que sería imbécil si rechazara el cargo —musitó.

—Pues sí. ¿Aceptas, entonces?

A Juan le costaba creer todo lo que le había pasado últimamente. Había ayudado a evitar lo que podría haber sido un desastre para la humanidad. Había recibido condecoraciones y reconocimientos del FBI y de la Casa Blanca. Y, lo más importante, se había prometido con la mujer más fuerte y cariñosa que había conocido jamás. Y ahora le acababan de ofrecer uno de los cargos más altos de AgriMed.

Sonrió.

—Sí.

Frank se sentía en la gloria tumbado en el sofá con Megan acurrucada en sus brazos. En la tele nueva emitían una locura de juego, al que ninguno de ellos prestaba atención.

Megan echó la cabeza hacia atrás y plantó un beso en los labios de Frank.

—¿A qué viene eso? —preguntó él.

—A que no te has resistido a hacerte una segunda revisión en la clínica oncológica.

Él la pellizcó con cariño.

—Ya te he dicho que estaba bien.

Ella acomodó la cabeza en el recodo de su brazo.

—Sí, pero quería volver a oírlo. Franklin O'Reilly, necesito tenerte por aquí para poder frustrarme durante muchos años. ¿Me oyes?

—Sí, señora. Lo intentaré con todas mis fuerzas.

Megan le pasó los dedos por el pecho.

—Ahora las cosas van realmente bien y no temo al futuro. Me refiero a que, después de tantos años preocupada e inquieta por las malas decisiones que tomaba Kathy, no puedo creerme que haya acabado con alguien como Juan. Es tan amable, e inteligente, y tan distinto a los gamberros que solían gustarle. Estoy encantada de que haya encontrado a alguien que por fin pueda hacerla feliz.

Frank le dio un beso en la coronilla y le acarició la espalda.

—Es un buen chico. Aunque nunca imaginé que acabaría con un urbanita.

—Franklin, ¿lo dices en serio? Ya sabes que no soporta el rancho. Necesitaba marcharse.

—Siempre pensé que era una fase. Bueno, ¿han decidido cuándo van a dar el sí? ¿Lo harán aquí?

—Se están planteando que sea en diciembre. Una celebración a lo grande cerca de donde viven.

Frank soltó un gemido.

—Necesito un esmoquin, ¿no?

Ella le dio un manotazo en el pecho.

—Sí, y nada de botas, ¿entendido?

—Sí, señora. ¿Han dicho algo de nietos?

—¡Franklin! ¡Ni siquiera se han casado todavía! Dales tiempo. Seguro que tendrán hijos. Y, hablando de amor y de bebés... —Megan dirigió la mirada a Jasper, que estaba hecho un ovillo en la butaca reclinable—. ¿Qué me dices de Jasper?

El enorme labrador color chocolate que estaba cerca de la chimenea abrió un ojo.

—¿Qué pasa con él?

—Jasper —dijo Megan—, ¿necesitas una novia? ¿Te gustaría tener una? —Le lanzó un beso al perro y levantó la vista hacia Frank —. Creo que podríamos tener otro perro. ¿Te imaginas los cachorritos de Jasper? Con lo grande y listo que es.... ¡Serían una monada!

Franklin negó con la cabeza y suspiró. En cuanto a Megan se le metía algo entre ceja y ceja, no había manera de ponerle freno.

NOTA DEL AUTOR

Así acaba *El enigma de Darwin,* y espero de todo corazón que te haya gustado.

Voy a presentarme, por si es el primer libro mío que lees, para que así sepas cómo llegué a dedicarme a escribir.

Soy uno de los novelistas más atípicos imaginables. Hace mucho tiempo que me dedico a la ingeniería y la investigación. Mi formación académica es científica, y estoy especializado en Biología y Física.

Empecé a escribir ficción cuando mis hijos tuvieron edad suficiente para apreciar los cuentos a la hora de acostarse. Y las historias que más les gustaban eran las fantasías épicas. Cuantos más duendes, dragones y ogros había, más disfrutaban. Sin embargo, nunca me lo tomé demasiado en serio. Lo hacía para tenerlos contentos.

Sin embargo, al cabo de unos años ocurrió algo inesperado.

Me picó el gusanillo de escribir.

Ahora ya llevo unos cuantos años escribiendo y me he hecho amigo de algunos escritores bastante conocidos. Cuando les comenté lo de tomarme lo de escribir más en serio, varios de ellos me dieron el mismo consejo: «Escribe sobre lo que conoces».

¿Que escriba sobre lo que conozco? Empecé a pensar en Michael

Crichton. Estudió Medicina y empezó con un *thriller* médico. John Grisham ejerció como abogado durante una década antes de escribir una serie de *thrillers* de temática legal. Tal vez el consejo no fuera descabellado...

Empecé a plantearme qué era lo que yo conocía. Y entonces caí en la cuenta.

Yo sé de ciencia. Me dedico a ella y disfruto con ella. De hecho, uno de mis entretenimientos preferidos es leer artículos académicos sobre distintas disciplinas científicas. Mis intereses van desde la física de partículas y los ordenadores hasta las ciencias militares (es decir, la ciencia que hay detrás de lo que causa explosiones) y la medicina. Reconozco que soy un bicho raro en ese sentido. También he viajado muchísimo y he estudiado por mi cuenta idiomas y distintas culturas.

Aconsejado por algunos autores superventas de Nueva York, me lancé de cabeza a escribir novelas que me interesaban. Dada mi trayectoria, era fácil imaginar que me centraría en la ciencia ficción, pero siempre me han encantado los *thrillers* de todo tipo, sobre todo los que transcurren en escenarios internacionales.

Lo cierto es que no tenía intención de autoeditarme como he hecho. Mi idea era contactar con una editorial tradicional. Al fin y al cabo, recibí críticas positivas de los autores que leyeron mi trabajo y que publican por los canales estándar. Todos fueron muy amables y una gran fuente de aliento.

Antes de lanzarme a la edición independiente, envié historias a editores que compraban derechos en editoriales importantes. Aunque mostraron cierto interés, al final todos dijeron que no encajaba con su público específico en ese momento. Entiendo que es muy difícil que un autor desconocido entre en el sector editorial tradicional y, en el caso de los editores que compran derechos, los autores desconocidos suponen un gran riesgo. Soy perfectamente consciente de todo ello.

Teniendo eso en cuenta, me vi en la tesitura de dejar las historias en un cajón del escritorio y seguir con mi vida, o arriesgarme a ver si mis novelas tenían un público.

Es obvio que soy tozudo, y opté por la segunda opción.

Dado que mi primer libro, *Primordial Threat*, se publicó y se convirtió en un superventas de *USA Today*, supongo que me alegro de haberme arriesgado.

Doy por supuesto que, si has llegado hasta aquí, te has leído la novela entera, y espero haberte entretenido. Si es el caso, ¡te he encontrado! Eres ese «público» escurridizo al que las editoriales dijeron que no sabían cómo llegar.

¡Bravo!

Ahora, querido lector, me gustaría pedirte que compartas tus ideas/opiniones sobre la historia en Amazon y con tus amistades. Así, y con el boca oreja, esta historia llegará a otros lectores, y espero que *El enigma de Darwin* (y el resto de mis libros) lleguen a la máxima cantidad de personas posible.

De nuevo, gracias por leer a un autor relativamente desconocido y por continuar con la que espero sea una larga lista de *tecnothrillers*.

Mi intención es publicar al menos dos libros al año, uno dentro de la categoría de ciencia ficción/*tecnothriller* y otro un *thriller* convencional.

Si deseas recibir información actualizada sobre mis últimas obras, suscríbete a mi lista de correo:

https://mailinglist.michaelarothman.com/new-reader

Con tu permiso, aquí tienes una breve descripción del primer libro de Operación Mano Muerta, mi serie de superventas de *USA Today* sobre un ángel con piel de lobo.

Levi Yoder es miembro de la mafia y se dedica a solucionarle problemas a la gente.

Por desgracia, no puede solucionar el suyo propio.

Tras ser diagnosticado de un cáncer terminal, Levi se prepara para la muerte, pero para lo que no está preparado es para despertarse una mañana y enterarse de que la enfermedad está en remisión total.

OPERACIÓN MANO MUERTA *es la historia de un hombre que vuelve a una vida que daba por terminada.*

Cuando descubre que él y su familia están en el punto de mira de lo que la CIA considera que son elementos de la mafia rusa, Levi acepta a regañadientes ayudarlos en lo posible.

Cuando Levi se sumerge en lo más duro y sórdido del crimen organizado y la política, se entera de que está en su punto de mira por algo que hizo su difunta esposa.

Enseguida le resultará evidente que la gente que conoce no es de fiar y que es probable que los problemas que debe solucionar escapen a sus posibilidades.

Si te parece interesante, al final de este libro encontrarás un avance de Operación Mano Muerta.

APÉNDICE

Con demasiada frecuencia, cuando la gente piensa en historias que tocan temas de ciencia y tecnología, las toman por ciencia ficción. Sin embargo, para muchos, el estereotipo de la ciencia ficción son los cohetes espaciales y los rayos láser.

Se equivocan.

Nótese que en *El enigma de Darwin* no aparece ni un solo cohete espacial ni ningún rayo láser. No obstante, sería difícil negar que en la novela abundan los temas científicos y la tecnología.

Por otro lado, novelas como *Jurassic Park* o *La amenaza de Andró-meda* son técnicamente ciencia ficción, pero se comercializaron como *thrillers*, y también lo son.

Así es como nació un nuevo género: el *tecnothriller*.

El tipo de novelas que escribo siempre tienden a incluir elementos científicos en la trama. A algunos quizá les parezca que ciertos componentes de mis historias parecen pura fantasía o que son impo-sibles; sin embargo, mi objetivo es siempre basarlas en conoci-mientos o teorías científicas actuales.

He dicho a menudo que tiendo a escribir dos tipos de novelas, las que encajan a la perfección en el género del *tecnothriller* y otras que son *thrillers* convencionales (como la serie de Levi Yoder).

Teniendo en cuenta lo que acabo de decir, sería razonable preguntar: «Si siempre incluyes ciencia o tecnología en las historias, ¿a qué viene distinguir entre *tecnothriller* y *thriller* convencional?».

La respuesta es sencilla:

Para mí, la clave que diferencia un *tecnothriller* de un *thriller* convencional es que, en el primero, la ciencia no es solo un elemento de la historia, sino un ingrediente clave de la misma. Como ocurre en *El enigma de Darwin,* donde no habría mucha historia sin el código (la modificación del ADN).

Sin embargo, en mi humilde opinión, eso no debería requerir tener conocimientos científicos para comprender la trama de mis *tecnothrillers.* Lo único que hace falta es que al lector le gusten las buenas historias que incluyan elementos de ciencia y tecnología. Es responsabilidad del autor conseguir que la parte científica resulte accesible a todos los lectores.

En esta novela me he esforzado por mantener un nivel elevado de precisión científica. Sin duda, hay elementos en las historias de ficción que son imposibles hoy en día. No obstante, partiendo de una base científica sólida, intento aventurar alguna predicción de lo que podría pasar y, a partir de ahí, construir una historia que resulte entretenida y quizá también esclarecedora.

En este apéndice he querido resaltar unas cosas que aparecen en la historia para que el lector vea la relación que guardan con elementos científicos o por qué han servido de inspiración. Por ejemplo, en la novela se habla con profusión de ciertos aspectos de la manipulación genética. Casi todo lo que describo es real.

Existe mucha confusión y debate sobre este tema, lo cual es totalmente justo. Cualquiera que afirme que la ciencia de algo está zanjada, se equivoca.

Siempre hay que cuestionar. Siempre hay que dudar. Siempre hay que verificar.

En este apéndice, doy una explicación muy breve de conceptos que pueden resultar muy complejos. Mi intención es proporcionar información suficiente para tener una mínima comprensión del tema. Sin embargo, a quienes quieran saber más, también les dejaré suficientes palabras clave para que investiguen por su cuenta y adquieran conocimientos más completos sobre cualquiera de estos temas.

También debería ofrecer una idea de algunas de las cuestiones que me han influido a la hora de escribir esta historia y, quizá, hacer que el lector se plantee lo que los autores siempre se preguntan: «¿y si?».

OMG (Organismo modificado genéticamente)

Nota: como hay mucha controversia sobre esta cuestión, quiero dejar una cosa clara: no voy a pronunciarme ni a favor ni en contra de los OMG, solo pretendo presentar los hechos, las motivaciones subyacentes y las preocupaciones. No hago proselitismo científico, pero sí que creo en dar hechos a la gente y dejar que saquen sus propias conclusiones. Una opinión informada tiene valor.

En la conciencia dominante en nuestra sociedad, existen pocos «monstruos» tan temidos como los OMG.

En *El enigma de Darwin*, hablo de los OMG, e incluyo pasajes en los que el doctor Gutiérrez explica las ventajas de los mismos desde su punto de vista.

Antes de entrar en un exceso de detalles, tratemos brevemente qué motiva a los científicos a modificar algo genéticamente. Es obvio que no van a modificar la genética de un organismo por capricho. Siempre hay un objetivo.

Supongamos que, en el caso que presento a continuación, el objetivo es combatir la malnutrición y, en concreto, la deficiencia de vitamina A en algunas partes del mundo.

¿Qué pasos daría un científico de alto nivel en un proceso de OMG?

1. Un científico identificaría un rasgo deseado en alguna forma de vida, ya sea animal o vegetal.
2. Se identificaría/n el/los gen/es que proporcionan ese rasgo deseado y se copiaría/n.

3. El gen copiado se introduciría en el objetivo, con la
   intención de producir también el efecto deseado.
4. Por último, se realizarían infinidad de pruebas.

Es decir, los científicos pretenden mejorar un organismo objetivo, animal o vegetal, editando el código genético o añadiendo código genético de otro lugar.

En el apartado siguiente entraré en detalles técnicos relacionados con un caso bien documentado de modificación genética.

Arroz dorado (para tratar el déficit de vitamina A)

Cuando hablamos de modificar la genética de algo, ¿a qué nos referimos exactamente?

Para responder a esta pregunta, pongámonos en antecedentes sobre el tema antes de profundizar en el mismo.

La mayoría de las personas están familiarizadas con el concepto del ADN. Es el mapa de lo que somos y de nuestros elementos. Pero ¿alguna vez te has planteado de qué está hecho realmente el ADN?

El ADN se compone de una serie de genes, cada uno de los cuales está «codificado» para expresar cierta función. Piensa en un gen como uno de los rasgos que te caracterizan.

Los humanos poseemos alrededor de veinte mil genes.

¿Y qué es un gen?

Un gen se compone de una serie de pares de nucleótidos, también llamados «pares de bases». Reciben ese nombre porque forman los bloques de construcción del ADN. Para muchos, lo de *pares de bases* suena a galimatías. Así pues, para explicar mejor qué es un gen emplearé dos analogías:

1. Si eres programador informático, puedes pensar en un
   gen como una serie de instrucciones. El código, por así
   decirlo. En concreto, imagina que cada uno de los pares
   de bases es un código operativo. Cada código operativo es
   una instrucción independiente que, al final, da como
   resultado una secuencia lógica de operaciones.
   Podríamos pensar en la lista de códigos operativos como

en una subrutina útil. Ten en cuenta que cada subrutina tiene entre veinte mil y dos millones de líneas de código (pares de bases). Cuando tengas suficientes subrutinas, acabarás construyendo un programa que se parece en gran medida a tu composición genética.

2. Si eres cocinero, piensa en un gen como en el ingrediente de una receta para la humanidad. Pero, asociado a cada ingrediente, tienes que seguir una serie de pasos para prepararlo: pelar, restregar, hervir, cortar en dados, en juliana, etc. Piensa en esos pares de bases como en una de las instrucciones para preparar dicho ingrediente. Lo único es que la preparación es bastante complicada. No basta con echarlos en la cazuela y ya está. Cada ingrediente exige entre veinte mil y dos millones de pasos (pares de bases) para su preparación. Obviamente, unos ingredientes (genes) son más complicados que otros. Y cuando tienes en cuenta que el cuerpo humano posee aproximadamente veinte mil ingredientes (genes), entiendes de cuánto trabajo estamos hablando.

Ahora que tienes una idea aproximada de lo que es un par de bases, hablemos del arroz y de la modificación genética. Si sigues leyendo, ¡te felicito por tu aguante!

Oryza sativa es el nombre en latín de la especie de planta que produce lo que habitualmente llamamos «arroz asiático». Su ADN se compone de más de cuatro cientos millones de pares de bases.

En la década de 1990 se manipuló el ADN del arroz copiando el fitoeno sintasa (un gen del narciso) y el fitoeno desaturasa (un gen de una bacteria de la tierra). Insertaron esos genes en la estructura genética del arroz, lo cual acabó creado una variedad de arroz provista de betacaroteno, fuente de vitamina A alimentaria.

Más adelante, en 2005, la fórmula se mejoró extrayendo el fitoeno sintasa del maíz, que aportaba una cantidad mucho mayor de betacaroteno que el intento anterior.

¿Por qué hacerlo?

En muchas partes del mundo, el arroz es la base de la dieta, en detrimento de otros alimentos. No todo el mundo tiene acceso fácil a la diversidad de alimentos que muchos de nosotros damos por supuesta.

Y como el arroz no contiene vitamina A de forma natural, se descubrió que el déficit de vitamina A estaba alcanzando niveles de epidemia en algunas regiones del mundo.

En 2005, se estimó que ciento noventa millones de niños y diecinueve millones de mujeres embarazadas de ciento veintidós países sufrían déficit de vitamina A. La falta de esa vitamina provoca entre uno y dos millones de muertes y quinientos mil casos de ceguera irreversible cada año.

Con la creación del arroz dorado, un producto modificado genéticamente, la ingesta de apenas 150 gramos de ese arroz proporciona la cantidad necesaria de vitamina A a una persona adulta.

En mayo de 2018, la FDA aprobó el arroz dorado para el consumo humano.

¿Qué otros usos tienen los OMG?

, El resultado obtenido con la creación del arroz dorado es suficiente para justificar los esfuerzos invertidos en ello, pero otros productos modificados genéticamente se han creado por distintos motivos, como, por ejemplo: resistencia a la sequía, manzanas que no se oxidan en contacto con el aire, resistencia a los hongos en muchas variedades de plantas, aumento de las cosechas y reducción del coste de los alimentos.

¿Hay motivos para temer a los OMG?

Nota: muchos científicos afirman que no hay nada que temer con respecto a los OMG. De hecho, en junio de 2016, 107 premios Nobel, la mayoría de ellos galardonados con el premio de Medicina o Química, firmaron una carta instando a Greenpeace y sus seguidores a dejar de hacer campaña contra los OMG. De hecho, la carta consideraba la oposición a la agricultura de precisión (OMG) «crimen contra la humanidad».

Resumiré a continuación los argumentos de quienes se oponen a los OMG:

1. Resulta preocupante que las sustancias modificadas genéticamente permanezcan en el cuerpo una vez consumidas, y se sospecha que provocan efectos nocivos.
2. Al hacer que ciertos cultivos modificados genéticamente sean resistentes a los herbicidas, se aumenta el uso de estos últimos, lo cual se considera peligroso.
3. A pesar de las pruebas, se teme que existan efectos secundarios impredecibles debido a la transferencia de genes de una especie a otra.
4. Se considera que la supervisión gubernamental es laxa.
5. Se considera que los OMG perjudican al medioambiente.
6. Algunas personas refutan la evidencia de que los OMG pueden tener efectos beneficiosos.
7. Para los practicantes de algunas religiones, resulta preocupante alimentarse de un animal con genes «sucios». Además, para ciertas religiones no debería consumirse nada que no se encuentre en la naturaleza.

Terapia genética:

En el apartado anterior, hemos hablado de los OMG. La terapia genética no difiere mucho de lo que ocurre en la creación de un OMG, solo que el objetivo de la manipulación genética es un animal.

La terapia genética aplicada a los humanos existe desde finales de la década de 1980.

A diferencia de los OMG, cuyo objetivo suele ser mejorar lo que nos ofrece la naturaleza, la terapia genética se emplea para intentar arreglar un problema desde su raíz genética.

Se emplean dos tipos de terapia genética en animales (incluidos los humanos).

1. Terapia génica somática: es el tipo de terapia génica más usado. Es la que se utiliza para intentar curar enfermedades y se caracteriza porque afecta a todas las

células del cuerpo a excepción de las que podrían ser heredadas por futuras generaciones.

1. Terapia génica germinal: este tipo de terapia está prohibida en muchos países por motivos éticos y técnicos. Una de las mayores diferencias es que los cambios genéticos se aplican directamente a las células del esperma o el óvulo, lo cual hace que los cambios realizados se traspasen a la siguiente generación.

En *El enigma de Darwin* nos centramos mucho en la terapia genética. La cura para el cáncer que Juan desea encontrar no difiere de terapias que otros han investigado para distintas enfermedades.

Actualmente se investiga de forma activa el uso de la terapia genética para tratar una amplia variedad de enfermedades.

Un ejemplo sería un tipo concreto de leucemia. En 2017 la FDA aprobó un tratamiento (tisagenlecluecel) para la leucemia linfoblástica aguda. De hecho, toma las células del paciente, las modifica y luego se las reintroduce.

Asimismo, la FDA ha aprobado un enfoque similar para tratar el linfoma no hodgkiniano.

Cabe imaginar que, en el futuro, gracias a la investigación y a más experimentación, algunas enfermedades pasarán a ser cosa del pasado.

El futuro es muy prometedor, pero la historia de *El enigma de Darwin* sirve como una especie de aviso. En cierta forma, estamos dando palos de ciego con respecto a la interpretación del código genético que todos tenemos. Ningún científico sensato puede afirmar que comprende a la perfección cómo funciona todo el material genético. Así pues, en la aventura que supone explorar nuestra identidad genética, debemos obrar con cautela.

Vete a saber qué nos acecha en los recovecos y combinaciones genéticas desconocidas posibles.

AVANCE DE OPERACIÓN MANO MUERTA

—Señor Yoder, lamento tener que darle una mala noticia. —Al doctor Cohen se lo veía preocupado, vacilante, pero habló con rapidez, como si quisiera acabar lo antes posible—. Tiene cáncer de páncreas en fase 4.

A Levi ni mucho menos se le había pasado por la cabeza que su visita médica de las nueve de la mañana iría así. Notó un escalofrío en el pecho que se le extendió a la columna.

El médico, entrecano, estaba sentado frente a Levi y le acercó una caja de pañuelos de papel por encima de la mesa.

Como si los pañuelos fueran a ayudar.

—¿Cómo puede ser que tenga cáncer? —Levi clavó los dedos con fuerza en los brazos de la silla de cuero rojo acolchada inclinándose hacia delante—. Solo tengo treinta años y he llevado una vida sana. No bebo alcohol ni consumo drogas. ¿Está seguro? —Fue consciente de que sonaba a negación de la realidad.

El doctor Cohen se puso en pie, rodeó el gran escritorio de madera de caoba y posó su mano arrugada en el hombro de Levi.

—Hijo, lo siento de veras. —Exhaló un suspiro. El aliento le olía a té a la menta—. Por desgracia, las primeras fases del cáncer de páncreas casi no presentan síntomas. Envié las muestras de la biopsia a dos laboratorios distintos y los dos han dado los mismos resultados. Los TAC que hicimos la semana pasada también confirmaron el nivel de metástasis. El cáncer se ha extendido al sistema linfático.

Levi respiró hondo y exhaló poco a poco. La tensión que notaba en los músculos se disipó a medida que iba encajando la noticia con resignación.

—¿Fase 4? ¿Qué significa eso? ¿Cómo se trata? ¿Cuál es el siguiente paso?

El doctor acercó una silla y se sentó delante de Levi de manera que sus respectivas rodillas casi se tocaban.

—Fase 4 significa que el cáncer se ha extendido a otros órganos. En su caso, lo hemos detectado en el páncreas y en los nódulos linfáticos. Con respecto al tratamiento, el Sloane-Kettering y otros pocos hospitales universitarios realizaron unos ensayos clínicos en 2005 aplicados a este tipo de cáncer. Hoy en día existen tratamientos de radio experimentales que podríamos probar, junto con varias tandas de quimioterapia, pero, en esta fase de la enfermedad, me temo que las posibilidades de éxito son escasas. —Se inclinó hacia delante y habló con expresión solemne—: Mi mejor estimación sería que, sin tratamiento, le quedan entre cuatro y seis meses para poner sus asuntos en orden. Y le seré sincero, incluso con tratamiento, solo el uno por ciento de los pacientes sobrevive cinco años. No obstante, ya he hecho unas cuantas llamadas y disponemos de tratamientos de primer orden capaces de mejorar ese pronóstico. Haré todo lo que esté en mi mano para que así sea.

Las ideas se agolparon en la mente de Levi mientras asimilaba las palabras del médico.

En su trabajo, siempre lo habían considerado una persona resolutiva. Se encargaba de temas peliagudos cuando los jefes de la mafia necesitaban a alguien hábil y no solo puro músculo. También se dedicaba a arreglar asuntos que la policía no podía o no quería arreglar.

Para esto no tenía solución alguna.

Sin embargo, sabía que tenía varios asuntos que atender enseguida.

Se levantó y estrechó la mano del doctor.

—Doctor Cohen, sé que debe de ser difícil dar este tipo de noticias. Gracias por su sinceridad. Volveré dentro de dos semanas, cuando haya puesto en orden mis cosas, y entonces hablaremos.

—Pero, señor Yoder, debería empezar el tratamiento de inmediato. He llamado al Sloane-Kettering y lo he incluido en uno de sus programas de tratamiento...

Levi ignoró la oferta y se encaminó hacia la salida.

—Se lo agradezco, ya volveré.

Cuando Levi abrió la puerta y salió de la consulta privada, lo único que tenía en mente era a Mary.

Cuando Levi entró en el dormitorio, Mary, que ya iba en camisón, le dedicó una sonrisa radiante mientras ponía un disco en el tocadiscos.

—Acabo de encontrarlo en una tienda de discos de segunda mano. Tienes que escucharlo.

La voz de Nat King Cole, uno de los cantantes preferidos de Mary, sonó por los altavoces.

«Love me as though there were no tomorrow...» [1]

La inquietante letra de la balada hizo que se le formara un nudo en la garganta.

Mary se le acercó bailando con una sonrisa embelesada en el rostro, cautivada por la música. Pero al mirarlo a los ojos, se quedó quieta. Su sonrisa se desvaneció y en la frente se le formaron unas arrugas de preocupación.

Levi nunca había podido ocultarle sus sentimientos.

Se le acercó, tomó el rostro de ella entre sus manos y la miró a aquellos bonitos ojos castaño oscuro. Tenía el rostro enmarcado en una cabellera negro azabache y se la veía tan hermosa como el día en que se conocieron.

Mientras le contaba lo que le había dicho el médico, rememoró el día en que la había visto por primera vez. Hacía tan solo cinco años, cuando había llegado a América como Maryam Nassar, una refugiada iraní de veintidós años. Hablaba un inglés pasable y respondió al anuncio que Levi había publicado buscando una secretaria. En cuanto la vio, fue como si lo hubiera fulminado un rayo. Notó un hormigueo en la piel y casi se quedó sin respiración.

Se casaron al cabo de nueve meses.

Se le encogió el corazón al ver el torrente de emociones que se reflejaba en la cara de ella: incredulidad, dolor, ira. Tenía los ojos anegados de lágrimas y le tembló el mentón mientras exclamaba con su fuerte acento persa:

—Pe...pero me prometiste...

Respiró hondo, de forma entrecortada, y Levi la rodeó con sus brazos.

—Cariño, lo sé...

La apretó contra su pecho y le acarició la espalda; ella sollozaba. Mary era la única persona de su familia que había optado por el exilio tras la revolución de Irán. Nadie de su familia tenía convicciones religiosas profundas, pero en cuanto se marchó del país y se casó con un no musulmán, había sellado su destino. Nunca podría regresar. Mary no tenía a nadie más en el mundo, y por eso le había resultado tan difícil comunicarle su diagnóstico.

Tampoco era del tipo de persona que mostrara sus emociones con facilidad, pero en esos momentos temblaba en los brazos de Levi.

Se le cerró la garganta con solo imaginar los miedos que debían de estar pasándole por la cabeza.

—Me aseguraré de que no tengas que preocuparte de nada el resto de tu vida —declaró—. Esta será siempre tu casa, pase lo que pase. ¿Me entiendes?

—No necesito «cosas». No necesito a Levi Yoder, el hombre de negocios. Necesito a mi marido. —Mary tomó con fuerza a Levi por las muñecas y lo miró fijamente con los ojos inyectados en sangre—. Te quiero.

La había dicho oír eso pocas veces, tan solo en algún instante de euforia. Sin embargo, en esos momentos le dolía oírlo.

Había ayudado a infinidad de personas en el pasado. Pero esta vez, cuando más importaba, cuando la persona que necesitaba ayuda era lo más valioso del mundo para él... se veía impotente. No había nada que hacer.

—Me quedaré contigo el máximo de tiempo posible, eso sí te lo prometo. —Secó las lágrimas de las mejillas de Mary con los pulgares—. Te quiero más de lo que eres capaz de imaginar.

Ella abrazó a Levi con fuerza y permanecieron enlazados en silencio, sabiendo que no había palabras capaces de suavizar la situación.

Yousef Nassar notaba un hormigueo de ansiedad en el cuerpo mientras observaba a los operarios trabajar en la antigua cámara mortuoria de un sacerdote del antiguo Egipto. Hacía solo dos días que había descubierto la cámara, largo tiempo olvidada, y ya estaba casi vacía.

¡Ladrones! Aquellos hombres eran todos unos ladrones y, consciente de que él en cierto modo lo permitía..., lo corroía la culpa.

Intentando hacer caso omiso de los hombres que estaban robando objetos irremplazables, se volvió hacia la pared con jeroglíficos descoloridos y siguió transcribiéndolos en su libreta. Mientras se concentraba en la tarea, el mundo y sus asuntos se desvanecieron.

—¿Doctor Nassar?

Yousef se estremeció al oír su nombre en inglés, pero con un fuerte acento ruso. Se dio la vuelta y vio a uno de los hombres de Vladímir. A pesar del calor que hacía en la cámara subterránea, el hombre iba enfundado en un traje negro de pies a cabeza. Ni sus facciones marcadas ni sus ojos grises denotaban emoción alguna.

—¿Sí?

El corpulento hombre dio un paso adelante y una preciosa cuenta de ámbar se deshizo bajo sus pies. Señaló con el brazo extendido al otro lado de la tumba, hacia una estatua de Anubis de metro ochenta.

—Vladímir había dado instrucciones para el caso en que se

encontrara esa estatua. ¿La cruz egipcia se ha embalado correctamente?

A Yousef se le aceleró el pulso e hizo un esfuerzo por mantener una expresión neutra.

—No hemos visto nada ni en la estatua ni alrededor.

El hombre apretó los músculos de la mandíbula y se relajó.

—¿Está seguro?

—Sí. —Yousef señaló hacia la pared con el pulgar—. Cuando hables con Vladimir, comunícale que parte de lo que hay aquí escrito debe conservarse...

—Informaré a Vladimir de lo que se ha encontrado.

El hombre de espalda ancha se volvió y los operarios se fueron apartando a su paso mientras se dirigía bien erguido a la entrada de la tumba.

Yousef carraspeó y el sonido resonó en los muros de piedra de la cámara.

Pese al sofocante calor, notó un escalofrío cuando empezó a desentrañar el significado de unas imágenes. Las escenas representadas en los mensajes pictográficos hablaban de una época en que el norte y el sur de Egipto aún no estaban unificados.

—Yousef —susurró una voz femenina—, ¿has avanzado en la traducción?

Miró a Sara por encima del hombro.

—¿Has...? —le preguntó en farsi.

Ella asintió.

Exhaló un suspiro de alivio y le dio un beso rápido a su esposa antes de sonreír.

—De veras creo que puede ser una de las tumbas más antiguas que hemos encontrado jamás. Queda claro que es de comienzos de la primera dinastía.

Sara echó una mirada a la libreta que él tenía en el regazo.

—¿Qué has averiguado hasta el momento?

Pasó a una página anterior y escudriñó las notas.

—Tal como sospechabas, es sin duda la tumba de un sacerdote de la antigüedad, pero no veo las marcas de Atum, el dios del sol. Es otra cosa. Los mensajes se refieren a una gran guerra con el sur. Mira, escucha esto.

«La tierra está encendida de enfermedades y pestilencia».

«Un fragmento del sol bajó y era un hombre...».

Yousef colocó el dedo en el símbolo siguiente y frunció el ceño mientras se estrujaba el cerebro para traducirlo de forma que tuviera sentido.

«Resplandecía como muchas estrellas nocturnas, su aliento era como un cocodrilo».

—¿Y eso qué significa? —preguntó Sara.

Él sacudió la cabeza.

—Pues no sé más que tú. No tiene sentido. Tendremos que investigar al respecto cuando volvamos a la universidad. De hecho, los siguientes pasajes parecen un galimatías.

Yousef desvió la mirada hacia los símbolos que le quedaban por transcribir. Se puso tenso al reconocer uno de los jeroglíficos.

—Dios mío, ¿qué puede significar eso?

Sara señaló dos de los símbolos de la pared descolorida.

—El siluro y el cincel... ¿no representan a Narmer?

Yousef asintió mientras intentaba extraer significado de los símbolos colindantes.

—Sí, pero es como si el mensaje dijera que este hombre, que era un fragmento del sol, entregara algo a Narmer.

Cuando se acercó más al muro, algo metálico repiqueteó tras él. Se dio la vuelta y vio una granada rodando por el suelo arenoso, como un racimo de uvas oscuras.

El grito de Yousef se le quedó trabado en la garganta cuando la granada explotó.

—Supongo que hoy es el día en que la familia Yoder va de bancos. Su esposa ha estado aquí hace unas horas.

Levi, a quien nunca le había gustado hablar por hablar, asintió y enseñó la llave al hombre.

El director del banco, bien vestido y de pelo entrecano, lanzó una mirada a la llave de la caja fuerte de Levi y asintió también.

—Acompáñeme, señor Yoder.

El director se volvió, caminó con rigidez hacia la cámara acorazada del banco y recorrió con la mirada el muro de metal. Se dirigió a la zona más a la derecha de la cámara y se paró ante la caja fuerte que llevaba el número de la llave de Levi.

El director, que se sacó una segunda llave del bolsillo del chaleco, la introdujo en una de las cerraduras de la parte delantera de la caja de Levi.

Estiró la mano.

—La llave, por favor, señor Yoder.

Levi le tendió la llave al director, quien la introdujo en la otra cerradura. El director accionó las dos llaves a la vez y Levi oyó el clic del mecanismo al abrirse. La caja se deslizó un centímetro y medio hacia fuera.

El director le devolvió la llave a Levi.

—Señor Yoder, permítame que lo acompañe a una sala en la que podrá examinar sus pertenencias con la debida intimidad.

Levi tiró de la maneta de la caja fuerte, que salió con suavidad del hueco que ocupaba.

Al cabo de unos instantes, Levi se encontró en una sala privada que olía ligeramente a cuero y cera para madera. El director cerró la puerta tras él al marcharse y dejó a Levi a solas.

Levi se sacó un sobre grueso del bolsillo del abrigo y lo colocó en la caja de metal. El sobre contenía documentos legales relativos a la casa y sus activos. Cuando muriera, todo iría a parar a un fideicomiso, y Mary nunca tendría que preocuparse de nada a partir de entonces. Su casa estaba pagada y los gastos mensuales se descontarían de forma automática del fideicomiso.

Levi sentía cierto alivio al pensar que había hecho todo lo posible por dejar cubiertas las necesidades de Mary.

Colocó las manos encima de la caja fuerte, inclinó la cabeza y suspiró. El bulto que tenía en la axila, que ahora sabía que era un tumor, había crecido en los últimos meses. Era el primero de los muchos que se le habían extendido por el cuerpo, pero ese en concreto despedía calor y le palpitaba con rabia, al ritmo de los latidos del corazón.

No iba a poder pasar mucho más tiempo con Mary, y eso era lo que más lamentaba.

Se le hizo un nudo en la garganta y se permitió notar la tristeza que no osaba mostrar en público. Había superado muchas cosas en la vida, pero ahora había llegado su final.

Levi se secó los ojos con el dorso de las manos y tomó aire de forma entrecortada. Lanzó una última mirada al contenido de la caja y, justo cuando estaba a punto de cerrarla, se fijó en un paquete que no recordaba haber visto con anterioridad.

Lo sacó. Era poco más grande que su mano y del mismo grosor, pero pesaba bastante. Iba dirigido a Maryam Nassar —el nombre de soltera de Mary—, pero la dirección del paquete era su lugar de residencia actual. Aunque estaba lleno de marcas de franqueo y había venido de lejos, seguía cerrado.

—¿Pero, qué demonios?

Levi se sacó la navaja plegable del bolsillo. La hoja salió al apretar un botón. La caja estaba precintada con muchas capas de cinta adhesiva, y le costó un poco cortar el precinto.

Cuando logró levantar la tapa, encontró una nota escrita a mano en el interior, encima de algo envuelto en un trapo. La escritura correspondía a la caligrafía característica de muchos idiomas de Oriente Próximo, que desconocía.

Dejó la nota a un lado y abrió el envoltorio.

Puso unos ojos como platos.

En el interior del trapo gris había un objeto de oro que Levi no supo identificar. Tenía más o menos el tamaño de su mano extendida y parecía una cruz, pero, en lugar de que una línea vertical cruzara la horizontal, la porción superior tenía forma de lágrima boca abajo. Como si estuviera hecha para colgarla de ese bucle.

Le parecía muy extraño que Mary hubiera recibido tal objeto. Al fin y al cabo, era atea.

Levi frunció el ceño.

—¿Por qué iban a enviarte esto? —dijo en voz alta—. ¿Y por qué no lo abriste?

Se recostó en el asiento y observó el objeto dorado. Recordó remotamente haber visto algo parecido cuando estuvo en la ciudad. En una exposición de un museo egipcio. ¿Cómo se llamaba? ¿Una cruz egipcia?

Probablemente fuera un efecto visual, pero, por un momento, la cruz dorada resplandeció como si tuviera vida.

Levi levantó la cruz de la caja y casi se le cayó. Tenía un tacto extrañamente oleoso que hacía que resultara difícil cogerla. La sujetó con fuerza y notó que emitía un calor extraño.

—¿De qué material está hecho esto?

Levi notó un calor subirle por el cuello y la cara, y el mundo pareció enlentecerse. El corazón empezó a latirle con fuerza. Notaba que una quemazón le subía por el brazo y sintió un dolor abrasador en la mano. Era como si aquella cosa intentara arder en contacto con la palma de su mano.

De repente, Levi sintió el impulso de soltar aquel objeto estúpido.

Abrió la mano y el pesado objeto cayó en la mesa de madera con un sonoro golpe.

Levi tenía el corazón en un puño y le costó tomar aire. Hizo una mueca al notar el dolor palpitante que le subía por el brazo y se le extendía por el pecho y el resto del cuerpo. Aún no le había aparecido una ampolla en la palma de la mano, pero sabía que no tardaría. Tenía la piel enrojecida y escocida por el ungüento con el que hubieran embadurnado la cruz.

Levi empezó a sudar mientras se secaba la mano con un pañuelo y se preguntaba en voz alta:

—Mary, ¿por qué te enviaron esto?

Volvió a mirar el objeto donde lo había soltado, encima de la mesa. Se quedó atónito al ver que tenía un aspecto distinto. Había perdido el tono dorado resplandeciente, y ahora parecía de plata vieja.

Al notar el calor de la palma de su mano palpitar en sincronía con su corazón, Levi se planteó si la coloración dorada era algún tipo de veneno.

Soltó un bufido y negó con la cabeza.

—¿Qué más da a estas alturas?

—Pues venga —retó al objeto inanimado y apagado.

Levi cogió su pañuelo, volvió a introducir la cruz en la caja con cuidado y tapó el paquete. ***

El trayecto en coche de vuelta a casa fue una tortura. Se notaba los ojos pegajosos y le empezaron a escocer, además de tener la boca seca. Necesitaba un vaso de agua desesperadamente. Le dolía el cuerpo, notaba que le subía la fiebre.

O bien había pillado una gripe fuerte o aquello era un síntoma del cáncer del que nadie le había hablado. ¿Era posible que aquella cruz estuviera revestida de un veneno? Fuera lo que fuera, parecía destinado a causarle la máxima amargura posible. Para cuando llegó a su barrio, Levi sudaba con profusión y se le cerraban los ojos.

Las luces giratorias de un coche de policía aparcado delante de su casa lo sacaron de su estupor.

Levi entró por la avenida y salió del coche con dificultad. Un agente que estaba en la puerta principal se volvió en dirección a él.

El policía miró una foto que tenía en la mano y luego a Levi.

—¿Lazarus Yoder?

—Sí, agente. Soy yo. —A Levi le latía el corazón con fuerza en el pecho cuando se secó el sudor de la frente. Lazarus era su nombre de pila, pero, desde su llegada a Nueva York, se hacía llamar Levi.

—¿Qué ocurre?

—Señor Yoder, ¿podemos hablar en privado? Me temo que se ha producido un incidente.

Levi miró hacia el garaje: estaba vacío. No tenía idea de adónde podía haber ido Mary. Era diabética y siempre volvía a casa a esa hora para ponerse la inyección de insulina. A Levi se le tensaron los músculos del pecho como fajas de hierro y notó que le faltaba el aire. El mundo le empezó a darle vueltas.

El agente, de expresión adusta, le puso una mano en el hombro.

—Señor Yoder, no tiene buen aspecto. Creo que es preferible que se siente para escuchar esto.

Levi miró la foto que el agente tenía en la mano y se le heló la sangre en las venas. Estaba manchada de sangre y medio rota, pero la reconoció. Era la foto del día de su boda.

La que Mary llevaba en el billetero.

Hacía una semana que Mary había fallecido en un accidente de tráfico y el funeral se había celebrado el día anterior. Levi solo recordaba fragmentos de la ceremonia; en un momento dado se había desmayado, sin duda debido a la deshidratación a consecuencia de la gripe que lo aquejaba.

Ahora yacía en su cama, mientras una enfermera colgaba una bolsa de fluido transparente en el soporte para el gotero.

—He introducido un antiemético en la vía intravenosa para controlar sus náuseas lo antes posible —explicó. Dejó una botella de agua de plástico grande en la mesita de noche de Levi—. Intente beber todo lo que pueda. Si no tolera la ingestión de líquidos para mantenerse hidratado, el doctor Cohen dice que tendrán que ingresarlo.

Levi meneó la cabeza.

—Alicia, pareces una señora amable, y sé que lo dices por mi bien...

Dejó caer la cabeza en la almohada, exhausto. Le dolían los músculos como si hubiera estado trabajando sin parar una semana, y aún peor eran las articulaciones. Se sentía como un viejo artrítico. Pero eso no era nada comparado con la quemazón que sentía en los tumores donde se le había extendido el cáncer.

Le recordó que el menor de sus problemas era la gripe.

Alicia, la enfermera poco agraciada de mediana edad de la consulta del doctor Cohen, lo observó con expresión compasiva.

—Claro que lo digo por su bien, y volveré por la mañana para ver qué tal está.

—Vale —fue la única respuesta que Levi fue capaz de articular. Cerró los ojos e intentó olvidar el dolor que le corroía el cuerpo.

Debió de quedarse dormido porque, cuando despertó, el sol se abría paso por el hueco de las cortinas color beis del dormitorio y le dio los buenos días a Levi con su temprano resplandor.

Ya no tenía fiebre.

La cama estaba húmeda por los sudores nocturnos, pero ya no le escocían los ojos y el dolor había menguado. No obstante, se sentía... raro.

Los sonidos de la mañana parecían más fuertes que antes, como si le hubieran quitado bolas de algodón de los oídos. Los pájaros se llamaban entre sí en el jardín delantero, y en algún lugar distante oyó los frenos neumáticos de un autobús escolar. El reloj antiguo, de los de cuerda, de la mesita de noche emitía un fuerte tic tac con cada movimiento del segundero.

De repente, los sonidos se desvanecieron y, por un momento, pareció que el mundo se había detenido... y entonces todo volvió a empezar. El reloj seguía haciendo tic tac, los pájaros trinaban y el frenazo del autobús se acalló.

Al desperezarse estirando los brazos por encima de su cabeza, Levi notó un tirón en el brazo y el soporte del suero se le cayó encima. Se incorporó y se arrancó la vía. Se encogió de dolor cuando se despegó el esparadrapo que mantenía el tubo en su sitio. La extraña sensación serpenteante del tubo de plástico al retirarse de su vena le provocó un desagradable estremecimiento.

Notó un hormigueo en la piel al sacar las piernas de la cama. Le había goteado sangre por el brazo, por lo que cogió un poco de gasa de la mesita de noche y se la presionó contra el punto en el que había estado clavada la vía.

La botella de agua de la mesita de noche estaba vacía.

—¿Qué coño me pasa? —Levi sacudió la cabeza para despejarse. No había dormido más de dos horas seguidas desde la muerte de

Mary y, de repente, habían transcurrido doce horas sin que se percatara.

Observó con suspicacia la bolsa de suero vacía, ahora en el suelo, y se preguntó qué más habría añadido la enfermera.

Se levantó y se sintió considerablemente estable teniendo en cuenta que la noche anterior le había parecido estar al borde de la muerte. Levi se tocó el bulto ardiente de debajo de la axila e hizo una mueca.

«¿Es que no puedo tener suerte?».

Por algún motivo desconocido, notaba los tumores como si fueran atizadores candentes.

Levi se volvió hacia la mesita de noche y le dio la impresión de que el mundo volvía a detenerse. Esta vez, mientras el segundero del reloj permanecía inmóvil, Levi contó en voz alta:

—Uno, dos, tres, cuatro, cinco.

La maneta empezó a moverse otra vez.

—Me estoy volviendo loco.

Notó un dolor palpitante desde más de una docena de puntos del cuerpo. Hizo una mueca y respiró hondo varias veces.

Sabía qué tenía que hacer.

Al cabo de unos momentos, Levi estaba vestido y salía por la puerta principal.

El doctor Cohen le debía una explicación.

Mientras Levi circulaba a toda velocidad por la Northern State Parkway hacia la consulta del doctor Cohen, su indignación iba en aumento.

—Después de todo lo que he pasado, tendría que haber sido sincero conmigo.

Algo le había pasado a Levi por la noche, pero era incapaz de explicar qué exactamente. El doctor Cohen debió de hacer que Alicia le introdujera algo más que medicación antináuseas en el gotero.

Todo lo que lo rodeaba parecía más intenso. Los colores eran más vivos que antes, y los sonidos —los pájaros que volaban en lo alto, el ruido de los coches en la autopista—, más nítidos, más precisos. La piel le escocía cuando el aire le levantaba el vello del brazo. Era como si fuera capaz de sentir cómo se movía cada pelo.

«¿Es así como se siente uno cuando está colocado?».

Un coche le adelantó a toda velocidad por la izquierda y distinguió el siseo de los seis cilindros de metal entrando y saliendo del motor con una armonía casi perfecta.

Levi se rascó el punto de quemazón que tenía junto a la axila y frunció el ceño. Allí era donde había encontrado el primer tumor. Pero el bulto parecía... distinto. ¿Más pequeño? Y lo notaba más caliente al tacto que nunca, como si tuviera un rescoldo enterrado bajo la piel.

—Maldita sea, doctor. ¿Qué está pasando?

Cuando Levi entró en la consulta del doctor Cohen, la recepcionista rubia levantó la vista de la novela que estaba leyendo a hurtadillas y desplegó una sonrisa radiante.

—Buenos días, señor Yoder. Creo que hoy no tiene visita.

—¿Está el doctor Cohen?

—Está trabajando en los historiales, pero...

Levi la dejó atrás e irrumpió con ímpetu en la consulta privada del médico.

El doctor Cohen estaba ocupado garabateando en una de las muchas carpetas de pacientes que tenía apiladas en la mesa. Cuando Levi entró, dirigió la vista hacia él y abrió unos ojos como platos.

—Señor Yoder, Alicia me dijo que estaba en cama. —El bolígrafo se le cayó de la mano y rodó fuera del escritorio—. Pensaba ir esta tarde a ver cómo estaba. ¿Se encuentra bien?

El hormigueo ardiente del cuerpo de Levi avivó su ira.

—¿Qué demonios le hizo ponerme en el gotero? Lo noto todo extraño, casi como si estuviera colocado o algo así.

El hombre mayor se levantó y apoyó todo su peso en el escritorio.

—¿De qué está hablando? Le administró solución salina para la deshidratación y un medicamento contra las náuseas.

Al ver la expresión confusa y sincera del médico, Levi empezó a sentirse ridículo por haber sospechado algo perverso.

—Lo siento, quizá sea... no sé. —Se frotó el lado del cuello que le escocía, donde tenía el tumor— Empecemos por el principio, ¿por qué tengo la sensación de estar ardiendo?

—No lo entiendo. —El doctor Cohen rodeó el escritorio y cerró la puerta de la consulta. Puso la mano en una mejilla de Levi y la arruga que tenía en la frente se acusó. Giró el rostro de Levi hacia un lado y palpó el bulto del cuello.

—No está bien...

El doctor levantó el brazo izquierdo de Levi y lo palpó en varios puntos hasta llegar a la axila, de donde emanaba un calor doloroso y palpitante.

—¿Qué es lo que no está bien? —preguntó Levi—. No me diga... a ver si lo adivino. Me estoy muriendo.

El médico retrocedió un paso y se puso unos guantes de látex para examinarlo.

—Quítese la camisa. —La expresión seria del doctor no dejaba lugar a objeciones.

Levi se desnudó de cintura para arriba. Mientras el doctor lo palpaba bajo los brazos y en los laterales del pecho, Levi preguntó:

—¿Qué ve? ¿Qué ocurre?

—¿No ha recibido ningún tratamiento de radioterapia o infusiones químicas desde el diagnóstico?

—No. Qué sentido habría tenido.

—No lo entiendo —musitó el doctor—. Levi, parece que los tumores que penetraron en su sistema linfático han encogido desde la última vez que lo vi. Los pocos que detecto están muy duros y calientes al tacto, y los demás... en fin, algunos ni siquiera los encuentro. Quiero hacer unas biopsias para ver qué está pasando.

Levi exhaló un suspiro.

—Adelante. Haga lo que crea que tiene que hacer.

Levi caminaba de un lado a otro de la sala de espera de paredes paneladas del Instituto Sloane-Kettering y no alcanzaba a imaginar por qué tardaban tanto.

En la última visita al doctor Cohen, hacía varios días, no había habido más que escáneres de cuerpo entero y agujas. Y, por insistencia del doctor, Levi había pasado esa mañana dejándose toquetear por más médicos todavía en Sloane-Kettering. Era primera hora de la tarde y seguía en la sala de espera después de haber leído todas las revistas habidas y por haber.

Desde algún punto le llegaba el débil sonido de unas voces altas, una de las cuales sonaba a la del doctor Cohen. Picado por la curiosidad, Levi dejó la sala de espera y siguió el sonido por los pasillos. Se paró en el exterior de unas puertas cerradas marcadas como «Radiología e Histología». Dos voces discutían al otro lado. Quedaban amortiguadas por las puertas, pero el tono nasal del doctor Cohen resultaba inconfundible.

—Frank, lo único que puedo decirte es lo siguiente: hace tres días ese paciente entró en mi consulta quejándose de una sensación de quemazón. Le palpé algunos nódulos linfáticos y confirmé la presencia de crecimientos anormales, a los que hice una biopsia que traje aquí.

—Doctor Cohen, le estoy diciendo que es imposible que las biopsias que me trajo y las que he hecho esta mañana sean de la misma persona. No pretendo faltarle al respeto porque, al fin y al cabo, fue mi profesor de histología en la facultad, pero ¿está seguro de que no puede haber una confusión? No he notado ninguna hinchazón ni nada extraordinario en el reconocimiento. Era reticente a someter al hombre a otra biopsia, pero lo hice basándome únicamente en lo que usted me dijo.

Levi se quitó la venda del cuello y se tocó el punto del que el oncólogo del Sloane-Kettering le había hecho la biopsia. No encontró ni rastro de hinchazón.

Mientras los médicos seguían discutiendo, se apoyó en la pared amarilla de bloques de hormigón. La sala parecía tambalearse. Levi se introdujo la mano en la camisa y, sin querer, hizo saltar un botón al palparse el hueco de la axila. Allí tampoco notaba el nódulo duro y ardiente. Hacía un par de días sí que lo tenía.

«¿Cómo es posible?».

El segundo médico volvió a hablar.

—Según la biopsia y los resultados del examen PET, lo único que puedo decirle es que ese hombre de la sala de espera no tiene ninguna enfermedad.

EL AUTOR

Soy hijo de militar, políglota y el primer miembro de mi familia nacido en Estados Unidos. Todo ello tuvo un gran influencia en mi juventud porque me inculcó el amor por la lectura y una curiosidad insaciable por el mundo y lo que contiene. De adulto, mi pasión por los viajes y la aventura me han permitido visitar muchos lugares impresionantes que, a veces, aparecen en las historias que escribo.

Espero que esta novela os haya resultado entretenida.

-Mike Rothman

Mi blog está en : www.michaelarothman.com
Facebook: www.facebook.com/MichaelARothman
Y Twitter: @MichaelARothman

NOTAS

CAPÍTULO DIECISÉIS

1. FEMA: siglas en inglés que corresponden a la Agencia Federal para el Manejo de Emergencias. (N. de la T.)

AVANCE DE OPERACIÓN MANO MUERTA

1. El título de este tema significa literalmente: «Quiéreme como si no hubiera un mañana».